JULIA TALBOT

Dämonenherz

JULIA TALBOT

Dämonenherz

Roman

Marion von Schröder

1.

Anna Sternberg wusste nicht, warum im einundzwanzigsten Jahrhundert immer noch Kopfsteinpflaster existierte. Gerade war sie zum dritten Mal mit dem Absatz ihrer Pumps in eine hinterhältige Ritze gerutscht. Der Schuh blieb stecken, und während sie verzweifelt an ihm zerrte und schließlich halb barfuß in der Kälte eines Herbstmorgens stand, versuchte sie, die aufsteigende Wut in genügend Kraft zu kanalisieren, um ihn herauszuziehen. Dabei riss die Feinstrumpfhose, und eine unübersehbare Laufmasche kroch mit dem bekannten zarten Kribbeln erst über das linke Schienbein und dann das Knie nach oben.

Sie unterdrückte einen Fluch, den man sich in dieser Ecke der Stadt nicht öffentlich genehmigte. Eine Haarklammer löste sich, die ganze mühsam aufgebauschte Frisur fiel in sich zusammen. Anna warf einen hastigen Blick auf ihre Armbanduhr. Drei Minuten vor zehn. Sie würde zu spät kommen. Sie hatte es den ganzen Weg über gewusst. Erst war ihr der Bus vor der Nase davongefahren, dann hatte sie sich in der Richtung geirrt, und jetzt stand sie da, unvollständig, halbbeschuht, mit zerrissenen Strümpfen und verwehter Frisur, und begann ernsthaft zu überlegen, mit welcher plötzlichen Krankheit man die Präsentation eines PR-Konzeptes noch verschieben könnte.

Noch einmal ging sie in die Knie, packte den Schuh und stemmte sich mit aller Kraft hoch. Ein Ruck, der Absatz blieb im Pflaster, den kläglichen Rest hielt sie in der Hand. Sie zählte langsam von eins bis zehn, atmete tief durch und sah sich um.

In dieses Viertel von Wiesbaden verschlug es Anna selten. Denn hier, in den schmalen Seitengassen hinter den großen Modeboutiquen und Einkaufspassagen, lagen die wirklich luxuriösen Geschäfte: Antiquitäten, Maßschneider, Designermöbel und Galerien. Dezente Auslagen, viel Chrom und Messing, indirektes Licht und – der Gipfel des Understatements – kein Hinweis darauf, wie das jeweilige Geschäft eigentlich hieß.

Vermutlich wurde die illustre Kundschaft sowieso per Limousine von zu Hause abgeholt und zwecks Schonung der Absätze direkt vor die Tür gefahren. Rote Teppiche bekamen plötzlich in Annas Augen eine ganz neue Daseinsberechtigung. Sie zerknüllte ihren Busfahrschein und beförderte ihn mit einem kleinen Kick ihres unbeschuhten Fußes in den nächsten Gully. Dann stellte sie fest, dass sie den Zettel mit der genauen Adresse soeben mit entsorgt hatte.

Typisch. Erst denken, dann handeln. Du lernst es nie.

Sie schlüpfte in den Schuhtorso und trat, halb hüpfend, halb humpelnd, in die Mitte der menschenleeren Straße. Irgendwo musste sie sein, die Galerie ihrer einstigen Klassenkameradin Sandy, die sich jetzt Sandrine nannte und in deren Leben sich außer dem Namen wohl noch einiges mehr geändert hatte.

Sandrine Beaufort. Anna erinnerte sich vage an die schüchterne Bewunderung, die sie diesem bildschönen Wesen damals entgegengebracht hatte. Allen in der Klasse war es so gegangen, als Sandy, wie sie von allen genannt wurde, im letzten Schuljahr dazugekommen war. Mitten im Winter war es gewesen. Sie war hereingeweht wie ein Schneeflocke, ein Wesen von einem anderen Stern, das keine Gelegenheit ausließ, sein Anderssein auch noch zu betonen. Schon bald war Annas Anbetung in Ratlosigkeit und schließlich sogar Abneigung umgeschlagen. Sandy war ein Miststück. Sie hatte alle und jeden gegeneinander aufgehetzt, Freundschaften zerstört und sämtlichen Jungen den Kopf verdreht. Waren Annas Erinnerungen an ihre Schulzeit bis zu diesem letzten Jahr noch von einer fast unschuldigen Langeweile geprägt, so hatte Sandy sie in ein einziges Ärgernis umgemünzt. Die schriftliche Mathe-Klausur hatte Anna sogar nachholen müssen. Der Vorwurf: Sie hätte von Sandy abgeschrieben. Dabei war es genau umgekehrt gewesen.

Das war fünfzehn Jahre her. Sandy hatte in Amerika ihr Glück gemacht, war reich und berühmt, wieder in der Stadt, und hatte Anna mit glockenheller Stimme angerufen und um dieses Treffen gebeten – natürlich von jetzt auf gleich. Und sie hatte ihr diese einmalige, wunderbare, unwiderstehliche Chance wie eine Möhre unter die Nase gehalten.

Und ich bin der Esel, der wieder mal springt, dachte Anna. Sie wird zwar immer noch ein Miststück sein, aber diesmal ein zahlendes. Also sei nicht kindisch.

Irgendwo schlug eine Turmglocke zehn Mal und holte sie unsanft in die Gegenwart zurück. Sie widerstand dem Verlangen, gleich auf der Stelle umzukehren und zurück in ihr Büro zu gehen.

Anna ging ein paar Schritte weiter zu einem stuckverzierten Altbau. Hier war es. Die riesigen Schaufenster waren mit Papier verhängt, und ihre hochglanzpolierten Messingrahmen mussten ein Vermögen gekostet haben. In ihnen schimmerte ihr Spiegelbild. Sie beugte sich vor und unterzog es einer letzten Prüfung. Sandy-Miststück-hat-es-geschafft trifft Anna-Loser-versucht-es-immer-noch. Wer von ihnen beiden hatte sich wohl mehr verändert?

Anna sah in ein herzförmiges Gesicht, umrahmt von den Resten einer Hochsteckfrisur. Zu Hause vor dem Spiegel hatte das alles auch noch ganz gut ausgesehen. Sehr edel, sehr elegant. Die Frisur hatte ihre hübschen Wangenknochen betont, ließ sie aber ernster aussehen, als sie eigentlich war. Ihr Teint war noch immer makellos, obwohl sie im letzten Jahr ihren dreiunddreißigsten Geburtstag gefeiert hatte, deshalb hatte sie auf Make-up verzichtet und nur einen Hauch von Rouge aufgelegt. Eigentlich war es zu kalt, um ohne Mantel aus dem Haus zu gehen. Doch Anna hatte sich nach einem Blick in den strahlend blauen Himmel gegen ihn entschieden. Den voluminösen Dufflecoat hatte sie drei Winter hintereinander getragen, jetzt war es einfach genug. Stattdessen hatte sie ihren beigen Pashmina-Schal um die Schultern geschlungen, eine Farbe, die ihrem Gesicht schmeichelte und dem strengen Hosenanzug gleich eine viel weiblichere Note verlieh.

So hatte sie ihren Auftritt geplant. Aber der Mensch denkt, und der Wind lenkt. Anna sah aus wie ein Wischmopp. Hastig versuchte sie, die gelösten Strähnen wieder zu befestigen. Vergeblich. Schließlich zog sie die Klammern aus dem Haar und ließ die Haare offen auf die Schultern fallen. Sie lächelte. Sofort strahlten ihre Augen, die kleinen Lachfältchen zeigten sich. Sie hatte einen dezenten braunen Lidschatten aufgelegt und dazu einen rosenholzfarbenen Lippenstift gewählt. An den Ohren trug sie Perlenstecker – eine Erinnerung an ihre Mutter, und plötzlich war es, als ob sie ihre Stimme hören könnte: Kopf hoch, Kleines. Du schaffst das! Anna blinzelte, als ob ihr ein Staubkorn in die Augen geflogen wäre. Natürlich schaffe ich das, dachte sie. Es hängt ja nichts weiter als meine Zukunft davon ab.

Sie atmete noch einmal tief durch. Das hier war das Leben, nicht der Pausenhof. In wenigen Augenblicken würde sie der Frau gegenüberstehen, die ihr die Schulzeit zur Hölle gemacht hatte. Sandy, die unangefochtene First Lady der Klasse. Bei ihr konnte man nicht anders, als einen ausgesprochenen Minderwertigkeitskomplex zu entwickeln. Aber Sandy hatte offenbar ganz andere Erinnerungen an ihre gemeinsame Zeit. Am Telefon hatte sie geklungen, als sei Anna damals ihr Ein und Alles gewesen. Und sie gebeten, ein PR-Konzept für ihre neue Galerie auszuarbeiten. Wenn möglich bis gestern, hatte sie gesagt und dann ihr berühmtes silberhelles Lachen erklingen lassen, an das sich Anna noch so gut erinnern konnte.

Sie stemmte sich gegen den Wind und zog unter Aufbietung all ihrer Kräfte die schwere Messingtür auf. Ein Schwall frische Luft wehte sie in die hellen, fast leeren Ausstellungsräume. Zwei junge Männer trugen gerade ein überdimensional großes Bild in die hintere Ecke des Raumes. Anna kniff die Augen zusammen und versuchte zu erkennen, was darauf abgebildet sein könnte. Aus der Entfernung sah es aus, als habe man auf der Leinwand ein Schwein geschlachtet. Aber vielleicht hielten sie das Werk auch einfach nur falsch herum.

»Anna!«

Eine große, elegante Frau mit glattglänzendem, platinblondem Pagenschnitt eilte ihr entgegen. Allein für diese Haare wurden Frauen in anderen Kulturkreisen früher skalpiert. Sie trug ungefähr zwanzig Zentimeter hohe Absätze, ein knallenges graues Kostüm, das trotz seiner Strenge umwerfend sexy wirkte, und hatte genau den Hauch an Untergewicht, den Anna zu viel auf den Hüften hatte. Sandy-Sandrine sah umwerfend aus, und sofort fühlte sich Anna wieder genau so, wie sie befürchtet und sich strengstens verboten hatte: in jeder Hinsicht unterqualifziert.

Die Galeristin breitete die Arme aus und küsste Anna flüchtig auf beide Wangen.

»Gut siehst du aus«, sagte sie und lächelte dabei selbstzufrieden. Anna war sicher, dass sie log. Sandrine wirkte, als hätte sie gerade einen Wellness-Urlaub auf Sri Lanka hinter sich. Ihr Gesicht war glatt wie ein Baggersee bei Windstille, und kein Mensch hätte sie älter als Anfang zwanzig geschätzt. Sie sah exakt so aus wie auf der Abiturfeier, als man sie mit dem Referendar in der Turnhalle am Stufenbarren erwischt hatte. Angeblich hatte sie dem angehenden Lehrer das Überhocken mit anschließendem Vorspreizen in halber Drehung gezeigt, in aller Unschuld natürlich, wofür der lerneifrige junge Mann entlassen wurde und Sandy ihr Zeugnis erst zwei Wochen später per Post erhielt. An den Skandal erinnerte sich Anna heute noch. Und an Sandys hintergründiges Lächeln, als sie an der tuschelnden Menge vorbei hocherhobenen Hauptes, mit nur leicht verrutschtem Rock, davongeschwebt war.

Wie machte sie das bloß? Warum katapultierten die gleichen Dinge die einen in den Abgrund der Ächtung und die anderen immer wieder nach oben? Sehr weit nach oben, musste Anna sich eingestehen, denn die Galerie wie auch ihre Eigentümerin strahlten gleichermaßen dezenten Wohlstand aus.

Sandrine musste Annas Unsicherheit gespürt haben, denn sie strich sich nun mit einer eleganten Bewegung die seidig schimmernden Haare aus dem Gesicht und klimperte dabei dezent mit schätzungsweise drei Kilo Gold an ihren Handgelenken.

»Wie gefällt dir meine neue Galerie?«

»Sehr schön«, antwortete Anna. »Eine hervorragende Lage.«

Die Räume waren fast vier Meter hoch und strahlend weiß. Von der Mitte der stuckverzierten Decke schwebte ein Kronleuchter, der ohne Probleme eine zwölfköpfige Tischgruppe auf ein Mal erschlagen konnte. Sandrine hakte sich bei Anna unter.

»Komm mit. Das hier ist erst der Anfang. Du glaubst ja nicht, was mich der Umbau gekostet hat!«

Es interessiert mich nicht, wollte Anna sagen, verschluckte den Satz aber gerade noch rechtzeitig. Es ging hier um einen Job. Um DEN Job. Der ihren Kopf vielleicht noch aus der Schlinge ziehen konnte. Sandrine zog sie durch die Räume, vorbei an den Bildern eines zweifellos hochbegabten Künstlers, der neben Schweinen wohl auch noch Hühner, Katzen und Kühe auf seinen Leinwänden gemetzelt hatte. Schließlich landeten sie in einem eleganten Büro, in dem nur vier Umzugskartons an der Wand daran erinnerten, dass Sandrine noch nicht lange in der Stadt war und sich nach zahlreichen internationalen Aktivitäten ausgerechnet in dem zwar eleganten, aber doch etwas beschaulichen Wiesbaden ein neues Standbein aufbauen wollte. So hatte sie sich zumindest am Telefon ausgedrückt. Anna hatte jede Nachfrage vermieden, wieso Sandrine plötzlich moderne Kunst mochte. Geschweige denn verstand. In der Schule war ihre einzige Leidenschaft die Mathematik gewesen – und der Stufenbarren.

Auf dem Tisch lag das Konzept, an dem Anna eine Woche wie eine Besessene gearbeitet hatte. Sie hatte den Schwerpunkt auf die Pressearbeit gelegt und die weiteren Punkte detailliert aufgelistet. Galerien waren zwar nicht gerade Annas Königsdisziplin, aber bei Werbung und Public Relations machte es wenig Unterschiede, ob man blutbesudelte Leinwände oder Wurzelbürsten verkaufte. Zum Schluss war sie sehr zufrieden gewesen. Mit diesem Masterplan würden Sandrines Aktivitäten innerhalb kürzester Zeit in aller Munde sein.

»Ich will, dass jeder weiß, dass ich wieder hier bin. Jeder, der im Umkreis von zweihundert Kilometern von Interesse und Relevanz sein kann. Schaffst du das?«

»Klar«, hatte Anna gelogen.

Den Kostenvoranschlag hatte sie separat dazugelegt.

Sandrine nahm hinter dem Schreibtisch Platz und nötigte Anna mit einer Handbewegung auf einen instabil wirkenden, dafür aber höchst modern aussehenden Stuhl ihr gegenüber. Dann zog sie die Mappe zu sich heran.

»Ich weiß gar nicht, wie ich dir danken soll. Das ist alles absolut perfekt. Wunderbar! – Wie geht es dir?«

»Sehr gut«, antwortete Anna.

Man musste seinen rettenden Strohhalm ja nicht gleich mit zu viel Gewicht belasten.

»Das dachte ich mir. Unglaublich. Da gehen wir auf dieselbe Schule, sehen uns jahrelang nicht, und dann – bin ich Galeristin und du eine erfolgreiche PR-Agentin. Dass du überhaupt Zeit für mich gefunden hast, für eine alte Freundin …«

Sandrine strahlte Anna mit ihrem alten »Ich wickle jeden um den Finger«-Lächeln an. Damit hatte sie schon immer bekommen, was sie wollte: eine bessere Note, Befreiung vom Schulsport und den Platz neben dem Jungen, in den alle Mädchen verliebt waren. Und da sie keine Freundinnen, sondern nur Untergebene um sich herum geduldet hatte, fragte sich Anna langsam, was diese Charme-Offensive zu bedeuten hatte.

Sandrine schlug die Mappe auf und warf einen flüchtigen Blick hinein.

»Absolute Profi-Arbeit. Das hätte meine New Yorker Agentur nicht besser gemacht. – Warst du schon mal in New York?«

»Nein.«

»Chicago? Boston? Salt Lake City?«

Sie beugte sich vor und musterte Anna mit einem unergründlichen Blick aus ihren grünen Augen. Diese zuckte hilflos mit den Schultern.

»Weißt du eigentlich, wer ich bin?«

Anna hatte das Gefühl, dass ihr Gegenüber eine Antwort erwartete. Aber welche? Sandy, die Stufenbarrenmeisterin? Sandrine, die Galeristin? Mrs Beaufort, die –

»*Was* ich bin?«

Internationale Celebrity. Charity-Lady. Haus in den Hamptons, Loft in L. A. Hat wohl auch ein Händchen im Finanzmarkt. Anna erinnerte sich, dass sie Sandrines Bild einmal in der *Financial Times* gesehen hatte. Es musste in einem Zug gewesen sein, der Mann trug die typische Kleidung eines Bankers und benahm sich auch so. Hochnäsig und unfreundlich hatte er ihr Platz gemacht und sie sogar noch nach ihrer Reservierung gefragt. Dann hatte er die Zeitung als Paravent zwischen sich und seiner Sitznachbarin benutzt. Sandrines selbstbewusstes Lächeln auf einer körnigen Schwarzweißfotografie hatte sie lange verfolgt.

»Du bist ziemlich reich, nehme ich an.« Vielleicht war es das, was Sandrine hören wollte. Manche Menschen wollten in erster Linie für ihren Besitz geachtet werden.

»Ziemlich reich ist gut.« Offenbar hatte ihre eventuelle Chefin selten etwas Amüsanteres gehört. Sie zog die schmalen Augenbrauen nach oben und lächelte in genau dieser hinterhältigen Art, mit der sie bereits den armen Sportlehrer ins Unglück gestürzt hatte. Anna fühlte sich unbehaglich. Am liebsten wäre sie aufgestanden und gegangen.

»Ich habe nicht so viele Kontakte in die Vereinigten Staaten.«

Genauer gesagt: Anna hatte gar keine. Dennoch war Sandrine Beauforts Aufstieg in die Welt der Reichen und Berühmten auch an ihr nicht ganz vorbeigegangen. Ihre Klassenkameradin war die Einzige, die sie kannte, der das gelungen war.

»Das musst du ändern.« Sandrine überflog noch einmal das Konzept, während sie weitersprach. »Amerika ist das Land der Zukunft. Ich brauche immer fähige Leute, die wissen, worauf es ankommt. Frauen wie dich. Kompetenz und Dienstleistungsbereitschaft.«

Also schuften und den Mund halten, ergänzte Anna und parierte Sandrines doppeldeutiges Lob mit einem bescheidenen Kopfnicken. Diese schob die Blätter zusammen, stauchte sie zu einem ordentlichen Stapel und verfrachtete sie in eine Schublade.

»Wir brauchen nur noch eine Liste der VIPs, die ich auf meine erste Vernissage einladen sollte. Du weißt schon: die A-Prominenz, wer gerade hip ist und so weiter. Telefonnummern, E-Mail-Adressen, Anschriften. Und den Presseverteiler. Kennst du Carl Weller? Er soll in der Stadt sein.«

Anna öffnete den Mund und klappte ihn wieder zu. Carl Weller war eine Nummer, die man selbst durch intensivstes Studium der *Financial Times* nicht kennenlernte. Er war so ziemlich das größte Chamäleon der globalen Marktwirtschaft.

»Hier?«, fragte sie.

»Nicht unter meinem Schreibtisch. Auf dem Wirtschaftsgipfel morgen. Ich dachte, ihr wärt euch schon mal über den Weg gelaufen. Er sitzt unter anderem auch in Frankfurt.«

Anna war klar, dass Sandrine mit dem letzten Satz nicht das Gefängnis meinte. Obwohl das im Zusammenhang mit diesem Namen wohl gar nicht so abwegig war. Carl Weller, Shanghai, London, Moskau, Zürich. Und seit neuestem offenbar auch Frankfurt. Dort hatte er seine Firmensitze, zumindest die, von denen die Öffentlichkeit wusste. Anna hatte nicht viel Ahnung von Wirtschaft, aber Weller schien so etwas wie der *bad boy* der Finanzmärkte zu sein.

»Ich schicke ihm eine Einladung.«

Wenn sie gewusst hätte, in welcher Liga Sandrine spielen wollte, hätte sie gleich noch den Bundespräsidenten auf ihre Liste gesetzt. Sie fragte sich, warum Sandrine für eine solche

Kampagne ausgerechnet eine kleine ortsansässige Agentur beauftragt hatte. Sie fühlte sich schon jetzt der ganzen Aufgabe nicht gewachsen.

»Das kann ich dir sagen.«

Hatte Anna laut gedacht, oder wie kam Sandrine darauf, dass sie sich genau in diesem Moment wieder so schrecklich unterlegen fühlte?

»Ich erinnere mich sehr gut an unsere gemeinsame Schulzeit. Du warst immer fleißig und brav. Tugenden, die ich erst später schätzen lernte. Bei anderen, nicht bei mir«, setzte sie mit einem kleinen, boshaften Lachen hinzu. »Wann immer man seinen angestammten Platz verlässt, um woanders neu anzufangen, sollte man sich nur mit Menschen umgeben, auf die man sich verlassen kann.«

Alle Alarmglocken begannen in Annas Kopf zu schrillen. Soweit sie sich erinnerte, war Sandrine nicht der Typ, der sich auf andere verließ.

»Dann ... ist das Konzept also angenommen?«

»Aber ja! Du kommst doch zur Vernissage?«

Sandrine stand auf, ging zur Tür und öffnete sie. Unschlüssig erhob sich Anna. Das war der Moment. Ihr Herzschlag beschleunigte sich, ihre Handflächen wurden feucht. Jetzt oder nie. Anna holte tief Luft. »Lass uns noch kurz ... über Geld reden.«

Sandrines sorgfältig gezupfte Augenbrauen hoben sich vor Erstaunen fast bis an den blondierten Haaransatz.

»Geld?«, fragte sie. »Wer redet denn bei so einer Chance von Geld?«

Das kleine Café im Kurpark war um die Mittagsstunde bis auf den letzten Platz besetzt. Die Menschen nutzten jede Gelegenheit, sich im Freien aufzuhalten, bevor es zu kühl werden würde. An einem kleinen Tisch direkt neben dem Eingang zum Casino entdeckte Anna die vertraute Gestalt ihrer Geschäftspartnerin und wirklichen, vielleicht einzigen und deshalb unbezahlbaren

Freundin Vicky. Zwei Jahre arbeiteten sie nun schon in der PR-Agentur zusammen. Die Euphorie der Firmengründung war längst verflogen. Und der einzige Mann, der sich noch in regelmäßigen Abständen in ihre Nähe traute, war der Gerichtsvollzieher. Dennoch hatte Vicky ihren Humor nicht verloren. Ihr Lachen war ansteckend und half selbst in schweren Zeiten über das Schlimmste hinweg. Ihr ganzes Wesen strahlte eine barocke Lebensfreude aus, und auch heute hatte sie sich wieder in ein strahlend rotes Kleid gezwängt, das ihre Kurven eindrucksvoll betonte. Ihr dunkler Wuschelkopf versank fast hinter einer aufgeschlagenen Zeitschrift, und erst als Annas Schatten auf die Seiten fiel, ließ Vicky sie sinken.

»Nein«, war ihr erstes Wort, als sie Anna sah. Sie legte die Zeitschrift weg und nahm ihre Handtasche von dem freigehaltenen Stuhl, damit die Personifizierung einer gescheiterten Mission sich setzen konnte.

»Sag es nicht.«

Anna öffnete den Mund, aber Vicky hob energisch die Hände.

»Was ist passiert? Hat sie das Konzept abgelehnt? Das kann sie nicht. Du bist die Beste, und wenn sie das nicht kapiert, hat sie dich nicht verdient.«

»Nein. Sie hat es gelobt. Sie fand es wunderbar. Genau richtig. Absolute Profi-Arbeit.«

Niedergeschlagen sah Anna hinunter auf ihre Sneaker, die sie noch von ihrem letzten Waldlauf im Auto gefunden und gegen die ramponierten Pumps eingetauscht hatte. Auch wieder so ein schlapper Versuch, irgendetwas am Leben zu ändern, denn nach zwei Mal Joggen war ihr im wahrsten Sinne des Wortes die Puste ausgegangen. Vicky schob ihre Cappuccino-Tasse zur Seite und beugte sich vor.

»Was dann?«

»Sie dachte, es wäre ein Freundschaftsdienst.«

Vicky schüttelte den Kopf und griff sich ans Ohr.

»Ein Freundschaftsdienst? Hab ich mich da verhört?«

Anna wand sich auf dem Stuhl. Hilfesuchend hielt sie nach

dem Kellner Ausschau, aber weit und breit war niemand zu sehen, der sie aus dieser Situation zumindest für den Moment erlösen könnte. Denn Vicky hatte so schnell nicht vor, den Finger aus der Wunde zu nehmen.

»Etwa zu einem Freundschaftspreis? Hast du dich herunterhandeln lassen?«

»Nein, nicht so richtig.«

»Was heißt das? Halt! Lass mich raten. Sie wollte es doch nicht etwa umsonst?«

Anna schwieg. Vicky lehnte sich zurück und verschränkte die Arme über dem wogenden Busen. Der Blick, den sie auf Anna abschoss, sprach Bände. Anna wäre am liebsten im Erdboden versunken. Sie hatte versagt. Voll und ganz. Schlimmer, als einen Auftrag zu vermasseln, war wohl nur noch, ihn zu kriegen und nicht dafür bezahlt zu werden. Wieder einmal hatte sie sich über den Tisch ziehen lassen. Dabei wusste sie ganz genau, dass sie auch anders sein konnte: Zielstrebig, geradlinig, aufrichtig, von sich und ihren Fähigkeiten überzeugt. Aber nur, wenn sie nicht das Gefühl hatte, ihr Gegenüber wäre ihr haushoch überlegen.

»Es war einfach nicht möglich«, versuchte Anna, sich zu rechtfertigen. »Ich bin nicht gegen sie angekommen. Das war schon in der Schule so, und heute war es sogar noch schlimmer. Sie hat etwas an sich, gegen das du machtlos bist.«

Vicky kniff die Augen zusammen und musterte ihr Gegenüber mit der gleichen Nachsicht, die man Nacktschnecken auf Salatblättern entgegenbringt.

»Ich habe sie darauf angesprochen. Und dann lächelt sie dich eiskalt an und sagt zuckersüß: Aber ich dachte, wir helfen einander!« Anna stiegen die Tränen in die Augen. »Ich weiß nicht, warum ausgerechnet mir immer so etwas passiert.«

Vicky reichte ihr ungerührt ein Taschentuch.

»Du solltest endlich lernen, nicht nur die anderen gut zu verkaufen, sondern auch dich selbst. War Sandy nicht die, die immer von dir abgeschrieben und dir dann dafür den Tadel angehängt hat? Hat diese Frau dir irgendwann auch einmal irgendwie geholfen?«

Anna schüttelte den Kopf. Hier, auf der Terrasse des Cafés inmitten des grünen Kurparks, beschienen von milden Herbstsonnenstrahlen, konfrontiert mit Vickys Bodenständigkeit, kam ihr alles vor wie ein schlechter Witz. Warum war sie bloß wieder eingeknickt? Ihre Agentur könnte eine Goldgrube sein. Wenn sie besser verhandeln und nicht nur das Wohl des Kunden, sondern auch das eigene ein bisschen mehr in den Vordergrund stellen würde.

»Die Frau ist Multimillionärin«, fuhr Vicky fort. »Sie hat vier Galerien, davon eine in Buenos Aires und eine in New York. Sie war das Totenkopf-Model von Damien Hirst. Nach ihr ist ein Galopp-Rennpreis in Iffezheim benannt. Eine Weile hat man sie als achte Begum gehandelt, ihre nächste Ausstellung ist im Kreml-Museum. Die Frau ist so was von reich, und da erwartet sie, dass du, dass wir!, für sie umsonst arbeiten?«

Anna konnte nicht anders als zu nicken.

»Du hast es hoffentlich mit Pauken und Trompeten abgelehnt.«

Anna konnte nicht anders als nicht zu nicken.

Vicky stieß einen Laut aus, der irgendwo auf der Tonleiter zwischen Fassungslosigkeit und Entsetzen lag. »Du hast es nicht?«

Anna fühlte sich jetzt lange genug wie der geprügelte Hund. Vicky hatte gut reden. Vicky kam nie mit zu Kundengesprächen. Da konnte sie sich jetzt natürlich wunderbar zu einer Standpauke aufschwingen.

»Du hättest ja wenigstens dieses eine Mal dabei sein können. Dann würdest du jetzt anders reden!«

»Das … das ist unfair.«

»Hinterher ist es immer leicht, die guten Ratschläge zu geben. Mach es doch beim nächsten Mal selbst!«

»D- das m-meinst du n-nicht im Ernst, oder?«

Vicky stotterte. Jedes Mal, wenn sie mit fremden Menschen

in wichtigen Situationen konfrontiert war, stotterte sie. Sie hatte verzweifelt über Jahre hinweg die verschiedensten Therapien ausprobiert, aber nichts hatte geholfen. Vicky war der liebenswerteste und kreativste Mensch, den Anna kannte. Aber ihr Stottern war eine Katastrophe. War sie mit vertrauten Menschen zusammen, merkte man nichts von ihrem kleinen Makel. In ihrem Büro war Vicky für alles, was mit Optik, Grafik und Layout zu tun hatte, zuständig. Anna übernahm dafür das Ausarbeiten von Konzepten und ihre Präsentation.

»Entschuldige bitte«, sagte sie leise. »Meine Nerven liegen blank. Ich mache mir doch selbst die größten Vorwürfe.«

Das war das Wunderbare an Vicky: Man brauchte sie nie um Verzeihung zu bitten.

»Sch-schon gut. Ich wollte dich nicht so anfahren. Ich weiß ja selbst am besten, dass es nicht einfach ist. Aber diese S-Sandy scheint mir ein ziemliches Luder zu sein.«

Endlich kam ein Kellner. Anna orderte einen Kaffee. Vicky wartete, bis er davongeeilt war, dann nahm sie die Zeitschrift wieder hoch, schlug eine Seite auf und hielt sie ihrem Gegenüber vor die Nase. Sie hatte sich wieder beruhigt, weshalb von ihrem Sprachfehler nichts mehr zu hören war.

»Damit du weißt, wem du in deiner Barmherzigkeit so großzügig entgegengekommen bist.«

Die Fotos zeigten einen Galaempfang in irgendeinem schrecklich abgehobenen Museum. Frauen in exquisiter Garderobe und unfassbaren Hüten lächelten in die Kamera. Anna erkannte Sandy sofort. Sie sah umwerfend aus und hatte sich bei einem großen, gutaussehenden Mann untergehakt. Anna griff nach der Zeitschrift und sah sich das Bild genauer an.

Der Mann sah interessant aus. Volles, dunkles, leicht gewelltes Haar fiel ihm locker in die Stirn. Seine Kleidung und seine Körperhaltung wirkten aristokratisch und sehr korrekt, dennoch hatte er salopp die Hand in der Hosentasche. Sein Gesicht war leicht gebräunt, wachsame Augen blickten an der Kamera vorbei, als ob er dem Fotografen keine Aufmerksamkeit schenken würde oder ihn noch gar nicht bemerkt hätte. Ganz im Gegenteil zu Sandy, die ihr Zahnpastareklamelächeln geradezu inflationär unter die Leute brachte.

»Wer ist das?«

»Sandy-Schätzchen.«

»Nein, ich meine den Mann.«

Vicky beugte sich vor und sagte nur: »O-Oh. Steht drunter. *Carl Weller, international agierender Finanzmagnat, am Wochenende vor der Entscheidung*. Kommt selten vor, dass er sich fotografieren lässt.«

Anna betrachtete das Porträt erneut. Das also war der berühmte Carl Weller, auf den sogar Sandrine scharf war. Warum lud sie ihn nicht persönlich ein, wenn sie ihn kannte? Dann fiel ihr auf, dass er nicht so aussah, als ob ihm Sandys Vereinnahmung recht wäre. Es war eine Momentaufnahme, und wenn man genau hinsah, konnte man eine kleine Unmutsfalte zwischen seinen Augenbrauen entdecken. Er wirkte sportlich und unglaublich attraktiv. Er musste groß sein, denn er überragte Sandy-Sandrine fast um Haupteslänge. Gleichzeitig signalisierte seine ganze Körperhaltung: Kommt mir nicht zu nahe. Anna konnte den Blick nicht von ihm nehmen. Carl Weller war ein Mann. Ein so außergewöhnlicher Mann, dass schon der Anblick des Fotos eine kleine heiße Welle durch ihren Körper jagte. Schnell legte sie die Zeitschrift weg, allerdings so, dass das Foto immer noch sichtbar war.

»Welche Entscheidung?«, fragte sie und deutete auf die Bildunterzeile.

Ihre Freundin lächelte. »Wenn du ab und zu einmal den Wirtschaftsteil der Zeitung lesen würdest, dann wüsstest du, dass er ziemlich selten bei solchen Anlässen zu sehen ist. Er zieht lieber die Fäden im Hintergrund. Carl Weller ist Großaktionär, Geldmarkthasardeur, Heuschrecke, gnadenloser Profiteur der Finanzkrise. Wenn jemand mal eine gute PR bräuchte, dann er. Niemand weiß Genaues über ihn. Nur dass er die Finanzmärkte rockt, das ist sicher. Sein Einfluss ist legendär. Die Mächtigen dieser Welt fressen ihm aus der Hand. Er kauft und verkauft ohne Rücksicht auf Verluste. Fachgebiet stille Konsortien. Und genau das wird morgen sein Problem sein.«

»Warum braucht er eine gute PR?«

»Weil er sich im Moment auf den Rohstoffmärkten breitmacht und ein Unternehmen nach dem anderen frisst. Es wird gemunkelt, dass er ein Strohmann der Russen ist, die sich nicht mehr länger mit der Rolle der Lieferanten zufriedengeben wollen. Darüber hinaus baut er heimlich, still und leise seine Macht im Bereich der Medien aus. Er hat Beteiligungen an einer Vielzahl internationaler Verlage und streckt gerade seine Hände in Richtung Sky News aus, dem Nachrichtensender. Die Belegschaft will morgen am Rand des Wirtschaftsgipfels dagegen demonstrieren.«

Anna interessierte sich nicht sehr für Wirtschaft. Aber mehrmals im Jahr wurde das beschauliche Wiesbaden vom Glanz der großen internationalen Kongresse beschienen.

»Woher weißt du das alles?«

Vicky deutete mit ihrem Kaffeelöffel auf einen Vorgang, der sich gerade hinter Annas Rücken abspielen musste. Sie drehte sich um und sah, dass der gesamte Park bereits weiträumig abgesperrt war. Weiter vorne leiteten Streifenpolizisten den Verkehr um. Einige Polizisten auf schweren Motorrädern postierten sich links und rechts der Zufahrtswege. Jetzt erinnerte sich Anna daran, dass bereits am Morgen im Radio vor Verkehrsbehinderungen gewarnt worden war.

»Der Wirtschaftsgipfel? Sandrine hat ihn erwähnt.«

»Angeblich soll sogar der stellvertretende russische Außenminister kommen. Das könnte das Empfangskomitee sein.«

Mehrere schwarze Limousinen rollten leise über die mit Kies bestreute Auffahrt zum Kurpark Grand Hotel. Livrierte Pagen eilten die Treppe hinunter und öffneten die Wagentüren. Sicherheitsbeamte sprangen heraus und checkten mit schnellen Blicken die Umgebung, auch das Kurpark-Café auf der anderen Seite des Geländes, das fast verborgen hinter Rosenbüschen und Fliederbäumen lag.

Ein weiterer Wagen rollte vor. Aus ihm stiegen zwei Männer, schüttelten sich kurz zum Abschied die Hand und trennten sich. Der eine ging zielstrebig auf den Hoteleingang zu, der andere blickte sich um, holte ein Handy hervor und begann zu telefonieren.

»Das …« Aufgeregt deutete Vicky auf die Zeitschrift, »das ist er!«

Anna hatte ihn im gleichen Moment erkannt. Selbst auf diese Entfernung hin war seine Ausstrahlung körperlich zu spüren. Er hatte ihnen den Rücken zugedreht. Sein dunkler Anzug passte wie angegossen, seine Statur war schlank und hochgewachsen, die Körperhaltung bestimmt vom aufmerksamen Selbstbewusstsein eines Mannes, der gelernt hatte, sich auf dem internationalen Parkett zu behaupten. Plötzlich drehte er sich um. Er schaute, das Handy am Ohr, durch den Vorhang des Springbrunnens hindurch hinüber zu dem Café. Es war, als ob sein Blick direkt auf Anna fallen würde. Ihr Puls begann zu rasen. Das ist unmöglich, dachte sie. Eine Täuschung. Er kann mich gar nicht sehen. Ich bin viel zu weit weg. Carl Weller setzte sich in Bewegung.

»Er kommt hier rüber!«

Vicky starrte Anna an. »Ich fasse es nicht. Carl Weller in meiner Nähe. Ich glaube, ich muss ihn berühren, damit ein bisschen Goldstaub an mir hängen bleibt!«

»Beherrsch dich.«

Weller eilte mit energischen, weit ausholenden Schritten schnurgerade über die Wiese auf die Tische zu, die in kleinen Gruppen auf der Terrasse standen. Er telefonierte immer noch. Das Plätschern des Springbrunnens übertönte seine Worte, aber als er näher kam und an ihnen vorüberging, hörte Anna ihn sprechen. Er hatte eine männliche, tiefe Stimme, die bei Anna sofort ein wohliges Kribbeln auslöste. Aus den Augenwinkeln beobachtete sie, wie er sich an den letzten freien Tisch ein paar Meter weiter setzte.

Weller legte auf und sah sie an. Er sah sie an! Sein Blick fesselte sie und ließ sie nicht mehr los. Einige unendliche Sekunden vergingen, in denen es ihr unmöglich war, sich von ihm zu lösen. Ihr wurde heiß und kalt, als ob Gift in ihre Adern rinnen und sie von innen her verbrennen würde. Gleich würde sie wie eine willenlose Marionette aufstehen, zu ihm hinübergehen und ihn bitten, ihr den Rest ihrer Tage die Tröstung seines Anblicks zu gewähren.

Er hob kurz die Hand, und in diesem Moment erkannte Anna, dass er gar nicht sie, sondern den Kellner direkt hinter ihr im Visier hatte. Die Erleichterung war ebenso groß wie die Enttäuschung. Hatte sie wirklich geglaubt, ein Mann wie Carl Weller würde mit ihr flirten? Weller brauchte nur ein minimales Kopfnicken, und der Mann eilte beflissen auf ihn zu. Im Handumdrehen hatte er ein Glas Mineralwasser und einen Espresso vor sich stehen.

»Was will er eigentlich hier?«

Ihre Frage klang ärgerlicher als beabsichtigt. Vicky sah sie erstaunt an.

»Wahrscheinlich einen Kaffee trinken. Auch *global player* haben Durst.«

»Nein, ich meine: Was macht er auf der Konferenz morgen? Er ist ja offenbar mit dabei.«

»Keine Ahnung.« Vicky grinste sie an. »Hedgefonds an sich reißen. Staaten ins Elend stürzen. Ganze Industriezweige lahmlegen. Genaueres werden wir demnächst aus der Zeitung erfahren. Da kommt schon der Erste.«

Ein Fotograf eilte zielstrebig über den Rasen auf das Café zu. Zahlreiche Bänder mit Akkreditierungen baumelten vor seiner Brust. Der kurze Spurt hatte ihn ins Schwitzen gebracht, doch weder sein leichtes Übergewicht noch die Blicke der Gäste auf seine etwas abgerissene Gestalt hielten ihn davon ab, noch im Laufen seine Kamera hochzuhalten und Fotos zu schießen. Je näher er kam, desto schneller klickte der Verschluss. Sein Zielobjekt war eindeutig Weller. Der hatte gerade sein Wasserglas an die Lippen geführt und war für einen Moment abgelenkt. Das reichte dem Fotografen, um direkt an ihn heranzukommen.

»Einen Moment bitte, Herr Weller!«

Blitzschnell drehte der Mann den Kopf und starrte den Fotografen wütend an.

»Keine Fotos!«

Der Fotograf knipste munter weiter. Offenbar fühlte er sich inmitten all der Gäste sicher. Weller stellte das Glas ab, sprang auf und riss dem Fotografen die Kamera aus der Hand.

»He! Das können Sie nicht machen!«

»Sie haben keine Ahnung.«

Weller hielt die Kamera am ausgestreckten Arm so weit von sich, dass der Fotograf sie nicht erreichen konnte. Anna fiel auf, wie muskulös und durchtrainiert er plötzlich wirkte. Er musste ein eigenes Fitnessstudio haben, anders waren seine kraftvollen und geschmeidigen Bewegungen nicht zu erklären.

»Löschen Sie die Fotos.«

»Das kann ich nicht! Das darf ich nicht! Nein!«

Weller ließ die Kamera fallen. Mit einem lauten Knall schepperte sie auf den Terrassenboden, mehrere kleine Teile splitterten ab, das Objektiv rollte unter den Tisch. Weller streifte sich über die Arme, als ob er sich Dreck abwischen wollte, und setzte sich seelenruhig wieder hin. Fassungslos starrte der Fotograf auf die Überreste seiner Ausrüstung.

»Ich … ich werde Sie verklagen!«

Weller würdigte ihn keines Blickes.

»Ich bin von der größten Zeitung Deutschlands. Das kommt Sie teuer zu stehen!«

Hilflos blickte der Fotograf sich um. Niemand mischte sich ein. Wellers Ärger hing wie eine dunkle Wolke über den Tischen. Der Fotograf bückte sich und sammelte die Reste seiner Kamera ein. Weller schaute gelangweilt in die andere Richtung. Er war der arroganteste Mensch, dem Anna jemals begegnet war.

Sie stand auf. Vicky wollte sie noch zurückhalten, aber Anna marschierte schon los. Zu ihrem größten Erstaunen ging sie die paar Schritte zu Wellers Tisch, ohne zu stolpern und ohne Herzinfarkt, denn sie hatte gar keine Zeit, sich genau zu überlegen, was sie gerade tat. Sie ging in die Knie, hob das Objektiv auf und reichte es dem verdutzten Fotografen.

»Herr Weller bittet Sie aufrichtig um Entschuldigung und wird für den entstandenen Schaden selbstverständlich aufkommen.«

Carl Weller brauchte eine Sekunde, um zu begreifen, von wem gerade die Rede war. Langsam, fast wie in Zeitlupe, hob er den Kopf. Wenn seine Augen Flammenwerfer gewesen wären, hätten sie Anna zu einem Häufchen Asche verbrannt.

»Was werde ich?«

Seine Stimme vibrierte in ihr nach wie ein tibetanischer Gong. Anna hatte das Gefühl, augenblicklich zur Salzsäule erstarren zu müssen. Doch zu ihrem größten Erstaunen öffnete sie den Mund und brachte mehrere deutlich zu verstehende Worte heraus, die sogar einen Sinn ergaben.

»Sie entschuldigen sich für das Missverständnis und werden den Schaden selbstverständlich ersetzen.«

Weller war verblüfft. Diese Gefühlsregung musste etwas absolut Ungewohntes sein, denn er holte so tief Luft, als ob er beim Ausatmen den idyllischen Kurpark in ein flammendes Inferno verwandeln wollte. Anna spürte ihren Puls flattern und wandte sich an den Fotografen.

»Auch wenn Herr Weller eine Person des öffentlichen Interesses ist, dürfen Sie ihn nicht ohne seine Einwilligung fotografieren. Sie haben Herrn Wellers Privatsphäre verletzt und können froh sein, wenn er Sie im Gegenzug nicht verklagt.«

Sie versuchte ein strahlendes Sandy-Lächeln und war heilfroh, dass es ihr nicht zur Grimasse verrutschte. Der Fotograf hielt die Teile seiner Kamera in der Hand und sah wütend von Anna zu Weller, um dessen Mund nun ein amüsiertes Grinsen spielte.

»Sie haben es gehört«, sagte dieser.

Doch der Fotograf gab nicht so schnell auf. Er wandte sich an Anna. »Ich weiß nicht, ob Sie damit durchkommen.«

»Vielleicht, vielleicht auch nicht. Lassen Sie es darauf ankommen.«

»Aber die Kamera muss er mir ersetzen!«

»Das wird Herr Weller mit dem größten Vergnügen tun.«

»Geben Sie her.«

Weller stand auf und nahm dem verblüfften Fotografen die Kamerateile aus der Hand. In einer Sekunde hatte er sie zusammengesetzt. Mit einer ebenso geschickten wie eleganten Geste hob er die Kamera hoch, sah durch die Linse und schoss mehrere Aufnahmen hintereinander von der Fontäne des Springbrunnens. Dann reichte er sie dem Fotografen zurück. Der nahm sie mit einem ungläubigen Staunen entgegen, starrte auf das, was eben noch unbrauchbare Trümmer gewesen waren, und probierte es selbst.

»Wie haben Sie das denn hingekriegt?«

Weller zuckte gelangweilt mit den Schultern und setzte sich wieder.

»Zerschlagenes Porzellan und kaputte Kameras sind eine meiner leichtesten Übungen. Ich wünsche den Herrschaften noch einen schönen Tag.«

Weller nahm sein Handy und hatte offenbar vor, sich gleich in das nächste Telefonat zu stürzen. Anna griff in ihre Tasche und holte eine Visitenkarte hervor, die sie dem Fotografen reichte.

»Rufen Sie uns an, wenn etwas damit nicht richtig funktionieren sollte.«

»Es funktioniert«, sagte Weller, ohne sie noch eines Blickes zu würdigen.

Der Mann warf einen flüchtigen Blick auf die Karte und holte dann gleichfalls aus den Untiefen seiner vielen Jackentaschen eine hervor. Er reichte sie Anna, die sie ungelesen einsteckte.

»Wehe, wenn nicht«, knurrte er und stapfte davon.

Wellers Anruf war erfolglos, er legte das Handy wieder auf den Tisch. Mit gespielter Verblüffung registrierte er, dass Anna immer noch vor ihm stand.

»Kann ich irgendetwas für Sie tun?«

»Nein.«

Anna zog einen freien Stuhl heran und setzte sich. In ihr tobten widerstreitende Empfindungen. Weller war ein eiskalter, zynischer, völlig abgehobener Vollidiot. Gleichzeitig aber war er der sinnlichste Mann, der ihr jemals begegnet war.

»Aber ich für Sie«, sagte sie.

Immer noch ärgerte sie sich über sein arrogantes Verhalten.

»Sie können sich denken, was morgen über Sie in der Zeitung steht. Kann es sein, dass Ihr Image-Problem gar nichts mit Ihrem Image zu tun hat, sondern mit Ihrem Charakter?«

Jetzt schien er sie zum ersten Mal wirklich wahrzunehmen. Anna konnte nicht glauben, was sie gerade tat. Sie mischte sich ungefragt in eine heikle Situation ein und saß jetzt einem Mann direkt gegenüber, der sie aufmerksam musterte. Seine dunklen Augen standen in starkem Kontrast zu der leicht gebräunten, glatten Haut. Anna roch den Hauch eines teuren Aftershaves – Efeu, Moschus, Gras –, und sie fragte sich, wie er wohl morgens im Bad vor dem Spiegel aussah, während er sich rasierte: die breiten Schultern gespannt, die Arme mit den kräftigen, wohldefinierten Muskeln leicht angehoben, nur ein Handtuch um die Hüften geschlungen, oder doch kein Handtuch? Und genau das brachte sie aus dem Konzept. Sie verstummte.

Er sah sie abwartend an. Seine schlanken Finger spielten mit dem Handy. Er rieb mit dem Daumen über das Display, und allein diese Geste reichte, damit sich in Annas Kopf eine watteweiche Leere ausbreitete.

»Sie wollten mir etwas über meinen Charakter mitteilen?«

Erst jetzt fiel ihr auf, dass er mit einem leichten Akzent sprach. Ein kaum wahrnehmbares Schleifen der Aussprache, wie es sich Menschen zulegten, die lange Zeit im Ausland zubrachten.

»Oder irgendetwas über mein Image, von dem ich noch nichts weiß?«

Er lächelte, indem er kaum merklich die Lippen verzog. Das Lächeln war kalt. Es erreichte nicht die Augen, sondern war nur eine Geste der Höflichkeit. Als Anna immer noch nicht antwortete, warf er einen demonstrativen Blick auf seine Armbanduhr. Sie musste ein Vermögen gekostet haben, genauso wie der gutsitzende Anzug und das Hemd samt Krawatte und Manschettenknöpfen. Er war perfekt vom Scheitel bis zu Sohle. Vermutlich war er schon so auf die Welt gekommen. Alles an ihm wirkte, als wäre es für ihn gemacht.

Gleich würde er aufstehen und gehen, und diese einmalige Chance wäre vertan.

»Ich kann es ändern«, sagte sie. »Sie müssen nur wollen.«

Weller hob die dunklen Augenbrauen. »Warum sollte ich das tun?«

Innerlich verfluchte Anna jeden Tag, an dem sie nicht ebenfalls den Wirtschaftsteil der Tageszeitung gelesen hatte. Dann müsste sie nun nicht so im Dunklen herumstochern. Sie spürte, dass der minimale Funke von Interesse gleich erloschen sein würde.

»Weil Sie dann wesentlich mehr Erfolg haben werden.«

»So wie Sie?«

Sein Blick glitt über ihren Hosenanzug, den sie in einem Warenhaus von der Stange gekauft hatte. Er kniff unter den Achseln, ein Manko, das sie ihrem etwas zu üppigen Busen verdankte. Alle Blusen und Jacken in ihrer Größe spannten ein wenig über der Brust. Dafür hatte sie eine schmale, fast zerbrechliche Taille, aber von der sah man meistens nicht viel. Früher hatte sie die meisten neu erstandenen Sachen zur Änderungsschneiderei gebracht. Das konnte sie sich schon lange nicht mehr leisten. Es ärgerte sie maßlos, dass Weller Erfolg offenbar mit teurer Kleidung gleichsetzte. Und noch mehr ärgerte sie, dass er in seiner Welt offenbar recht damit hatte.

Weller nahm zwei Stück Würfelzucker und warf sie in seinen mittlerweile kalten Espresso.

»Was machen Sie beruflich?«

»Ich leite ein PR-Büro. Public Relations. Wir beschäftigen uns mit Pressearbeit und Imagekampagnen. Dabei versuchen wir, Firmen und Personen fit für den Umgang mit der Öffentlichkeit zu machen.«

»Und gelingt Ihnen das auch von Zeit zu Zeit?«

Jetzt kochte Anna innerlich vor Wut. »Ich habe Ihnen gerade den Hals gerettet. Mit dieser Zeitung legt man sich besser nicht an. Vor allem nicht am Vortag einer so wichtigen Konferenz.«

Er rührte den Espresso um. Dabei ließ er sie nicht aus den Augen. Er musterte sie kühl und abschätzend.

»Ich erreiche meine Ziele grundsätzlich unter Ausschluss der Öffentlichkeit. Ich bin eigentlich gar nicht hier.«

Anna lächelte zuckersüß. »Oh doch. Und morgen wird das der geneigte Leser dieser Zeitung auch in Wort und Bild bestätigt bekommen.«

»Ich habe alle Fotos gelöscht.«

»Nicht, nachdem der Mann seine Kamera noch einmal in den Händen hatte. Haben Sie nicht bemerkt, dass er genau in diesem Moment noch ein paar Aufnahmen gemacht hat?«

Weller atmete scharf ein und lehnte sich zurück.

»Warum haben Sie das nicht verhindert?«

»Hatte ich den Auftrag dazu?«

Es gefiel ihr, ihn einen Moment lang wirklich ratlos zu sehen. Sie verfügte über eine jahrelange Erfahrung mit Journalisten, und so war ihr nicht entgangen, dass der Fotograf beim Ausprobieren seiner Kamera wie unabsichtlich mehrere Fotos von einem Mann geschossen hatte, der offiziell gar nicht hier sein wollte.

»Ich könnte das mit ein bisschen gutem Willen für Sie in Ordnung bringen.«

Weller strich sich mit einer schnellen Geste durch die Haare. Eine dunkle Strähne fiel ihm in die Stirn. Mit einem Mal wirkte er nicht mehr perfekt, sondern geradezu umwerfend menschlich. Er beugte sich vor und griff nach ihrem Unterarm. Die Berührung löste einen winzigen Elektroschock in Anna aus. Gleichzeitig roch sie wieder sein dezentes Aftershave.

»Hören Sie«, raunte er.

Seine Stimme tröpfelte wie warmer Honig in ihr Ohr, alle Härchen auf ihrem Unterarm richteten sich auf. Sein Griff war trocken und fest, als ob er ihr allein damit schon ein Versprechen geben wollte.

»Sie brauchen einen Job?«

Nein, ich brauche dich.

Noch im selben Moment, in dem dieser Gedanke durch ihren Körper raste, wusste sie, dass er ihn spüren konnte.

Oder hören, oder sehen, oder was auch immer.

Sie zog ihren Arm so schnell weg, als hätte sie sich verbrannt. Es war, als ob man eine Verbindung kappen würde.

»Nein, äh ... ja, eigentlich ja.«

War sie denn schon derart ausgehungert, dass eine einfache Berührung reichte, um Kaskaden von Gefühlswallungen in Gang zu setzen? Unwillkürlich rieb sie mit der Hand über die Stelle, an der er sie berührt hatte. Fast erwartete sie, den Abdruck seiner Finger auf ihrer Haut zu entdecken. Weller setzte seine Sonnenbrille wieder auf. Obwohl sie seine Augen nicht erkennen konnte, wusste sie, dass er sie ansah.

»Besorgen Sie mir die Speicherkarte. Bis heute Abend. Wenn Ihnen das gelingt, lasse ich Sie an mein Image heran. Und danach vielleicht sogar an meinen Charakter.«

Er lächelte, als ob er einen charmanten Witz gemacht hätte. Anna schluckte. Dank Sandrine hatte sie ihre Lektion gelernt.

»Ich neige nicht dazu, für meine Jobs in Vorleistung zu gehen.«

»Zu was neigen Sie dann?«

»Zu klaren Absprachen.«

Weller trank den Espresso aus, legte einen Geldschein auf den Tisch und stand auf.

»Heute Abend. Einundzwanzig Uhr. Die Casino-Suite im Grand Hotel.«

Er beugte sich zu ihr hinab. Erschrocken fuhr Anna eine Winzigkeit zurück. »Klarer wird es nicht.«

2.

Vicky schüttelte ein ums andere Mal ihre dunkle Lockenmähne.

»Erzähl es noch mal. Bitte!«

»Nein. Ich habe es dir schon drei Mal erzählt. So ein Erlebnis verliert, wenn man es breitwalzt wie Nudelteig.«

Nachdem Weller gegangen war, hatte Anna so lange seiner aufrechten Gestalt hinterhergesehen, bis Vicky vor ihr auftauchte und mit der flachen Hand mehrmals vor ihrem Gesicht gewedelt hatte.

»Aufwachen! Was ist passiert? Was hat er gesagt?«

Sie musste Vicky Wort für Wort die gesamte Unterhaltung mit Weller wiederholen. Und natürlich wollte ihre Freundin eine plausibel klingende Erklärung, was um alles in der Welt Anna dazu getrieben hatte, ausgerechnet diesen Mann als potentiellen Auftraggeber anzusprechen.

»Aber du hast es doch selbst vorgeschlagen«, versuchte Anna sich zu rechtfertigen.

»Ja! Aber ich habe doch nie damit gerechnet, dass du es tatsächlich tust!«

Nein, wahrscheinlich rechnete schon kein Mensch mehr damit, dass Anna etwas tun würde, das nicht direkt in einer Katastrophe endete.

Wenn sie nur an diese verdammte Speicherkarte herankam.

Das war wohl der Tag der großen Herausforderungen. Vicky hatte nun endlich mit ihren bohrenden Fragen aufgehört und manövrierte den Wagen durch den immer dichter werdenden Mittagsverkehr. Ihr Büro lag am anderen Ende der Altstadt, und die Verkehrsabsperrungen machten viele mühsame Umwege nötig.

»Als ob der Kaiser von China erwartet wird«, sagte Vicky und beobachtete ungeduldig einen Streifenpolizisten, der mit ausgebreiteten Armen den Gegenverkehr durchwinkte.

»Den gibt es nicht mehr«, erwiderte Anna.

Sie hatte ihre Brille aufgesetzt und blätterte sich durch den Wirtschaftsteil einer Zeitung, die sie aus dem Kurpark-Café hatten mitgehen lassen. Vicky warf ihr einen ärgerlichen Seitenblick zu.

»Lesen bildet. Allerdings nur, wenn man es mit einer gewissen Regelmäßigkeit tut. Bis heute Abend wirst du jedenfalls nicht mehr zur Wirtschaftsweisen mutieren.«

Anna seufzte und stopfte die Zeitung in das völlig zugemüllte Handschuhfach. Vicky hatte recht. Sie und Weller sprachen nicht die gleiche Sprache. Zumindest was das fragile Gefüge internationaler Finanzmärkte betraf. Wovon sie allerdings Ahnung hatte, war, die Stärken und Schwächen eines Gegenübers zu analysieren und das Beste aus beidem herauszuholen.

In puncto Selbstbewusstsein musste sie bei Weller nicht ansetzen. Davon besaß er mehr als genug. Der Mann hatte einen messerscharfen Verstand und ein Herz aus Granit. Darüber hinaus besaß er die Fähigkeit, seinem Gegenüber das Gefühl zu geben, dass er in jeder Hinsicht perfekt wäre. Genau wie Sandrine. Es war einschüchternd, an einem Tag gleich zwei solchen Überwesen zu begegnen. Da konnte man ja gar nicht anders, als mit Komplexen zu reagieren.

Halt, dachte Anna. Sandrine brauchte sie, und Weller brauchte sie auch. So schlecht konnte Anna dann wohl doch nicht ankommen. Manchmal war es eben das Unperfekte, mit dem man punkten konnte. Anna musste es sich nur lange genug einreden, dann würde sie eines Tages auch wirklich daran glauben.

Am Nachmittag des gleichen Tages stand Anna am Empfang der Tageszeitung und wartete darauf, dass endlich jemand von ihr Notiz nehmen würde. Sie hatte sich umgezogen und trug nun eine enganliegende Jeans und einen weichen Kaschmirpullunder, der ihre nackten Arme freiließ und dennoch genug Wärme spendete, um nicht zu frieren. Die Sneaker hatte sie angelassen. Ihr Gang hatte sich dadurch verändert, sie lief schneller und sicherer, und diesen anstrengenden Fußmarsch durch die halbe Stadt hatte sie auch gebraucht, um ihre aufgewühlten Gefühle wieder einigermaßen unter Kontrolle zu bekommen.

Journalisten kannte sie nur zu gut. Sie hatte selbst oft genug Pressekonferenzen ausgerichtet, um zu wissen, worauf es bei ihnen ankam. Sie wollten immer das Gefühl haben, als Erste alle Informationen zu haben. Der Fotograf bildete keine Ausnahme. Er war ohne zu fragen auf Weller zugestürmt und hatte sich eine eisige Abfuhr geholt. Und, was noch schlimmer war, als er mit der Macht seiner Zeitung gedroht hatte, hatte das bei Weller nicht den geringsten Eindruck hinterlassen. Beides musste die Eitelkeit des Fotografen verletzt haben. Genau dort musste sie ansetzen. Sie wusste nur noch nicht wie, aber im entscheidenden Moment würde ihr schon noch das Passende einfallen.

Der Portier hatte nun endlich sein Telefongespräch beendet.

»Zu wem wollen Sie denn?«

Anna reichte ihm die Visitenkarte des Fotografen. »Zu Herrn Guyot. Martin Guyot. Er arbeitet als Fotograf für Ihre Zeitung.«

Guyot war offenbar ein Elsässer, zumindest wiesen der deutsche Vor- und der französische Nachname darauf hin. Womit konnte man so einen Mann bestechen? Flammkuchen vielleicht? Würstchen mit Sauerkraut? Plötzlich begann Annas Magen zu knurren. Sie hatte seit dem Frühstück nichts mehr gegessen.

Der Portier nahm die Karte und inspizierte sie aufs Genaueste. Dann musterte er Anna über den Rand seiner Brille mit einem scharfen Blick.

»Der Herr soll hier arbeiten?«

»Das nehme ich doch an, wenn er mir diese Karte überreicht.«

Er brummelte in sich hinein und griff zum Telefonhörer.

»Herr Guyot? Hier unten steht eine junge Dame und möchte Sie sprechen. Ja, gleich. Ich glaube, sie hat es eilig.«

Er legte auf. »Wenn Sie so lange Platz nehmen würden?«

Er wies auf eine moderne Sitzgruppe aus schwarzen Lederwürfeln, um die einige Grünpflanzen arrangiert waren, denen die Sonne aus den bodentiefen Fenstern sichtlich guttat. Anna schlenderte hinüber und nahm Platz. Auf einem Glastisch lagen die Druckerzeugnisse des Hauses. Die Klatschzeitschrift, die Vicky am Mittag bei sich gehabt hatte, war auch darunter. Gelangweilt nahm Anna eine Zeitung und schlug die Titelseite auf.

Internationaler Wirtschaftsgipfel in Wiesbaden. Die führenden Exportnationen setzen auf nachhaltige Energien. Prominentester Teilnehmer wird der stellvertretende russische Außenminister sein.

Hastig überflog sie den Artikel. Er war in der klassischen Sprache des Wirtschaftsjournalismus geschrieben und hätte sie niemals interessiert, wenn sie nicht auf der Suche nach einem ganz bestimmten Namen gewesen wäre. Aber Carl Weller wurde nicht erwähnt. Also war es ihm gelungen, seine Teilnahme bis jetzt geheim zu halten.

Allein der Gedanke an ihn versetzte sie in eine nervöse Unruhe.

Ich brauche dich.

Wie peinlich! Wie hatte sie nur so etwas denken können! Sie brauchte niemanden. Und erst recht keinen Mann wie Weller. Das waren Typen, die immer zuerst an sich dachten und dann noch lange nicht an andere. Wahrscheinlich kam sie jetzt in das Alter, in dem man sich mangels realer Anwärter auf die Unerreichbaren konzentrierte. Sie müsste sich ein bisschen mehr im Auge behalten. Sport treiben. Endlich den Pilates-Kurs besuchen. Töpfern. Malen. Wasserbüffel züchten. Erfüllung im Bereich des Möglichen finden. Und nicht verrückt spielen, sobald ein Mann ihren Unterarm berührte.

Die Aufzugstüren öffneten sich beinahe geräuschlos, und ein großer Putzwagen mit einem beeindruckenden Vorbau aus

Schrubbern, Besen und Wischmopps quälte sich aus der engen Kabine. Er wurde von einem Mann geschoben, und als Anna zum zweiten Mal hinsah, fielen ihr beinahe die Augen aus dem Kopf. Er trug einen blauen Arbeitsoverall und war ohne Zweifel Martin Guyot. Er entdeckte Anna und rollte langsam auf sie zu, wobei er den Wagen wie einen Schutzschild vor sich herschob. Anna stand auf. Ihr Vorrat an Verständnis war für diesen Tag endgültig aufgebraucht. Konnte sich nicht einmal jemand so verhalten, wie man das von ihm erwartete?

»Wenn das ein Scherz sein soll, dann bin ich nicht amüsiert. Oder arbeiten Sie hier *undercover*?«

Guyot war offenbar auch nicht zum Lachen zumute. Er stoppte den Wagen keinen Millimeter vor Annas Schuhspitzen, schnappte sich einen Lappen und begann, den gläsernen Couchtisch abzuwischen.

»Was machen Sie hier?«, fragte er, aber es klang eher nach einer Abfuhr als nach höflichem Interesse.

»Das könnte ich genauso gut Sie fragen. Ich denke, Sie sind Fotograf!«

»Schschsch.«

Guyot deutete auf den Portier, der aufmerksam zu ihnen herüberspähte.

»In meiner Mittagspause, ja.«

»Und die Akkreditierungen? Haben Sie die etwa gefälscht?«

»Welche Akkreditierungen?«

Anna trat einen Schritt näher. »Hören Sie, von mir wird keiner etwas erfahren. Wenn Sie mir die Speicherkarte mit den Fotos überlassen, die Sie heute Mittag von Carl Weller gemacht haben.«

»Von wem?«

Mit enervierender Gleichgültigkeit schichtete Guyot die durcheinandergeratenen Zeitungen wieder aufeinander.

»Von Carl Weller. Tun Sie doch nicht so, als wüssten Sie nicht, von wem ich rede.«

Guyot nahm den Papierkorb und leerte ihn in einen blauen Sack an der Seite seines Wagens.

»Ich weiß tatsächlich nicht, was Sie meinen. Aber wenn Sie die Fotos meinen, die ich heute vom Springbrunnen im Park gemacht habe – die habe ich bereits an die Redaktion verkauft.«

Mit stillem Zorn beobachtete Anna, wie sich die Selbstzufriedenheit auf dem runden Gesicht Guyots ausbreitete.

»Dann fordern Sie sie wieder zurück.«

»Ausgeschlossen.«

Er trug den Papierkorb zurück in die Ecke. Anna überlegte fieberhaft. Guyot sah nicht so aus, als ob er den Deal seines Lebens wieder rückgängig machen würde. Geld, um ihn zu bestechen, hatte sie keines. Auf sanfte Bitten würde er sich vermutlich auch nicht einlassen. Die Fotos würden morgen erscheinen. Es sei denn, sie würde ihm etwas bieten, das weit über den Abdruck eines Schnappschusses hinausging.

Sie zwang sich zu einem verschwörerischen Lächeln.

»Nun, wenn Ihnen das reicht ... Ich hätte Ihnen nämlich einen Vorschlag zu machen.«

Guyot steckte die Hände in die Taschen seines Overalls und begann, abwartend mit den Füßen zu wippen.

»Fünfhundert«, sagte er. »Keinen Cent weniger. Dann frage ich auch nicht nach, warum Weller so erpicht darauf ist, dass er hier nicht gesehen wird.«

Anna trat einen Schritt näher. Der schwache Duft von Alkohol kam definitiv nicht von der Flasche Glasreiniger.

»Wie meinen Sie das?«

»Obwohl ich es weiß. Ich finde, dafür kommt *il scorpio* noch verdammt gut weg.«

»Wer bitte?«

Doch Guyot fühlte sich plötzlich wieder zu Niederem berufen. Er ging hinter dem Putzwagen in Position und sah nicht so aus, als ob irgendetwas auf dieser Welt ihn nun davon abhalten könnte, Anna über den Haufen zu fahren. Sie musste an die Speicherkarte kommen. Und Guyot überzeugen, die Veröffentlichung der Fotos zu verhindern. Oder zumindest zu verschieben, bis sie den Job hatte.

»Ich biete Ihnen etwas viel Besseres als Geld«, sagte sie. »Was halten Sie von einem Exklusivinterview?«

Weller würde nicht begeistert sein. Aber wenn sie Guyot dazu brachte, es erst zu veröffentlichen, wenn der Finanzhai längst das Land verlassen hatte, müsste ihr Plan funktionieren. Ihrer Erfahrung nach wurden die wichtigsten Gespräche immer vormittags geführt. Also könnte Weller einen Termin in der Mittagspause der Konferenz wahrscheinlich einschieben.

»Morgen Mittag. Vierzehn Uhr. In der Casino-Suite des Grand Hotels.«

»Ein Interview?« Habgier glitzerte in seinen kleinen Augen. »Das kaufe ich Ihnen nicht ab. Weller gibt keine Interviews.«

»Doch. Er wird Ihnen zuliebe eine Ausnahme machen. Wenn Sie ihm ein kleines bisschen entgegenkommen.«

Sie lächelte ihn zuckersüß an und streckte die Hand aus. Dabei vermied sie jeden Gedanken daran, wie Weller wohl reagieren würde, wenn er von diesem Termin erführe. Guyot trat von einem Fuß auf den anderen. Jetzt hatte sie ihn. Der Fisch biss an.

»Und danach können Sie den Putzjob endgültig an den Nagel hängen. Jede Redaktion wird Sie mit Kusshand nehmen. Na?«

Sie bewegte die Finger ihrer ausgesteckten Hand. Der Putzmann sah sich noch einmal schnell um. Niemand beobachtete sie. Er öffnete den Reißverschluss seiner Brusttasche, holte die Speicherkarte hervor und gab sie Anna.

»Ich habe Kopien.«

»Sie würden mich enttäuschen, wenn Sie keine hätten.«

»Wenn Sie mich verladen, sind Sie dran.«

»Morgen Mittag vierzehn Uhr. Herr Weller erwartet Sie.«

Oder auch nicht. Aber um diese Eventualität wollte Anna sich erst kümmern, wenn sie an der Reihe war. Sie drehte sich um und verließ das Verlagsgebäude so schnell, wie sie konnte. Erst zwei Straßen weiter gestattete sie sich einen Luftsprung.

Ich habe den Job! Ich bin Carl Wellers PR-Agentin!

Es dauerte zwei weitere Straßen, bis ihr klar war, dass sie keine Ahnung hatte, was das eigentlich bedeutete.

3.

Mit einem energischen Ruck drehte Anna die Dusche ab. Tropfnass hüllte sie sich in ein Badehandtuch und lief in ihr Schlafzimmer, um genauso ratlos wie vor einer Viertelstunde ihren weit geöffneten Kleiderschrank zum wiederholten Mal zu inspizieren. Carl Weller besaß offenbar kein Faible für Hosenanzüge von der Stange. Das hatte Anna im Grunde ihres Herzens auch nicht, aber selbst eine wohlwollende Prüfung brachte nichts zutage, womit sie heute Abend bei einem Milliardär punkten könnte.

Ratlos betrachtete sie ein Stück nach dem anderen. Sie war immer stolz darauf gewesen, einen guten Geschmack zu haben. Innerhalb des Budgets, das sie für Kleidung erübrigen konnte, hatte sie sich für zeitlose und qualitativ hochwertige Teile entschieden, die gut miteinander kombinierbar waren. Ob Meeting oder Büro, Geschäftsessen oder Kundenbesuche – stets hatte sie darauf geachtet, dezent und gleichzeitig seriös angezogen zu sein. Bisher war sie der Meinung gewesen, für alle Eventualitäten gerüstet zu sein. Sogar ein Abendkleid hatte sie sich vor langer Zeit geleistet.

Es hing, von einer dünnen Plastikfolie geschützt, ganz hinten im Schrank. Vorsichtig holte sie es heraus, entfernte die Folie und legte es auf ihr Bett. Es war aus fließender rosenholzfarbener Seide, die im Licht ihrer Nachttischlampe unschuldig und geheimnisvoll zugleich schimmerte. Sie hatte es nur ein einziges Mal getragen, es danach in den Schrank gehängt und versucht, es zu vergessen.

Falsch, korrigierte sie sich. Du hast versucht zu vergessen, warum du es getragen hast und für wen. Und woher die kleinen dunklen Wasserflecken kommen, die man immer noch sehen kann, weil du es noch nicht einmal in die Reinigung gebracht hast.

Sie nahm das Kleid, stand auf und trat vor den Ankleidespiegel. Mit der linken Hand hielt sie den Bügel, mit der rechten drapierte sie den Stoff so, dass es wirkte, als würde sie es tragen. Aus dem Spiegel sah ihr eine barfüßige Frau mit nassen Haaren entgegen. Der Anblick war ein *Déjà vu,* genau so hatte sie schon einmal ausgesehen. Ihre Gedanken glitten zurück zu jenem Abend, an dem Michael, ihr Exmann, ihr gesagt hatte, dass er erstens ein unglaublich attraktives Angebot von einem der führenden Wirtschaftsprüfungsunternehmen erhalten hatte, dass er zweitens dafür gezwungen sei, in einem halben Jahr nach Boston zu gehen, und dass er dies drittens nicht mit ihr, sondern mit einer jungen Dame mit dem Spezialgebiet Rechnungslegungsstandards tun würde, die zudem ein Kind von ihm erwartete und die er, sobald die Scheidung durch wäre, zu ehelichen gedachte.

Als er anfing aufzuzählen, was er Anna alles verdankte und wie schwer es ihm fiele, sie zu verlassen, war sie ohne ein Wort aufgestanden. Sie war aus dem Restaurant gelaufen, ohne zu merken, dass es angefangen hatte zu regnen. Ihre Zukunft, die sie sich Baustein für Baustein aufgebaut hatte, war gekippt wie eine Reihe Dominosteine. Sie hatte noch am gleichen Abend ihren Job in dem Steuerberatungsunternehmen gekündigt, in dem sie damals gearbeitet hatte, sie in der Presseabteilung, Michael als Anlageberater, und sich erst einmal ein paar Wochen im Haus ihres Vaters verkrochen. Danach beauftragte sie einen Anwalt mit der Scheidung. Sie geschah in gegenseitigem Einvernehmen und ging schnell über die Bühne, was daran lag, dass

Anna auf alle ihre Ansprüche verzichtete. Sie hatte sich diesen Schritt lange überlegt. Dann war sie zu der Überzeugung gekommen, dass ihr Verzicht bereits begonnen hatte, als Michael sein Wirtschaftsstudium auf ihre Kosten durchgezogen und die nächsten Jahre auch noch seinen Doktor drangehängt hatte. Gerade als er zum ersten Mal anfing, richtig Geld zu verdienen, und sie mit dem Gedanken spielte, ihr abgebrochenes Studium wieder aufzunehmen, hatte er sich mit der Queen of Rechnungslegungsstandards eingelassen. Anna erinnerte sich an ein flüchtiges Lebewohl auf den Stufen des Amtsgerichtes und eine hochschwangere Frau neben einem schwarzen 5er BMW, der im Parkverbot an der Ecke stand, und auf die Michael, ohne sich noch einmal umzudrehen, zulief.

Der Verzicht hatte nichts mit Geld zu tun. Eher mit ihren eigenen Lebensträumen. Und hatte man je von einem Versorgungsausgleich für verpasste Chancen und Entscheidungen gehört? Ihr Liebeskummer war verschwunden. Aber das Bild der schwangeren Frau hatte sie lange nicht vergessen. Ihre Zukunft lag offen vor ihr, ein aufgeschlagenes, nicht weiter beschriebenes Notizbuch, in das sie damals begann, akribisch die nächsten Stationen einzutragen.

Eine eigene Firma. Beruflicher Erfolg. Ein netter Mann, der nicht zwischen Vorspeise und Hauptgang zehn Lebensjahre zum Irrtum degradiert.

Anna ließ das Kleid sinken. Von einem netten Mann war sie ebenso weit entfernt wie von beruflichem Erfolg. Und wenn sie nicht aufpasste, war auch die Firma bald nur noch eine Randepisode in ihrem Lebenslauf. Sie knüllte den Stoff zusammen, lief in die Küche und warf das Kleid in den Abfalleimer. Was sie brauchte, war nicht die Erinnerung an Regen und Tränen, sondern etwas zum Anziehen. Etwas, womit sie Carl Weller unter die Augen treten konnte. Sie sah auf die Uhr und versuchte, die aufsteigende Nervosität zu verdrängen. Noch eine Stunde, und sie hatte sich noch nicht einmal die Haare gefönt. Dabei ging es doch um nichts anderes als ein geschäftliches Treffen. Wenn sie ihm schon imponieren wollte, dann mit anderen Dingen als einer verführerischen Garderobe. Sie war die Frau, die aus dem unbeliebtesten Milliardär aller Zeiten den Bill Gates des 21. Jahrhunderts machen würde.

Sie schlüpfte in einen schlichten nachtdunklen Pullover, wählte dazu eine schmal geschnittene Hose in Marineblau und verwendete eine Viertelstunde darauf, ihre widerspenstigen Haare zu einer glatten Mähne zu fönen und ein dezentes Make-up aufzulegen.

Als sie sich ein letztes Mal im Spiegel betrachtete, war sie zufrieden mit sich. Weller würde das bekommen, wofür er bezahlte: eine kompetente Business-Frau. Sie hatte perfekt gearbeitet und seine Wünsche erfüllt. Sie würde ihm professionell darlegen, warum er sie brauchte und weshalb sie die Einzige war, die ihm das geben konnte. Sie würde ihm klarmachen, warum er in Zukunft auf ihre Dienste nicht verzichten könnte und was geschehen würde, wenn er das nicht begriff. Sie grinste ihr Spiegelbild an.

Klingt fast so, als würde ich mich nicht um einen Arbeitsplatz, sondern einen Platz in seinem Bett bewerben.

Kopfschüttelnd knipste sie das Licht aus.

Carl Weller legte noch einmal fünf Kilo nach. Dann lehnte er sich zurück und stemmte das Eisen so langsam wie möglich hoch. Er wollte, dass der Schmerz seinen ganzen Körper betäubte und jeden Gedanken aus seinem Hirn brannte. Der Schweiß lief von seiner Stirn und sammelte sich in seinem Nacken. Sein T-Shirt war so nass, als wäre er die letzte halbe Stunde geschwommen und hätte sie nicht im Kraftraum des Hotels verbracht. Die Muskeln unter seiner leicht gebräunten Haut strafften sich und traten, zu stahlharten Bündeln geschmiedet, hervor. Er hielt das Gewicht, atmete zwei Mal ein und aus, und ließ es dann langsam wieder sinken.

Feuer rann durch seine Arme, aber er achtete nicht darauf. Erneut stemmte er die Eisen und konzentrierte sich auf seine Atmung. Er hatte nie vorgehabt, seinen Körper derart zu quälen. Doch im Lauf der Zeit stellte er fest, wie gut er dabei abschalten konnte. Es gab wenige Momente in seinem Leben, in denen ihm das gelang. Dieses Training, das er jedes Mal fast bis an die Grenze seiner Leistungsfähigkeit betrieb, gehörte dazu.

Langsam führte er die Arme zurück und legte die Hantel ab. Das Blut zirkulierte bis in die letzte Zelle seines Körpers. Ein ewiger, ruhiger Kreislauf, den selbst die härtesten Übungen nicht mehr beschleunigten. Er setzte sich auf, nahm das Handtuch von seiner Schulter und wischte sich den Schweiß aus dem Gesicht. Als er die Augen wieder öffnete, kreuzte sich sein Blick im Spiegel mit dem einer mageren blonden Frau, die bereits seit fast einer halben Stunde auf dem Laufband arbeitete. Er taxierte sie im Bruchteil einer Sekunde und ließ sie dann links liegen. Nicht sein Typ. Zu verbissen. Er mochte Frauen, die sich auch wie Frauen anfühlten. Die weich, warm und anschmiegsam waren und den reizvollen Kontrast zu seinem harten Körper milderten.

Er stand auf und spürte, dass sie ihn weiterhin ansah. Es war warm in dem Raum. Ein schwacher Duft von Chlor und Schweiß lag in der Luft. Er ging zu den Duschen, und wenig später stand er, von Kopf bis Fuß eingeseift, unter dem harten, kalten Strahl. Als er das Wasser abstellte, fühlte er sich frisch und ausgeruht. Es war ihm erfolgreich gelungen, den Gedanken an den morgigen Tag zu verdrängen. Doch als er in den weißen Bademantel schlüpfte und den Gürtel um die Taille verknotete, verdüsterte sich seine Stirn.

Wenn es nach ihm gegangen wäre, hätte er diesen übereifrigen Fotografen mit der linken Hand zerquetscht. Dann aber hatte sich dieses merkwürdige Mädchen eingemischt und ihn daran erinnert, was ein genüsslich zelebrierter Mord in einem Kurpark-Café an unerwünschten Begleiterscheinungen nach sich ziehen würde. Anna Sternberg. Ein Leichtgewicht. Unscheinbar. Niemals hätte er sie wahrgenommen, wenn sie nicht plötzlich vor ihm gestanden und von ihm verlangt hätte, sich zu entschuldigen. Wofür eigentlich? Dieser Fotograf war eine der vielen lästigen Begleiterscheinungen, denen man ab einem gewissen Macht- und Einflusslevel ausgesetzt war. Dennoch musste er ihr dankbar sein. Sie hatte bemerkt, dass Fotos von ihm existierten, die er nicht autorisiert hatte. Das konnte gefährlich werden. Er musste über alles, was seine Person betraf, die Kontrolle behalten.

Die Uhr an der Wand zeigte zehn vor neun. Er hoffte, sie würde pünktlich sein. Er würde ihr schnell einen Scheck ausstellen – drei Minuten, ein wenig mit ihr plaudern – vier Minuten, ihr etwas zu trinken anbieten, das sie hoffentlich ablehnen würde – eine Minute, und sie dann charmant zur Tür begleiten. Zwanzig Sekunden. Um zehn nach neun wäre er sie los.

Ich brauche dich.

Er hatte ihren Gedanken so deutlich gelesen, als hätte sie ihn auf eine der Papierservietten geschrieben, die auf den Tischen herumgelegen hatten. Es wäre ein leichtes Spiel, sie ins Bett zu bekommen. Fünfzehn Minuten. Inklusive Vor- und Nachspiel.

Er fuhr sich mit den Fingern durch die feuchten Haare. Sie würde ihn langweilen. Und wenn die Zeit auch schon seit langem eine andere Wertigkeit für ihn hatte, für Langeweile waren ihm auch fünfzehn Minuten zu viel.

Der Aufzug glitt die sieben Stockwerke hoch, und Anna betrat einen mit dicken Teppichen ausgelegten Flur. Indirektes Licht verlieh den seidenbespannten Wänden einen diskreten Schimmer. Nach links, hatte man ihr an der Rezeption gesagt und sie mit einem rätselhaften Blick gemustert. Damen, die um diese Uhrzeit die Casino-Suite aufsuchten, sahen in den Augen erfahrener Portiers wohl anders aus.

Am Ende des Flurs gab es nur eine Tür. Entschlossen ging sie darauf zu, hob die Hand und klopfte an. Niemand öffnete. In einer Sekunde aufflackernder Panik sah sie auf ihre Armbanduhr. Hatte sie sich verspätet? Sie hasste es, zu spät zu kommen. Noch mehr aber hasste sie es, wenn andere sich verspäteten. Aufatmend registrierte sie, dass sie absolut in der Zeit lag. Sie klopfte noch einmal. Ganz langsam züngelte in ihr ein böser Verdacht. Ob Weller sie etwa versetzt hatte? Anna lehnte für einen Moment die Stirn an die Tür, um die gesamte Wucht dieses Gedankens wenigstens ein bisschen abzufedern. Das erste Mal war ihr das beim Abschlussball der Tanzstunde passiert. Versetzt zu werden war eine Erfahrung, die nicht weniger schmerzhaft wurde, je öfter man sie erlebte.

Die Tür öffnete sich, Anna verlor das Gleichgewicht und landete in den stärksten Armen, die sie jemals im Leben gespürt hatte. Der Mann trug einen bis zur Taille offenen Bademantel, und die nackte Brust, an die Anna ungewollt taumelte, war glatt wie die einer Marmorstatue und ungefähr ähnlich proportioniert. Sofort kniff sie die Augen zusammen und befreite sich aus dem Griff.

»Ent… Entschuldigung«, stammelte sie.

Sie tastete nach der Wand und drehte sich hastig um. »Tut mir leid. Ich falle sonst nicht mit der Tür ins Haus.«

Die plötzliche Berührung hatte sie völlig aus dem Konzept gebracht. Sie versuchte sich zu beruhigen, aber ihr Herz klopfte bis zum Hals. Carl Wellers Aufzug passte nicht zu einem geschäftlichen Meeting.

»Treten Sie ein«, sagte er.

Anna erstarrte. Das Blut schoss ihr ins Gesicht, und sie wagte immer noch nicht, sich umzudrehen.

»Ich fürchte, es liegt ein Missverständnis vor«, sagte sie. »Könnten Sie sich vielleicht etwas anziehen?«

»Warum? Ich hatte nicht vor, heute noch auszugehen.«

Er konnte doch nicht im Ernst erwarten, dass sie ein Gespräch über ihre berufliche Zukunft mit einem Mann im Bademantel führte! Vielleicht wollte er sie nur auf die Probe stellen? Anna atmete tief durch. Genau das war es. Er wollte sehen, wie sie auf Überraschungsmomente reagierte.

»Nun kommen Sie schon herein. Ich habe nicht vor, mich auf Sie zu stürzen. Falls Sie das befürchten sollten.«

Anna drehte sich um.

»Oder erhoffen«, setzte er hinzu und grinste sie an.

Selbst barfuß war er noch fast einen Kopf größer als sie. Er schenkte ihr ein Lächeln, das sie noch mehr aus der Fassung brachte. Er musste gerade geduscht haben, denn sein Haar war noch feucht und fiel ihm in die Stirn. Sein schmal geschnittener Mund entblößte eine Reihe perlweißer Zähne. Sein Lächeln hatte genau die sinnlich gefährliche Anmutung, die einem Alain Delon als eiskaltem Engel zu Weltruhm verholfen hatte. Sie wich seinem Blick aus und landete ausgerechnet da, wo er den Gürtel seines Hausmantels zu einem äußerst lockeren Knoten geschlungen hatte. Er konnte sich jederzeit lösen, und Anna hoffte nur, sie würde in diesem unwahrscheinlichen Moment nicht mit einem entsetzten Schrei davonstürmen. Sie zwang sich, ihren Blick von seinen Hüften zu nehmen und in seine dunklen Augen zu schauen, mit denen er sie belustigt anfunkelte.

Mit einer eleganten Bewegung trat er zur Seite und machte ihr Platz. Anna schlüpfte an ihm vorbei und wich ihm, so gut es möglich war, aus. Die Tür hinter ihr schloss sich geräuschlos.

»Darf ich Ihnen etwas zu trinken anbieten?«

»Nein danke«, antwortete sie schnell.

Sie wollte diese unangenehme Situation so schnell wie möglich hinter sich bringen. Um von ihrer Befangenheit abzulenken, sah sie sich betont auffällig um. Die Suite war modern eingerichtet. Halogenstrahler verbreiteten ein warmes, gedimmtes Licht. Die bodentiefen Fenster boten einen spektakulären Ausblick über die Stadt. Die Abenddämmerung lag über den Dächern wie eine Decke aus nachtblauer Seide. Einige schmale, schnelle Schatten – Fledermäuse oder späte Schwalben – schossen pfeilschnell am Fenster vorüber und verschwanden in der Dunkelheit.

Sie drehte sich um, aber Weller war verschwunden. Von irgendwoher hörte sie Gläser klirren. Entweder schenkte er sich jetzt einen Drink ein, oder er putzte sich die Zähne. Sie schluckte. Die Situation war so intim und wurde von ihm mit einer solchen Souveränität gemeistert, dass sie eigentlich nur einen Schluss zuließ: Sie war keine Gefahr für ihn. In ihrer Gegenwart konnte der bestaussehende Mann, den sie jemals zu Gesicht bekommen hatte, bedenkenlos halbnackt herumlaufen. Sie war sich nicht sicher, ob das nun ein Kompliment oder eine Beleidigung war.

Eine riesige Sitzlandschaft stand vor der Fensterfront. Annas flache Ballerinas verschwanden fast in dem knöchelhohen Teppich, als sie zu ihr hinüberging und sich setzte. Augenblicklich versank sie so tief in den Polstern, dass auch das schon wieder eine Aufforderung sein konnte. Alles wurde zweideutig, sogar das simple Hinsetzen. Sie richtete sich kerzengerade auf und musterte den Raum. An den Wänden hingen geschmackvolle, offenbar echte Gemälde, deren pastellfarbene Unaufdringlichkeit mit dem schlichten Understatement der Einrichtung korrespondierte. Der offene Wohnraum ging auf der linken Seite über in einen Erker, der Weller im Moment wohl zum Arbeiten diente, denn auf dem großen Marmortisch lagen verschieden hohe Stapel mit Unterlagen. Auf der rechten Seite führte ein Durchgang ins Schlafzimmer. Das Bett schien unbenutzt. An seinem Kopfende türmten sich Gebirge aus weißen Kissen, und eine Felldecke verbreitete die einzige Andeutung von ungezügelter Dekadenz.

Irgendwo wurde eine Tür aufgeschoben, und Weller betrat das Wohnzimmer. Er trug tatsächlich ein Glas, doch es sah aus, als ob sich nur Leitungswasser mit Eiswürfeln darin befand. Er ließ sich in den Ledersessel gegenüber fallen und stellte es vor sich ab. Er trug immer noch den Bademantel, und Anna begann sich zu fragen, was er eigentlich damit bezweckte. Wenn er sie verunsichern wollte, hätte dazu bereits ein geöffneter Hemdknopf gereicht. Das hier war eindeutig ein erotischer Overkill.

»Haben Sie die Speicherkarte?«

»Natürlich.«

Anna holte den Umschlag aus der Tasche, Weller streckte die Hand aus, doch als er zugreifen wollte, zog sie ihn zurück.

»Ich habe meinen Teil der Abmachung erfüllt.«

Weller hob die Augenbrauen.

»Das habe ich nicht anders erwartet.«

»Dann sind Sie jetzt an der Reihe.«

Er lehnte sich zurück. »Ach ja, mein Image. Als Geschäftsmann, nehme ich an. Sie sind also der Meinung, ich sollte etwas daran ändern. Können Sie das präzisieren? Wenn es geht, innerhalb von sechzig Sekunden.«

Anna holte tief Luft. Schlagartig wurde ihr klar, dass das hier kein Vorstellungsgespräch war, sondern nichts anderes als der Versuch, sie aufs Glatteis zu führen. Langsam legte sie den Umschlag mit der Speicherkarte gut sichtbar vor sich auf den Tisch. Nahe genug, um ihn sich sofort schnappen und das Weite suchen zu können, wenn es darauf ankam. Weit genug von ihm entfernt, dass er aufstehen musste, wenn er ihn erreichen wollte. Sie hatte den Rest des Nachmittags mit nichts anderem verbracht, als die wenigen Fakten, die über Weller bekannt waren, im Internet zu recherchieren. Vicky hatte sie zudem mit einigen vagen Andeutungen aus den Klatschspalten gefüttert. Alles in allem konnte Anna sich aus den verschiedensten Puzzleteilchen ein ziemlich genaues Bild zusammensetzen. Weller war skrupellos, ehrgeizig, unfassbar reich und, was noch unfassbarer war, ledig.

Mit Letzterem wollte sie ihre 60-Sekunden-Charakteristik aber nicht gerade garnieren.

»Sie stehen in dem Ruf, vor keinem Geschäft dieser Welt zurückzuschrecken. Sie sollen den Nordkoreanern Uran und den Paschtunen Waffen geliefert haben. Milliardenverluste durch Anlagebetrügereien bezeichneten Sie als ... wie war das? Kichererbsen? Sie haben bereits weite Teile der einstmals russischen Erdgaspipelines unter Ihren Einfluss gebracht und wollen durch die Übernahme der Aktienmehrheit an Greenprom auch den Rest an sich reißen. Ihr Immobilienimperium erstreckt sich von Gibraltar bis zum Ural. Sie sind berüchtigt für die Art, wie Sie das *squeeze out* betreiben – eine Bezeichnung, die mir bisher nur im Zusammenhang mit Orangensaft in den Sinn gekommen wäre, die aber nichts anderes als das rücksichtslose Herausdrängen lästiger *shareholder* und unschuldiger Kleinaktionäre bedeutet. Sie sind stiller Teilhaber bei mehreren großen internationalen Verlagen und haben vor, den Fernsehsender Sky News zu übernehmen, wogegen die Belegschaft bereits Proteste angekündigt hat.«

Anna sah ihn abwartend an. Als er nichts sagte, fuhr sie fort.

»Für morgen. In Mainz. Das ist nicht weit weg von Wiesbaden, was Sie als *global player* vielleicht nicht wissen.«

Ihr Business-Englisch war für jemanden, der vom Business keine Ahnung hatte, nicht schlecht. Anna hoffte, alles präzise wiedergegeben zu haben.

Weller nahm das Glas und trank einen Schluck Wasser. Sie bemerkte, wie ein feuchter Glanz auf seinen Lippen zurückblieb. Plötzlich wurde ihre Kehle trocken. Sie räusperte sich, bevor sie fortfuhr.

»Sie treiben sich überall dort herum, wo die Welt sich nicht gerade aus lauter Liebe in den Armen liegt.«

»Lauter Liebe ist nicht das, was einen Geschäftsmann in erster Linie interessieren sollte.«

»Wenn Sie Sky News haben wollen, dann geht das nicht ohne die Belegschaft.«

Weller hob spöttisch die Mundwinkel. Konnte dieser Mann eigentlich auch anders, als sich ständig über sie lustig zu machen?

»Was wollen Sie eigentlich mit einem Fernsehsender?«

»Medien sind Macht. Das müssten Sie doch wissen.«

»Und was wollen Sie mit Macht?«

Weller, der sein Glas bis jetzt noch in der Hand gehalten hatte, stellte es mit einem Knall ab. Anna fuhr zusammen.

»Es ... es tut mir leid. Natürlich steht es mir nicht zu, Sie das zu fragen.«

»Ganz recht. Ihre sechzig Sekunden sind um. Sie haben mich nicht überzeugt.«

Das war ja klar. Typen wie er schienen einen geradezu sportlichen Ehrgeiz zu entwickeln, sich an einmal gemachte Zusagen nicht zu halten.

»In Ordnung.« Anna nahm den Umschlag mit der Speicherkarte und stand auf. »Ich wünsche Ihnen für Ihre Zukunft alles Gute.«

So schnell, dass Anna nicht wusste, wie er das gemacht hatte, stand er vor ihr. So nah, dass sie seinen Körper riechen konnte, der nach Moschus, Menthol und … Lagerfeuer roch. Genau. Lagerfeuer. Baumharz und sprühende Funken, rotglühende Baumstämme unter weißer Asche. Warum gaukelte ihre Phantasie ihr ständig Bilder vor, wenn sie zu nahe bei ihm stand? Sie wich einen Schritt zurück, kam mit den Kniekehlen an den Couchtisch und taumelte. Bevor sie erneut das Gleichgewicht verlor, fing er sie auf.

Es war ein anderer Griff als noch vor wenigen Minuten an der Tür. Er hielt ihre Arme fest wie ein Schraubstock, und die Kraft, mit der er das tat, schien ein rotglühender Strom Lava zu sein, der direkt in ihre Adern schoss. Die Vision eines Magma speienden Vulkans flackerte in ihr auf. Plötzlich stand die Erde still. Nur in ihren Ohren dröhnte es, als könnte sie das Universum hören. Sie sah in seine Augen, und in diesem Moment verengten sich seine Pupillen zu winzigen Punkten.

In schlechten Filmen küsst man sich jetzt.

»Ach ja?«

Weller beugte sich herab. Seine Lippen kamen näher. Anna war immer noch gefangen in diesem Griff, der nicht annähernd eine Umarmung war. Sie versuchte, an ein Eisentor zu denken. Ein großes Eisentor, das sich langsam zwischen sie und ihn schob. Es gelang ihr nicht. Seine Lippen, schmal und geschwungen wie die einer römischen Statue, berührten sie fast. Ein Garagentor, dachte sie, mit Rollmechanismus. Und Fernbedienung. Das man vom Auto aus öffnen und schließen kann. Schließen, vor allen Dingen … Eine unglaubliche Hitze ging von seinen Lippen aus, ein glühender Schwindel erfasste sie. Eine Gartentür. Vielleicht, bitte, eine Gartentür mit einem rostigen Vorhängeschloss, zu dem der Schlüssel schon vor Generationen verloren ging …

Langsam, mit einem Ausdruck größten Erstaunens, löste er

seinen Griff. Er stand mit erhobenen Handflächen vor ihr, als ob sie eine Waffe trüge und er sich ergeben müsste. Ungläubig blickte er von einer Hand auf die andere. Anna vergaß zu atmen. Das wäre im Moment sowieso nicht möglich gewesen, denn ihr Hals war wie zugeschnürt. Was dann geschah, überstieg bei Weitem alles, was sie im Zusammenhang mit Weller gehofft und befürchtet hatte.

Er trat wieder zu ihr, nahm sie in die Arme und küsste sie.

Nicht zärtlich und romantisch, auch nicht linkisch und zurückhaltend, sondern fordernd, ohne dass sie auch nur an Widerstand denken konnte. Er war eine Naturgewalt, die ihr den Atem raubte und ihren Verstand in zuckenden kleinen Blitzen untergehen ließ. Seite rechte Hand löste sich von ihrer Schulter, glitt hoch in ihren Nacken und verweilte einen Moment, während sein Daumen die zarte Linie ihres Halses entlangfuhr bis an ihr Kinn. Ein ziehender, unendlich wohliger Schmerz schüttete sich in ihr aus, rann mit einer glühenden Feuerspur durch ihren Leib, um sich zwischen ihren Beinen zu sammeln. Sie fühlte sich getragen und gefangen gleichzeitig. Seine Zunge spielte mit ihr, lockte sie, glitt in sie hinein wie ein heimtückisches, elegantes Tier, seine Zähne gruben sich in ihre Unterlippe. Ihr Mund war feucht und nass, und schlagartig wurde ihr klar, dass es wohl nicht allein ihr Mund war. Weller hatte etwas gefunden und zum Sprudeln gebracht, von dem sie glaubte, dass es schon lange versiegt wäre.

Aufhören!

Der Schrei raste wie eine Guillotine durch ihren Kopf. Ein silbernes Fallbeil, das abrupt alle niederen Instinkte, denen sie so plötzlich ausgeliefert war, kappte. Weller taumelte einen Schritt zurück, als hätte sie ihn geschlagen. Ohne sie noch einmal anzusehen, drehte er sich um und verließ den Raum.

Anna fuhr sich mit dem Handrücken über die Lippen. Der Kuss war so hart und fordernd gewesen, dass sie sich taub anfühlten. Sie war unfähig, auch nur einen klaren Gedanken zu fassen. Ihre Knie zitterten, ihr Körper war plötzlich wie ausgelaugt. Sie spähte in die Richtung, in der Weller verschwunden war. Eindeutig das Schlafzimmer. Was erwartete er jetzt von ihr? Dass sie ihm folgte wie ein Hund? Verletzter Stolz, Wut und Panik wechselten sich ab. Hastig sah sie sich um und schlich zur Tür. Gerade als sie die Hand nach dem Knauf ausstreckte, hörte sie hinter ihrem Rücken seine Stimme.

»Was machst du mit mir?«

Sie ließ die Hand sinken. Verwunderung und ungläubiges Staunen lagen in diesen Worten. Und eine gerade noch in Schach gehaltene Wut.

»Was zum Teufel soll das?«

Anna wusste nicht, ob sie sich ärgern oder fürchten sollte. Blitzschnell drehte sie sich um, eine geharnischte Antwort auf den Lippen, die sie im selben Moment schon vergessen hatte.

Er stand im Türrahmen. Kein eiskalter Engel – eher das Gegenteil. Etwas Bedrohliches, fast Teuflisches ging von ihm aus. Seine Augen glühten, und er sah sie an, als wolle er sie mit nichts als der Kraft seiner Gedanken ungespitzt in den Erdboden rammen. Eine Mischung aus Ratlosigkeit und nur mühsam zurückgehaltener Rage, die sie fasziniert beobachtete.

»Bitte … was?«

Offenbar war sie in die Hände eines Psychopathen geraten. Eben noch hatte er sie mit seiner Leidenschaft beinahe überwältigt, jetzt schien er so entsetzt von dem, was geschehen war, dass er allein Anna die Schuld zuschob.

»Die Guillotine! Willst du mich umbringen? Wie machst du das? Wer bist du?«

Vorsichtig, ganz vorsichtig tastete Anna nach dem Türknauf hinter ihrem Rücken. Weller war verrückt. Eindeutig. Verführerisch, aber leider nicht normal. Hatte er sie bis jetzt noch mit leicht geneigtem Kopf angesehen, hob er ihn nun und straffte seinen Körper, als würde er zum Sprung ansetzen.

»Wer hat dich geschickt?«

Vorsichtig drehte sich Anna zur Tür, doch sie war nicht schnell genug. Ihre zitternden Hände bekamen den Knauf nicht zu fassen, und noch bevor sie sie aufreißen und sich in Sicherheit bringen konnte, war er schon bei ihr. Seine Hand fuhr in ihren Nacken, und sie spürte einen scharfen Schmerz. Sie schrie auf, doch Weller hielt sie fest und zerrte sie hinüber ins Schlafzimmer. Dort warf er sie aufs Bett, blieb aber, statt sich auf sie zu stürzen, davor stehen. Sein Brustkorb hob und senkte sich. Seine Haut war glatt und makellos, sein Körper der eines durchtrainierten Zehnkämpfers. Von seinem Nabel zog sich ein schmaler, dunkler Haarflaum abwärts. Der Mantel stand offen, doch Anna wagte nicht, ihren Blick auch nur einen Millimeter weiter unter seine Gürtellinie zu senken. Alles an ihm war flammender Zorn, gepaart mit wilder Verführung.

»Ich frage dich nicht noch einmal. Wer hat dich geschickt?«

»Niemand! Was soll das?«

»Wer hat dir das beigebracht?«

»Was?«

Weller beugte sich über sie und stützte sich dabei mit einer Hand auf dem Bett ab. Wieder nahm sie seinen Duft wahr, und ob sie wollte oder nicht, er wirkte wie eine Droge. Die Angst vor ihm verschwand. Er war ihr so nah. Seine Männlichkeit verwirrte sie. Noch nie hatte ein Mann von seinem Format sie auch nur eines Blickes gewürdigt. Und noch nie, das musste sie sich ebenfalls eingestehen, hatte sie so jemanden für sich in Erwägung gezogen. Ein Mann hatte höflich, zuvorkommend, ehrlich und aufrichtig zu sein. Und nicht völlig durchgeknallt. Im Halbdunkel erkannte sie das Relief seiner Bauchmuskeln, und plötzlich spürte sie eine unbändige Lust, die Hand zu heben und darüber zu streichen. Und sie tiefer gleiten zu lassen …

»Du verbirgst deine Gedanken vor mir.«

Er war ihr gefährlich nahe. Vorsichtig versuchte sie, ein Stück von ihm wegzurobben. Doch schon hatte er beide Arme rechts und links von ihren Schultern aufgestützt. Sie saß in der Falle.

»Tun wir das nicht alle?«

»Antworte nicht mit einer Gegenfrage. Also? Wer hat dich geschickt?«

»Niemand. Egal, wie oft Sie fragen. Die Antwort wird immer die gleiche sein.«

»Lüg mich nicht an. Irgendjemand hat dir diesen Mist doch beigebracht. Du setzt Barrieren.«

»Barrieren?«

Er nahm einen Arm weg und glitt neben sie aufs Bett. Entweder war ihm die Erotik seiner Handlungen überhaupt nicht bewusst, oder er hatte in diesem Moment entschieden, sie als netten Kumpel zu betrachten. »Tore. Dieses Gartentor. Wo nimmst du das her?«

Es war wirklich unendlich schade. Offenbar hatte Vicky recht. Alle Männer, die auch nur ein bisschen mehr als höflich, zuvorkommend, ehrlich und aufrichtig waren, waren nicht ganz normal. Sie hatte an ein Tor gedacht, und offenbar musste ihr im Eifer des Gefechts etwas herausgerutscht sein. Aber dass er ihr deshalb gleich eine Szene machte?

»Das ist das Tor zum Garten von meinem Elternhaus.«

»Und die Guillotine? Der Vulkan? Woher hattest du den?«

»Moment.«

Sie erinnerte sich an den Augenblick im Café, als Weller sie zum ersten Mal berührt hatte.

Er kann Gedanken lesen.

»Du kannst Gedanken lesen!«

»Und du baust Barrieren!«

»Das ist doch …«

Der reinste Irrsinn. Das musste sie sich nicht länger antun. Sie wollte aufstehen, und da sah sie es. Den endgültigen Beweis, dass sie hier vermutlich neben einem geistesgestörten Serienkiller lag. Die gesamte Spiegelfront des Schrankes war mit Betttüchern verhängt.

»Was bedeutet das?«

Weller war ihrem Blick gefolgt. Er setzte zu einer Antwort an, überlegte es sich dann aber anders. Als er sich Anna wieder zuwandte, grinste er sie geradezu diabolisch an, was ihn noch begehrenswerter erscheinen ließ, als er es für Anna schon war.

»Der Grund ist ... der Spiegel würde zerspringen. Ich bin zu schön.«

Sie starrte ihn an. Dann erkannte sie, dass er nur mühsam ein Lachen zurückhalten konnte. Wütend wollte sie aufspringen, doch er hatte ihr Handgelenk gepackt und zog sie zurück aufs Bett. Sie spürte, dass ihre Kraft nicht annähernd an seine heranreichte.

»Sehr witzig. Feiern Sie hier schwarze Messen? Dann muss ich Sie enttäuschen. Ich gehöre zur Blümchensex-Fraktion. Ich mag es romantisch. Blühende Wiesen, Rosenblätter auf dem Bauch und Kerzenlicht. Gedichte. Ja, Gedichte.«

»Mmmmh. Gedichte. Und das hat dich glücklich gemacht, Anna Sternberg?«

Ihr Widerstand erlahmte. Er war ihr zu nahe, sie konnte seinen Körper viel zu sehr spüren, als dass sie hätte lügen wollen. Andererseits war sie nicht freiwillig in dieser Situation. Und gerade das Bett war wohl der Ort, an dem am meisten in dieser Welt gelogen wurde. Also reckte sie das Kinn hoch, so gut es eben ging, und nickte.

»Ja.«

Er beugte sich zu ihr und berührte ihren Hals mit seinen Lippen. Dabei hinterließ er eine Brandspur auf ihrer Haut, als ob er Flammen küssen könnte. Sie drehte ihren Kopf weg und stöhnte leise.

»Merkwürdig.« Er richtete sich wieder auf. »Ich sehe keine blühenden Wiesen.«

Der sachliche Ton brachte Anna zurück in die Wirklichkeit. Alles in ihr sehnte sich danach, von ihm geküsst zu werden. Nur ihr Verstand, der immer mal wieder leise Klopfzeichen gab, riet ihr, die Suite so schnell wie möglich zu verlassen.

»Ich auch nicht«, stieß sie hervor. »In Ihrer Gegenwart kommt mir nur verbrannte Erde in den Sinn.«

Er rückte etwas von ihr ab. Sie spürte ihn immer noch, auch wenn ihre Körper sich nicht mehr berührten. Überall dort, wo er gewesen war, blieb ein glühender Schatten zurück. Sie wollte weg, bloß weg von ihm, denn sonst könnte sie für nichts mehr garantieren. Irgendetwas Gemeines musste her, irgendetwas Böses, das sie ihm an den Kopf werfen könnte.

»Ist das hier die Besetzungscouch?«, fragte sie. »Bekommt man Jobs bei Ihnen nur, wenn man Sie ins Schlafzimmer begleitet?«

»Nein. Nur die Frauen.«

Als er ihren entsetzten Blick sah, musste er lächeln.

»Du willst also einen Job? Dann musst du mich überzeugen. Ich wette, dass es dir nicht gelingt, der Welt da draußen einen anderen Weller als den zu präsentieren, den du hier vor dir siehst. Egal, wie sehr du dich anstrengst.«

Wieder strich sein Blick über ihren Körper.

Anna rollte sich zur Seite und funkelte ihn kampflustig an.

»Sie müssen Ihr mieses Image wirklich lieben.«

»Ja«, sagte er mit rauer Stimme. »Oh ja. Das tue ich.«

Sie wollte sich aufsetzen, aber schon war er über ihr und verschloss ihren Mund mit einem Kuss. Dabei glitt seine rechte Hand ihre Schultern hinunter und sanft über ihre Brüste. Gegen ihren Willen drängte sie sich ihm entgegen, alles in ihr schmerzte vor Sehnsucht. Er sollte nicht aufhören. Noch nie hatte die Hand eines Mannes solche Empfindungen in ihr ausgelöst.

Er beendete den Kuss. »Ich sehe übrigens auch keine Rosenblätter.«

Anna atmete nur noch stoßweise. Seine Hand schob sich tiefer.

»Von Blümchensex merke ich auch nicht viel bei dir.«

»Ich muss jetzt gehen.«

Anna war erstaunt, dass sie noch so viel Willenskraft besaß. Sie war Weller schon viel zu sehr auf den Leim gegangen. Er machte sich einen Spaß mit ihr und würde sie, nachdem er sein Vergnügen hatte, ungerührt in die lange Reihe seiner Eroberungen einreihen, vermutlich unter dem letzten Drittel. Bei denen es sich nicht lohnte, sich den Namen zu merken.

»Anna Sternberg«, sagte er. Seine Stimme war warm und dunkel und hatte plötzlich jeden Spott verloren. »Du musst loslassen. Wovor hast du Angst?«

Er küsste sie, dass ihr Hören und Sehen verging. »Anna. Ich werde deinen Namen nicht vergessen. Und dich auch nicht.«

Hatte sie jetzt den Job? War das hier die größte Demütigung oder das größte Abenteuer? Er öffnete den Reißverschluss ihrer Hose und streifte sie langsam hinunter. Dann küsste er sie, ließ seinen Mund über ihren Körper gleiten, bis er das Dreieck zwischen ihren Beinen erreichte. Seine Zunge setzte diesen Erkundungsgang fort.

Hilflos verkrallte sie ihre Hände in der Pelzdecke. Was machte er da? Sie versuchte sich zu erinnern, wann und wie ein Mann sich ihr je so genähert hatte, aber es gelang ihr nicht. Weller hob den Kopf.

»Ich will nicht, dass du an andere Männer denkst.«

Seine Hand streichelte genau die Stelle, an der eben noch seine Lippen gelegen hatten. Anna warf den Kopf zurück. Das war alles zu viel. Ein Mann, der Gedanken lesen konnte. Intimste Gedanken. Hatte es jemals so etwas gegeben? Wie furchtbar! Er soll aufhören, dachte sie nur. Er soll aufhören damit!

Weller hörte auf.

»Willst du das wirklich?«

Allein der Klang seiner Stimme reichte, dass alle Nervenenden in Annas Körper förmlich explodierten.

»Nein!«, rief sie. »Mach weiter! Bitte!«

Er stand auf und legte den Bademantel ab. Ohne nachzudenken, streifte sie den Pullover über den Kopf. Weller beugte sich über sie und begann langsam ihre Brüste zu liebkosen. Anna stöhnte und warf den Kopf zurück. Sie konnte nicht mehr nachdenken, nicht mehr kämpfen. Sie wollte nur, dass er nicht aufhörte, sie zu begehren. Wellers Hände streichelten ihre zarte Haut. Als seine Fingerspitzen ihre Brustspitzen berührten, konnte sie sich nicht mehr beherrschen. Sie schien innerlich zu verglühen, sie würde in hellen Flammen stehen, wenn er nicht jetzt, jetzt gleich das tun würde, was sie in diesem Maß noch nie von einem

Mann ersehnt hatte. Sie schämte sich nicht mehr. Sie ließ ihre Hände über seinen Körper wandern, spürte Kraft, Erregung und die Bereitschaft zu wildem, ungezügeltem Begehren. Sie umfasste seine Hüften und zog ihn über sich. Mit dem Denken hatte sie schon längst aufgehört. Das Fühlen war alles, was sie wollte, und sie vertraute sich bereitwillig seiner Führung an. Als er in sie eindrang, war es, als ob sich ein Wüstensturm über sie legen würde. Seine Lippen waren überall, er küsste ihre Brüste, leckte den Schweiß von ihrem Hals, seine Hände hoben sie hoch und trugen sie noch näher zu ihm. Plötzlich hielt er inne.

»Hast du noch Angst?«

»Nein!«, stöhnte sie.

Sie jauchzte innerlich, als er sie mitnahm, irgendwohin, in ein Land, von dem Anna schon einmal gehört hatte, von dem sie aber niemals geglaubt hatte, es jemals zu betreten.

4.

Anna öffnete die Augen und sah sich um. Sie wusste nicht, wie lange sie sich geliebt hatten, aber es mussten Stunden gewesen sein. Die Decke war herabgeglitten, sie lag unter einem seidenen Laken und spürte die kühle Nachtluft auf ihren Armen.

Er lag neben ihr und sah sie an. Anna erschrak. Sie war es nicht gewohnt, dass ein Mann sie beobachtete. Er musterte sie mit einem rätselhaften Blick und reichte ihr ein Glas Wasser, das sie begierig in einem Zug austrank. Sein Schweigen machte sie verlegen. Er war zu weit weg, um sich zärtlich an ihn zu schmiegen. Und Zärtlichkeit war bei diesem Mann nicht der erste aller Gedanken.

Sie entdeckte ihren Pulli in der einen und ihre Hose in der anderen Ecke des Zimmers. Trotz des Wassers war ihr Mund so trocken, dass sie es nicht wagte, ihn anzusprechen. Was war eigentlich passiert? Vorsichtig stand sie auf, die Pelzdecke wie eine Toga um sich geschlungen, und begann, ihre verstreuten Kleidungsstücke einzusammeln.

»Wo willst du hin?«

Seine Frage klang klar und hart wie ein Peitschenhieb.

»Ich muss nach Hause.«

»Warum? Wartet jemand auf dich?«

Natürlich nicht. Und das wusste er ganz genau. Frauen, die sich so bedingungslos und schnell hingaben wie sie, hatten in den seltensten Fällen jemanden zu Hause. Sonst wäre sie nicht ohne jedes Zögern in sein Bett gekrochen, als wäre es die letzte Gelegenheit.

Ihre Stimme klang ärgerlicher, als sie war.

»Ich weiß nicht, wann Ihr Tag beginnt, Herr Weller. Aber meiner startet um sechs. Also möchte ich mich gerne duschen und dann noch für ein paar Stunden zurückziehen. Ist Ihnen das recht?«

Weller setzte sich auf. Er war immer noch nackt und schien sich nicht das Mindeste dabei zu denken. Sein Körper schimmerte im sanften indirekten Licht der Schlafzimmerbeleuchtung und schien aus Bronze gegossen. Ein Bein hatte er angewinkelt, das andere ausgestreckt, und das Spiel seiner Muskeln war Anna mittlerweile sehr vertraut. Er griff nach der Bettdecke und legte sie mit einem anzüglichen Lächeln genau über die Stelle seines Körpers, die Anna noch vor Kurzem an den Rand der Raserei gebracht hatte. Sie lief von der einen Zimmerecke in die andere und kam sich selten dämlich vor. Sie öffnete eine Tür, doch dahinter verbarg sich lediglich eine mit schwarzem Granit ausgekleidete Gästetoilette.

»Das Bad ist dort.«

Er deutete auf die Tür daneben. Hocherhobenen Hauptes stolzierte sie hinein und ließ sich auf einen verchromten Hocker sinken. Pelzdecke und Kleider fielen zu Boden. Sie sah hinunter auf den verknitterten Haufen.

Du hast mit dem Mann geschlafen, der dir einen Job geben sollte. Er muss den Eindruck haben, dass du alles dafür tun würdest.

Mühsam stand sie auf und nahm das Badehandtuch vom Spiegel. Wenn sie erwartet hatte, eine von Ausschweifungen gezeichnete Frau zu sehen, so wurde sie angenehm enttäuscht. Ihre Wangen hatten einen rosigen Schimmer, ihre Augen glänzten vor Glück, und ihr Mund, obwohl kein einziges Lippenstiftmolekül mehr daran kleben dürfte, leuchtete voll und rot. Die braven Haare waren zu einem wild-verwegenen Wuschelkopf geworden, und sie sah umwerfend aus.

Erweckt, ging ihr durch den Sinn. Wachgeküsst. Wie nach einem Bad in der Oase nach einer jahrelangen Odyssee durch die Wüste.

Sie stellte sich unter die Dusche. Während das Wasser aus einer suppenschüsselgroßen Schale auf sie herunterprasselte, seifte sie sich mit duftenden Gels und Shampoos ein, die überall herumstanden. Das Badetuch war aus reinweißem Frottee, und die Bodylotion von einem der teuersten Parfümhersteller. Sie war versucht, eines der kleinen Fläschchen einzustecken. Sie liebte diese hübschen Proben, die ihr Badezimmer zu Hause verschönten und an Hotelaufenthalte erinnerten, die für sie im Moment nicht erschwinglich waren.

Sie stellte das halbleere Fläschchen wieder zurück. An diese Nacht wollte sie wirklich nicht erinnert werden. Sie zog sich an, fönte sich ihre Haare, bis sie trocken waren, und dann fiel ihr nichts mehr ein, womit sie das unvermeidliche letzte Zusammentreffen weiter verzögern könnte. Sie hatte über eine halbe Stunde im Bad zugebracht. Mit viel Glück schlief er vielleicht.

Vorsichtig öffnete sie die Tür und spähte ins Schlafzimmer. In der Dunkelheit konnte sie nur die Umrisse des Bettes erkennen. Hoffentlich hörte Weller sie nicht, wenn sie jetzt leise die Suite verließ. Sie schlüpfte durch die halbgeöffnete Tür und wollte sich gerade durch das Zimmer schleichen, als sie innehielt. Etwas stimmte nicht.

Langsam drehte sie sich zu dem Bett um. Was zunächst aussah wie ein menschlicher Körper, verwandelte sich auf den zweiten Blick in den zerfließenden Umriss einer Gestalt, die Anna nicht identifizieren konnte. Vorsichtig trat sie näher.

Es war die zusammengeknüllte Decke. Weller war fort. Das Bett war noch warm von seinem Körper, also konnte er noch nicht lange aufgestanden sein. Sie setzte sich auf die Kante und fuhr mit der Hand über das Laken. Sinnlos, sich den Kopf zu zerbrechen, warum er gegangen war. Im Grunde genommen hatte sie alles falsch gemacht, was man falsch machen konnte.

Anna hielt sich nicht für prüde. Aber mit einem Mann zu schlafen, den sie nach dem ersten Kuss noch – und nach dem letzten wieder – gesiezt hatte, war ihr noch nie passiert. Sie verbot sich, an das zu denken, was den Küssen gefolgt war. Das würde sie später tun. Erst einmal musste sie aus diesem Hotel heraus.

Ihre Hand glitt unter das Laken, um der Wärme nachzuspüren. Für einen Moment gönnte sie sich den Genuss, noch einmal über die schmeichelnde Seide zu streichen. Plötzlich hielt sie mitten in der Bewegung inne. Sie tastete sich weiter vor, streifte über das glatte Laken und zerrieb etwas mit ihren Fingerspitzen.

Sand.

Da war kein Sand gewesen, als sie sich liebten. Im Gegenteil. Es war ein einziges Gleiten in einem Meer der Lust gewesen. Anna erschauerte, als sie an den Moment ihres letzten Höhepunktes dachte. Wie oft hatten sie sich geliebt? Sie hatte es nicht gezählt, aber sie spürte noch das Zittern in ihren Beinen, als sie aufgestanden war.

Sand jedoch, Sand war nirgendwo gewesen.

Sie erhob sich und lief hinüber ins Wohnzimmer. Ohne Weller erschien ihr der Raum leblos und kalt. Er war tatsächlich fort.

Ein schwerer Stein legte sich auf ihr Herz. Wahrscheinlich wollte er vermeiden, sie noch einmal zu sehen. So einfach war das. Und so verletzend. Hätte er sie nicht wenigstens fragen können, ob sie noch frühstücken wollte?

Auf dem Arbeitstisch in dem gläsernen Erker stand eine Schale mit Obst. Sie nahm einen Apfel, biss hinein und ließ beim Kauen den Blick über Wellers Unterlagen schweifen. Eine Mappe fesselte ihre Aufmerksamkeit besonders. Sie war aus mattglänzendem schwarzen Leder, und in ihren Einband war ein goldenes Symbol geprägt.

Sie ging näher heran, um es genauer zu betrachten. Ein Skorpion.

Il scorpio.

Vermutlich eine Firmenbezeichnung oder ein Immobilienfonds. Vorsichtig, nur mit dem Zeigefinger ihrer freien Hand, hob sie den Deckel und klappte ihn schließlich um.

Es musste sich um eine Urkunde handeln. Zumindest befand sich am unteren Rand ein Siegel, über dem mehrere handschriftliche Signaturen zu sehen waren. Mehr konnte sie nicht erkennen, dafür reichte das Licht nicht. Sie biss wieder in den Apfel und wollte gerade den Deckel schließen, als ein dicker Safttropfen herunterfiel, direkt auf eine Unterschrift. Der getroffene Buchstabe verlief augenblicklich.

Hastig sah sie sich um, aber sie konnte kein Löschpapier entdecken. Weller würde beim ersten Blick auf diese Urkunde feststellen, dass sie geschnüffelt hatte. Das Blut schoss ihr in die Wangen bei dem Gedanken, was er dann von ihr denken würde. Vorsichtig legte sie den schweren Lederdeckel wieder um und richtete die Mappe ordentlich zur Tischkante aus. Dann legte sie den Umschlag mit der Speicherkarte des Fotografen dazu. Mit einem Kugelschreiber des Hotels kritzelte sie eine kurze Notiz darauf.

»Heute, vierzehn Uhr, Interview mit Martin Guyot, als Gegenleistung für die Fotos.«

Das würde wenigstens erklären, was sie an den Schreibtisch getrieben hatte. Als sie die Suite verließ, redete sie sich gut zu. Ihr Ruf war sowieso ruiniert. Da kam es auf einen kleinen Fleck wohl auch nicht mehr an. Sie war eine zügellose, hemmungslos neugierige, indiskrete Apfeldiebin.

Erleichtert fuhr sie mit dem Aufzug nach unten. Als Frau für eine Nacht wäre es schwer gewesen, in den Spiegel zu schauen. Aber als Apfeldiebin konnte sie hoffen, diesen Tag, der sich gerade aus der Morgendämmerung erhob, irgendwie zu überstehen.

Weller wartete, bis Anna die Suite verlassen hatte. Dann betrat er von der Terrasse aus den Salon. Er war erleichtert gewesen, dass sie offenbar nicht vorhatte, einen langen und sentimentalen Abschied zu zelebrieren. Trotz ihrer Unerfahrenheit schien sie eine Frau zu sein, die keine Lügen brauchte, keine Höflichkeitsfloskeln, keine Versprechen, die in dem Moment schon gebrochen waren, in dem man sie ausgesprochen hatte.

Was ihn etwas aus der Fassung gebracht hatte, war ihre Fähigkeit, ihm den Zutritt zu ihren Gedanken zu verwehren. Offenbar wusste sie nichts von dieser Gabe, die nur wenigen Sterblichen geschenkt wurde. Die meisten Frauen, die ihm im Laufe seines Lebens begegnet waren, ließen ihn in ihren Wünschen, Träumen und Sehnsüchten herumspazieren wie in einem öffentlichen Park. Anna Sternberg aber hatte unbewusst genau im richtigen Moment die Reißleine gezogen. Noch immer spürte er eine Berührung wie von eiskaltem Metall in seinem Nacken, wenn er an die Guillotine dachte. Im Moment konnten ihm solche Bilder nichts anhaben. Doch die wenige geschützte Zeit, die ihm noch blieb, würde bald vorüber sein. Er musste sich vorbereiten.

Er nahm den angebissenen Apfel und warf ihn in den Papierkorb. Dann erst fiel ihm der Umschlag auf. Das leise Bedauern bei seinem Anblick ignorierte er als flüchtige Gefühlsregung, die er eigentlich schon lange aus seiner Welt verbannt hatte. Sicher, es wäre interessant gewesen, Anna noch einmal zu sehen. Und vielleicht, wenn sie es geschickt angestellt hätte, wäre sie durchaus eine Kandidatin für einen erneuten Versuch gewesen.

Weller vermied es, zwei Mal mit der gleichen Frau zu schlafen. Es war ein fataler Fehler, weil die Wiederholung für ihn ähnlich aufregend war wie einen Film im Kino zwei Mal hintereinander zu sehen. Frauen reagierten anders. Ein zweites Mal hieß bei ihnen: Verlobung, Hochzeit, Kinder, Leben in Überfluss und Luxus. Manchmal nannten sie alles zusammen Liebe. Doch Weller wusste, dass die Liebe, die er suchte und brauchte, nichts mit all dem zu tun hatte.

Anna Sternberg allerdings könnte durchaus einen gewissen Unterhaltungswert haben. Er stellte sich vor, welche Ausreden sie bringen würde, wie sie sich wehren würde gegen das, was als tiefe, unstillbare Sehnsucht in ihr schlummerte. Es würde ihm Spaß machen, sie zappeln zu sehen.

Ich brauche dich.

Nicht Verlobung, Hochzeit, Kinder, Luxus, sondern ein klares Ziel. Aber etwas zu brauchen hieß noch lange nicht, es auch zu lieben. Sinnlos, sich darüber Gedanken zu machen. Er war mit dem Thema durch.

Er hob den Umschlag hoch und entdeckte, dass sie etwas darauf geschrieben hatte. Wahrscheinlich einen dieser absichtsvoll flüchtigen Sätze, die von der vagen Hoffnung auf ein Wiedersehen handelten. Darum also hatte sie ihr Pfand hiergelassen. Sie wollte zeigen, wie großzügig sie war, und indirekt mit dem Zaunpfahl winken, dass man einen so guten Menschen doch nicht verletzen dürfte, indem man ihn einfach zu den Akten legte. Das enttäuschte ihn. Er hatte mehr Widerstand erwartet. Offenbar war sie auch nur eine Frau wie alle anderen.

Gelangweilt schaltete er die Schreibtischlampe an und las.

Im nächsten Moment ließ er den Umschlag fallen, hechtete durch die Terrassentür nach draußen und beugte sich über das Geländer. Alles, was er von Anna noch zu sehen bekam, waren die Rücklichter eines davonfahrenden Taxis.

Mit einem Fluch wandte er sich ab und ging zurück. Und dann stellte er fest, dass bei dem Gedanken an sie eine Vielzahl unerwarteter Gefühle in ihm tobte: Ärger, Wut, Erstaunen, Zorn und eine niederträchtige Vorfreude darauf, dass das letzte Wort in dieser Angelegenheit noch nicht gesprochen war.

Alles also, nur keine Langeweile.

5.

Als Anna sich an diesem Morgen zu Hause in ihr Bad schleppte, hätte sie eine Menge dafür gegeben, diesen Tag schwänzen zu dürfen. Nur der Gedanke an Vicky hatte sie davon abgehalten, ihren Wecker mit einem einzigen Handkantenschlag zu spalten. Eine Stunde Schlaf – wenn man das ständige Herumwälzen und Nachdenken überhaupt so nennen konnte – reichte einfach nicht aus, um genügend Abstand zwischen sie und die Ereignisse der Nacht zu bringen.

Sie duschte noch einmal, um den Duft der teuren Bodylotion abzuspülen, der ihr jetzt gar nicht mehr gefiel. Dann schlüpfte sie in eine ausgewaschene Jeans und ein weites Karohemd. Die Kleidungsstücke entsprachen ungefähr dem, was ihr Schrank unter der Abteilung »Sack und Asche« zu bieten hatte. Sie bürstete ihre Haare ein paarmal über Kopf aus, fuhr mit den Händen durch die Mähne und streckte ihrem zerzausten Spiegelbild die Zunge heraus. Make-up konnte sie sich sparen. Sie hatte heute keinen Termin außer Haus.

Zwei Tassen Kaffee lang überlegte sie, wie ihre Freundin und Geschäftspartnerin auf den Bericht des jüngsten Desasters reagieren würde. Erst nachdem Anna bereits die dritte Scheibe Knäckebrot ungegessen über ihrem Teller zerkrümelt hatte, war sie bereit, dem Tag und Vicky ins Gesicht zu sehen. Immerhin hatte sie eine Nacht mit Weller überlebt. Das stärkte das seelische Immunsystem ungemein. Und er hatte offenbar auch seinen Spaß gehabt, zumindest hatte er Anna diesen Eindruck vermittelt. Warum sollten zwei erwachsene Menschen also nicht tun, worauf sie Lust hatten?

Mit genau dieser Frage schloss Anna ihre etwas umständlichen und weitschweifenden Ausführungen über den Ausgang ihres geschäftlichen Treffens, das im Allerprivatesten versandet war, ohne das kleinste berufliche Ergebnis zu bringen. Sie stellte diese Frage, nachdem Vicky länger als dreißig Sekunden keinen Ton gesagt hatte.

Das Schweigen wurde langsam unheimlich. Ihre Freundin nippte an ihrem Kaffeebecher, sah über seinen Rand hinweg Anna mit einem rätselhaften Blick an und wartete darauf, dass diese von allein die passenden Schlüsse ziehen würde. Schließlich setzte Vicky die Tasse ab.

»Du willst wirklich eine Antwort?«

Anna nickte. Vicky rührte zerstreut in ihrem Becher, bevor sie ihn noch einmal ansetzte und leerte. »Du gehst also bei deinen Überlegungen von zwei erwachsenen Menschen aus. Nehmen wir an, Weller ist der eine. Wer war dann der zweite? Doch nicht etwa du?«

»Mit Spott hilfst du mir auch nicht weiter.«

»Gut.« Vicky schien mit dem Nachdenken fertig zu sein. »Zwei erwachsene Menschen tun also das, worauf sie Lust hatten. Hattest du Lust auf Carl Weller?«

Anna schwieg. Was sollte sie auf so eine Frage antworten? Nein? Niemals? Wie könnte ich? Ein Merkmal von unüberlegten Situationen war eben, dass man sie nicht bis ins letzte Detail im Vorfeld überlegte.

Vicky blickte zur Decke, als ob das Einzige, was Anna noch retten könnte, eine religiöse Eingebung sein könnte.

»Ist mir da gestern vielleicht etwas entgangen? Soweit ich mich erinnere, hattest du vor, von ihm einen Auftrag zu bekommen. Stattdessen wirst du überwältigt von plötzlichen Gefühlen, er offenbar auch, und das Ende vom Lied ist, dass du jetzt auch noch mit leeren Händen dastehst, während er alles hat, was er wollte: die Speicherkarte.«

Vicky warf Anna einen kurzen Blick zu, um zu prüfen, ob sie ihr auch noch den Rest zumuten konnte. Offenbar hatte sie nicht vor, heute allzu schonend mit ihrer Freundin umzugehen. »Und einen netten Zeitvertreib.«

Anna nagte an der Unterlippe. Der einzige schwache Trost war, dass sie Weller zu einem Interview mit einem Gebäudereiniger verdonnert hatte. Ganz so ungeschoren kam er also nicht davon. Sie hoffte das Beste für Guyot und dass er die Chance seines Lebens hoffentlich besser nutzte, als sie es getan hatte.

Anna betrachtete den weißen Stein auf ihrem Schreibtisch, den sie als Briefbeschwerer benutzte. Er stammte aus dem Garten ihrer Eltern und war eine Erinnerung an glücklichere Tage, als Alter und Krankheit noch nicht an das verwitterte Tor geklopft hatten, an das sie in Wellers Armen so verzweifelt gedacht hatte.

Ein glühender Blitz schoss durch ihren Leib, als die Bilder der Nacht unversehens wieder vor ihrem geistigen Auge aufstiegen. Sie wäre am liebsten allein gewesen, hätte sich verkrochen und darüber gegrübelt, wie lange es wohl dauern würde, bis sie das alles vergessen hätte. Eine Ewigkeit vermutlich. Aber diesen Luxus konnte sie sich nicht gönnen.

»Es ist nun einmal passiert, und ich kann es nicht mehr ändern.«

»Okay.«

Vicky nickte. Dabei versuchte sie, ein gefasstes Gesicht zu machen.

»Zwei Chancen an einem Tag vermasselt. Wir bewegen uns auf einen neuen Rekord zu.«

»Ja. Und ich denke, das ist der Moment, in dem ich dir den ehrenvollen Rückzug anbiete.«

Sie wollte Vicky nicht auch noch im Untergang an sich binden. Ihre Freundin hatte lange genug den Kopf für Annas Fehler hingehalten. Wenn Vicky jetzt ginge, käme sie vielleicht noch mit einem blauen Auge davon.

»Steig aus, Vicky. Ich schaffe das hier auch alleine. Irgendwie.«

»Irgendwie!«

Vicky schnaufte vor Empörung. »Man hat uns den Strom abgedreht. Wie willst du das denn in Ordnung bringen? Glaubst du, es wird besser, wenn du niemanden mehr hast, der dir den Kopf wäscht? Wir stehen das zusammen durch. In guten wie in schlechten Zeiten. Haben wir uns verstanden?«

Anna lächelte schwach. »Das klingt ja fast nach einem Ehegelübde.«

»Eher nach der Bundeswehr«, konterte Vicky. Dann beugte sie sich vor und senkte die Stimme. »Wie war er denn?«

»Nicht von dieser Welt«, flüsterte Anna zurück. »Allein, wie er küsst ... als ob er deine Seele trinkt.«

Vicky seufzte. Ihre Augen bettelten um mehr.

»Und er weiß, was eine Frau braucht. Er ist das reine, pure Wollen. Du willst, er will, und dann, *voilà,* kriegen es beide.«

»Keine Übertreibung?«

»Keine Übertreibung.«

»Du Glückliche.« Vickys Blick bekam etwas Sehnsuchtsvolles. Anders als Anna war sie nie verheiratet gewesen und immer noch auf der Suche nach der großen Liebe. Anna gönnte sie ihr von Herzen und wünschte sich, dass wenigstens ihrer Freundin die bittere Erfahrung erspart bliebe, dass jedes noch so intensive Gefühl eines Tages sein Verfallsdatum überschritt.

»Und dann lässt er dich einfach so gehen?«

Anna nickte. Sie hatte Vicky nichts verschwiegen. Auch diesen seltsamen Abschied nicht, als es schien, dass keiner dem anderen mehr nette Worte und geheuchelte Komplimente schenken wollte.

»Also ... hat er nichts gesagt, dass du den Job bekommen hast?«

»Nein.«

»Aber auch nicht, dass du ihn nicht bekommen hast.«

»Eigentlich nicht.«

»Im Grunde genommen gilt also eure Absprache immer noch.«

Anna schüttelte den Kopf. »Nein. Sie gilt nicht mehr. Für mich jedenfalls nicht.«

»Aber für mich.«

Anna fuhr zusammen. Vicky, die ihr gegenübersaß, drehte sich reflexartig um. Beide starrten auf die hochgewachsene, elegante Gestalt von Carl Weller, der sich interessiert in ihrem Büro umsah, bevor er es betrat.

Anna hatte ihr Büro immer gemocht. Es lag vielleicht nicht in der richtigen Gegend der Stadt. Das Gebäude hatte keinen Aufzug, und man musste drei Stockwerke hinauflaufen, aber diese Räume waren das, was sie und Vicky ganz allein in den letzten Jahren geschaffen hatten.

Zwei Räume, hell und lichtdurchflutet, gingen ineinander über. Die Wände hatten sie gemeinsam gestrichen, die Möbel billig bei einem Einrichtungsgeschäft gekauft, das seine Kunden unter Zuhilfenahme von Inbusschlüsseln und unverständlichen Gebrauchsanweisungen in den Wahnsinn treiben wollte. Anna erinnerte sich, dass allein das Zusammenbauen der Schubladenunterschränke sie drei Tage Arbeit und einen bis dahin nicht gekannten Vorrat an Flüchen gekostet hatte. Vor den Fenstern hatten sie blassviolette Jalousien angebracht und an die Wände mehrere Drucke von Blütenbildern in Weiß, Lila und Rosa gehängt. Vickys Büro war das erste, das die Besucher betraten. Dort hatte sich mittlerweile ein sehr gemütliches Chaos ausgebreitet, während Annas Büro relativ geordnet wirkte. Wenn sie wenig zu tun hatte, räumte sie auf. Das strukturierte die Gedanken und gab zudem noch das gute Gefühl, dass ein so verbrachter Tag nicht völlig sinnlos gewesen war. Die glänzende, schwarze Schreibtischplatte wischte sie jeden Tag ab, und eine Vase aus grauschwarzem Muranoglas füllte sie wöchentlich mit einem frischen Strauß Blumen. Anna brauchte Blumen, um sich wohl zu fühlen. Sie erinnerten sie an ihre Kindheit und die langen, nicht enden wollenden Sommer im Garten ihrer Eltern, wenn Rhododendron und Hibiskus, Rosen und Dahlien ein Feuerwerk an Farben entfachten, das bis weit in den Herbst hinein anhielt. Ein Foto ihrer Eltern, aufgenommen inmitten der paradiesischen Blütenfülle, stand direkt neben ihrem Monitor.

Carl Weller hatte ihr den Rücken zugedreht und betrachtete die Bilder an der Wand, als bestätigten sie ein lange und mit Hingabe gepflegtes Vorurteil. Anna fühlte, wie die Hitze durch alle Poren ihrer Haut nach außen kroch. Es gab keinen Grund, sich zu schämen. Es waren hochwertige Drucke von Georgia O'Keeffe, und wenn sie sich die Originale hätte leisten können, dann säße sie jetzt nicht hier vor einem Terminkalender, dessen einzig ausgefüllte Zeile das Kommen des Gerichtsvollziehers ankündigte.

»*White Flower on Blue Earth*«, sagte Weller, der sich ganz in den Druck zu ihrer Linken vertieft hatte. »New Mexico, 1944. Kennen Sie das Original?«

Anna und Vicky schüttelten synchron die Köpfe, als hätten sie wochenlang dafür geübt.

»Ich habe es der Smithsson Art Gallery gestiftet.«

Das war eindeutig zu viel. Sogar für Vicky. Ihre Freundin betrachtete Weller, als habe sich ein Außerirdischer gerade in der Haustür geirrt. Weller drehte sich um und lächelte sie an.

»Das war ein Scherz.«

»Ach so«, erwiderte Vicky erleichtert. »Ich ... ich dachte schon ...«

»Ich habe es ihr für vierzehn Millionen verkauft.«

»Vier ... vierzehn Millionen? Euro?«

»Dollar. Leider.« Weller nickte betrübt und wandte sich noch einmal dem Bild zu. »Selbstverständlich viel zu wenig. Aber es ist eine gemeinnützige Stiftung, und ich neige in diesen Fällen dazu, meine Vorstellungen nach unten zu korrigieren. – Nur in diesen Fällen.«

Sein Blick fiel auf Anna, die puterrot anlief. Sie hatte damit gerechnet, ihn nie wiederzusehen. Dass er nun in ihrem Büro stand und darüber plauderte, welches unerschwingliche Original er welcher kommunalen Galerie in New Mexico verkauft hatte, machte es für sie nicht leichter.

»Bei anderen hingegen lege ich ziemlich hohe Maßstäbe an. Zum Beispiel, was meine PR-Arbeit angeht. Ich habe heute Mittag einen Termin, von dem ich nichts weiß. Könnten Sie mir das bitte erklären?«

Er hätte sie ruhig weiter duzen können. Es war klar, dass Vicky alles wusste. Sie hatte wieder diesen Ich-auch-Blick. Den bekam sie immer, wenn am Nebentisch in Restaurants ein Gericht serviert wurde, das wesentlich leckerer aussah als das, das sie bestellt hatte. Vicky hatte einen Hang dazu, sich die falschen Dinge zu bestellen. Beim Kellner wie beim Leben. Auch darin sind wir uns ähnlich, dachte Anna. Sie beugte sich vor und musterte ihren Terminkalender mit gerunzelter Stirn.

»Merkwürdig. Da muss so einiges bei uns durcheinandergeraten sein. Ich weiß auch nichts von einem Termin mit Ihnen.«

Sie sah hoch, direkt in Wellers atemberaubend schönes Gesicht, in dem sich neben Ungeduld und mühsam zurückgehaltenem Ärger noch etwas anderes spiegelte, das Anna nicht deuten konnte. Er sah umwerfend aus. Es würde Anna immer ein Rätsel bleiben, wie andere Leute es schafften, nach einer Nacht ohne Schlaf und diversen zügellosen Ausschweifungen immer noch auszusehen wie aus dem Ei gepellt. Seine leicht gebräunten Wangen waren glatt und glänzten wie frisch rasiert. Die Haare fielen ihm gewollt leger in die Stirn, er trug ein blütenweißes Hemd, das genauso neu aussah wie jenes, das sie am gestrigen Tag an ihm bemerkt hatte. Was den Schluss nahelegte, dass er bestimmte Kleidungsstücke wohl nur ein einziges Mal trug. Die Manschetten lugten genau zwei Zentimeter aus den Ärmeln hervor. Sein Anzug schimmerte matt, bestimmt ein edler Stoff aus einer italienischen Wollmanufaktur. Doch am bemerkenswertesten war das sympathische Lächeln, mit dem er sich jetzt von ihr abwandte, auf Vicky zutrat und ihr die Hand reichte.

»Verzeihen Sie. Ich habe mich nicht vorgestellt. Carl Weller.«

Vicky sprang auf und stolperte vor Übereifer fast über ihre eigenen Füße.

»V… Viktoria Luise Rie… m… meister. Sehr erfreut!«

Wenn Weller ihr Stottern überraschte, so ließ er sich nichts anmerken. Damit punktete er zumindest etwas bei Anna, die es nicht ertragen hätte, eine spöttische Äußerung über die Freundin zu hören.

»Ich erinnere mich an Sie«, fuhr er fort und ließ Vickys Hand immer noch nicht los. »Sie waren gestern im Kurpark, nicht wahr?«

»J… ja.« Viel fehlte nicht, und Vicky würde einen Hofknicks machen.

»Leider hat Ihre Kollegin versäumt, uns miteinander bekannt zu machen. Ist sie immer so unhöflich?«

Anna schoss erneut die Röte ins Gesicht. Sie stand auf, umrundete ihren Schreibtisch und streckte nun auch Weller die Hand entgegen, damit er die völlig verunsicherte Vicky endlich aus seinen Klauen ließ.

»Dann auch Ihnen einen Guten Morgen, Herr Weller. Was ist denn durcheinandergeraten bei Ihren vielen Terminen? Ist Ihre Sekretärin krank? Streikt der Hofstaat? Haben Sie sich in der Datumsgrenze geirrt?«

Weller ließ Vicky los, ignorierte aber Annas ausgestreckte Hand. Immer noch lächelte er, doch seine Augen hatten sich um genau die Winzigkeit verengt, die aus einem herzlichen einen gefährlichen Gesichtsausdruck machte.

»Ich irre mich nie. Deshalb wäre es vielleicht gut, wenn wir Ihre und meine Vorstellungen eines Terminkalenders besser synchronisieren?«

Anna hob den Arm und blickte einen Hauch zu überrascht auf ihre Uhr. »Ein guter Vorschlag, denn ich habe jetzt leider überhaupt keine Zeit für Sie. Aber ich sehe gerne nach, wann ich Sie empfangen kann.«

Weller drehte sich blitzschnell zu Vicky um, die Anna mit offenem Mund anstarrte und sich wohl gerade zu fragen schien, was in ihre Geschäftspartnerin gefahren war, dass sie einen möglichen Kunden so kühl behandelte. Als sie bemerkte, dass Weller sich an sie richtete, klappte sie erschrocken den Mund wieder zu. Mit ausgesprochener Liebenswürdigkeit fragte er: »Ob ich wohl einen Kaffee bekommen könnte?«

»A... aber natürlich. Selbstverständlich. Leider f... funktioniert unsere Kaffeemaschine gerade nicht. Ich geh runter in den Coffeeshop. Sofort. Gleich. A... also jetzt. Latte? Capp... puccino? Espresso?«

»Kaffee«, bat Weller freundlich. »Einfach nur Kaffee.«

Vicky verschwand. Anna verschanzte sich wieder hinter ihrem Schreibtisch. Es schien ihr ratsam, eine stabile Barriere zwischen sich und Weller zu bringen, der schlagartig alle Umgänglichkeit verlor. Soweit sie sich erinnerte, hatte sie ihren gesamten Freundeskreis gebraucht, um die Tischplatte hier hochzuwuchten. Weller sah aus, als ob er die Platte samt Muranoglasvase mit einer Hand durchs geschlossene Fenster werfen könnte.

»Ich gebe grundsätzlich keine Interviews.«

Anna versuchte, seinem Blick standzuhalten, was ihr nicht leichtfiel. »Der Mann hat die Herausgabe der Fotos davon abhängig gemacht. Irgendetwas musste ich ihm dafür anbieten.«

»Dann sprich das in Zukunft mit mir ab.«

»Es gibt keine Zukunft. Nicht für uns beide.«

Sie sah ihn mit der unschuldigsten Miene an, die sie im Moment aufbringen konnte. Weller war der Mann, der ihr noch nicht einmal einen »Kaffee danach« angeboten hatte. Ganz davon zu schweigen, mit welchen Gefühlen außer nagendem Hunger sie sonst noch das Hotel verlassen hatte. Sie wollte keinen Job von ihm. Alles in ihr wehrte sich gegen die Vorstellung, auch nur eine Minute länger die gleiche Luft zu atmen wie er. Er sollte bloß nicht auf die Idee kommen, dass diese Nacht etwas für sie bedeutet hätte.

Sein Blick durchbohrte sie. Sie spürte, wie ihre Hände anfingen zu zittern. Reine Nervosität, beruhigte sie sich. Und die

Übermüdung. Wahrscheinlich spielt er sich bei jedem so auf, der sich nicht mit fünf Memos und zwanzig Aktennotizen abgesichert hat.

Genau so ein Flattern hattest du, als Mama in der Klinik lag und der Professor mit uns sprechen wollte. Über zwei Stunden mussten wir auf ihn warten. Und dann hatte er genau dreieinhalb Minuten Zeit für uns. Zweihundertzehn Sekunden, um zu erklären, warum das Leben plötzlich seine Farbe verliert. Mama hat Georgia O'Keeffe geliebt. Sie hatte eine Kopie von *The Black Iris* über ihrem Bett hängen. Kein Original, nur eine Kopie. Aber manchmal sind Kopien das Einzige, was wir im Leben erreichen können.

»Was ist los?«

Die Frage traf Anna unvermittelt. Sie hatte nicht abdriften wollen und wunderte sich, dass es ihr in Gegenwart dieses Mannes dennoch gelungen war. Sie wollte Weller mit einem lockeren Spruch abwimmeln, aber es fiel ihr nichts Geeignetes ein. Er saugte alles, was jemals an geistreichem Witz und funkelnder Ironie in ihr gewesen war, auf wie ein Schwamm. In seiner Gegenwart fühlte sie sich nur noch klein und unsicher. Genau die Gefühlskombination, die sie nach ihrem Erlebnis mit Sandrine nie wieder zulassen wollte.

Er umrundete den Schreibtisch und war in drei Schritten bei ihr. Anna wich zurück, als ob er ihr mit einer brennenden Fackel drohen würde.

»Was hast du?«

»Ich habe mich wahrscheinlich nicht klar genug ausgedrückt.« Fieberhaft überlegte sie, wie man einem Mann möglichst schnell und präzise beibrachte, dass man ihn nie wiedersehen wollte. Sie entschied sich für das, was sie am besten konnte: undiplomatisch sein.

»Ich betrachte unsere Beziehung für beendet.«

»Welche Beziehung?«, knurrte er. »Die berufliche oder die private?«

Anna hob die Augenbrauen und starrte ihn ratlos an.

»Die berufliche«, fuhr Weller fort, »hat ja wohl noch gar nicht begonnen. Die private übrigens auch nicht, falls du darauf hinaus wolltest.«

»Falls ich auf eine private Beziehung hinaus wollte? Das wollte ich keineswegs! Du hast mich ja wie ein Neandertaler über die Schulter geworfen! Falls es in deinen Kopf hineingeht, Carl Weller: Nicht jede Frau, die dich sieht, ist dir mit Haut und Haaren verfallen.«

Schon beim Stichwort Neandertaler hatte er etwas anders reagiert, als Anna es sich vorgestellt hatte. Nach ihrer letzten Äußerung aber war es mit seiner Beherrschung vorbei. Er legte den Kopf in den Nacken und lachte.

»Nicht?«, fragte er, und der Humor, der in seinen Augen funkelte, vertrieb die Härte, mit der er sie bis zu diesem Moment gemustert hatte. »So war es aber ausgemacht.«

»Nicht mit mir!«

»Natürlich nicht!«, antwortete er, immer noch amüsiert. »Du baust ja Barrieren.«

Sein Lächeln verschwand so plötzlich, wie es aufgetaucht war. Er trat näher zu ihr, und einen Moment lang befürchtete Anna, er würde sie wieder berühren.

»Nein«, flüsterte sie.

Wieder hob er die Hände, als hätte sie ihn bedroht.

»Nichts geschieht, was du nicht auch willst«, flüsterte er.

Annas Empfindungen überschlugen sich. Zu ihrem grenzenlosen Erstaunen spürte sie, dass ihre größte Furcht nicht die war, von ihm berührt zu werden, sondern diese Berührung zuzulassen. Was geschähe, wenn sie jetzt einen Schritt auf ihn zumachen würde? Würde er sie wieder küssen? Würde alles wieder von vorne beginnen? Es war doch nur Sex für eine Nacht. Er sieht einfach zu gut aus. Das bringt mich durcheinander.

»Kaffee?«

Beide rissen die Köpfe herum und starrten zur Tür. Vicky hatte sie mit dieser Frage geöffnet und balancierte ein Edelstahltablett mit zwei dampfenden Pappbechern herein. Sie schien sich gefasst zu haben, denn als sie das Tablett auf Annas Schreibtisch abstellte, schepperte es nur unwesentlich.

»Ja, gerne«, antwortete Weller. »Schwarz wie die Nacht.«

Vicky strahlte ihn an. »Süß wie die Liebe. Und heiß wie die Hölle.«

Spiegel, Vicky, Spiegel! Fiel ihr denn gar nicht auf, wie sie Weller anhimmelte?

Vicky ging zur Tür. »Ich z ... ziehe mich wieder zurück. Zu viel Arbeit, ver ... verstehen Sie?«

Mit einem schmachtenden Blick ließ sie sie wieder allein. Anna nahm sich den Becher, der ihr am nächsten stand, und verschanzte sich dahinter, als ob die paar Gramm Pappe ihr irgendeinen Schutz bieten könnten.

»Keine private Beziehung«, sagte sie mit fester Stimme.

Sollte er bloß nicht glauben, sie wäre wie alle anderen. Sie beobachtete ihn, wie er ein Zuckertütchen aufriss, die weißen Körnchen in seinen Kaffee rieseln ließ und mit einem Holzstäbchen umrührte. Er hatte schöne Hände. Schmal und kräftig, mit einer Fingerfertigkeit, die sie an den Rand des Wahnsinns gebracht hatte. Drei Sekunden war sie abgelenkt. In dieser Zeit hatte Weller ihren Terminplaner zu sich herumgedreht.

»Vierzehn Uhr dreißig, Gerichtsvollzieher?«

Sie schnappte den Kalender und klappte ihn zu.

»Das ist zum Beispiel privat«, zischte sie.

»Ach, er kommt zu dir nach Hause?«

»N ... nein«, stotterte sie. »Aber das geht dich nichts an.«

Er setzte sich mit einer derartigen Lässigkeit auf die Schreibtischkante, als würde das Möbelstück ihm gehören. Noch bevor sie ihn zurückhalten konnte, hatte er die Lampe angeschaltet. Sie funktionierte nicht. Mit einem leichten Nicken wies er auf den schwarzen Monitor ihres Computers.

»Strom?«

Anna nickte nur.

Weller setzte seinen Becher ab, ohne auch nur einen Schluck getrunken zu haben.

»Nachdem das Private nun geklärt ist, wie wäre es mit dem Beruflichen?«

»Ich habe leider in dieser Woche keinen Termin mehr frei.«

»Doch. Vierzehn Uhr dreißig.«

Er streckte wieder seine Hand aus, und mit einer unnachahmlich eleganten Bewegung knipste er das Licht ihrer Lampe an. Anna setzte sich kerzengerade auf. Ein leises Surren unter ihrem Schreibtisch verriet, dass der Ventilator ihres PC wieder begonnen hatte zu arbeiten. Keine Sekunde später flackerte der Monitor, und das Foto ihrer Eltern, das sie als Bildschirmschoner benutzte, tauchte auf. Interessiert beugte er sich vor.

Es war eine Aufnahme aus ihrem letzten gemeinsamen Sommer. Ihre Mutter war schon von der Krankheit gezeichnet. Blass saß sie auf einem Gartenstuhl, eingehüllt in eine warme Decke. Ihr Vater saß neben ihr. Seine Gestalt war damals kräftig und aufrecht gewesen. Die weißen Haare trug er noch sorgfältig gestutzt, das runde, immer etwas zu liebevoll wirkende Gesicht hatte er seiner Frau zugewandt. Hinter den beiden stand Anna. Sie hatte die Arme ausgebreitet und jeweils eine Hand auf die Schultern ihrer Eltern gelegt. Sie lächelte in die Kamera, doch es war ein Lächeln, dessen Glanz erloschen war.

Anna schwieg. Was sollte sie zu diesem Foto noch erklären? Im Hintergrund konnte man den Kiesweg erkennen und das Weinlaub, das sich an der Fassade des kleinen Hauses emporrankte. Das Gras war lange nicht gemäht worden, Wiesenblumen blühten, auf dem Gartentisch stand ein Wasserkrug, daneben ein kleiner blauer Korb.

Die Aufnahme ließ nicht viel erkennen von diesem fast bäuerlichen Stillleben. Doch sie erinnerte Anna jedes Mal, wenn sie es ansah, an die Medikamente, die in dem Korb gelegen hatten.

Auch Weller sagte nichts. Er betrachtete das Bild, als ob er sich jede Einzelheit merken wollte, dann den Kieselstein, der neben dem Monitor lag. Schließlich stand er auf.

»Es geht ihr gut, dort, wo sie jetzt ist.«

Erst glaubte Anna, sie hätte sich verhört. Doch er hatte diesen Satz tatsächlich mit großer Anteilnahme gesprochen.

»Aber achten Sie auf Ihren Vater. Er scheint mir immer noch nicht darüber hinweg zu sein.«

Wortlos starrte sie ihn an. Er hatte die Tür zu Vickys Durchgangsbüro bereits geöffnet, so dass diese jedes seiner Worte, die er jetzt noch sprach, mithören konnte.

»Heute Nachmittag um vierzehn Uhr dreißig erwarte ich, dass Sie eine Pressemitteilung zur Übernahme von Sky News herausgeben. Alles Wissenswerte sende ich Ihnen per E-Mail zu. Ich bin mir sicher, Sie werden die richtigen Worte finden.«

Er nickte ihr noch einmal zu und ging.

Anna widerstand der Versuchung, den Kopf zu schütteln wie ein nasser Hund, der sich gerade ans Ufer gerettet hatte. Stattdessen griff sie wie eine Schlafwandlerin zu Maus und Tastatur und öffnete die Seite ihres E-Mail-Kontos. Die letzte Nachricht war vor genau vier Sekunden eingetroffen. Und sie kam von Carl Weller.

Bevor Weller in den Fond seiner Limousine stieg, sah er noch einmal die schmucklose Fassade empor bis in den dritten Stock. Es war ihm gelungen, sie zu beeindrucken. Dessen war er sich sicher. Das kleine Kunststück mit dem Strom war eine seiner leichtesten Übungen. Vergleichbar mit den Anfängertricks aus dem Kleinen Zauberkasten. Sämtliche Kontobewegungen hatte er geprüft und alles, was zu weit ins Minus ausschlug, geglättet. Sie war nicht reich, aber sie konnte ihre Kreditkarte wieder benutzen. Die leichte Verwirrung, die sich bei ihr einstellen würde, könnte er jederzeit mit einer guten Erklärung auflösen. Er hatte sie mit genau der richtigen Dosis seiner Macht bestäubt. Sie würde nicht niesen, sondern höchstens schnuppern.

Dann wollen wir doch mal sehen, was in dir steckt, Anna Sternberg.

Er wollte herausfinden, ob sie mehr konnte als Barrieren bauen. Sie hatte Potential, aber sie glaubte nicht daran.

Er nickte seinem Fahrer zu. Der drahtige, große Mann sprang aus dem Wagen und öffnete Weller die Tür. Nachdem sein Herr Platz genommen hatte, vergewisserte er sich mit einem schnellen Blick, dass sie niemandem aufgefallen waren. Dann schloss er die Tür und ging wieder zur Fahrerseite.

Weller machte es sich auf den glatten Lederpolstern bequem. Hätte sie am Nebentisch ihren Kaffee getrunken und sich weiter mit ihrer Freundin unterhalten, er hätte sie noch nicht einmal wahrgenommen. Doch sie war in sein Leben gestolpert, ohne zu ahnen, welche Konsequenzen das für sie haben könnte. Du willst mich, Anna? Dann wirst du Dinge erleben, die du nicht für möglich gehalten hast. Aber du wirst dafür bezahlen müssen, und der Preis wird hoch sein. Es wird die Stunde kommen, in der du dich fragst, ob ich den Einsatz wert gewesen bin. Und ich werde dir antworten, dass du nicht meinen Wert, sondern den deines eigenen Lebens beurteilen musst.

Der Wagen fuhr los und rollte leise über den Asphalt. Durch die getönten Scheiben glitt die Welt draußen an ihm vorbei wie ein Schwarzweißfilm der Vierzigerjahre.

Du wirst lernen müssen, zu lieben, Anna. Und bis jetzt hast du keine Ahnung, was das eigentlich heißt.

Noch bevor er diesen Gedanken zu Ende gedacht hatte, griff er an seine Brust. Ihm war, als hätte er etwas gespürt. Ein Zucken, ein undefinierbares, kurzes, schmerzhaftes Ziehen. Er sollte nicht mehr an Liebe denken. Er sollte endlich damit aufhören. Die Liebe, die er brauchte, hatte nichts mit seinen eigenen Gefühlen zu tun.

Es war ihre Schuld, weil sie sich auf ihn einließ. Ganz allein ihre Schuld.

»Wir verlassen die Stadt?«

Sein Fahrer warf ihm einen schnellen Blick über den Rückspiegel zu.

»Nein«, sagte Weller. »Das Land.«

6.

Anna öffnete die E-Mail und die Anhänge, überflog alles und kam zu dem Schluss, dass Carl Wellers Pressemitteilungen wohl mit ein Grund waren, warum ihn die *Financial Tribune* in »Die unbeliebtesten Unternehmer weltweit« mehrmals hintereinander unter die ersten zehn gewählt hatte.

Sky News gehörte ihm. Weller hatte vor, einige Stellen zu streichen, behielt aber für sich, dass er gleichzeitig die Korrespondentenbüros in aller Welt ausbauen und personell besser besetzen wollte. Vor allem in den Vereinigten Staaten, Kanada und Lateinamerika.

Merkwürdig.

Anna stand auf und ging zum Fenster. Sie sah hinunter auf die Straße, doch Weller war wohl schon wieder auf dem Weg ins Grand Hotel. Er hatte ihr keine Adresse hinterlassen und auch keine Handynummer. Der einzige Kontakt, den sie zu ihm hatte, lief über das Internet. Kopfschüttelnd setzte sie sich wieder an den Schreibtisch. Der Tag war noch lang, und da sie nicht viel zu tun hatte, öffnete sie ein neues Textdokument und starrte auf die leere Seite.

Jeder gewiefte Geschäftsmann würde die Aufstockung in den Auslandsbüros doch als Erstes bekanntgeben. Unterm Strich stellte Weller sogar mehr Leute ein. Mit einer einzigen Erklärung könnte er der Belegschaft die Furcht um ihre Arbeitsplätze nehmen.

Weller hatte ihr den Auftrag erteilt, die Übernahme von Sky News an die Agenturen herauszugeben. Auf welche Weise dies geschehen sollte, darüber hatte er ihr freie Hand gelassen. Zumindest war sein Auftrag mit keinerlei Einschränkungen verbunden gewesen.

Mit einem boshaften Grinsen begann sie zu tippen.

»Carl Weller hat heute die Aktienmehrheit des von der Insolvenz bedrohten Nachrichtensenders Sky News übernommen«, murmelte sie. »Geprägt von unternehmerischer Verantwortung und dem Leitgedanken, dass ein florierendes Wachstum nur zu erzielen ist, wenn die Belange der Mitarbeiter an erster Stelle stehen, beabsichtigt Weller eine Aufstockung der Belegschaft und erteilt gleichzeitig eine Beschäftigungsgarantie für die nächsten …«

Anna dachte nach und vollendete schwungvoll den Satz.

»Fünf Jahre.«

Das war fast so utopisch wie die Selbstverpflichtung, in Zukunft nur noch gute Nachrichten zu senden. Allerdings würde ein solcher Schritt selbst bei fatalsten wirtschaftlichen Entwicklungen Weller nicht ärmer machen. Dafür könnten die Mitarbeiter aufatmen, die sich in den letzten Wochen wohl ziemlich viel Sorgen um ihre Zukunft gemacht hatten.

Sie arbeitete weiter am Text und merkte gar nicht, wie schnell die Zeit verrann. Als sie das nächste Mal auf die Uhr sah, war schon eine Stunde vergangen. Sie las die Mitteilung ein letztes Mal durch, druckte sie aus und war zufrieden mit sich.

Es klopfte, und Vicky streckte ihren Lockenkopf herein. Als sie sah, dass Anna an ihrem Computer saß, trat sie näher.

»Hast du eine Ahnung, warum der Strom auf einmal wieder da ist?«

Anna sicherte das Dokument. Dann lehnte sie sich zurück, verschränkte die Arme hinter dem Kopf und versuchte, ihre Schultern zu entspannen. »Ich glaube, Weller hat ihn wieder eingeschaltet. Aber zahlen müssen wir trotzdem.«

»Genau das ist ja das Merkwürdige.«

Vicky setzte sich in den Stuhl ihr gegenüber. »Ich habe unsere Konten gecheckt. Sie sind im Plus.«

Langsam ließ Anna die Arme sinken. »Im Plus? Wie viel im Plus? Warum im Plus?«

»Ein paar tausend Euro. Wir haben eine Steuererstattung bekommen. Außerdem hattest du ein glückliches Händchen beim Fußball-Toto. Und ein Erotik-Versand, bei dem du für ungefähr eintausendzweihundert Euro Waren bestellt hast, hat die Retoure erhalten und dir das Geld zurücküberwiesen. Seit wann bestellst du über unsere Firma bei einem Erotik-Versand? Und vor allem was?«

»Das muss ein Irrtum sein.«

»Bloß nicht.« Vicky hob abwehrend die Hände. »Von mir aus bestell so viel du willst und was du willst, ich will es gar nicht wissen. Hauptsache, die Gutschriften landen bei uns.«

»Aber das habe ich nicht!«

In Annas Kopf überschlugen sich die Gedanken. »Weller. Das muss Weller gewesen sein! Ich weiß nicht, wie er das macht. Aber er kann offenbar nicht nur in meinen Computer, sondern auch in unsere Kontobewegungen eingreifen.«

Sie starrte auf ihren Monitor. Plötzlich riss sie die Augen auf und deutete mit dem Zeigefinger auf den Bildschirm. »Da! Seine Mail ist weg!«

Vicky sprang auf, lief um den Schreibtisch herum und sah Anna über die Schulter.

»Hier!«, rief Anna, und ihre Stimme überschlug sich fast vor Aufregung. »Sie ist weg! Auch die Kopie in dem Gesendet-Ordner! Und die Anhänge …«

Sie versuchte, die heruntergeladenen Dateien zu öffnen, aber auch die waren verschwunden.

»Das gibt es doch nicht.«

Sie drehte sich mit dem Stuhl zu Vicky um.

»Da stimmt was nicht.«

Doch Vicky war nicht so leicht aus der Fassung zu bringen. Mit skeptischer Miene betrachtete sie ihre Freundin, und noch bevor sie den Mund aufmachte, wusste Anna, worauf sie hinauswollte.

»Du hast sie bestimmt gelöscht.«

»Hab ich nicht!«

»Komm schon. Das wäre nicht das erste Mal, dass dir das passiert. Und wie soll er das überhaupt gemacht haben? Das hieße ja, dass er eine Standleitung zu dir haben müsste.«

»Er hatte meine Mail-Adresse doch gar nicht.«

»Die steht, für jeden sichtbar, auf unserer Webseite.«

»Ich spiele auch kein Fußball-Toto.«

»Sagst du.«

»Und ich bestelle nicht bei einem Erotik-Versand.«

Vicky hob statt einer Antwort lediglich die Augenbrauen. Das machte Anna noch wütender.

»Das habe ich nicht nötig! Wenn du mir nicht glaubst, dann eine letzte Frage: Haben wir jemals eine Steuererstattung vom Finanzamt bekommen?«

Vicky nickte widerstrebend. »Das könnte ein Argument sein. Aber es ist das einzige. Und ehrlich gesagt möchte ich beim Finanzamt keine schlafenden Hunde wecken.«

»Er hat den Strom ... angezaubert.«

»Angezaubert?«

Vicky musterte ihre Freundin mit einem Blick, der vieles ausdrückte, aber beim besten Willen kein Verständnis.

»Ja. Und er hat gewusst, was mit meiner Mutter passiert ist. Und dann die Sache mit der Kamera im Kurpark. Ich konnte gar nicht so schnell hinschauen, wie er die Teile wieder zusammengesetzt hat.«

»Na ja, vielleicht ist er einfach nur geschickt?«

Anna sah Vicky beinahe flehentlich an. »Sie war zerbrochen. Verstehst du nicht? Zerbrochen! Dann nimmt er sie in die Hand, und sie ist wieder ganz. Etwas stimmt nicht mit diesem Mann. Er ist ein Zauberer. Oder etwas anderes. Etwas Unheimliches. Etwas ...«

Anna suchte nach Worten. Ihre Freundin trat hinter ihren Stuhl, beugte sich zu ihr hinunter und umarmte Anna herzlich.

»Vielleicht verwirrt er dich ja deshalb so?«, fragte Vicky leise.

Anna antwortete nicht.

»Weil er Dinge wieder ganz macht.«

In Anna tobten die widerstreitendsten Empfindungen. Selbstverständlich würde ein Außenstehender nicht verstehen können, was sie so beunruhigte. Alle unerklärlichen Vorkommnisse konnten mit ein bisschen gutem Willen erklärt werden. Das Foto auf ihrem Bildschirm erzählte interessierten Beobachtern bestimmt eine Geschichte. Die Überweisungen waren Irrläufer, und die Kamera nur ein Streich, den ihr das Gedächtnis gespielt hatte. Doch Annas Empfindungen waren seit der letzten Nacht geschärft. Sie hätte nicht sagen können, ob es an Weller oder an ihr selbst lag, aber sie spürte, dass ihre Sinne plötzlich Witterung aufnahmen. Es wäre gefährlich, sich auch nur eine Minute länger mit diesem Mann zu beschäftigen.

»Ich lehne den Auftrag ab.«

Vicky ließ sie los. »Das kannst du nicht.«

»Doch. Ich lasse nicht zu, dass er sich in mein Leben einloggt wie ein Hacker.«

»Aber das tut er doch gar nicht! Im Gegenteil: Er zieht unseren Kopf aus der Schlinge. Siehst du das denn nicht? Oder bist du einfach nur sauer, weil er dir keine Hoffnung auf mehr gemacht hat?«

»Mehr? Mehr Geld?«

»Nein«, antwortete Vicky. »Mehr Zukunft. Mehr Gefühl. Mehr als nur eine Nacht. Mehr eben.«

Anna kroch unter den Schreibtisch und zog sämtliche Stecker aus der Dose. Mehr eben, das war das Letzte, was sie von Weller wollte. Warum kapierte Vicky das nicht? Wellers Methoden waren kriminell. Vermutlich genauso kriminell wie die Wege, auf denen er es ganz nach oben geschafft hatte.

Wieder zog dieser schrecklich schöne Schmerz durch ihren Körper. Es war die Nacht ihres Lebens gewesen. Die Erinnerung daran würde sie wohl noch jahrelang begleiten und sie dazu bringen, jeden einigermaßen akzeptablen Nachfolger an Weller zu messen. Das waren nicht wirklich glückliche Aussichten auf ein erfülltes Liebesleben. Eher auf noch mehr Post von Erotik-Versandhäusern.

»Ist alles in Ordnung mit dir da unten?« Vicky klang besorgt.

»Ja ja.«

Anna krabbelte unter dem Schreibtisch hervor.

»Es geht nicht um mehr, Vicky. Es ist ... Wenn er uns bezahlen will, warum tut er es dann nicht einfach?« Sie zupfte einige Staubflusen von ihren Knien. »Er ist unberechenbar. Ich will nicht mit ihm arbeiten.«

Vicky schüttelte den Kopf, als wüsste sie, dass jeder weitere Einwand von vornherein vergebens wäre.

»Und das da?«

Sie nahm die ausgedruckte Pressemitteilung und überflog sie. Je länger sie las, desto skeptischer wurde ihr Gesichtsausdruck.

»Fünf Jahre Beschäftigungsgarantie? Das klingt aber nicht sehr besonders unberechenbar. Ich wäre schon froh, wenn ich sie bis morgen hätte.«

Sie legte das Blatt zurück auf den Schreibtisch. »Schick die Mitteilung raus. Oder noch besser: Fahr zur Demo und übergib sie dem Betriebsrat. Dann hast du deinen Job erledigt, und er kann nicht mit einer Rückforderung kommen.«

»Du meinst, ich werde vom Status der Fußball- und Erotikqueen wieder zum blutigen Anfänger herabgestuft?«

»So in etwa. Und das möchtest du doch nicht, oder?« Vicky grinste sie an. »Zumindest auf den Gewinn im Fußball-Toto würde ich mir an deiner Stelle schon etwas einbilden.«

»Okay.«

Anna kroch wieder unter den Schreibtisch und begann, die einzelnen Stecker aus dem Kabelwirrwar zu lösen und der richtigen Dose zuzuführen.

»Aber nur diesen Job. Und nur dieses Mal. Und dann suchen wir uns was anderes.«

»Klar.« Vicky war schon wieder auf dem Weg in ihr Büro.

»Ich glaube, im Kurpark-Café suchen sie jemanden für den Service. Wäre das was für dich?«

Am liebsten hätte Anna ihrer Freundin eine passende Antwort hinterhergerufen. Das Dumme war nur, ihr fiel keine ein. Es gab nichts, was sie aus diesem Dilemma retten konnte. Der einzige Ausweg war, genau das zu tun, was Weller von ihr erwartete.

Das Grand Hotel war immer noch weitläufig abgesperrt. Die Delegationen tagten noch bis in den Abend, so dass Anna einige Mühe hatte, die Sicherheitsbeamten zu überzeugen, dass sie wirklich nur ins Hotel wollte und nicht vorhatte, die Versammlung führender Wirtschaftsvertreter ernsthaft zu stören. Ein junger Polizist erbarmte sich schließlich, hob das Absperrband und ließ sie darunter hindurchschlüpfen.

Da sie keine Chance hatte, mit Weller Kontakt aufzunehmen, wollte sie eine Kopie der Pressemitteilung unter seiner Tür durchschieben. Damit sah sie ihre Aufgabe als erfüllt an. Sollte er Änderungswünsche haben, müsste er sich ziemlich schnell mit ihr in Verbindung setzen. Es war zwanzig nach zwei, und wahrscheinlich saß er gerade zähneknirschend mit einem Mann zusammen, der Akkreditierungen fälschte und ihn mit verfänglichen Fotos zu diesem Interview erpresst hatte. Sie wollte sich nicht vorstellen, wie er Guyot empfangen hatte. Deshalb erschien es ihr äußerst ratsam, auf eine weitere Begegnung mit Weller zu verzichten. Vicky hatte recht: Sie musste diesen Job zu Ende bringen. In einer Viertelstunde wäre das erledigt, und Anna könnte endlich damit beginnen, die letzten vierundzwanzig Stunden zu den Akten zu legen.

Unmittelbar vor der geschwungenen Jugendstiltreppe des Hotels blieb sie noch einmal stehen und holte tief Luft. Das Wetter meinte es gut in diesem Jahr. Die milde Herbstsonne wärmte immer noch. Ihre Strahlen fielen, gebündelt von den üppigen Kronen der Bäume, durch die Blätter auf Wege, Wiesen und Rabatten. Vereinzelt schimmerte es bereits gelb und rot an den Ästen. Wehmütig dachte Anna an den zurückliegenden Sommer und daran, dass die letzten schönen Tage gezählt waren. Anna liebte die Sonne und die Wärme. Die langen Tage mit ihrer späten Dämmerung hinterließen bei ihr das Gefühl, mehr Zeit zu haben und diese auch noch intensiver zu genießen. Der graue, stürmische Herbst und der nasskalte, nicht enden wollende Winter kamen immer viel zu früh. Kaum, dass sie sich an sie gewöhnt hatte, waren die unbeschwerten Sommerwochen auch schon wieder vorbei. In jungen Jahren hatte Anna davon geträumt, auszuwandern. Vielleicht nach Italien? Oder Florida? Irgendwohin, wo die Sommer länger wären und der Winter ein Fremdwort bleiben würde.

Doch dieser Traum hatte sich nie erfüllt. Andere Verpflichtungen hatten sich als wichtiger erwiesen: ihr Mann, ihre Eltern. Bis sie plötzlich mit leeren Händen dagestanden hatte und sich fragte, ob dieser Verzicht es wert gewesen war.

»Entschuldigung, Sie können hier nicht stehen bleiben.«

Der Page vom Eingang kam mit freundlicher Miene auf sie zu. Erschrocken tauchte Anna aus ihren Gedanken auf.

»Ich möchte nur etwas für einen Gast abgeben.«

»Dann folgen Sie mir bitte.«

Der Hotelangestellte in seiner goldbetressten Hausuniform lief die Treppe hoch, über die ein roter Teppich gelegt worden war. Anna folgte ihm und stand kurz darauf in der beeindruckenden Lobby des Grand Hotels. Hinter der Rezeption arbeitete ein anderer Portier als am vergangenen Abend, was sie mit Erleichterung registrierte.

»Guten Tag. Ich möchte etwas für Carl Weller abgeben. Persönlich.«

Der Portier, ein mittelgroßer Mann mit überkorrekten Bewegungen, kontrollierte den Computer.

»Es tut mir leid, aber ich fürchte, das wird nicht möglich sein.«

»Ich weiß.« Anna trat ungeduldig von einem Fuß auf den anderen. »Er ist da etwas eigen. Aber Sie können sicher sein, dass er das Schriftstück erwartet. Ich werde es ihm in die Suite bringen.«

Der Mann musterte sie, als hätte sie sich mit einer Lieferung Desinfektionsmittel in der Tür geirrt. »Dann geben Sie es ab. Wir werden es umgehend weiterleiten.«

Diese Sprüche kannte Anna. Weller hatte vierzehn Uhr dreißig gesagt. Sie bezweifelte, dass der Termin eingehalten würde, wenn sie den Umschlag jetzt aus den Händen gab.

An der Wand über den mattglänzenden Holzvertäfelungen hingen sechs Uhren, die die Zeit in New York, Tokio, Bangkok, Djakarta, Sydney und Wiesbaden anzeigten. Es war genau zwei Minuten vor halb drei.

Der Portier nutzte den winzige Bruchteil einer Sekunde, in dem Anna abgelenkt war, um dem Pagen einen kurzen Wink zu geben. Der junge Mann kam näher und stellte sich abwartend in Positur.

»Wenn Sie die junge Dame bitte hinausbegleiten würden?«

»Aber ich habe Ihnen doch gesagt, ich muss zu Herrn Weller!«

Der Page, eben noch ein unscheinbarer Angestellter, wirkte mit einem Mal ziemlich kräftig. Zudem verschwand der freundliche Ausdruck in seinem Gesicht.

»Ich bedaure sehr, aber wenn Sie das Haus bitte verlassen würden?«

Anna fragte sich, wofür sie im letzten Jahr eigentlich diesen sündhaft teuren Yogakurs mit Tiefenentspannungsübungen absolviert hatte. Sie spürte, wie der Ärger in ihr hochkroch und wie sehr sie sich zusammennehmen musste, um den Herrschaften nicht auf der Stelle ihre Meinung zu sagen.

Sie wandte sich zum Gehen, da bemerkte sie in den Augenwinkeln eine Bewegung. Die linke der drei Fahrstuhltüren glitt beinahe geräuschlos auf. Es war der Lift, der als Einziger hinauf in die Casino-Suite fuhr. Eine sehr schlanke, sehr blonde Frau trat gerade aus der Kabine und setzte sich eine Sonnenbrille auf. Doch Anna erkannte sie trotzdem.

»Sandy!«

Die Dame zuckte zusammen und sah in ihre Richtung.

»Sandrine! Was machst du denn hier?«

Die Angesprochene drückte ihre winzig kleine Handtasche enger an die Brust, als hätte Anna gerade angekündigt, sie ihr zu entreißen. Der Page blickte irritiert von Anna auf den illustren Gast. Sandrine trug den Gegenwert seines Jahreseinkommens in Form einer glitzernden Brillantbrosche am Revers ihres Haute-Couture-Kostüms und hob mit einer derart unnachahmlichen Arroganz die Augenbrauen, dass er es wohl noch nicht wagte, Anna hinauszuwerfen.

»Wer sind Sie?«

Sandrines Frage machte jede weitere Zurückhaltung überflüssig. Der Page griff nach Annas Arm. Unwillig riss sie sich los.

»Ich bin deine neue beste Freundin, der du ihr PR-Konzept geklaut hast. Falls du dich nicht mehr erinnerst. Vielleicht kannst du diesem Herrn hier klarmachen, dass wir uns kennen und ich keinesfalls hier bin, um Gäste zu belästigen.«

Sandrine lächelte Anna zuckersüß an. »Ah ja?«

Etwas im Unterton dieser zwei kurzen Worte gefiel Anna nicht. Aber noch wollte sie ihrem Gefühl nicht glauben.

»Ich kenne die Dame nicht.«

Anna starrte Sandrine hinterher, die nun an ihnen vorbei Richtung Ausgang stöckelte.

»Ich dachte, Freundinnen helfen einander?«

Sandrine hob, ohne sich noch einmal umzudrehen, lässig die Hand.

Miststück. Miststück. Miststück.

Der Page wandte sich an Anna. »Wenn ich nun bitten dürfte? Sonst sehen wir uns gezwungen …«

Anna verzichtete auf die Erfahrung, zu was Hotelangestellte sich gezwungen fühlten, wenn man sich nicht benahm wie wandelnde Geldautomaten. Aus dem Inneren des Fahrstuhls ertönte ein diskreter, leiser Gong. Die Türen schoben sich zu, und in allerletzter Sekunde rannte Anna los und schlüpfte hinein. Der Page kam zu spät. Sie sah noch durch den letzten Spalt sein erstauntes Gesicht, dann setzte sich die Kabine in Bewegung und fuhr ohne Zwischenstopp in die oberste Etage.

Aufatmend lehnte sich Anna an die Wand. Langsam artete die Weller-Situation in Stress aus. Wahrscheinlich bekam sie jetzt Hausverbot und eine Anzeige wegen Hausfriedensbruchs. Und wenn schon, dachte sie. Ein grimmiges Lächeln spielte um ihre Lippen.

Das Grand Hotel hatte in ihrem Leben noch nie eine Rolle gespielt. Dass sie nun bereits zum zweiten Mal innerhalb von vierundzwanzig Stunden hinauf in die Casino-Suite fuhr, war allein das Ergebnis einer impulsiven, unüberlegten Handlung. Einem Mann wie Carl Weller legte man sich nicht einfach in den Weg. Es führte nur zu Komplikationen. Und Komplikationen, das schwor sie sich, würde sie in Zukunft weiträumig meiden.

Der Fahrstuhl hielt, die Türen glitten auseinander. Anna drückte sämtliche Knöpfe, damit sich der Lift auf dem Weg nach unten auch viel Zeit nehmen würde. Doch noch bevor Anna heraustrat, wusste sie, dass sie ihren soeben geleisteten Schwur bereits gebrochen hatte.

Die Tür zur Suite stand offen. Das war schon aufgrund der Sicherheitsvorkehrungen im Hotel unerklärlich. Vielleicht räumte das Zimmermädchen auf, oder Weller hatte etwas beim Room Service bestellt? Langsam ging sie den Gang hinunter. In ihrem Rücken hörte sie, wie sich die Kabinentür schloss und der Fahrstuhl sich in Bewegung setzte. Sie hatte nicht viel Zeit. Vermutlich zogen Page und Portier gerade die versammelten Einsatzkräfte von Mossad, CIA und BKA vom Wirtschaftsgipfel ab, um sie einzufangen.

Je näher sie der Suite kam, desto schneller klopfte ihr Herz. Sie widerstand dem Impuls, auf der Stelle kehrtzumachen. Den Umschlag fest an sich gepresst, tastete sie sich die letzten Schritte vor. Das Entsetzen packte sie in dem Moment, als sie die Hand ausgestreckt hatte und die Tür vorsichtig aufstieß.

Zwei Dinge brannten sich ihr ein: der Geruch von kaltem Rauch. Und die Beine eines Mannes, der ausgestreckt auf dem Läufer im Flur lag. Eine kurze, entsetzliche Sekunde glaubte sie, es wäre Weller. Dann erkannte sie Guyot.

Der Fotograf hatte noch die Schlüsselkarte zu der Suite in der Hand. Er lag auf dem Rücken und starrte mit weit aufgerissenen Augen an die Decke. Sein Gesicht war bleich wie Wachs, und das Grauen, das sich in seine Züge eingegraben hatte, übertrug sich direkt auf Anna. Ihre Beine waren wie gelähmt. Sie wusste, sie müsste weglaufen oder Alarm schlagen oder sich wenigstens um den armen Kerl kümmern, aber sie stand da wie festgewurzelt und konnte sich nicht rühren. Werde jetzt bloß nicht ohnmächtig, befahl sie sich. Was um alles in der Welt hatte sich hier abgespielt?

Vorsichtig, um nichts zu berühren, umrundete Anna den leblosen Körper und warf einen Blick in den Salon. Der Arbeitstisch war leer. Die ganze Suite sah unberührt aus. Nicht die kleinste Erinnerung war mehr da an einen Mann und eine Frau, die hier eine gemeinsame Nacht verbracht hatten. Es war, als hätte es Weller nie gegeben.

Dafür lag ein Toter im Flur. Sie kniete sich neben Guyot und zwang sich, seine teigige Haut zu berühren. Kein Puls. Steif wie ein Brett. Dazu der übelkeitserregende Geruch von kaltem Rauch aus seinen Kleidern. Seine trüben Augen starrten immer noch an die Decke. Sie hob die Hand und wollte in einer Geste der Pietät seine Lider schließen, da hob sich sein Brustkorb, und ein rasselnder Atemzug entwich seiner Lunge.

Anna schrie auf. Das war doch nicht möglich! Er war tot!

»Herr Guyot?« Sie stupste seine Schulter an. Das Ergebnis war, dass der Kopf mit den toten, offenen Augen von einer Seite zur anderen fiel. Die trüben Linsen starrten sie an. Wieder hob sich seine Brust.

Von Grauen gepackt, sprang Anna auf und rannte zur Tür. Keine Sekunde zu früh, denn der Fahrstuhl hatte sich von unten wieder in Bewegung gesetzt. Anna spürte, dass sie nahe daran war, in Panik zu geraten. Sie stand unter Schock. Was war in dieser Suite geschehen? Wo war Weller?

Guyots Kamera lag links neben ihm. Ohne zu überlegen, bückte sie sich und hob sie auf. Vielleicht hatte er seinen Angreifer fotografiert. Sie zwang sich ein letztes Mal, die Gestalt auf dem Boden anzusehen. Um ein Haar hätte sie sich übergeben. Guyot hatte nur noch eine entfernte Ähnlichkeit mit dem Mann, mit dem sie im Kurpark-Café aneinandergeraten war. Er schien vor ihren Augen grauer zu werden. Und dann entdeckte sie das Schrecklichste, das sie jemals gesehen hatte: Aus seinen Ohren rieselte Sand. Es gab zwei Gründe, sich das nicht genauer anzusehen. Der erste war, dass es einfach ekelhaft war. Der zweite, dass ihr nicht mehr viel Zeit blieb.

Gleich würde der Aufzug das oberste Stockwerk erreichen. Sie musste eine Treppe finden. Es musste eine geben, das war baupolizeilich gar nicht anders möglich. Aber wo, hinter welcher Seidentapete hatte man sie versteckt? Im Halbdunkel schob sich ein Lichtstreifen durch die Ritzen der Fahrstuhltür.

Von Panik getrieben drehte sie sich um. Links neben dem Eingang zur Suite leuchtete ein schwaches Licht. Es erhellte das Piktogramm eines Männchens und einer Treppenstufe und wies den Weg über eine Tapetentür zum Notausgang. Noch während sie hinter ihrem Rücken das leise Zischen hörte, mit dem die Druckluft die Aufzugskabine zum Stillstand brachte, hatte sie die Tür aufgerissen und sofort hinter sich wieder verschlossen. Sie hielt den Atem an und lauschte. Gedämpfte Schritte und männliche Stimmen waren zu hören. Ihre Verfolger liefen direkt in die Suite. Anna hatte nicht vor, sie mit offenen Armen zu erwarten. In fliegender Hast eilte sie die Stufen hinunter.

Sie hatte gut die Hälfte des Weges nach unten hinter sich gebracht, als die Männer ihren Fluchtweg entdeckten. Licht flammte im Treppenhaus auf und blendete sie. Wahrscheinlich wurde gerade der Sicherheitsdienst des gesamten Hotels informiert, dass sie auf der Flucht war. Sie raste weiter und dankte dem Himmel für die Eingebung, an diesem Tag keine Pumps zu tragen.

Sie erreichte das Erdgeschoss. Schwer atmend blieb sie stehen. Ihre Verfolger holten auf und waren vielleicht noch zwei Stockwerke über ihr. Es war unmöglich, jetzt hinaus in die Lobby zu spazieren und dem Rest der Hotelangestellten in die Arme zu laufen. Sie wollte sich gar nicht vorstellen, mit welcher Genugtuung der Portier sie der Polizei übergeben würde.

Sie lief weiter hinab. Dabei versuchte sie, so leise wie möglich zu sein. Ein Stockwerk tiefer erreichte sie die Tür zum ersten Geschoss der Tiefgarage. Vorsichtig drückte sie sie einen Spalt weit auf und lugte hinaus.

Schwere, dunkle, sehr teuer aussehende Wagen waren hier geparkt. Obwohl sich Anna sicher war, dass diese Ebene mit Überwachungskameras ausgestattet war, gab es für sie keine andere Möglichkeit. Sie duckte sich und kroch hinter den Wagen, der am nächsten stand.

Jemand tippte ihr von hinten auf die Schulter. Zu Tode erschrocken drehte sie sich um.

Der hagere, bleiche Mann war wie aus dem Nichts aufgetaucht, denn Anna hatte weder Schritte noch sonstige Geräusche gehört. Er trug einen dunklen Anzug, dessen Stehkragen sie an den Schnitt asiatischer Jacken erinnerte. Seine Schildmütze verrutschte keinen Millimeter, als er sich zu ihr herabbeugte und ihr seine Hand entgegenstreckte, um ihr aufzuhelfen.

»Wenn Sie bitte im Fond Platz nehmen würden?«

Sprachlos richtete sie sich auf. Der Mann war ein Riese, er musste fast zwei Meter groß sein. Dennoch waren seine Bewegungen alles andere als schwerfällig. Geschickt öffnete er die hintere Tür der Limousine, trat dann wie ein Balletttänzer einen Schritt zur Seite und blieb abwartend stehen. Als er bemerkte, dass Anna unfähig war, sich zu rühren, schienen seine dunklen Augen für einen Moment aufzuglühen.

»Wir haben wenig Zeit.«

Anna warf einen Blick über die Schulter zu der Parkhaustür. Jeder weitere Fluchtweg war ihr abgeschnitten. Ihre Kehle war eng, sie spürte, wie der letzte Rest von Kraft ihre Glieder verließ.

»Wer sind Sie?«, flüsterte sie.

Der Mann fuhr über die Leiste der geöffneten Fahrertür. Erst jetzt bemerkte sie, dass er Handschuhe trug.

»Ich bin der Diener meines Herrn«, antwortete er. Seine Stimme war leise und eindringlich. »Und mein Herr wartet nicht gerne.«

»Weller?«, stieß Anna hervor.

Der Fahrer hob seine buschigen Augenbrauen, die dem schmalen Gesicht etwas Raubvogelhaftes verliehen.

»Weller«, gab Anna sich selbst die Antwort.

Mit einem Seufzer stieg sie ein und sank in nachtschwarze Lederpolster. Die Tür schlug mit einem satten Ton zu. Der Fahrer setzte sich hinter das Steuer und startete den Wagen. Nur durch eine minimale Vibration spürte Anna, dass der Motor angesprungen war. Langsam setzte sich das Auto in Bewegung und steuerte auf den Ausgang zu. Als sie die Schranke erreichten, hob sie sich wie von Geisterhand. Erst als Anna durch die getönten Scheiben erkennen konnte, dass sie tatsächlich ohne Behinderung die Straße erreicht hatten, löste sich die schlimmste Spannung in ihr. Vorsichtig, damit der Fahrer im Rückspiegel ihre Neugier nicht bemerkte, sah sie sich um. Der Wagen musste ein Vermögen gekostet haben. Er glitt leise wie auf Schienen durch den Verkehr und war so groß, dass sie sogar auf dem Rücksitz bequem die Beine ausstrecken konnte. In die Vorderlehnen waren Bildschirme eingelassen, vermutlich für einen DVD-Player oder das Laptop. Ein silberner Knopf unter der Mittelkonsole erregte ihre Aufmerksamkeit. Sie beugte sich vor, drückte darauf, und eine komplett ausgestattete Minibar glitt ihr entgegen.

»Gläser befinden sich links von Ihnen in dem Palisanderfach. Wenn Sie sich bitte anschnallen würden?«

Der Fahrer hatte ihre Bewegungen registriert, aber seine immer noch absolut neutrale Stimme ließ nicht darauf schließen, was er davon hielt. Anna legte den Gurt an und ließ dann ihre Fingerspitzen vorsichtig über das glänzende Wurzelholzfurnier streichen. Geräuschlos öffnete sich ein weiteres Fach mit zwei geschliffenen Champagnerflöten aus Kristall.

Okay, dachte sie. Dann zeig jetzt mal, was du in den letzten zwölf James-Bond-Filmen gelernt hast. Cool bleiben in allen Lebenslagen und nach geglückter Flucht Champagner trinken.

Sie legte die Kamera und den Umschlag auf den Sitz neben sich, nahm eine Piccoloflasche mit vielversprechendem Kapselverschluss und öffnete sie. Während sie sich einschenkte, schüttelte sie innerlich den Kopf über sich. Sie trank das Glas in einem Zug leer. Auch dies schien der Fahrer geflissentlich zu ignorieren.

»Wie haben Sie mich gefunden?«

Obwohl der Diener seines Herrn gerade an einer Ampel hielt, reagierte er nicht auf Annas Frage. Anna spürte, wie der ungewohnte Alkoholgenuss sie entspannte. Der Mann wusste, wie man Auto fuhr. Also hatte er wohl auch eine vage Vorstellung, wohin er mit ihr wollte.

Mit einem Ruck setzte sie sich auf. »Wohin fahren wir?«

Offenbar hatte er auch die Gabe zu partieller Taubheit.

»Hallo? Wohin geht die Reise? Was hat Weller mit mir vor?«

Die Ampel sprang auf Grün, und der Wagen rollte wieder an. Annas Hand zuckte an den Türgriff. Mit einem schnalzenden Geräusch verriegelten die Schlösser. Anna war gefangen. Das sah schon lange nicht mehr nach einer Actionkomödie aus. Eher nach einer Entführung mit ungewissem Ausgang.

»Wenn Sie mir nicht sofort sagen, wohin Sie mich bringen, rufe ich die Polizei!«

Täuschte sie sich, oder zeigten sich kleine Lachfältchen um die tiefliegenden Augen des geheimnisvollen Fahrers? Sie tastete nach ihrem Handy und starrte auf das Display. Es hatte keinen Empfang. Vermutlich war dieses Was-auch-immer ein gepanzerter Faraday'scher Käfig. Mutlos ließ sie das Telefon sinken. Plötzlich erschien ihr die Vorstellung, statt von Weller von der Polizei gefangengenommen zu werden, gar nicht mehr so schrecklich. Aus diesem Wagen schien es kein Entrinnen zu geben. Genauso wenig, wie Unerwünschtes hereinkam, kam Erwünschtes heraus. Und offenbar wollte Weller sie an einen ganz bestimmten unbekannten Ort bringen.

»Ich habe Hunger«, sagte sie.

Selbstverständlich war es das Letzte, jetzt an Essen zu denken. Aber vielleicht hielt der Chauffeur ja irgendwo an, wo sie um

Hilfe bitten könnte. Sie mussten bereits die Innenstadt verlassen haben, der Verkehr wurde fließender, und Anna erkannte den Autobahnzubringer Richtung Frankfurt.

»Ich möchte etwas zu essen!«

Die Bar rollte langsam wieder in ihre Ausgangsposition zurück. In letzter Sekunde schnappte sich Anna die halbleere Flasche Champagner. Wenn sie schon ungewollt eine Reise ins Ungewisse antrat, dann wollte sie sie sich wenigstens schöntrinken.

»Da war eben ein MacBurger. Könnten Sie bitte wenden? Ich habe seit gestern nichts mehr gegessen und rutsche gleich tot in die Fußbodenritze. Und Sie sollen mich doch mit Sicherheit lebend übergeben, oder?«

Ganz langsam fuhr eine zentimeterdicke Scheibe hoch und schloss sie endgültig in ihrem fahrenden Gefängnis ein.

»He! Hallo!«

Sie wollte sich vorbeugen und die Scheibe zu fassen bekommen, doch der Sicherheitsgurt schloss sich so eng, als sollte er ihr die Luft abdrücken. Sie presste sich ins Polster zurück und musste hilflos mit ansehen, wie sie endgültig von der Außenwelt abgeschnitten wurde.

Der Monitor vor ihr wurde hell. Ein Bild lief einige Sekunden zuckend und verzerrt über den Bildschirm, als ob der Satellitenempfang gerade gestört war. Dann erkannte Anna Carl Weller, der sich offenbar in einem riesigen Loft im vierzigsten Stock eines Wolkenkratzers befinden musste, denn hinter dem futuristischen Schreibtisch öffnete sich ein atemberaubender Blick über die spektakuläre Skyline einer modernen Stadt.

Er stand lässig an das Fenster gelehnt, ganz in Weiß gekleidet mit halbgeöffnetem Hemd, hielt einen Champagnerkelch aus Kristall in der Hand und hob das Glas in ihre Richtung. Oder in die der Kamera, denn offenbar war er Kontinente weit entfernt.

»Guten Abend, Anna«, sagte er, und sofort rieselte eine Gänsehaut über ihren Rücken.

Weller hatte die Gabe, allein durch seine Stimme körperliche Reaktionen in ihr hervorzurufen, gegen die Anna mit Vernunft nicht mehr ankam. Sie beschloss, alles zu ignorieren, was ihre Nerven an Botschaften in ihr Hirn senden wollten, und sich einzig und allein auf dieses unverschämte Lächeln zu konzentrieren, mit dem er sie angrinste. Und das sie vorhatte, ihm in Sekunden aus dem Gesicht zu wischen.

»In unserer Zeitzone ist es immer noch Mittag. Ich will nicht wissen, an welchen Fleck dieser Erde du dich den Sicherheitsorganen entzogen hast. Aber ich sage nur: Freiheitsberaubung, Nötigung, Folter. Und das sind nur die geringsten Anklagepunkte, unter die ich dich stellen werde. Das gibt einen internationalen Haftbefehl.«

»Folter?«

»Ich habe Hunger. Aber dein Handlanger ignoriert mich.«

»Jean-Baptiste würde eher sterben, als mit diesem Wagen in einen Hamburger-Drive-In zu fahren.«

»Jean-Baptiste stirbt gleich aus einem anderen Grund. Weil ich ihn samt deinem Wagen in den nächsten Abgrund stürzen werde, wenn er nicht sofort anhält!«

»Abgründe sind auf dem Weg zum Flughafen nicht zu erwarten. Du befindest dich noch im Rhein-Main-Gebiet. Aber morgen Mittag werde ich dich zum Essen einladen.«

Sie stieß einen verächtlichen Laut aus. Der Gurt fesselte sie an die Polster wie einen Indianer an den Marterpfahl. Sie war praktisch bewegungsunfähig.

»Ich suche mir selbst aus, mit wem ich esse.«

Weller schien das nicht im Mindesten zu beeindrucken. Er trank einen weiteren Schluck. Der Champagner schien ihm zu schmecken, denn er ließ den Stiel des Glases anerkennend zwischen den Fingern rollen.

»In Ordnung.« Er setzte es auf dem Tisch ab. »Dann werde ich mir eine andere Möglichkeit überlegen, mit der du mir deine Dankbarkeit erweisen kannst.«

»Wie bitte? Dankbarkeit? Und könntest du über deine Satellitenleitung Jean-Baptiste bitten, mir den Gürtel nicht so eng zu schnallen?«

»Oh, das tut mir leid. Aber es ist äußerst schmerzhaft, wenn man sich die Finger in der Sicherheitsscheibe quetscht. Das passiert Anfängern oft.«

Der Gurt lockerte sich. Offenbar hörte Jean-Baptiste jedes Wort mit und reagierte augenblicklich auf seinen Herrn, während Anna im Fond verhungern konnte. Hatte ihr Magen vor wenigen Minuten noch beim bloßen Gedanken an etwas Essbares revoltiert, spürte sie nun die Schwäche, die sich in ihr ausbreitete. Ich hätte nichts trinken sollen, dachte sie. Gleich wird mir schlecht.

Gute Idee. Hervorragende Idee. Dann *muss* er anhalten.

Sie nahm die Flasche und goss den Rest in ihr Glas, das sie in einem Zug leerte. Weller beobachtete sie missbilligend. Anna ließ ihren Blick über jeden Millimeter des Wagenhimmels schweifen, aber sie konnte keine Kamera entdecken.

»Wirst du eigentlich eher schläfrig oder aggressiv, wenn du getrunken hast?«, fragte er.

»Mir wird übel«, antwortete sie. »Jetzt zum Beispiel. Ich denke, Jean-Baptiste sollte anhalten. Egal, ob an einem Drive-In oder einem Dixie-Klo. Sonst kann ich für nichts garantieren.«

»Dir wird nicht schlecht.«

Das stimmte sogar. Anna fühlte sich wesentlich besser. Der Alkohol schien ihre Nerven langsam zu beruhigen. Und die unerklärliche Faszination seiner Stimme hatte darüber hinaus einen geradezu belebenden Effekt. Wenn er jetzt vor ihr stünde und nicht in einem Büro am anderen Ende der Welt, sie würde mit Freude auf ihn zugehen, die Arme ausbreiten, ausholen, und ihm mit dem größten Vergnügen eine Ohrfeige verpassen. Oder auch zwei.

»Du solltest dich jetzt langsam fertigmachen«, fuhr er fort. »Danke übrigens für die Pressemitteilung. Ich habe sie in etwas abgeänderter Form autorisiert.«

»Wann?«, fragte Anna. Ihre Stimme klang noch gereizter. »Bist du schon wieder in meinen Computer gekrochen? Weißt du eigentlich, was ich auf mich genommen habe, um sie dir zu bringen? Und was in deinem Hotelzimmer herumliegt und so tut, als wäre es ein Zombie?«

Weller antwortete nicht. Er blätterte nur etwas gelangweilt in einem Stapel von Unterlagen herum.

»Weller!«

Er hob den Kopf. »Ja?«

»Ich rede mit dir. Bist du ein Mörder? Hast du Martin Guyot auf dem Gewissen?«

Das Bild flackerte, die Verbindung riss ab. Vor Ärger schlug Anna mit der flachen Hand auf das Lederpolster. Dann versuchte sie, durch die Scheiben zu erkennen, wo sie gerade waren. Offenbar hatte Weller nicht nur vor, sie verhungern zu lassen, er verschleppte sie auch noch gegen ihren Willen an einen unbekannten Ort.

Das Fahrgeräusch veränderte sich. Sie verließen die Autobahn. Wenig später hielt der Wagen an. Der Gurt löste sich wie von Zauberhand. Die Wagentür wurde von außen geöffnet, und Jean-Baptiste stand vor ihr, in der Hand einen funkelnagelneuen kleinen Lederkoffer mit dem braunen Monogramm eines französischen Luxuslabels, das Anna bisher nur durch Schaufensterbummel nach Ladenschluss oder als billige Raubkopie kannte.

»Ihre Reiseunterlagen, Fräulein Sternberg.«

»Frau«, zischte Anna, nachdem sie sich aus den Polstern geschält hatte. »Wo sind wir hier eigentlich?«

»Am Flughafen«, antwortete Jean-Baptiste und machte einen formvollendeten Diener. Dann überreichte er ihr den Koffer.

So viel zum Thema Komplikationen.

7.

Der Aktenkoffer war nicht schwer. Er lag angenehm in der Hand und sah zudem noch teuer und todschick aus. Trotzdem wollte Anna ihn so schnell wie möglich loswerden.

Ein hastiger Blick über die Schulter bestätigte ihr, dass Jean-Baptiste wieder eingestiegen war und den Wagen nun aus der Parkbucht heraus in den stockenden Verkehrsfluss vor der Abflughalle einfädelte. Mit schnellen Schritten, so, als ob sie ihr Flugzeug noch in letzter Minute erreichen wollte, betrat sie das riesige Gebäude und suchte die nächstgelegenen Waschräume auf. Zwei Minuten lang schrubbte sie sich die Hände. Erst dann war sie sicher, dass ihr niemand gefolgt war. Eine junge Mutter mit einem quengelnden Kind verließ eine der Kabinen. Anna schlüpfte an ihr vorbei in den kleinen Raum, überzeugte sich, dass die Tür auch richtig schloss und niemand in der Nähe war, der über oder unter die Stellwände lugen konnte, klappte den Toilettendeckel herunter und setzte sich. Den Koffer legte sie auf ihren Schoß. Eine ungewohnte Aufregung beschlich sie. So, als ob ihr Leben sich ändern würde in dem Moment, in dem sie ihn öffnete. Sie holte tief Luft und betrachtete ihn genauer.

Ihre Befürchtung, das Zahlenschloss ließe sich nur mit kreativen Kombinationen wie 666 öffnen, bewahrheitete sich nicht. Es war nicht eingestellt, die vergoldeten Schnappverschlüsse sprangen beim ersten Versuch auf. Gespannt öffnete Anna den Deckel.

Sie fand ein First-Class-Ticket nach Doha ins Königreich Qatar und eine Hotelreservierung. Dann eine mit königlichem Siegel versehene Einladung in die VIP-Lounge zum Kamelrennen in Dscharyan al-Batna. Als Letztes fand sie die Ledermappe, die sie bereits in Wellers Suite gesehen hatte. Die verwischte Stelle erkannte sie sofort wieder. Genau dort war der Tropfen Apfelsaft auf das Papier gefallen. Noch bevor ihre Gedanken wieder zurückgleiten konnten zu dieser Nacht in der Casino-Suite, rief sie sich energisch zur Ordnung und betrachtete das elfenbeinfarbene Bütten und die zierlichen Buchstaben genauer. Doch sosehr sie sich anstrengte, sie konnte die Schrift nicht entziffern. Sie erkannte zwar die steilen, von Hand geschriebenen Zeichen, ob sie aber Sanskrit oder Mittelhochdeutsch waren, war für Anna nicht auszumachen.

Vermutlich sollte sie dieses Dokument jemandem in Dscharyan al-Batna übergeben. Qatar. Lag das nicht im Nahen Osten? Ein Königreich, so erinnerte sich Anna, eines dieser Öl-Imperien, das aber relativ friedlich und von der Weltöffentlichkeit unbeachtet seinen Reichtum mehrte. Öl. Vicky hatte so etwas im Zusammenhang mit Weller erwähnt. Öl und Medien, Reichtum und Macht. Die zwei Achsen, die ein Weller wohl brauchte, um mit sich im Gleichgewicht zu sein. Und sie war ein Teil des Spiels.

Sie hatte es geschafft.

Sie würde nach Qatar fliegen. Das war eine Menge große, weite Welt für jemanden, der eigentlich vorgehabt hatte, ein ruhiges Single-Wochenende zu verbringen. Museum. Spaziergang. Lesen. Vielleicht ein wenig die Wohnung aufräumen und Wäsche waschen. Der turmhohe Stapel Blusen musste auch endlich einmal gebügelt werden. Das waren ihre Pläne gewesen. Und nun …

Die Schrift auf dem Pergament verschwamm vor ihren Augen. Sie sah sich in der königlichen Loge sitzen. Sie feuerte die hechelnden Kamele an und hörte die heiseren Rufe der Treiber. Es war heiß, der Sand glühte. Weller saß neben ihr. Der König von Qatar nickte ihr zu. Er hob die Ledermappe und winkte damit in die jubelnde Menge. Alle sahen sie an und bewunderten oder beneideten sie. Die Frau an Wellers Seite ... Einfluss, Macht, Schönheit, Reichtum ...

Jemand betrat die Kabine nebenan und scheuchte Anna aus ihrem Tagtraum. Hastig und mit klopfendem Herzen packte sie alles wieder zusammen. Sie fühlte sich ertappt. Was war bloß in sie gefahren? Eben noch hatte sie Weller des Mordes verdächtigt, und im nächsten Moment malte sie sich schon aus, wie sie mit ihm durch die Welt reisen würde. Das war doch nicht normal.

Draußen ließ sie kaltes Wasser über ihre Handgelenke laufen, um sich abzukühlen. Der Koffer stand zu ihren Füßen und sah völlig unscheinbar aus. Niemand würde darauf kommen, dass er Annas geheimste Sehnsüchte in sich verbarg. Sie nahm ihn und betrat die riesige Abflughalle.

Anna hatte den Flughafen Frankfurt immer gemocht. Schon als junges Mädchen, zu einer Zeit, in der es sonntags noch nicht einmal frische Brötchen gab, war der Flughafen der einzige Ort weit und breit gewesen, an dem die Zeit nicht stillstand. Oft war sie am Wochenende hinausgefahren und hatte es sich mit einem Buch auf der Bank bequem gemacht; über sich die riesige schwarze Tafel mit den Ankunfts- und Abflugzeiten, die alle zwei Minuten aktualisiert wurde und im vordigitalen Zeitalter noch mit rotierenden Plättchen funktionierte. Bei jedem Umspringen rasselten und klackerten sie wie ein Schwarm aufgescheuchte Krähen. Anna las die Namen fremder Städte: Tokio, New York, Kairo, Madrid, und damals hatte sie sich geschworen, dass sie eines Tages reisen wollte. Nach Hawaii, nach Bombay, nach Bangkok. Manchmal wurde sie nach dem Weg gefragt. Dann gab sie bereitwillig Auskunft und fühlte einen völlig aberwitzigen Stolz, dass man sie für eine Reisende hielt.

Und jetzt also tatsächlich Qatar.

Eine nette Bodenstewardess wies ihr den Weg zur Diamond Lounge, einem Wartebereich für Vielflieger und solche, die sich eine Atlantiküberquerung in der ersten Klasse leisten konnten. Der Weg war äußerst diskret ausgeschildert und endete im zweiten Stock vor einer Milchglasscheibe, die sich wie von Geisterhand öffnete, als Anna sich ihr näherte.

Der junge Mann hinter der Rezeption schaute professionell lächelnd hoch, als Anna vor ihm stehen blieb und sich zögernd umsah. Ihr war mit einem Mal bewusst, dass sie in den Augen dieses Mannes nicht aussah wie die typische Passagierin der ersten Klasse. Doch er hatte in seinem Leben wohl schon Schlimmeres gesehen als eine Frau im Holzfällerhemd. Freundlich prüfte er ihr Ticket und wies dann mit einer Handbewegung auf die Bar, die die gesamte Fensterfront des Raumes einnahm und einen spektakulären Blick auf das Rollfeld und die startenden und landenden Maschinen bot. Dezente Musik rieselte aus Lautsprechern, einige Reisende hatten es sich in den cremefarbenen Sesseln bequem gemacht.

»Sollen wir Ihr Gepäck für Sie aufbewahren?«

»Nein. Aber das hier, bitte.«

Sie übergab Guyots Kamera. Ihr fiel ein, dass sie noch immer nicht nachgesehen hatte, welche Aufnahmen der verhinderte Sensationsreporter als Letzte geschossen hatte. Sie beschloss, sich der Kamera zu widmen, wenn keine Zeugen in der Nähe wären.

Der Barkeeper brauchte nur eine Minute, um Anna eine Bloody Mary zu mixen, die sie in jeder anderen Situation glatt aus dem Stuhl gehoben hätte. Im Handumdrehen hatte er auch die Schale mit den japanischen Reiscrackern nachgefüllt, deren Inhalt Anna gierig in sich hineingeschaufelt hatte. Unaufgefordert reichte er ihr eine Speisekarte und erklärte auf ihre Frage nach den fehlenden Preisen, dass die frisch zubereiteten Gerichte im Service inbegriffen seien.

Anna bestellte einen Cesars Salad, nippte am Rest ihres Drinks und sah sich unauffällig um. Keiner der anderen Gäste schien Notiz von ihr zu nehmen. Alle waren beschäftigt mit ihren Zeitungen, Laptops oder Handys. Anna fiel ihr Mobiltelefon ein. Zu ihrer größten Erleichterung stellte sie fest, dass sie wieder Empfang hatte. Sie ging – den Koffer in der einen, das Glas in der anderen Hand und das Handy unter das Kinn geklemmt – zu einem Sessel mit Cocktailtisch, setzte sich und wählte die Nummer ihres Büros, aber Vicky ging nicht an den Apparat. Dann versuchte sie, ihre Geschäftspartnerin auf dem Handy zu erreichen. Als auch das nicht gelang, wählte sie ihre Privatnummer. Keine Vicky. Seltsam.

Sie hinterließ auf allen drei Anrufbeantwortern dieselbe Nachricht mit der dringenden Bitte um Rückruf. Sie hatte das Handy noch nicht in ihrer Jackentasche verstaut, da bemerkte sie, wie der Mann zwei Tische weiter die Zeitung sinken ließ. Unter den fast ausschließlich männlichen Gästen breitete sich eine leise, kaum spürbare Unruhe aus. Alle schauten zum Eingang. Als Anna ihren Blicken folgte, wusste sie, warum.

Die blonde, überschlanke Frau hielt sich nicht lange mit Höflichkeitsfloskeln auf. Sie passierte die Eingangskontrolle ebenso nebensächlich, wie sie wohl auch einen Einkaufswagen durch die Supermarktsperre schieben würde, und steuerte direkt auf die Bar zu. Ohne die Anwesenden auch nur eines Blickes zu würdigen, bestellte sie etwas zu trinken und wollte sich auf dem Barhocker niederlassen, auf dem eben noch Anna gesessen hatte, als sie innehielt und sich langsam umdrehte.

Die Nasenflügel etwas aufgebläht, als ob sie eine gefährliche Witterung aufnahm, tastete Sandrines Blick die Flughafenlounge ab und blieb an Anna hängen.

Annas Puls begann zu rasen. Es war, als ob Sandrine ihr per Telepathie einen Stromschlag versetzt hätte. Unwillkürlich zuckte sie zusammen und rutschte so tief in die Polster ihres Sessels, wie es nur möglich war. Zu spät. Sandrine nahm ihr Glas und schlenderte mit einem kalten Lächeln auf ihr alte-neue-beste-gar-nicht-Freundin zu.

»Was für eine Überraschung.«

Sie stellte ihren Drink vor Anna auf den Tisch und nahm ungefragt Platz. Sie trug dasselbe Kostüm wie im Grand Hotel. Die Brillantbrosche funkelte, dass es Anna fast in den Augen weh tat. Sie musste das Licht aus dem Fenster brechen, anders konnte sich Anna dieses Blenden nicht erklären. Sie legte die Hand vor die Augen, um den Schein etwas abzudämpfen.

»Darf ich fragen, was du hier suchst?«

Sandrines Stimme klang, als ob sie damit ihre Brillanten für den täglichen Bedarf selber schneiden würde. Sie hob ihr Glas und trank einen Schluck. Das gab Anna die nötige Zeit, sich zu fassen und ihren flatternden Puls zu beruhigen.

»Dasselbe wie du«, antwortete sie. »Ich verreise.«

»Und wohin, wenn man fragen darf?«

»Ein paar Tage Urlaub. Und du?«

Doch Sandrine hatte nicht vor, Annas Neugier zu befriedigen. Sie ließ einen abschätzenden Blick über den Aufzug ihres Gegenübers gleiten, der zum Bäumefällen wie zum bäuchlings durch Garagen Robben gleichermaßen gut geeignet zu sein schien, nicht aber, um mit einer Frau von Sandrines Format die gleiche Luft zu atmen. Sandrine wies auf den Koffer, den Anna rechts von sich auf den Boden gestellt hatte. Die Geste allein reichte, dass Anna ihn sofort etwas näher zu sich zog.

»Und dann nimmst du die Arbeit gleich mit?«

»Immer im Dienst.«

Anna schwieg. Die Stille zwischen den beiden Frauen dehnte sich aus. Sandrine hob ihr Glas. Die Eiswürfel klirrten leise, als sie einen kleinen Schluck daraus trank.

»Du bist für Weller unterwegs.« Sie musterte Anna über den Rand ihres Glases hinweg. »Ich kenne diese Koffer. Sie gehören zur Erstausstattung. Wenn du ein braves Mädchen bist, kommt bald die ganze Kollektion dazu.«

Sie hielt das Glas in den Händen. Es war beschlagen, ein kleiner Tropfen Kondenswasser sammelte sich und fiel schließlich herab auf Sandrines Rock. Gespielt gedankenverloren verrieb sie ihn auf dem Stoff.

»Wie hat er dich dazu gebracht? Etwa mit seinem unwiderstehlichen Charme, den jede halbwegs intelligente Frau sofort durchschaut?«

Anna spürte, dass eine glühende Hitze ihren Hals hinauf bis auf ihre Wangen kroch. Sie fühlte sich Sandrine ausgeliefert. Es war, als ob eine negative Kraft von dieser beängstigend attraktiven Frau ausging, die allen Widerspruchsgeist und jedes Selbstwertgefühl pulverisierte.

»Oder mit seiner berühmten kleinen Wette?«

Sandrine stellte das Glas wieder auf den Tisch und nahm eine Serviette, um sich langsam die Hände abzutrocknen.

»Lass mich raten. Was könnte es in deinem Fall gewesen sein? Du bist ein Mensch, der an das Gute in der Welt und in den Menschen glaubt. Hast du gedacht, du könntest ihn ändern?«

Ich wette, dass es dir nicht gelingt, der Welt da draußen einen anderen Weller als den zu präsentieren, den du hier vor dir siehst.

Das waren seine Worte gewesen. Anna hatte ihnen keine Bedeutung beigemessen, weil er sie beinahe nebensächlich in die Unterhaltung eingestreut und dabei auch noch neben ihr gelegen hatte. Doch durch Sandrine erhielten sie plötzlich eine ganz neue Bedeutung.

»Du hast sie verloren. Und so bist du nur eines der vielen, naiven Mädchen, das meine Nachfolge angetreten hat.«

Anna wollte sich nicht provozieren lassen. Das war bei Sandrine aber leichter gesagt als getan.

»Deine Nachfolge?«

»Ganz recht. Oder denkst du, ich hätte es allein durchs Verkaufen von Bildern so weit gebracht? Nein. Ganz sicher nicht. Es war Weller, der mich gefördert und protegiert hat.«

Sie lehnte sich vor und senkte die Stimme zu einem Flüstern.

»Und er hat dafür Dinge bekommen, die ich dir definitiv nicht zutraue.«

Anna spürte, wie die Bestürzung es ihr unmöglich machte, einen klaren Gedanken zu fassen. Weller und Sandrine … waren ein Paar.

»War das …« Sie räusperte sich, weil sie Angst hatte, ihre Stimme könnte versagen. »War das der Grund, weshalb du im Hotel warst?«

Für die Dauer eines Wimpernschlags veränderte sich Sandrines Gesichtsausdruck. Beinahe hätte sie ausgesehen wie auf frischer Tat ertappt. Aber sie hatte sich sofort wieder in der Gewalt.

»Ja. Ich hatte ihn etwas aus den Augen verloren. Aber als mein Mitarbeiter mir erzählt hat, wo er zu finden ist, habe ich einen kurzen Überraschungsbesuch gemacht.«

»Guyot! Er arbeitet für dich? Was ist mit ihm passiert?«

Sandrines Blick schien sie durchbohren zu wollen.

»Das Gleiche wie mit allen, die mehr wollen, als ihnen zusteht. Die einen glauben, sie sind Aschenputtel, das vom Prinz geküsst wird. Die anderen, sie könnten mich mit Fotos erpressen. Du hast nicht zufälligerweise eine Kamera gefunden?«

»N … nein.«

Der Vergleich mit Aschenputtel verletzte sie. Anna konnte sich noch so oft sagen, dass ihr Gegenüber keine Gedanken lesen konnte. Sie hatte trotzdem das Gefühl, als läge ihr Innerstes vor Sandrine wie ein offenes Buch, in dem ihre Klassenkameradin von einst nun genüsslich blätterte.

»Dann wünsche ich dir viel Glück. Du wirst es gebrauchen können.«

»Hast du den Fotografen getötet?«

Sandrine riss die Augen auf. Anna konnte nicht erkennen, ob es gespielte oder tatsächliche Überraschung war.

»Guyot? Den kriegt man nicht so leicht unter die Erde.«

Sandrine stand auf. Aber nicht, um sich zu verabschieden. Sie nahm ihren Sessel und schob ihn direkt neben Anna. Der Koffer stand nun genau zwischen ihnen. Anna zögerte, ihn auf die andere Seite zu stellen. Das hätte zu offensichtlich nach Misstrauen ausgesehen. Aber sie achtete auf jede von Sandrines Bewegungen.

Diese stützte ganz entspannt den Arm auf die Lehne und

beugte sich so nah zu Anna, dass diese ihr teures Parfüm riechen konnte.

»Du wirst noch ganz andere Dinge sehen, wenn du dich auf Weller einlässt. Bist du darauf vorbereitet? Bist du stark genug, dass ein Mann nur nach dir ruft, wenn er dich braucht? Und dich danach fallen lässt, als hätte er dich nie gekannt? Kannst du das ertragen, kleine Anna?«

Sie versuchte, Anna in die Augen zu sehen, doch diese drehte schnell den Kopf weg.

»Weller und ich, wir sind aus dem gleichen Vulkan gestiegen. Uns eint die gleiche Glut. Wir kennen uns seit einer Ewigkeit. Und wenn ich Ewigkeit sage, dann meine ich das auch. Ich habe Frauen wie dich kommen und gehen sehen. Ich weiß, was du denkst und fühlst. Weller ist ein Mann, der die Seele einer Frau verbrennt und danach ihre Asche in alle Winde verstreut. Du kannst dem nur entgehen, wenn du keine Seele hast. So wie ich.«

Blitzschnell drehte Anna den Kopf und musterte Sandrines Gesicht. Die letzten Worte hatten beinahe ehrlich geklungen. Noch immer war der Blick ihrer blassgrünen Augen stahlhart. Aber ein winziges, fast amüsiertes Lächeln umspielte ihren Mund, als ob sie Annas Überraschung erwartet hätte und sie nun umso mehr auskostete.

»In diesem Geschäft darf man keine Seele haben«, fuhr sie fort. »Weller und ich haben die gleichen Interessen. Auch das verbindet uns. Dagegen kannst du nichts tun, Anna. Du bist anders. Bleib bei dem, was dich glücklich macht. Aber versuche nicht, dich zwischen uns zu drängen. Du hast keine Chance. Und weißt du, warum? Weil du ein nettes Mädchen bist, Anna. Und nette Mädchen reizen Weller nicht.«

Sie strich sich eine Strähne ihres platinblonden Haares hinter das rechte Ohr.

»Er hat mir übrigens von eurer Nacht erzählt.«

Anna schnappte nach Luft. Wie konnte er ihr so etwas antun? Sandrine schien genau diese Frage von Annas Gesicht abzulesen.

»Es bedeutet ihm nichts. Es ist so wie …«

Sie unterbrach sich, weil ein Kellner an ihren Couchtisch trat und Annas Salat servierte, an den sie schon gar nicht mehr gedacht hatte. Sandrine, die aussah, als sei Nahrungsaufnahme für sie ein Fremdwort, wartete, bis der Mann sich wieder diskret entfernt hatte.

»Du bist für ihn ungefähr so wichtig wie ein Kamel in der Wüste von Qatar. Da soll's doch hingehen, oder?«

Sandrine griff nach dem Koffer. Anna beherrschte den Reflex, ihn an sich zu ziehen. Wenn Weller ihr gegenüber derart illoyal war, dann musste sie auch den Koffer nicht verteidigen. Sandrine erhob sich, als hätte sie mit keiner anderen Reaktion gerechnet, und sah auf ihre Armbanduhr.

»Ich bin froh, dass du vernünftig bist. Das Essen hier ist übrigens vorzüglich. Lass es dir schmecken.«

Sie verließ die Lounge.

Anna sah ihr hinterher, bis sich die Milchglasscheiben hinter ihr wieder geschlossen hatten. Sie konnte keinen klaren Gedanken fassen. Weller hatte ihre Nacht hinausposaunt, und Sandrine hatte seinen Koffer geklaut. Wenigstens musste sie sich jetzt keine Ausrede mehr einfallen lassen, warum sie seinen Auftrag abgelehnt hatte.

Nachdenklich tupfte sie ein paar winzige Brotkrümelchen von ihrem unberührten Teller. Was sie mit Weller erlebt hatte, lag auf seiner Erinnerungsskala ungefähr dort, wo er wohl auch die Börsenkurse von vorgestern ablegte. Sandrine und er kannten sich. Und sie, Anna, sollte zusehen, dass sie so schnell wie möglich das Weite suchte.

Sie rieb sich die Finger ab. Erstaunt sah sie auf den Teller. Das waren keine Brotkrumen. Auch auf dem Sessel, auf dem Sandrine bis eben gesessen hatte, entdeckte sie die winzig kleinen Körnchen. Sie führte die Hand über den Stoff und hielt inne. Es war Sand.

Anna holte die Kamera ab und verließ den Flughafen, so schnell sie konnte. Sie musste weg. Fieberhaft überlegte sie, an welchen Ort sie gehen konnte, um alles zu vergessen, was sie in den letzten vierundzwanzig Stunden erlebt hatte. Erst als sie in das gleißende Sonnenlicht hinaustrat, konnte sie wieder durchatmen. Während Menschen mit Rollkoffern und überladenen Gepäcktrolleys an ihr vorüberzogen und statt Fernweh nur noch Hektik und atemlose Eile das Bild bestimmten, wusste sie, wohin sie gehen würde. Es würde ein Ort sein, der das genaue Gegenteil von Geld und Macht, Reichtum und Überfluss sein würde. Ein Ort, über den Weller und Sandrine wahrscheinlich die Nase rümpfen würden, der aber der einzige war, der Anna in diesem Moment einfiel und an dem sie willkommen sein würde. Und an dem Weller niemals auftauchen würde.

Anna verschwand in dem Moment von der Bildfläche, als sie den Bus in Richtung Hauptbahnhof bestiegen hatte und dieser langsam angefahren war.

Weller tippte ärgerlich auf seine gläserne Schreibtischplatte. Das Bild erlosch. Dann lehnte er sich in seinen Drehsessel zurück, führte sie Fingerspitzen zusammen und legte sie nachdenklich an den Mund. Einige Minuten verharrte er beinahe reglos, die Augen geschlossen, als ob er sich an dem atemberaubenden Panorama der nächtlichen Skyline Singapurs sattgesehen hätte.

In dieser Zeit ließ er den ganzen Film noch einmal Revue passieren, in dem nicht er, sondern Anna Regie geführt hatte. Da der gesamte Flughafen bis in den letzten Winkel mit Überwachungskameras ausgestattet war, hatte er sie keinen einzigen Moment aus den Augen verloren. Selbstverständlich hatte die Observierung bereits in seinem Wagen begonnen. Wie die meisten Menschen war Anna davon ausgegangen, dass die Verbindung in dem Moment gekappt war, in dem der Monitor schwarz wurde. In Wirklichkeit hatte er sie die ganze Zeit beobachtet. Es war eine amüsante halbe Stunde gewesen, denn mittlerweile fand er immer mehr Gefallen daran, diese erfrischend unkonventionelle Frau anzusehen.

Anna war anders als die oberflächlichen Schönheiten, die sich ihm so oft aufdrängten. Sie hatte nie gelernt, ihre Gefühle zu verbergen. Ärger, Wut, Verachtung, aber auch Hingabe und Zuneigung spiegelten sich ungeschützt in ihren Zügen. Je öfter er die Gelegenheit hatte, sie zu betrachten, desto interessanter erschienen sie ihm. Am meisten gefiel ihm ihre uneitle Art. Sie schien sich ihrer Schönheit gar nicht bewusst zu sein. Wenn sie den Kopf leicht zur Seite neigte, um ihn mit kaum verhohlenem Ärger zu mustern, funkelte in ihren Augen eine Kraft, von der sie selbst nichts wusste. Vor dieser Kraft hatte man ihn immer gewarnt. Aber er war ihr zu selten begegnet, um der Versuchung zu widerstehen, ein wenig mit ihr zu spielen.

Sie war es. Weller war sich vollkommen sicher. Er hatte sie verführt und keine Langeweile dabei empfunden. Das war ein sicheres Zeichen. Das kam nur alle hundert Jahre einmal vor, und dass es erst jetzt so kurz vor Ablauf seiner letzten Frist geschehen war, machte die Sache noch spannender. Er hatte nicht viel Zeit, sie auszubilden.

Er tippte auf die Glasplatte und spulte den Film zurück.

Anna aus dem Bus, rückwärts in die Halle, hinein in den Aufzug, hoch in den zweiten Stock, hektisch in der Flughafenlounge, Sandrine.

Ärgerlich runzelte er die Stirn.

Sandrines Reich war die nordamerikanische Halbkugel. Dort hatte sie sich ein eigenes Imperium aufgebaut, das ihren Interessen entsprach. Ihre Einladungen in die Hamptons nach Long Island waren legendär. Einmal hatte er den Fehler begangen, die Vertragsverhandlungen auf ihrem Boden durchzuführen. Er erinnerte sich noch gut an ihre Forderungen und die Gier, mit der sie ihre maßlosen Ansprüche hatte durchsetzen wollen, was ihr nur zum Teil gelungen war. Nur mit Hilfe seiner Sicherheitsleute war es ihm gelungen, das Anwesen wieder zu verlassen. Seitdem hielt auch er sich an die Regeln: Treffen nur auf neutralem Boden. Und nur, wenn sie angekündigt waren. Ihr Überfall auf ihn im Hotel war eine Warnung. Fast hatte sie ihn schachmatt gesetzt. So etwas durfte nicht noch einmal vorkommen. Ein Glück, dass Anna gekommen war, sonst hätte er noch einmal an den Tatort zurückkehren müssen.

Er grinste in sich hinein. Das mit der Kamera hatte sie gut gemacht. Wieder zehn Punkte. Er freute sich, dass sein Gefühl ihn nicht getrogen hatte. Und dass er jetzt noch einen weiteren Grund hatte, sie aufzuspüren.

Er stand auf und ging zu der Wand aus schwarzem Glas, die das Bild der Skyline leicht verschwommen in blassen Tönen spiegelte. Die Berührung seiner Fingerspitzen reichte aus, um hinter dem Glas mehrere Symbole aufleuchten zu lassen. Er tippte eines an. Fast lautlos glitt eine Glaskachel zurück. Eiswürfel klirrten in einen mit Wasser gefüllten Tumbler. Er nahm ihn heraus und im gleichen Moment schloss sich die Fläche, die nun wieder aussah wie eine gewaltige dunkle Spiegelwand.

Er sah sein Gegenüber in dem schwarzen Glas und prostete sich zu. Das war einer der Vorteile, wenn man sich entschlossen hatte, den Elementen die Stirn zu bieten: Man lernte, den Anblick seines anderen Ich wieder zu ertragen. Nicht mehr lange, und er konnte auch wieder in einen normalen Spiegel sehen, ohne das Gefühl zu haben, sein eigener Blick würde ihn verbrennen.

Er trank einen Schluck und beobachtete dabei seine Bewegungen. Er hatte sich nicht verändert. Hundert Menschenjahre, ein Dämonenjahr. Er war immer noch jung. Und er konnte alle besiegen.

Ein anderes Bild tauchte vor seinem inneren Auge auf: Annas erstaunte Miene, als sie den verhängten Spiegel in der Suite gesehen hatte und sich zu fragen begann, welche Abgründe wohl noch in ihm schlummerten.

Viele, dachte er und nahm einen Schluck eiskaltes Wasser. Und so tief, dass du den Aufschlag nicht mehr merken würdest.

Aber ich würde dich auffangen.

Was war das denn? Auffangen? Wie kam er denn auf so eine Idee? Er hatte noch nie in seinem Leben jemanden aufgefangen. Und Anna gehörte zweifellos zu den Menschen, die selbst am Abgrund noch die helfende Hand ihres Retters ausschlagen würden, wenn dieser Mann nicht hundertprozentig zu denen gehörte, von denen sie sich auch retten lassen würden.

Unwillkürlich musste er lächeln. Es lag noch eine Menge Arbeit vor ihm. Aber sie würde ihm Spaß machen. Es war hundert Jahre her, dass er seine letzte Amazone ausgebildet hatte. Die Fehler, die er damals gemacht hatte, würde er nicht noch einmal wiederholen. Er hatte aus ihnen gelernt. Mit Anna hatte er eine Frau ausgesucht, die den Verführungen von Reichtum, Macht und Schönheit nicht so einfach erliegen würde. Ihre Achillesferse war die Liebe.

Der Schmerz schoss so gewaltig in seine Brust, dass er nach Luft schnappen musste. Verdammt. Die Liebe war ein Spielstein, den man einsetzte, wenn man gewinnen wollte. Es war immer die Liebe der anderen, mit der man spielte. Nie die eigene, denn die gab es schon lange nicht mehr.

Warum schmerzte es dann so in seiner Brust? Vielleicht doch etwas mit dem Herzen? Weller beschloss, in den nächsten Tagen einen Kardiologen aufzusuchen. Ein befreundeter *máster* in London führte eine Praxis mit angegliederter Privatklinik, in der diskret und ohne Fragen behandelt wurde.

Irgendetwas stimmte nicht mit ihm. Seine Kräfte ließen nach. Wahrscheinlich lag es daran, dass seine Zeit bald um war. Der Vertrag musste erneuert werden. Wenn er weiterleben wollte, brauchte er Anna.

Er schenkte ihr einen letzten Blick, bevor er seine Finger erneut über das Display gleiten ließ, das in seinen Schreibtisch eingelassen war. Das freundlich-aufmerksame Gesicht von Jean-Baptiste erschien an Annas Stelle.

»Ja?«

»Wo ist sie jetzt?«

»Sie ist in den Zug Richtung Wiesbaden eingestiegen. Soll ich sie weiter beschatten?«

Weller dachte nach.

»Nein«, antwortete er schließlich. »Ab jetzt ist das Chefsache.«

8.

Friedrich Sternberg putzte seine Brille umständlich mit dem Ende seines offenen Hemdsärmels und setzte sie sich wieder auf die ausgeprägte Nase. Dann hob er die bauchige Blümchenkanne hoch und schenkte Anna einen Becher Brennnesseltee ein. Gesammelt nicht etwa im eigenen Garten, sondern an den Schienen ein paar hundert Meter weiter, weshalb er ihn auch Bahndammtee nannte und mit einem bedauernden Gesichtsausdruck daran schnupperte.

»Die letzte Ernte«, sagte er und pustete in seine Tasse.

Anna setzte an, roch und stellte den Becher unberührt wieder auf den alten Küchentisch, an dem sie Platz genommen hatten. Es gab nicht viel Gutes, was sie an dem neuen Einkaufszentrum auf der grünen Wiese finden konnte. Aber dass sein Bau den direkten Zugang zum Bahngelände verhindern würde, hatte den großen Vorteil, dass ihr Vater dann vielleicht von selbstgepflücktem Brennnesseltee auf Mischungen umsteigen musste, die nicht ganz so gewöhnungsbedürftig sein würden.

Alt war er geworden, er und das Haus. Warum war ihr das so lange nicht aufgefallen? Das Gartentor hing schief in den Angeln, die Fenster schlossen nicht richtig, und überall sammelte sich Unnützes, Wertloses und nicht Weggeworfenes zu einem heillosen Durcheinander, das alles Brauchbare verschluckte, das nicht jeden Tag benötigt wurde. Eine Viertelstunde lang hatte

Anna das Teesieb gesucht und schließlich aufgegeben. Irgendwo würde es sein. Bis dahin filterte die Kanne die gröbsten Blattstücke heraus. Und den Rest würde sie zum Düngen benutzen.

»Papa, wann hast du denn zum letzten Mal den Garten gegossen?«

Friedrich Sternberg hob den Kopf und sah durch die fast blinden Scheiben hinaus. Gras und Büsche waren verdorrt. Sogar die Dahlien sahen staubig und dürr aus, dabei entfalteten sie ihre volle Schönheit erst im Herbst und hätten jetzt vor Saft nur so strotzen müssen.

Ihr Vater hob die mageren Schultern. Wenn Anna daran dachte, wie kräftig er einmal gewesen war, schnürte ihr die Rührung fast die Kehle zu.

»Hast *du* das denn nicht neulich …?«

»Papa, ich war vor vier Wochen das letzte Mal hier.«

Und sie hatte sich damals viel zu schnell verabschiedet, weil der Gedanke, was alles an diesem Haus getan werden musste, sie in immer tiefere Depressionen versinken ließ. Allein der Garten würde mindestens zwei Wochen brauchen, um überhaupt wieder einigermaßen betretbar zu sein. Also hatte sich Anna darauf beschränkt, was aus ihrer Sicht das Wichtigste gewesen war: Reden, Zuhören, Einkaufen, Kochen. Um dann mit schlechtem Gewissen wieder zurück in die Stadt zu fahren.

Dieses Mal würde sie länger bleiben. Sie hatte Vicky noch eine Nachricht auf dem Schreibtisch hinterlassen, die Tür des Büros abgeschlossen und war mit dem nagenden Gefühl, dass sie vielleicht nie mehr zurückkehren würde, die Treppen hinuntergestiegen. Eine Nacht hatte sie bereits in diesem Hexenhäuschen verbracht und sich gefragt, wie es in ihrem Leben weitergehen sollte. Da weder das Leben noch sonst irgendjemand bereit war, ihr darauf eine Antwort zu geben, hatte sie sich entschlossen, ihren Besuch so lange auszudehnen, bis sie es wüsste.

»Vier Wochen ist das schon her?« Verwundert sah Friedrich Sternberg auf seine Tochter. »Die Zeit vergeht so schnell … Ich wollte eigentlich noch Bucheckern sammeln. Es war ja ein schöner Sommer dieses Jahr, da werden sie gut tragen. Und die Steinpilze müssten jetzt auch schon da sein. Willst du mitkommen?«

Anna schüttelte den Kopf. Es gab einfach viel zu viel zu tun. Gestern hatte sie bereits begonnen, in der Küche aufzuräumen. Dabei waren ihr stapelweise ungeöffnete Briefe in die Hand gefallen, die sie am Abend mit ihrem Vater einzeln besprechen wollte. »Heute nicht. Ich werde mal in den Garten gehen.«

»Ja ja. Ruh dich aus. Du bist ein bisschen blass um die Nase.«

Als Friedrich Sternberg wenig später das Haus verließ, ging Anna in den Schuppen mit den Arbeitsgeräten und schlüpfte im Halbdunkel der Bretterwände in einen Overall und Arbeitsstiefel, wählte eine Heckenschere, die Laubharke und eine Schubkarre und begann mit der Arbeit. Der kleine Garten war einmal ein Paradies gewesen, das sah man ihm sogar in diesem halbverwahrlosten Zustand noch an. Verließ man das Haus durch den Hinterausgang, trat man direkt auf eine kleine Terrasse, über der an einer hölzernen Pergola der Wein wuchs. Efeu schlängelte sich von den Hausecken über die Wände bis hoch unter das niedrige Dach. Der alte Kirschbaum stand immer noch in der hinteren Ecke des Gartens, und während Anna den verdorrten Brombeerbüschen und ihren Trieben zuleibe rückte, fiel ihr Blick auf die Reste des Baumhauses, das ihr Vater vor langer Zeit einmal dort oben zwischen den starken Ästen errichtet hatte.

Mit einem Mal packte sie die unbändige Lust, auf den Baum zu steigen. Immerhin hatten das die Menschen vor zwanzigtausend Jahren mehrmals täglich gemacht. Warum verschwanden solche Vergnügungen eigentlich aus dem Leben, sobald man glaubte, erwachsen geworden zu sein?

Sie fand die alte Holzleiter, verkantete sie in den Ästen, setzte, nur zur Probe, einen Fuß auf die erste Sprosse. Sie hielt. Vorsichtig kletterte sie weiter, bis sie die Bretter des Baumhauses erreichte. Sie suchte sich den Ast, der am vertrauenerweckendsten wirkte, hielt sich an ihm fest und zog sich hoch. Geschafft! Vorsichtig setzte sie einen Fuß auf das erste Brett. Plötzlich begann die Leiter zu schwanken.

»Hilfe!«

Sie hielt sich an dem Ast fest. Ihr linker Fuß verlor den Halt, die Leiter kippte erstaunlich langsam nach vorne. Sie blieb eine Sekunde lang senkrecht in der Luft stehen, als könnte sie sich nicht so richtig zwischen Anna und dem freien Fall entscheiden, neigte sich dann gemächlich und fiel mit lautem Krachen auf den Boden. Anna hing in der Luft.

»Hilfe!«

Auch der Ast schien Annas Anwesenheit nicht sonderlich zu schätzen. Es war ein knorriger, alter Baum, und Anna wusste, dass solche Äste sich nicht neigten, sondern brachen.

Sie hob die Knie und schwang zurück, wobei der Ast bedenklich knarrte, holte aus und landete mit beiden Füßen auf den Brettern, rollte sich ab und blieb schwer atmend liegen. Die ganze Baumkrone schwankte. Einen Moment lang hatte sie das Gefühl, an Deck eines untergehenden Schiffes zu liegen, dann beruhigte sich das Geäst.

Vorsichtig stand sie auf, immer mit der Hand Richtung Baumstamm, bis sie einen dickeren Ast zu fassen bekam und einen Blick über den Gartenzaun werfen konnte.

Was sie sah, erschreckte sie zutiefst. Die Baustelle des neuen Einkaufszentrums war schon so nah an die einstige Gartensiedlung herangekommen, dass ihre Zufahrten und Container das frühere Idyll umarmten wie eine riesige Krake. Die Gärten und Häuser ringsum schienen schon längst unbewohnt und aufgegeben. Jetzt erst erinnerte sie sich daran, dass der verwahrloste Eindruck, der sich in den letzten zwei Jahren immer mehr eingeschlichen hatte, sich nicht nur auf das Haus ihres Vaters bezog. Die Siedlung war leer. Der Einzige, der noch in seinem Haus lebte, schien ihr Vater zu sein. Warum hatte er ihr nie etwas davon erzählt?

Weil du nicht zugehört hast, gab sie sich selbst zur Antwort. Natürlich war ab und zu von dem großen Einkaufszentrum die

Rede gewesen. Doch immer, wenn die Sprache darauf gekommen war, hatte ihr Vater es als Bereicherung und nicht als Bedrohung dargestellt.

»Dann muss ich nicht mehr so weit zum Einkaufen gehen«, hatte er gesagt.

Sie lugte wieder durch das Geäst und versuchte, einen Blick auf die schmale Straße hinter dem Haus zu erhaschen. Alles, was sie sah, war ein langer schwarzer Schatten.

Nein. Das konnte nicht wahr sein. Nicht jetzt. Nicht hier.

Das satte Geräusch einer zuschlagenden Autotür überzeugte sie, dass sie nicht halluzinierte. Ein großer Wagen hatte vor der Gartentür ihres Vaters gehalten. Jemand musste ausgestiegen sein, denn in dieser Sekunde ertönte der melodische Gong, der im Haus Besucher ankündigte.

Bitte nicht, dachte sie.

Hektisch sah sie sich um, aber die Möglichkeit zu einer ebenso plötzlichen wie stilvollen Rettung tendierte immer noch gegen null. Es sei denn, sie beschloss, sich mit einem beherzten Sprung das Genick zu brechen.

»Anna?«

Ihr Vater musste gemeinsam mit dem Besucher zurückgekommen sein.

»Anna? Wo bist du?«

Für jemanden, der eben noch um Hilfe gerufen hatte, duckte Anna sich ziemlich weit nach unten. Sie konnte erkennen, dass ihr Vater ratlos ein paar Schritte auf die Terrasse trat und sich umsah.

»Eben war sie noch hier.«

Er drehte sich um und sprach in Richtung Hintertür. Anna konnte immer noch nicht erkennen, mit wem er redete, aber sie ahnte es. Es war, als ob die Luft plötzlich elektrisch geladen war und ein Funke reichen würde, das explosive Gemisch zu entzünden.

Geh weg, dachte sie. Wag ja nicht, hier rauszukommen und mich auf dem Baum zu finden. Doch der Besucher hatte entweder nicht vor, Gedanken zu lesen, oder er beschloss einfach, sie zu ignorieren. Er trat hinter ihrem Vater aus der weinumrankten Pergola hervor und sah sich um.

Sein Anblick war so unerwartet und verwirrend, dass Anna einen Moment vergaß zu atmen. In der Hoffnung, dass er sie hinter der grünen Wand aus Ästen und Blättern nicht sehen konnte, tastete ihr Blick seine Gestalt von oben bis unten ab, als wolle sie jedes einzelne Detail speichern, um sich zu einem späteren Zeitpunkt umso deutlicher daran zu erinnern.

Weller sah aus, als ob er gerade seinen zweihundert Trägern befohlen hätte, die Safarizelte aufzuschlagen und ihm das Gewehr zu reichen, um auf Löwenjagd zu gehen. Er trug beige Chinos, die er in kniehohe Stiefel gesteckt hatte, dazu ein blütenweißes Hemd. Er sah gleichzeitig verwegen und vertrauenerweckend aus.

Wellers Blick scannte den Garten gründlich und schnell. Als er hinüber zu dem alten Kirschbaum sah, hatte Anna das Gefühl, dass für den Bruchteil einer Sekunde ein verräterisches Lächeln über sein Gesicht zuckte. Aber vermutlich hatte sie sich getäuscht, denn sofort wandte er sich, die Hände burschikos in den Hosentaschen, an ihren Vater.

»Weit kann sie ja nicht sein. Hätten Sie etwas dagegen, wenn ich hier auf sie warte?«

»Aber nein!«

Anna glaubte, sie hätte sich verhört. Ihr Vater war nach dem Tod ihrer Mutter Fremden gegenüber so misstrauisch geworden, dass er meistens gar nicht mehr öffnete, wenn jemand unangekündigt klingelte. Dass er Weller so ohne Weiteres auf seinen Grund und Boden gelassen hatte, musste einiges heißen. Dass er ihm aber erlaubte, hier auf sie zu warten, das ging sogar Anna zu weit.

»Möchten Sie vielleicht eine Tasse Bahndammtee?«

Gott, Papa! Dieser Mann trinkt vielleicht Morgentau aus der Wüste Gobi, aber doch nicht …

»Bananentee?«

Sie hörte den leicht amüsierten Klang in Wellers Stimme. Wenn er es jetzt wagte, sich über ihren Vater lustig zu machen, war er geliefert.

»Nein, Tee vom Bahndamm. Dort pflücke ich ihn immer.«

Er rückte zwei Holzklappstühle, die eigentlich schon im letzten Jahr verfeuert hätten werden müssen, an den runden Gartentisch und strich symbolisch mehrere Male über die Wachstischdecke. Kiefernnadeln, tote Insekten und Staub rieselten herab.

»Das ist meine Hausmischung. Meiner Tochter schmeckt er nicht so gut. Ist eher was für Männer, die Kräftiges gewohnt sind.«

Er bat Weller mit einer Handbewegung, Platz zu nehmen. »Ich habe noch einen Rest in der Kanne, er schmeckt auch kalt sehr gut.«

»Sehr gerne.«

Weller nahm Platz, ohne auf die latente Gefahr zu achten, die von dem vertrockneten Moos und anderen Überbleibseln freier Natur auf der Sitzfläche des Stuhles für seine handgebügelten Chinos ausging. Anna biss sich auf die Lippen. Sollte sie sich bemerkbar machen? Mit jeder Minute, die weiter verstrich, sank die Chance auf eine halbwegs plausible Erklärung, warum sie auf dem Kirschbaum saß, wenn ein fremder Mann zu Besuch kam.

Nun ja, grinste sie in sich hinein, wie heißt es so schön? Welche Frau bei Weller nicht bei drei auf den Bäumen ist …

Weller drehte sich um und sah in ihre Richtung. Sie duckte sich noch ein wenig mehr in der Hoffnung, dass die Tarnfarbe ihrer Arbeitshose sie zumindest optisch mit dem Baum verschmelzen würde. Ihr Vater kam zurück. In der Hand trug er die Teekanne und einen Becher, den er nun umständlich vor Weller abstellte.

»Darf ich fragen, ob Sie beruflich oder privat zu Besuch gekommen sind?«

»Beides.«

Weller nahm den Becher und hielt ihn Friedrich Sternberg entgegen, der den Rest der braunen Brühe hineinkippte und sich etwas verlegen umsah.

»Brauchen Sie vielleicht Zucker?«

»Nein. Vielen Dank. Haben Sie eine Ahnung, wo sich Ihre Tochter aufhalten könnte?«

»Leider nicht.«

Mühsam setzte sich ihr Vater dem Gast gegenüber. »Sie kommt und geht. Sie hat ja viel zu tun mit ihrer Firma. Meine Tochter ist selbständig. Aber das wissen Sie vielleicht.«

»Ja … Oh!«

Weller hatte einen Schluck probiert und begann zu husten. Wahrscheinlich hatte er einen Brennnesselstiel verschluckt oder einfach nur festgestellt, dass sich die Trinkgewohnheiten der Sternbergs von denen der Wellers um einiges unterschieden. Ihr Vater wartete, bis Weller sich beruhigt hatte, und fuhr fort.

»Vor zwei Jahren hat sie diesen Schritt gewagt. Das war wirklich mutig von ihr. Meine Frau war damals schon sehr krank. Und Annas Mann … nun, das ist vielleicht ein wenig zu persönlich.«

Ja. Genau. Halt doch bitte den Mund, Papa.

»Was war denn mit ihrem Mann? Er wurde doch hoffentlich nicht auch krank?«

Weller!

Er redete wie ein Beichtvater, der sein Schäfchen ermuntern wollte, einfach mal alles aus sich herauszulassen, was heraus wollte. Und zu Annas größtem Erstaunen – und Entsetzen! – nahm ihr Vater diese herzliche Einladung mit Freuden an.

»Nein, so könnte man das nicht sagen. Obwohl ich jeden Mann, der nicht weiß, was er an Anna hat, für verrückt halte.«

Weller nickte, als würde er ihrem Vater uneingeschränkt recht geben. Anna ballte die Fäuste vor Wut. Noch ein Wort, und sie würde springen.

»Er hat sich scheiden lassen. Und das, wo das Mädchen all die

Jahre für ihn geschuftet hat. Eigentlich wollte sie ja noch einmal mit dem Studieren anfangen. Aber daraus wurde dann nichts. Sie hat weiter gearbeitet, um uns zu unterstützen. Wir wollten das nicht, aber sie hat es sich nicht ausreden lassen. Ja.«

Ihr Vater sah hinunter auf die Tischdecke. Weller war das personifizierte Mitgefühl. Anna konnte sehen, wie er die Hand auf den Arm ihres Vaters legte, der im Moment wohl mit seinen Gedanken ganz weit weg war. Anna schwor, dass sie es Weller, wenn er je ein abfälliges Wort über dieses Haus und ihren Vater fallen lassen würde, bitter büßen lassen würde. Aber er hatte offenbar nicht vor, sich über den alten Mann lustig zu machen. Sie saßen zusammen, sprachen nicht, nur die Vögel zwitscherten und die Planierraupen planierten. Anna hatte das Gefühl, dass die Maschinen näher gekommen waren, aber vielleicht täuschte sie sich ja auch.

Ihr Vater seufzte einmal und sah wieder hoch.

»Ein gutes Mädchen, meine Anna.«

Und obwohl diese Worte nicht unbedingt das Kompliment waren, mit dem sie bei Weller hätte punkten können, war Anna gerührt. Sie schluckte und spürte, wie viel mehr hinter diesen Worten stand, so viel ungesagte, aber so sehr gelebte Liebe, dass ihre Augen feucht wurden.

»Das weiß ich, Herr Sternberg. Deshalb will ich ihr ja auch helfen.«

»Also sind Sie doch nur beruflich hier?«

Die kaum spürbare Enttäuschung in der Stimme ihres Vaters ließ Anna lächeln. Ach Papa, dachte sie. Willst du mich immer noch unter die Haube bringen?

»In erster Linie ja. Sie hat einen Auftrag angenommen, ihn aber nicht zu Ende geführt.«

»Das passt aber gar nicht zu ihr. Meine Tochter ist sehr pflichtbewusst.«

Weller nickte. »Es war auch mein Fehler. Es gab eine Störung im Ablauf, die ich nicht vorhergesehen hatte.«

Das würde Sandrine gefallen. Eine Störung im Ablauf. Anna

nahm sich vor, sich diese Umschreibung zu merken und Sandrine bei nächster Gelegenheit an den Kopf zu werfen.

»Deshalb möchte ich sie dafür gewinnen, den Auftrag zu Ende zu bringen. Und weitere anzunehmen. Mir ist an Annas Mitarbeit sehr gelegen.«

Weller drehte sich wieder kaum merklich um in Richtung Kirschbaum, auf dem Anna mit gespitzten Ohren hockte und wartete, was er weiter zu sagen hätte.

»Ihre Tochter ist die Einzige, der ich zutraue, als meine persönliche Assistentin zu arbeiten. Ich möchte ihr diesen Job auch in angemessener Weise vergüten. Was bedeutet, dass weder sie noch ihre Familie sich Sorgen um ihre Zukunft machen muss.«

»Das ist sehr freundlich von Ihnen. Aber besprechen Sie das am besten mit meiner Tochter persönlich.«

Suchend sah sich Friedrich Sternberg um. »Wo kann sie nur sein? Sie wollte eigentlich nur kurz in den Garten.«

Für Anna war nun der Moment gekommen, ihre Tarnung aufzugeben. Jedes weitere Zögern hätte alles nur noch schlimmer gemacht. Sie konnte schließlich nicht ewig in der Baumkrone sitzen bleiben. Wie sie allerdings wieder festen Boden unter die Füße bekommen sollte, war ihr immer noch nicht klar.

»Hier bin ich!«

Ihr Vater stand auf und lief ein paar Schritte in das Stück ungemähte Sommerwiese.

»Hier oben!«

»Wo?«

»Im Kirschbaum!«

Ratlos wandte sich Friedrich Sternberg an den Besuch. Weller erhob sich nun ebenfalls. Mit amüsierter Neugier begleitete er Annas Vater bis in den hinteren Winkel des Gartens, wo abgeschnittene Brombeertriebe, niedergetretenes Gras und nicht zuletzt die zerbrochene Leiter stumme Zeugen von Annas Schaffensdrang oder Zerstörungswut waren, je nachdem, aus welchem Blickwinkel man ihren kläglichen Versuch betrachten mochte.

»Ich bin hier!«

Gespielt verblüfft legte Weller den Kopf in den Nacken und gewahrte Annas Gesicht und ihre zerzausten Haare, als sie über dem Brett im Baumwipfel auftauchte.

»Und ich komme nicht mehr runter. Zumindest nicht so ohne weiteres.«

»Oh.« Friedrich Sternberg betrachtete das, was von der Leiter übriggeblieben war. »Ich glaube, ich muss Werkzeug holen. – Bleiben Sie kurz hier? Natürlich nur, wenn es Ihre Zeit erlaubt.«

»Selbstverständlich.« Weller nickte, und sein Gesichtsausdruck sprach Bände.

Ihr Vater entfernte sich.

»Wolltest du dich verstecken oder einfach nur die Aussicht genießen?«

Anna hatte nicht vor, sich auf Wellers Ironie einzulassen. Er war zwar Zeuge ihrer Blamage geworden, aber das gab ihm noch lange nicht das Recht, sich über sie lustig zu machen.

»Keins von beiden«, zischte sie. »Vielleicht will ich ja einfach nur mal das Gefühl haben, auf Sie herabzusehen.«

»Merkwürdig. Ich bevorzuge es, wenn Partner sich auf Augenhöhe begegnen.«

»Partner? Davon weiß ich nichts. Aber von Nötigung, Erpressung, Entführung, Folter und nicht zuletzt von einem Mord in einer Hotelsuite. Und Bestechung.«

»Bestechung?«

Sie robbte noch ein Stückchen vor. Das morsche Holz begann, unter ihrem Gewicht zu ächzen.

»Was soll ich in Qatar? Und dann auch noch First Class?«

»Alles andere würde auf Langstreckenflügen wirklich den Tatbestand von Folter erfüllen.«

»Ich will aber nicht …«

Sie brach ab, weil ihr Vater mit dem Stolz des Heimwerkers gerade einen gut sortierten Werkzeugkasten heranschleppte. Weller wandte sich mit seinem hintergründigen Lächeln von ihr ab und ging Friedrich Sternberg ein paar Schritte entgegen, um ihm zuvorkommend den Kasten abzunehmen.

»Das schaffe ich schon, danke.«

Ein wenig außer Atem setzte der alte Mann die Gerätschaften ab. Weller öffnete den Kasten und holte einen antiquarisch anmutenden Hammer hervor, den er anerkennend in der Hand wog.

»Mit dem müsste es gehen. Wenn Sie möchten, mache ich das.«

Friedrich Sternberg nickte erleichtert. »Ich kann ja mittlerweile noch einen Tee aufsetzen.«

Er ging zurück ins Haus. Weller trat wieder unter den Baum und sah nach oben.

»Nun?«

»Was nun?«

»Was bekomme ich, wenn ich dich da runterhole?«

»Mindestens drei Anzeigen. Ich bin übrigens nicht darauf angewiesen, dass Sie sich die Hände schmutzig machen. Mein Vater kann auch gerne die Feuerwehr rufen.«

»Die kommt nur wegen Katzen in Dachrinnen. Nicht wegen Frauen auf Bäumen.«

Weller krempelte sich die Ärmel hoch, bückte sich und machte sich an der Leiter zu schaffen. Anna versuchte zu erkennen, was er da unten tat, doch die Sicht war von einigen Zweigen versperrt. Im nächsten Moment fuhr sie erschrocken zurück. Weller hatte die Leiter in der Hand und legte sie an den Baum. Entweder hatte er wieder einen seiner Zaubersprüche benutzt, oder der Mann war einfach handwerklich geschickt. Zu ihrem Schrecken kletterte er zu ihr hinauf.

»Darf ich eintreten?«

»Lieber nicht.«

Sie versuchte, auf dem Brett ein wenig zurückzurobben, denn er kam ihr einfach zu nahe. Sie brauchte nur die Hand auszustrecken, um ihn zu berühren. Allein der Gedanke daran machte sie nervös und verriet ihr, wie wenig sie ihren Impulsen trauen konnte.

»Es ist zu wackelig hier oben.«

»Das haben wir gleich.«

Er griff nach dem gleichen Ast, den auch Anna benutzt hatte, um auf das Baumhaus zu gelangen. Doch im Gegensatz zu ihr schwang er sich nicht wie ein nasser Sack hinüber, sondern machte einen eleganten Klimmzug und landete mit beiden Füßen auf den Brettern. Der Wipfel des Baumes wanke leicht.

»Nicht!« Annas Stimme überschlug sich fast. Krampfhaft klammerte sie sich fest. »Das hält keine zwei Leute aus. Sie müssen runter!«

»Du. Wir waren schon beim Du, falls du das nicht vergessen hast. Und im Gegensatz zu dir benehme ich mich nicht anschließend so, als ob nichts geschehen wäre.«

»Ich mag keine Beziehungsdiskussionen, wenn ich gleich abstürze.«

»Du stürzt nicht ab. Jetzt bin ich ja hier.«

»Sie eingebildeter Hobbybastler!« Hilflos sah sie hinunter in die Tiefe. »Sie werden uns beide umbringen!«

»Nein. Nicht heute.«

Weller klopfte sich etwas Staub von der Hose und sah sich um. Dann gab er den Brettern mit den Füßen einige feste Tritte. Das aufgeworfene, durch die Jahre rissig gewordene Holz schien wieder einzurasten. Weller ging in die Knie und setzte sich neben sie.

»Schön hier. Das war also dein Schloss. Der geheime Ort, den jedes Kind irgendwo hat.«

Er zog die Knie an und legte seine Arme darum. Er wirkte nicht, als ob er sie angreifen wollte, und Anna begann langsam, sich etwas zu entspannen.

»Vom wem hast du geträumt? Wie sollte dein Leben sein? Wonach hast du dich gesehnt?«

Er sah an ihr vorbei hinauf in die Blätter. Dann griff er hinein und pflückte eine Handvoll Kirschen, die offenbar die ganze Zeit direkt vor Annas Nase gehangen haben mussten. Aufmunternd hielt er sie ihr entgegen.

Verwundert und trotzig schüttelte Anna den Kopf. Kirschen im September. Wahrscheinlich wieder so ein Taschenspielertrick. Sie wollte sich nicht mehr von ihm aufs Glatteis führen lassen. Und deshalb dachte sie auch nicht im Traum daran, ihm diese Fragen zu beantworten. Wenn er sich über sie lustig machen wollte, bitte sehr. Vorsichtig gab sie ihre Bauchlage auf und setzte sich. Mit tastenden Bewegungen prüfte sie den Boden. Er schien tatsächlich stabiler geworden zu sein. Also könnte sie ohne fremde Hilfe vom Baum herunterkommen, wenn sie die Leiter erreichte. Sie legte erst das eine, dann das andere Bein über die Kante.

Weller nahm eine der Kirschen und verspeiste sie genüsslich. »Ich hatte nie ein Baumhaus. Wir hatten keine Zeit zum Spielen.«

Den Kern spuckte er in die Tiefe.

»Tatsächlich?« Anna versuchte, mit einem Fuß an die oberste Sprosse der Leiter zu kommen, aber sie war zu weit weg. »Sie wirken auf mich, als wären Sie auf einem Monopolybrett geboren. In der Schlossallee.«

Er bewegte sich, und einen Moment befürchtete Anna, er würde ihr zu nahe kommen. Doch Weller streckte nur die Beine aus und musterte Anna mit einem rätselhaften Blick. Sie spürte, wie die Verunsicherung wieder in ihr hochkroch, und suchte verzweifelt nach einem unverfänglichen Gesprächsthema.

»Wo sind Sie denn geboren?«

Sie wusste, dass er ihr Siezen ignorieren würde. Aber es schuf Distanz. Sie rutschte noch ein kleines Stückchen vor und streckte erneut so unauffällig wie möglich das Bein aus. Nur ein paar Zentimeter trennten sie noch von der Leiter.

»In einem Flößerhaus am Rhein, in einem eiskalten Winter.«

»Wie romantisch.«

»Nun, meine Mutter hätte dafür wohl einen anderen Begriff benutzt. Aber mit den verklärenden Augen moderner Menschen betrachtet, könnte man durchaus romantische Motive finden. Die Eisschollen beispielsweise. In diesen Wintern schoben sie sich wie gezackte Gebirge an den Ufern des Flusses auf und drohten die Schiffe, die in dem kleinen Hafen Schutz gesucht hatten, mit ihrer Kraft zu zermalmen. Vor allem nachts fuhren wir aus dem Schlaf hoch, weil schauerliche Geräusche zu uns drangen. Sie klangen, als ob die Schiffe Seelen hätten.«

Er aß die Kirschen, als ob er ihr damit eine geheime Botschaft senden wollte. Die Kerne spuckte er nun etwas gesitteter in die Hand. Als keine mehr übrig war, warf er diese weg und fuhr fort.

»Mit Eis habe ich mein erstes Geld verdient. Wir haben es in Blöcke geschlagen und in Felskellern gelagert. Es war harte, schwere Arbeit. Ans Spielen dachte niemand. Aber wenn der Sommer kam, war alles vergessen. Der Sommer war unsere Zeit. Dann gingen wir zu den Flößern auf den Fluss und ritten die Baumstämme, als ob sie ungezähmte Pferde wären. Es war eine wilde, gefährliche Jagd, die nur die Besten beherrschten. Manch einer kam nie wieder.«

Wolken mussten sich vor die Sonne geschoben haben. Ein Schatten glitt über sein Gesicht. Er hatte die Stimme gesenkt und starrte an ihr vorbei. Anna fühlte sich plötzlich derart zu ihm hingezogen, dass sie für einen Moment ihre Absicht vergaß, so schnell wie möglich aus seinem Bannkreis zu verschwinden. Seine Augen wirkten, als ob glühende Kohlen ein Feuer in ihnen entzündet hätten. Wehmut und Trauer schienen in ihnen zu schmelzen, und die Sehnsucht nach der Zeit, als sie Kinder waren. Sie hörte, wie der Wind durch die Blätter rauschte, und es war ihr, als ob sich unter dieses Geräusch das Toben der Strömung und das heisere Brüllen der Flößer mischte.

»Mein Bruder war einer der Wildesten. Ich war zwölf, als es passierte. Wir waren übers Wasser gelaufen. So nannten wir das, wenn man von Stamm zu Stamm sprang bis zur Mitte des Flusses, dorthin, wo es am tiefsten war. Wir dachten, wir kennen den Strom. Seine Untiefen, die Wirbel und Strudel, all das hatten wir erkundet und fühlten uns sicher in allem, was wir taten. Zu sicher, wie sich herausstellte. Denn die Bäume kennt keiner. Die

Stämme drehen und verkanten sich. Sie prallen mit der Wucht einer mittleren Detonation aufeinander, wenn sie die Stromschnellen erreichen. Er rutschte aus, stürzte und geriet zwischen zwei Stämme. Sie zermalmten ihn wie Mühlräder. Er wurde hinabgezogen in die Tiefe und verschwand vor meinen Augen. Die Baumstämme schoben sich über ihm zusammen. Er war nicht mehr zu retten.«

Wie gebannt hörte Anna zu. Es war das erste Mal, dass Weller ihr gegenüber etwas von sich preisgab. Er tat es mit der Stimme eines routinierten Erzählers. Doch tief in ihm klang eine Trauer mit, die Anna beinahe die Kehle zuschnürte. Er hatte sich ganz auf den Brettern ausgestreckt, sein Blick hatte sich in dem flirrenden Grün des Blätterdachs verloren, und fast glaubte Anna, er hätte vergessen, dass sie bei ihm war.

»Trotzdem habe ich es versucht. Ich tauchte und bekam ihn zu fassen. Doch die Stämme schoben sich immer wieder über uns zusammen. Ich war in derselben tödlichen Falle wie er. Das Wasser brodelte und kochte, und wenn es irgendwo eine Lücke gab, schloss sie sich Sekunden später wieder. Ich wusste nicht mehr, wo ich war. Ich verlor die Orientierung. Ich verlor das Bewusstsein. Ich verlor …«

Er brach ab.

Anna dachte nicht nach. Sie streckte die Hand aus und berührte leicht seinen Arm. Erstaunt sah er sie an. Offenbar hatte er nicht damit gerechnet, dass sie Mitgefühl zeigte. Sie wollte ihre Hand wegziehen, doch er schnellte mit dem anderen Arm vor und hielt sie fest. Der Griff seiner Finger an ihrem Unterarm brannte wie Feuer. Er zog sie näher zu sich heran. Sie wollte sich sträuben, wollte ihm klarmachen, dass es eine menschliche Geste gewesen war und kein Verlangen, doch ihre Gedanken wirbelten durcheinander und fanden keinen festen Halt mehr. Sie sah nur noch seine Augen, in denen diese dunkle Glut loderte und mit denen er sie ansah, als sei sie das einzige begehrenswerte Wesen auf dieser Welt.

»Anna …«

Seine Stimme klang rau. Ihr Klang rieselte ihren Rücken hinab, und sie spürte, wie alles in ihr begann, sich nach ihm zu sehnen. Für einen Moment lang war es, als ob die Zeit stehengeblieben wäre und sie beide alleine auf dieser Welt wären, abgeschirmt von neugierigen Blicken und fast zärtlich umhüllt von einer grünen, wispernden Wand, die Geheimnisse wohl zu hüten wusste. Er schob seine andere Hand in ihren Nacken und zog sie näher zu sich. Anna vergaß, sich zu wehren. Seine Geste war mehr beschützend als besitzend, und sie spürte, dass dieses Baumhaus neben den vielen Geheimnissen ihrer Kindheit durchaus auch noch ein weiteres bewahren konnte. Sein warmer Atem streifte ihr Gesicht, und sie schloss die Augen in der sicheren Erwartung, dass er sie jetzt, gleich, sofort küssen würde, und dass sie sich nach diesem Kuss sehnte, wie sie noch nie etwas herbeigesehnt hatte.

»Der Tee ist fertig!«

Erschrocken fuhr Anna zurück.

»Und die Leiter ist wieder ganz! Wie haben Sie denn das zustande gebracht? Ich wollte Ihnen gerade ein paar Nägel bringen! – Hallo?«

Ganz langsam öffnete Anna die Augen und sah in Wellers mindestens ebenso überraschtes Gesicht, auf dem sich nun ein Lächeln ausbreitete, das in Sekunden zu einem unverschämten Grinsen wurde.

Anna kroch an den Bretterrand. Tatsächlich: Ihr Vater stand unter dem Baum, in der einen Hand die Kanne mit dem Unvermeidlichen, in der anderen zwei Becher, und blickte suchend hinauf zum Baumhaus. Als er seine Tochter entdeckte, nickte er ihr zu.

»Ach, da bist du ja! Ist dein Besuch noch da?«

Hinter ihr tauchte Weller auf.

»Eine anständige Arbeit«, rief ihr Vater. »Herzlichen Dank!«

»Gern geschehen.« Er wandte sich an Anna. »Wenigstens einer in dieser Familie, der meine handwerklichen Fähigkeiten zu schätzen weiß.«

Dabei strich er ihr so, dass ihr Vater es von unten nicht sehen konnte, über den Rücken und die Hüfte. Noch bevor seine Hand ihren Po erreichen konnte, stand sie auf.

»Nichts gegen Handarbeit«, erwiderte sie. »Aber ich bin aus etwas anderem Holz geschnitzt.«

Er stand auf und stellte sich neben sie. Wieder wurde ihr bewusst, wie sehr sie seine Nähe verwirrte.

»Stimmt. Ich erinnere mich. Gedichte. Rosen. Und … war da nicht noch was mit Blümchen?«

Er griff mit der einen Hand nach dem Ast und reichte die andere Anna.

»Du zuerst.«

Sie nahm seine Hand und schaffte erstaunlicherweise den Schritt über den Abgrund zur Leiter. Dann kletterte sie hinunter und stand direkt vor ihrem Vater, der Annas Kletterkünste mit erstaunten Blicken verfolgt hatte.

»Was wolltest du denn da oben? Das ist doch gefährlich. Ich hätte das Baumhaus schon längst abreißen müssen.«

Bei seinen Worten fiel Anna wieder ein, dass ringsumher das Thema Abreißen bereits weit über das Theoretische hinaus fortgeschritten war. Sie nahm ihrem Vater die Kanne ab und fasste ihn sanft am Arm. Dann zog sie ihn in Richtung Haus, ohne Weller auch nur eines Blickes zu würdigen.

»Was ist hier los?«, fragte sie leise.

»Was meinst du damit?«

»Die Siedlung ist praktisch aufgegeben. Ringsumher fangen schon die Abrissarbeiten an. Was hast du mir verschwiegen?«

Die hellen Augen ihres Vaters mieden ihren Blick. Er verlangsamte den Schritt, bis er schließlich in der Mitte der Wiese stehen blieb und sich umsah.

»Es ist doch alles in Ordnung hier, oder? Ich muss das Gras mähen.«

»Papa! Nichts ist in Ordnung! Du kannst doch nicht erwarten, dass man einen Supermarkt um dich herum baut! Du bist doch nicht Asterix in einem gallischen Dorf!«

»Asterix?«

Ihr Vater sah sie derart ratlos an, dass Anna beschloss, ihn zu einem anderen Zeitpunkt darauf anzusprechen. Weller war mit etwas Abstand hinter ihnen hergeschlendert und erreichte sie nun. Er warf einen Blick auf seine Armbanduhr und seufzte bedauernd.

»Ich fürchte, ich muss Sie verlassen.«

Friedrich Sternberg spürte instinktiv, dass Anna weitere bohrende Fragen in dem Moment stellen würde, in dem Weller das Haus verließ. Er schüttelte den Kopf.

»Das kommt gar nicht in Frage. Annas Freunde sind auch meine Freunde. Sie bleiben zum Abendessen.«

Anna öffnete den Mund, um gegen zwei Dinge zu protestieren: Dieser Mann war nicht ihr Freund, und zum Abendessen hatte er schon gar nicht zu bleiben. Doch Weller kam ihr zuvor.

»Nun, wenn Ihre Tochter sich entscheiden könnte, mir die eine oder andere Arbeit abzunehmen, stünde ich auch nicht so unter Zeitdruck.«

»Dass ist doch ...« Annas Ansatz von Protest wurde noch im Keim von Weller unterbunden.

»Dann könnte ich auch Ihre reizende Einladung annehmen.«

Friedrich Sternberg wandte sich an seine Tochter.

»Ich glaube, ich lasse euch kurz allein. Essen gibt es in einer halben Stunde.« Er wandte sich zum Gehen, drehte sich allerdings noch einmal um. »Ich decke für drei!«

Anna starrte ihm wütend hinterher. Dann stellte sie die Teekanne so energisch auf den Gartentisch, dass der Deckel klapperte.

»Wenn Sie ... Wenn du glaubst, du schaffst es über meinen Vater, hast du dich getäuscht.«

Weller zuckte nur mit den Schultern. Er krempelte die Ärmel seines Hemdes wieder herunter, was Anna nun irgendwie doch bedauerte, denn der Anblick seiner muskulösen Unterarme war etwas, das sie gerne noch ein wenig länger genossen hätte.

»Du kannst mich unmöglich verhungern lassen.«

»Weller!«

Sie stemmte die Arme in den Hüften, obwohl das eine Haltung war, die sie an sich hasste, weil sie dann immer das Gefühl hatte, wie ein Waschweib zu wirken. Weller hob auch nur ironisch die Augenbrauen und widmete sich seinem anderen Ärmel.

»Was soll das eigentlich? Ich will deinen verdammten Job nicht! Außerdem hat ihn bereits Sandrine übernommen. Der du ja alles brühwarm erzählt hast.«

»Was habe ich erzählt?«

Sie trat einen Schritt näher und senkte die Stimme. Sie hoffte, dass sie dadurch wirklich furchteinflößend wirkte, aber da sie ihm trotzdem nur bis zur Schulter reichte und er gerade die Manschettenknöpfe wieder einfädelte, hatte sie nicht das Gefühl, er würde sie sonderlich ernst nehmen.

»Dass wir die Nacht miteinander verbracht haben.«

»Das habe ich ihr nicht erzählt. Das wusste sie.«

»Woher?«

»Sie brauchte nur in deine Augen zu sehen.«

Er griff ihr unter das Kinn und hob ihr Gesicht zu seinem. Unwillig machte Anna sich los und trat zurück. Doch der Abstand reichte nicht. Seine Hand glitt über ihren Hals und blieb leicht auf ihrem Oberarm liegen. Sie versuchte, auch diese Berührung zu ignorieren und schenkte ihm ein spöttisches Lächeln.

»Meine Augen sagen gar nichts.«

»Deine Augen sagen alles.«

»Ach ja? Und was erzählen sie im Moment so?«

»Dass du jedes Mal, wenn du in meiner Nähe bist, kurz davor stehst, die Kontrolle zu verlieren.«

Anna riss die Augen auf. Der Mann war verrückt. Sie hatte noch nie einen Menschen erlebt, der derart von sich eingenommen war. Das allein war schon schlimm genug. Das Allerschlimmste aber war: Er hatte recht. Jedes einzelne seiner Worte drückte genau das aus, was sie empfand.

»Vor Wut«, antwortete sie, weil ihr nichts Besseres einfiel. »Weil du dich in mein Leben drängst, ohne dass ich dich darum gebeten habe.«

»Wer wollte einen Job?«

»Ja, ich gebe es zu! Aber da dachte ich, du wärst jemand, mit dem man auf geschäftlicher Basis einigermaßen klarkommen könnte. Vergiss es. Vergiss es einfach! Ich bin nicht Sandrine.«

Er nickte. Seine Hand glitt von ihrer Schulter, und mit einem Mal vermisste sie die Wärme, die sie eben noch an dieser Stelle gespürt hatte.

»Ich möchte dir ein Angebot machen.«

»Ich brauche deine Angebote nicht!«

Weller sah sich um. Er tat das derart langsam und genau, dass Anna wusste, was er damit sagen wollte: Ihr beide, du und dein Vater, sitzt auf einer dem Untergang geweihten Insel.

»Na und?«, fauchte sie. »Was geht es dich an? Nimm deinen First-Class-Flieger und amüsiere dich mit Sandrine. Aber lass mich aus dem Spiel. Ich will dich nicht. Verstehst du? Ich! Will! Dich! Nicht!«

Sie drehte sich um und stürmte ins Haus. Schwer atmend stand sie in dem dunklen Flur und lehnte sich an die Wand. Durch die halbgeöffnete Küchentür hörte sie, wie ihr Vater mit Töpfen hantierte. Ihr Blick fiel auf die Telefonbank und den Stapel ungeöffnete Briefe, den sie dort abgeladen hatte. Unlustig stieß sie sich von der Wand ab und nahm den ersten in die Hand. Sie riss den Umschlag auf und überflog das Schreiben flüchtig. Dann öffnete sie den zweiten, dann den dritten und vierten. Schließlich ließ sie sich auf die Bank sinken, nahm den Stapel und sah nur noch stichprobenartig auf die Absender.

Rechnungen. Haufenweise unbezahlte Rechnungen.

Das Geräusch eines leise schnurrenden Motors ließ sie hochfahren. Weller war wohl um das Haus herumgegangen und hatte sich nicht einmal mehr von ihrem Vater verabschiedet. Sie hörte das Quietschen der Gartenpforte und dann, wie eine Autotür geöffnet wurde. Wie von der Tarantel gestochen fuhr sie hoch. Die Briefe fielen auf den Boden. Sie rannte durch den Flur zur Haustür, riss sie auf und sah gerade noch, wie Jean-Baptiste hinter seinem Herrn die Wagentür wieder zuschlug.

»Halt! Warten Sie!«

Irritiert blieb der Fahrer stehen und sah sich um. Anna lief den Gartenweg bis zur Pforte.

»Weller!«

Jean-Baptiste setzte seinen Weg um den Wagen herum fort. Sie öffnete die Pforte und lief hinaus auf die Straße. Die Scheiben waren so dunkel getönt, dass sie nicht erkennen konnte, wo Weller saß. Hinten wahrscheinlich, dachte sie. Alle, die sich einen Chauffeur leisten können, sitzen hinten.

Sie klopfte an die Scheibe. Jean-Baptiste würdigte sie keines Blickes und setzte sich ans Steuer. Damit hatte er auch noch den letzten Rest von Sympathie bei ihr verspielt. Aber wenigstens fuhr er nicht los.

»Herr Weller!«

Vielleicht mochte er es ja, wenn sie jetzt zur Abwechslung ein wenig Unterwürfigkeit zeigte?

»Könntest du bitte ... Würden Sie bitte das Fenster herunterkurbeln?«

Wahrscheinlich lachte er sich jetzt halbtot, weil man in so einer Kutsche höchstens noch mit dem Champagneröffner kurbelte.

»Ich habe es mir überlegt. Es tut mir leid. Ich will für Sie arbeiten. Müssen wir das auf der Straße besprechen?«

Der Wagen fuhr los. Anna, die sich zu dem Fenster herabgebeugt hatte, richtete sich auf und sah ihm fassungslos hinterher. Sie konnte nicht glauben, was sie sah, aber Weller rauschte, ohne sie noch einmal anzuhören, davon. Tränen der Wut stiegen ihr in die Augen. Erst ganz langsam drang der Gedanke zu ihr durch, dass sie sich sein Verhalten ganz alleine selbst zuzuschreiben hatte.

Du blöde, dämliche, eingebildete Kuh.

Niemand sagte einem Weller mit derartigem Nachdruck »Ich will dich nicht«. Er hatte ihr ein Jobangebot gemacht. Er hatte ihre Schulden bezahlt. Er war freundlich zu ihrem Vater gewesen. Schließlich und endlich – er hatte sie vom Baum geholt, und sie hatte sich noch nicht einmal dafür bedankt. Gut, er hatte eine merkwürdige Art, sie zu berühren. Aber wenn sie ganz ehrlich sein sollte, dann hatte sie sich diese Berührungen geradezu herbeigesehnt. Vielleicht wäre es möglich gewesen, für ihn zu arbeiten, ohne ihre kindischen Sehnsüchte ausgerechnet auf den größten Mistkerl zu projizieren, der unter dieser Sonne herumlief.

Niedergeschlagen wollte sie sich gerade umdrehen und ins Haus zurück, als sie in der Ferne sah, wie der Wagen wendete.

9.

»Noch etwas Eintopf?«

Jean-Baptiste starrte mit unergründlicher Miene auf seinen Teller, den er so gut wie gar nicht angerührt hatte. Weller hingegen, der gerade die letzten Reste seines Mahles mit einem Stück Brot aufgetunkt hatte, nickte erfreut.

»Gerne. Es schmeckt großartig.«

Anna versuchte, die beiden leeren Konservendosen in der Spüle zu ignorieren. Ihr Vater strahlte über das ganze Gesicht und teilte dem Gast noch eine Kelle des lauwarmen Gemisches aus, dem ein strenger Geruch nach gepökeltem Speck und weißen Bohnen entströmte. Angeblich sollten sich auch Steinpilze darin befinden.

»Ihnen auch?«

Jean-Baptiste schüttelte den Kopf. Schon die ganze Zeit war er unruhig auf dem Stuhl hin und her gerutscht, als wäre die ungewohnte Situation, mit seinem Herrn an einem Tisch zu sitzen, eine Qual für ihn. Mit stocksteifem Rücken legte er die Hände in den Schoß und räusperte sich leise. Weller roch noch einmal an dem frugalen Mahl, als habe ihm Annas Vater gerade ein Pfund Kaviar aufgehäuft.

»Ja, Jean-Baptiste?«

»Dürfte ich mich zurückziehen? Ich warte im Wagen auf Sie.«

»Aber ich bitte Sie!« Friedrich Sternberg hob die Hände als

Zeichen, dass er ein solches Ansinnen auf keinen Fall zulassen könnte.

»Machen Sie es sich doch im Wohnzimmer bequem. Sobald wir fertig sind, koche ich Tee und bringe Ihnen den Nachtisch.«

»Das ist sehr gütig von Ihnen«, sagte Jean-Baptiste, rückte den Küchenstuhl zurück und stand auf. »Aber wenn es nicht unhöflich ist, würde ich auf Tee und Nachtisch gerne verzichten.«

»Es ist Kirschkompott aus unserem Garten. Ihnen entgeht etwas!«

Der Chauffeur verbeugte sich knapp und entfernte sich. Anna führte noch einen Löffel Eintopf an den Mund und beobachtete den Rückzug von Wellers Angestellten mit gemischten Gefühlen. Auch Friedrich Sternberg blickte Weller fragend an.

»Er will es so.« Weller begann, mit Appetit die zweite Portion zu verspeisen. »Es würde ihm etwas fehlen, wenn er sich nicht äußern dürfte, wie man es an französischen Adelshäusern vor der Revolution getan hätte.«

»Ja, genau so klingt er.« Annas Vater wirkte erleichtert, dass es sich bei Jean-Baptistes Ausdrucksweise lediglich um einen Spleen handelte. »Dann ist er so etwas wie Ihr Butler?«

»Mein Butler, Fahrer, Gärtner, Koch, Tierpfleger …«

»Sie haben Tiere? Haustiere oder Viehbestand?«

»Keins von beidem. Sie dienen meinem Schutz.«

»Hunde also«, bemerkte Annas Vater.

»Nein.«

Annas Vater dachte nach. »Gänse? Früher hatten die Bauern Gänse, um vor Einbrechern gewarnt zu sein. Die Tiere konnten sehr ungemütlich werden.«

»Auch keine Gänse.«

»Dann bin ich mit meinem Latein am Ende. Was für Tiere haben Sie denn nun?«

»Skorpione.«

Anna verschluckte sich an ihren weißen Bohnen. Sie hustete und rang nach Luft, bis ihr die Tränen in den Augen standen.

Weller und Friedrich Sternberg sprangen auf, um ihr zu helfen, aber sie winkte ab.

»Skorpione.« Ihre Stimme klang immer noch etwas rau. Sie griff nach einem Glas Wasser, das sie sich vorsorglich eingeschenkt hatte, als ihr Vater sich mit seiner Teekanne genähert hatte.

»Für was in aller Welt braucht man die denn?«

Sie erinnerte sich an das Symbol, das auf dem Ledereinband der Mappe geprägt war. Und an *il scorpio,* Guyots Bemerkung, die ihr bis zu diesem Zeitpunkt immer noch nicht klar war. Genauso wenig wie das Schicksal des scheintoten Fotografen.

Die Kamera lag immer noch, in einen Pullover eingewickelt, in ihrer Reisetasche. Sie hatte sie hastig und ohne allzu viel Nachdenken gepackt, getrieben von dem brennenden Wunsch, an den einzigen Ort zu gelangen, den Weller wohl nicht aufsuchen würde. Und jetzt saß er ihr gegenüber und ließ sich Bohneneintopf aus der Dose schmecken, den ihr Vater noch nicht einmal richtig erwärmt hatte. Eines musste man ihm lassen: Wenn es darauf ankam, schien Weller hart im Nehmen zu sein.

»Wie ich schon sagte: zum Schutz.«

Weller war fertig mit dem Essen. Er schob den Teller ein wenig von sich, faltete die Serviette zusammen und legte sie ordentlich daneben. Sein Gesicht verschloss sich, er wollte nicht, dass weiter nachgefragt wurde. Annas Vater verstand und wechselte das Thema.

»Wir hatten mal einen Hund. Schippuh. Erinnerst du dich?«

Anna nickte. »Ein Schäferhundmischling. Schäferhunde waren eine Zeitlang sehr beliebt. Spitze auch, und Möpse. Ja.«

»Mischlinge sind sehr freundliche Wesen«, spann ihr Vater den Faden weiter. »Gibt es auch bei Skorpionen unterschiedliche Rassen? Freundliche vielleicht?«

»Nicht sehr viele«, antwortete Weller in bedauerndem Ton. »Man muss sie leider mit ungewöhnlichen Methoden abrichten.«

»Abrichten.«

Friedrich Sternberg schien Wellers Hobby nicht die größte Sympathie entgegenzubringen, doch er versuchte, sich nichts anmerken zu lassen.

Anna stand auf und räumte die Teller ab. Dann nahm sie vier Glasschälchen aus dem Hängeschrank und stellte sie auf den Tisch.

»Wo ist denn der Nachtisch?«

Suchend sah sie sich um. Obwohl in der Küche wie auch im ganzen Haus noch eine vage Zuordnung bestand – Töpfe in der Küche, Kissen im Bett und nicht umgekehrt –, fehlte doch immer wieder die aufräumende Hand. Ihr Vater schlug sich erschrocken vor die Stirn.

»Das habe ich ganz vergessen. Im Keller bei den Einmachgläsern! Ich hole ihn.«

»Kommt nicht in Frage.«

Anna war schon fast zur Tür hinaus. »Das erledige ich. Mach du doch für unseren Gast schon einmal einen Tee. Deine Spezialmischung. Herr Weller ist ja ganz verrückt danach.«

Weller sah aus, als wollte er etwas sagen, doch Anna ließ ihn nicht zu Wort kommen.

»Schließlich wird nicht nur gegessen, sondern auch getrunken, was auf den Tisch kommt.«

Sie war schon im Flur, als sie sich ein leises Kichern erlaubte. Bei den Sternbergs ging es eben anders zu als in den Grand Hotels und in der First Class internationaler Fluggesellschaften. Im Vorübergehen sah sie Jean-Baptiste im Wohnzimmer, der sich mit steifem Rücken auf die Vorderkante des Sofas gesetzt hatte, dass es alles andere als bequem aussah. Warte nur, bis der Tee kommt. Selbst die Rache schmeckt bei uns nur süß, wenn man eine Menge Zucker dazutut.

Sie öffnete die Kellertür und stieg vorsichtig die schmalen Stufen hinunter. Von oben drang genug Licht herein, um den Weg hinab zu beleuchten. Als sie am Fuß der Treppe angekommen war, tastete sie nach dem altmodischen Kippschalter und legte ihn um.

Eine nackte Glühbirne flackerte auf und beleuchtete einen schmalen Raum. Das klitzekleine Fenster an der Stirnseite war fast blind von Staub und Dreck. Spinnenfäden hingen in den Ecken. Als Annas Blick nach oben führte und sie die Decke sah, erfasste sie ein eisiger Schreck. Tiefe Risse zogen sich quer durch den Verputz. Auch die Wände zeigten Schäden und Setzrisse. Vorsichtig tastete sie sich bis zu dem hohen Holzregal und versuchte zu erkennen, in welchen Einmachgläsern so etwas Ähnliches wie genießbares Kompott sein könnte.

Anna befand sich direkt unter der Küche. Sie konnte hören, wie ein Stuhl zurückgeschoben wurde und jemand ein paar Schritte durch den Raum ging. Staub und Sand rieselten herunter. Sie griff nach einem Glas, das genauso gut Zwetschgen wie Kirschen beinhalten konnte, und hielt mitten in der Bewegung inne.

Die ganze Kellerdecke knackte und knirschte. Fieberhaft überlegte sie, ob die Abrissarbeiten schon so nahe an das Haus ihres Vaters herangekommen waren, dass die Fundamente in Gefahr gerieten.

Ein riesiger Brocken Putz löste sich. Anna ließ das Glas fallen und drückte sich mit dem Rücken an das Regal, so nahe es ging. Der Putz zerschellte gemeinsam mit dem Glas direkt vor ihren Füßen. Eine dunkle Flüssigkeit breitete sich aus. Die Lampe flackerte noch einmal und verlosch. Mit klopfendem Herzen tastete sie in dem Regal nach einem anderen Glas. Was sie erwischte, war jetzt auch egal. Schlimmstenfalls gab es eben Sauerkraut zum Nachtisch.

Sand rieselte auf sie herab. Unwillkürlich duckte sie sich. Was, wenn die gesamte Kellerdecke herunterkam? Die Wände um sie herum schienen plötzlich eine Stimme zu bekommen. Sie knisterten und knackten. Noch mehr Sand rieselte auf Annas Haare. Nicht nur die Statik des Raumes schien sich zu verändern. Die Luft wurde wärmer und trockener, als sei plötzlich ein heißer Wüstenwind über die Kellertreppe in den Vorratsraum geweht. Mit einem Mal konnte sie spüren, dass sie nicht mehr allein war. Jemand war hier.

Hustend klopfte sich Anna Staub und Sand ab.

»Papa?«, fragte sie.

Niemand antwortete.

»Herr … Weller?«

Die Decke über ihr knirschte. Anna hatte das Gefühl, als ob das Haus plötzlich begonnen hätte, mit sich selbst zu reden. Das Einmachglas war ihr jetzt egal. Hustend rieb sie sich Sand und Staub aus den Augen und tastete sich zurück in Richtung Kellertreppe. Und da sah sie es. Inmitten einer Wolke von trockenem Dunst materialisierten sich die Umrisse einer Gestalt. Es musste ein Mann sein, mehr konnte Anna nicht erkennen. Von oben drang nur ein schwacher Schimmer Licht die Treppe hinunter, und in seinem Gegenlicht richtete sich der massige Körper auf, als hätte er viel zu lange in einer unbequemen Pose auf dem Boden hocken müssen.

»Stehen bleiben!«, schrie Anna. Etwas Besseres fiel ihr nicht ein. »Wer sind Sie?«

Immer noch war die Gestalt nicht mehr als ein Schatten im Gegenlicht. Irgendetwas an ihr kam ihr bekannt vor. Anna war sicher, dass sie diesen Mann schon einmal gesehen hatte, aber sie wusste nicht mehr, wann und wo. Panik kroch in ihr hoch. Offenbar hörte sie niemand hier unten. Wie konnte das sein? Fragte sich denn keiner, warum sie aus dem Keller nicht mehr zurückkam? Noch mehr Putz löste sich. Mit einem ohrenbetäubenden Krachen öffnete sich ein breiter Riss in der Decke. Was zum Teufel ging hier vor? Wenn das so weiterging, würden ihr Vater und Weller gleich mit der gesamten Küche herunterkommen und sie unter sich begraben. Doch der Fluchtweg war versperrt. Die Gestalt füllt nun fast den ganzen Türrahmen aus. Dunkel und massig stand sie da. So, als ob sie sich erst einmal orientieren müsste, um dann Witterung aufzunehmen.

Anna griff in das Regal und nahm ein weiteres Glas heraus. Wehrlos würde sie sich nicht ergeben. Der Unbekannte musste es nicht nur mit ihr, sondern auch mit Quitten und Birnen aufnehmen.

»Ich bin bewaffnet!«, versuchte sie zu schreien, aber mehr als ein schwaches Krächzen brachte sie nicht heraus. Das schien den Eindringling nicht im Mindesten zu beunruhigen. Er hob die Schultern und drehte den Kopf wie ein Boxer vor einem entscheidenden Angriff.

Anna hob das Einmachglas. »Und ich werde von meiner Waffe Gebrauch machen!«

Die schwarze Gestalt trat einen Schritt vor. Anna schleuderte das Glas auf ihren Kopf, doch es flog direkt durch den Schatten hindurch und zerschellte auf der Treppe.

»Bleiben Sie stehen!«

Sie warf das zweite Glas. Obwohl sie tiefer zielte und den Mann getroffen haben musste, schien auch dieses Glas ungebremst und widerstandslos durch ihn hindurchzugehen. Er schob sich in den engen Kellerraum und kam langsam, aber bedrohlich auf sie zu.

»Weller!«, brüllte sie.

Diesen Namen schien das Wesen vor ihr zu kennen. Eine Sekunde hielt der Unbekannte inne. Zeit genug für Anna, die nächsten Gläser zu greifen.

»Hierher! Hilfe!«

In diesem Moment schien es, als ob die Luft elektrisch geladen wäre. Funken sprühten. Flackernd ging das Licht der Kellerlampe an. Anna wirbelte herum. Ihr stockte der Atem. Die dunkle Gestalt löste sich vor ihren Augen auf in eine Wolke aus Staub.

»Anna?«

Weller kam die Kellertreppe heruntergerannt.

»Verdammt!«

Er rutschte auf etwas aus und konnte sich gerade noch am Geländer festhalten.

»Was ist denn hier passiert?«

Geblendet von dem plötzlichen Licht sah Anna sich um. Sie hatte eine unglaubliche Schweinerei veranstaltet. Fünf Einmachgläser mit nicht mehr zu definierendem Inhalt lagen zerbrochen auf dem Boden. Das war aber auch das Einzige, was von dem übriggeblieben war, was Anna soeben erlebt hatte.

»Ein Mann«, flüsterte sie und zeigte auf ein Häufchen Sand zu ihren Füßen. »Er war hier und hat …«

»Ein Mann?«

Weller sah sich um. Er ging zum Kellerfenster, doch das war schon seit Jahrzehnten nicht mehr geöffnet worden. Dann warf er noch einen Blick die Treppe hinauf. Außer ihnen beiden war niemand im Raum.

»Wo war er? Wie sah er aus?«

Hilflos zuckte Anna mit den Schultern. Der Riss, der sich eben noch über ihrem Kopf aufgetan hatte, war zu einer kleinen, mehrfach übertünchten Unregelmäßigkeit im Putz geschrumpft. Nur der Mauerbrocken, der neben ihr zerschellt war, blieb real.

»Ich habe geglaubt, der Keller stürzt ein.«

Anna wusste, wie lächerlich sich ihre Worte anhörten. Sie hatte Angst, Weller ins Gesicht zu blicken. Wahrscheinlich würde er sich innerlich ausschütten vor Lachen. Doch er erwiderte nichts. Er schob die Hände in die Hosentaschen und strich mit den Schuhspitzen nachdenklich über einen kleinen Haufen Sand.

»Und dann sah ich einen Schatten, der auf mich zukam.«

Weller verteilte den Sand über den Boden.

»Es tut mir leid. Vielleicht habe ich mir das alles nur eingebildet.«

»Wahrscheinlich.«

Weller sah hoch. Dann trat er auf sie zu und legte seine Hände auf ihre Schultern. Plötzlich überkam Anna der unwiderstehliche Wunsch, sich in seine Arme zu schmiegen. Er war hier, und alles war gut. War das nicht die einfachste Gleichung der Welt?

»Hast du irgendetwas in deinem Besitz, das dir nicht gehört?«

Erst begriff sie nicht, was er damit meinte.

»Hast du etwas eingesteckt? Behalten? Nicht zurückgegeben?«

»Wie bitte? Du meinst, ob ich etwas gestohlen habe?«

»Auch das.« Weller nickte. »Und ich rede nicht von Äpfeln.«

Sie schüttelte seine Hände ab. »Nicht dass ich wüsste. Ich glaube, wir sollten jetzt nach oben gehen. Nachtisch fällt heute aus.«

Sie versuchte, an ihm vorbeizukommen, ohne ihn zu berühren. Als sie die Kellertreppe erreichte, blieb sie stehen. Weller schien ihr nicht folgen zu wollen. Er war stehen geblieben und schaute wieder auf den Boden. Noch einmal fuhr er mit seinem Schuh über den Sand. Das knirschende Geräusch ließ Anna eine Gänsehaut den Rücken hinunterrieseln.

»Wir sollten das Haus sichern«, sagte er leise.

Und plötzlich wusste Anna, dass er nicht von der Statik sprach.

10.

Anna fand Jean-Baptiste in derselben aufrechten Haltung, in der sie ihn zuletzt gesehen hatte. Ihr Vater war bei ihm, allerdings hatte er es sich in seinem Fernsehsessel bequem gemacht und war eingeschlafen. Sein leises Schnarchen erfüllte den stillen Raum mit Ruhe und Frieden. Der Spuk aus dem Keller war verflogen. Anna begann, an eine Halluzination zu glauben. Kein Wunder, denn sie hatte seit Tagen kaum etwas gegessen, und die Erlebnisse der letzten Tage waren ein bisschen viel für ihr bis dahin recht ereignisloses Leben.

Sie schloss leise die Tür und schlich über den Flur in die Küche. Sie war blitzblank und so aufgeräumt, wie sie sie noch nie gesehen hatte. Weller musste in der kurzen Zeit gemeinsam mit ihrem Vater eine gewaltige Putzorgie veranstaltet haben. Sogar die Kupferpfannen, die dunkel angelaufen waren, glänzten wie neu.

Kopfschüttelnd ging sie zum Kühlschrank, holte eine Tüte Milch heraus und goss sich ein Glas ein. Sie hörte, wie Weller die Kellertreppe hochkam und die Tür sorgfältig hinter sich zuzog. Dann ging er an der Küche vorbei hinaus in den Garten. Anna vernahm einen leisen Pfiff, und Jean-Baptiste sprang auf und folgte seinem Herrn. Neugierig trat sie ans Küchenfenster und sah hinaus. Mittlerweile war es dunkel geworden. So dunkel, wie Anna es hier noch nie erlebt hatte. Dann fiel ihr ein, dass die umliegenden Häuser ja schon längst verlassen waren und wohl auch die meisten Straßenlaternen nicht mehr brannten. Ihr Vater lebte tatsächlich auf einer Insel. Bockig und uneinsichtig hatte er sich stoisch geweigert, den Baggern zu weichen. Sie lächelte, als sie das Glas an die Lippen hob. Sturköpfigkeit lag in der Familie. Morgen würde sie die Briefe öffnen und die Rechnungen durchsehen. Und dann musste sie mit ihrem Vater reden, wie es weitergehen sollte.

Sie leerte das Glas in einem Zug und wischte sich anschließend den Mund mit dem Handrücken ab. Dabei erstarrte sie mitten in der Bewegung. Weller war mit Jean-Baptiste in die Gartenecke gegangen, in der sie die abgeschnittenen Brombeerranken aufeinandergeworfen hatte. Es war ein gewaltiger Haufen vertrockneter Triebe, aus dem Jean-Baptiste jetzt einige herauszog und kopfschüttelnd seinem Herrn entgegenhielt.

Weller nahm die Ranken und verteilte sie. Jean-Baptiste half ihm dabei. Stirnrunzelnd beobachtete Anna das rätselhafte Treiben. Es sah fast so aus, als ob die beiden einen Kreis aus toten Trieben um das Haus legen würden.

Anna wandte sich ab und stellte das Glas in die Spüle. Es wurde Zeit, dass dieser merkwürdige Besuch sich verabschiedete. Seit Weller in ihrer Nähe war, schien nichts mehr zu sein wie zuvor. Sie litt an Wahnvorstellungen, verlor die Kontrolle über ihre Gefühle und konnte sich noch nicht einmal gegen Sandrines Überheblichkeit durchsetzen. Von ihren Gefühlen ganz zu schweigen. Warum war Weller überhaupt noch hier? Er könnte ihr doch ganz einfach einen Arbeitsvertrag vorlegen. Dann wüsste sie endlich, woran sie war.

Sie ging zurück ins Wohnzimmer. Ihr Vater schlief immer noch. Vorsichtig berührte sie ihn an der Schulter. Eine Welle der Rührung und Zärtlichkeit schwappte in ihr Herz. Der letzte Aufrechte, der sich gegen die Übernahme seines Heims wehrte. Dabei waren die Tage in diesem Haus schon längst gezählt. Vielleicht würde er in ihre Nähe ziehen? Es gab bestimmt schöne Altersruhesitze in der Stadt. Er wäre nicht mehr so allein. Doch

Anna ahnte, dass der Verlust seiner Heimat etwas in ihm zerbrechen würde, das niemand mehr reparieren könnte.

Mit einem lauten Schnarchen legte ihr Vater den Kopf auf die andere Seite.

»Papa?«

»Er wird bis Sonnenaufgang durchschlafen.«

Erschrocken drehte Anna sich um. Unbemerkt war Weller hereingetreten und hob die leichte Wolldecke auf, die Friedrich Sternberg von den Knien geglitten war. Er reichte sie Anna, die sie wieder über die Beine ihres Vaters legte.

»Er muss ins Bett«, sagte sie leise.

»Jetzt nicht.«

Die Bestimmtheit in seinen Worten machte Anna wütend. Doch ein Blick in sein Gesicht ließ sie schweigen.

»Was ist los?«

»Ich bleibe heute Nacht hier.«

Er trat ans Fenster, warf noch einen letzten Blick hinaus und zog die Vorhänge zu. Anna bemerkte, dass der kleine Spiegel auf der Anrichte mit einem Taschentuch bedeckt war. Das musste Jean-Baptiste erledigt haben. Offenbar sollte Weller auch hier mit seiner Schönheit nicht die Spiegel sprengen.

»Das wirst du nicht tun.«

Anna bemühte sich, leise zu sprechen, um ihren Vater nicht zu wecken.

»Ich bin zwar keine sechzehn mehr, aber ich glaube nicht, dass es meinem Vater recht wäre, wenn ich unangemeldet fremde Männer in sein Haus bringe.«

»So fremd sind wir uns ja nun auch wieder nicht. Dein Vater hat mich übrigens aufs Freundlichste eingeladen und uns das Gästezimmer unter dem Dach angeboten.«

»Uns?«

»Mir und Jean-Baptiste. Aber wenn du darauf bestehst, dass ich zu dir komme …«

»Den Teufel tue ich!« In drei Schritten war Anna bei Weller, und es war ihr egal, ob ihr Vater aufwachen würde oder nicht.

»Ich kann das einfach nicht glauben! Ich denke, ich soll für dich arbeiten! Und dazu gehört meines Wissens nicht, dass ich dir das Gästebett frisch beziehe.«

»Nicht?«

Weller hob die Augenbrauen. Wenn Anna es nicht besser wüsste, könnte man beinahe glauben, dass neben Spott und Überheblichkeit auch eine kaum wahrnehmbare Zärtlichkeit in seinen Augen lag.

»Ich hatte den Eindruck, du wärst bereit, alles für mich zu tun. Zumindest klang es so, als du dich beinahe vor mein Auto geworfen hast.«

Anna biss sich auf die Unterlippe, um nichts zu sagen, was sie später bereuen würde.

»Alles nicht gerade«, gab sie widerwillig zu. »Wir haben mein Aufgabengebiet noch nicht detailliert umrissen. Allerdings fühle ich mich zur Haushälterin nicht so richtig berufen. Ihr werdet euer Bett also selbst machen.«

»Du wirst für mich arbeiten?«

Anna holte tief Luft und sagte: »Ja.«

»Gut.«

Weller nickte knapp. Er trat ans Fenster, schob den Vorhang zur Seite und warf wieder einen schnellen Blick in den Garten.

»Ich erwarte dich morgen Mittag in meinem Hauptsitz in Frankfurt. Dort wirst du weitere Instruktionen erhalten. Und jetzt lösch das Licht.«

»Bitte?«

»Tu, was ich dir sage.«

Er konnte es einfach nicht lassen, sie herumzukommandieren. Sie öffnete den Mund, um ihn darauf hinzuweisen, dass er sich hier im Hause ihres Vaters befand und nicht in der Chefetage seines Firmensitzes, doch etwas in seinem Blick befahl ihr zu schweigen. Sie trat an den Sessel und schaltete die Stehlampe aus. Ein schmales Lichtdreieck fiel durch die halbgeöffnete Flurtür.

»Das auch?«

Weller nickte. Sein Ton und das, was sie gerade im Keller erlebt hatte, machten sie nervös. Ihr Vater hatte nie von Einbrechern erzählt. Im Gegenteil: Die Bewohner der kleinen Siedlung waren immer stolz darauf gewesen, nie ihre Türen abzuschließen. Doch jetzt waren alle fort. Vielleicht übertrieb Weller nur ein wenig mit seinen Vorsichtsmaßnahmen. Sie ging in den Flur und knipste die Deckenlampe aus. Dann lauschte sie in die Dunkelheit. Sie hörte ein leises Rauschen. Das mussten die Baumwipfel sein, durch die der Wind säuselte. Eine Diele knarrte unter ihren Füßen, und Anna fuhr vor Schreck zusammen. Als sie sich wieder beruhigt hatte, überprüfte sie, ob die Haustür abgeschlossen war. Vorsichtshalber legte sie noch die Sicherheitskette vor, die ihres Wissens noch nie benutzt worden war. Dann lehnte sie sich mit dem Rücken an die Wand und atmete tief ein, um ihre Nervosität in den Griff zu bekommen.

Das Gästezimmer lag unter dem Dach. Weller würde die Nacht Tür an Tür mit ihr verbringen. Sein Bett würde keine drei Meter von ihrem entfernt stehen. Nur eine dünne Wand würde sie trennen. Sie wusste nicht, wie er ihren Vater dazu gebracht hatte, diese Einladung auszusprechen. Bisher hatte Friedrich Sternberg die wenigen Männer in Annas Leben stets mit einem tiefen Misstrauen betrachtet. Leider hatte er damit meistens richtig gelegen. Auch zu Michael war ihr Vater vom ersten Moment an auf Distanz gegangen.

Weller allerdings schien ihn auf Anhieb für sich gewonnen zu haben. Ausgerechnet dem unsympathischsten, geld- und machtgierigsten Mann, dem Anna jemals begegnet war, öffnete ihr Vater Tür, Tor und Gästezimmer.

Sie warf einen Blick auf die phosphoreszierenden Zeiger ihrer Armbanduhr. Zwanzig vor zehn. Offenbar ging Jean-Baptiste früh ins Bett. Sie entschied, sich nicht von Weller zu verabschieden, sondern gleich nach oben in ihr Zimmer zu gehen.

Auf halber Treppe blieb sie stehen. Es war totenstill. Sogar das Rauschen hatte aufgehört. Erst als sie einen leisen Schnarchlaut hörte, war sie beruhigt. Dennoch verriegelte sie ihre Zimmertür, kaum dass sie den Raum betreten hatte, und zog die Vorhänge zu. Der schwache Lichtschein der nahen Stadt schimmerte über der dunklen Siedlung, die wie ausgestorben wirkte. In weiter Ferne erkannte sie Baufahrzeuge und eine gewaltige Freifläche, die vermutlich dem Fundament des Supermarktes dienen sollte.

Plötzlich stiegen ihr Tränen in die Augen. Hier hatte sie ihre Kindheit verbracht. Auch wenn das Haus alt und klein war, dieses Schicksal hatte es nicht verdient. Und ihr Vater auch nicht. Niemand sollte mit ansehen müssen, wie glückliche Erinnerungen von Planierraupen plattgewalzt wurden.

Sie schlüpfte aus dem Arbeitsoverall und trat an das Handwaschbecken an der Wand. Sie drehte den Hahn auf, doch es kam kein Wasser heraus. Ärgerlich stützte sie sich mit beiden Händen auf dem Beckenrand ab und nahm sie sofort wieder hoch, als hätte sie sich verbrannt.

Sand.

Ihr erster Impuls war, nach Weller zu rufen. Doch dann rief sie sich zur Vernunft. Er war schließlich kein Klempner. Aber was war er dann? Der Sandmann? Sie rieb sich die Handflächen über dem Waschbecken sauber. Waschen konnte sie sich auch morgen früh unten im Badezimmer oder gleich bei sich zu Hause, wenn sie sich für den Termin in Frankfurt fertigmachen würde. Sie tappte durch die Dunkelheit an ihr Bett, stieß sich das Schienbein an der Kante und setzte sich fluchend auf die Matratze, die unter ihrem Gewicht nachgab. Als der Schmerz verebbte, kramte sie in ihrer Tasche nach einem sauberen T-Shirt und spürte plötzlich etwas Hartes, Kantiges an ihren Fingerspitzen.

Die Kamera.

Obwohl sie hundertprozentig sicher war, alleine im Zimmer zu sein, schaute sie sich blitzschnell um und versuchte, das Gerät so leise wie möglich aus der Tasche zu ziehen. Das war genau der richtige Moment, um einen Blick auf die Bilder zu werfen. Danach würde sie wissen, ob sie gerade ihr Dach mit einem Mörder und seinem Handlanger teilte.

Sie setzte sich auf ihr Bett und legte den Apparat auf das Kissen. Wollte sie das wirklich wissen? Wenn Guyots letzte Fotos tatsächlich bewiesen, dass Weller ihn erschossen hatte, müsste sie sofort die Polizei informieren. Sie beugte sich vor und durchwühlte ihre Tasche, bis sie ihr Handy gefunden hatte. Merkwürdig. Kein Empfang.

Anna hatte wenig Ahnung von Digitalkameras. Ihre ersten Erfahrungen mit Fotografie hatten in einem kleinen improvisierten Labor unter der Treppe geendet, wo sie frustriert verpfuschte Filme wässerte. Später hatte sie nur ab und zu fotografiert. Sie konnte die Menschen nicht verstehen, die in den schönsten Momenten des Lebens lieber durch eine Linse sahen, Entfernungen justierten und Blenden berechneten. Je älter sie wurde, desto einfacher wurde die Handhabung der Apparate. Mit der Digitalisierung und den Handykameras hatte sie sich nie anfreunden können. Was sollten diese Momentaufnahmen, diese Schnappschüsse, die im höchsten Fall abgespeichert und kaum noch ausgedruckt, geschweige denn sorgfältig in Alben geklebt wurden?

Guyots Modell war schwer. Es musste eine Spiegelreflexkamera sein. Ein teures Stück, wie selbst Anna mit ihren mangelhaften Kenntnissen beurteilen konnte. Michael hatte sich vor Jahren etwas Ähnliches angeschafft. Sündhaft teuer und eine dieser technischen Spielereien, mit denen er ihr Geld zum Fenster hinausgeworfen hatte. Aber wenigstens wusste sie, mit welchen Handgriffen man dieses Ding einschaltete.

Auf dem Display erschien das erste Foto. Es zeigte ein weißes Nichts mit zwei glänzenden Punkten. Anna brauchte ewig, bis sie herausfand, dass es die Decke der Hotelsuite sein musste. Die Punkte waren die Halogenstrahler, die den Flur bei ihrem ersten Besuch in weiches Licht getaucht hatten.

Wahrscheinlich war Guyot schon tot, als dieses Foto entstanden war. Nur noch ein reflexhaftes Zucken seines Fingers am Auslöser, keine bewusste Aufnahme. Sie spürte ihr Herz, wie es schwer und schlagend in ihrer Brust lag und den Puls langsam, aber stetig hochtrieb. Das milchig matte Licht des kleinen Displays strahlte in der tiefen Dunkelheit, die um Anna lag wie ein schwarzer Block. Entschlossen drückt sie auf das Symbol, mit dem sie die Aufnahmen zurücksetzen konnte.

Das vorletzte Bild: Es musste im Fallen aufgenommen worden sein. Unscharf erkannte sie die halbgeöffnete Tür der Suite und einen Schatten, über den sich ein ockerfarbener Schleier gelegt hatte. Anna spürte, wie ihr der Schweiß ausbrach. Es war heiß und stickig unter dem Dach, fast wie im Hochsommer. Ihr Finger hinterließ einen Abdruck auf dem Display, als sie auf das nächste Bild zurücksetzte. Verwackelte Schatten. Mit viel gutem Willen konnte man den Eingang der Suite hineininterpretieren. Guyot musste gekämpft haben, anders waren diese Aufnahmen nicht zu erklären. Weitere Bilder, auf denen nichts Genaues zu erkennen war, folgten. Dann hätte Anna vor Schreck beinahe die Kamera fallen lassen. Weller.

Er war es. Er hatte den Arm gehoben, als ob er Guyot einen Schlag versetzen wollte. Sein Gesicht war wutverzerrt. Anna wagte kaum, noch ein weiteres Bild zurückzublättern. Sie zitterte am ganzen Leib. Die Luft schien flüssig zu werden vor Hitze. Jeder Atemzug bereitete ihr Mühe, als ob sie sich plötzlich inmitten eines Backofens befände. Ein leises Singen wie von weit entfernten Strommasten drang in ihre Ohren. Sie tippte ein letztes Mal mit dem Zeigefinger auf das Display und sah in Wellers Augen.

Der Blick schien sie bis in die Haarspitzen zu versengen. Er war genau in dem Moment fotografiert worden, in dem er direkt in die Kamera sah. Seine Augen leuchteten in einem tiefen schillernden Grün. Es sah aus, als ob sie lebten und sich in ihnen die träge Glut eines brodelnden Vulkans spiegelte. Das Singen in ihren Ohren wuchs an zu einem gellend hohen, klagenden Ton. Erschrocken sprang sie auf. Die Kamera fiel auf den Fußboden, das Display erlosch, und noch bevor Anna sich bücken und sie wieder aufheben konnte, erstarrte sie.

Durch die Ritze der Tür kroch gleißend helles Licht. Und noch etwas, knisternd und trocken: Sand. In Sekundenschnelle war der Fußboden bedeckt. Das Licht schickte dünne Strahlen durch den Spalt, die wie Finger über den Boden wanderten. Etwas rüttelte an der Tür. Keine Hand, eher ein Windstoß, der die alten Bretter zum Stöhnen brachte. Instinktiv und ohne zu überlegen ergriff sie die Kamera und kletterte auf das Bett. Was zum Teufel war hier los?

Hinter der Tür tobte ein Sandsturm.

Sie drückte sich mit dem Rücken an die Wand. Das ist unmöglich, dachte sie. Es gibt keine Sandstürme in Einfamilienhäusern. Und es gibt auch keine Dreihunderttausend-Watt-Lampen, denn etwas anderes konnte es gar nicht sein, was da draußen gerade angegangen war.

Das Licht hinter ihrer Tür musste aus der Weißglut eines Hochofens stammen. Es leuchtete durch jede Ritze des Rahmens, durchs Schlüsselloch und durch die schmalen Spalten der alten Latten, die sich im Laufe der Jahrzehnte zusammengezogen haben mussten. Der Sturm krachte mit einer solchen Gewalt gegen das Holz, dass es sich nach innen in ihr Zimmer wölbte. Es ächzte und stöhnte unter dem gewaltigen Druck, dem es nicht mehr lange standhalten würde. Anna spürte, wie die Panik in ihr die Oberhand gewann. Sie nahm die Kamera, rannte ans Fenster, riss es auf und sah hinunter. Den Sprung würde sie überleben.

Die Tür explodierte mit einem trockenen Knall und zersplitterte in tausend Stücke. Ein Holzteil verfehlte ihren Kopf nur um Haaresbreite. Der Sand peitschte mit einer solchen Geschwindigkeit auf ihre Haut, dass es sich anfühlte, als würden Millionen Nadeln gleichzeitig in sie gejagt. Das Schrecklichste aber war das, was sich im Widerschein der Glut aus diesem Höllensturm materialisierte: der Mann aus dem Keller.

»Hilfe!«

Anna schrie, so laut sie konnte, doch das Wort wurde von dem Orkan um sie herum verschluckt. Eine Windbö erfasste sie und hätte sie beinahe aus dem Fenster gestoßen. Sand wirbelte an ihr vorbei, sammelte sich zu einer gewaltigen Wolke unter dem Nachthimmel und regnete dann langsam und funkelnd herab.

Ein Albtraum, dachte Anna. Ich muss eigentlich nur aufwachen.

Doch der Mann hinter ihr war sehr real. Auch wenn sie ihn in den wirbelnden Schatten kaum erkennen konnte und er wesentlich größer und massiger wirkte, als sie ihn in Erinnerung hatte – es war Guyot, daran bestand kein Zweifel. Also war er doch nicht tot, was sie in diesem schrecklichen Augenblick zutiefst bedauerte.

Ein neuer Windstoß erfasste sie. Anna verlor um ein Haar das Gleichgewicht. Sie ließ die Kamera fallen und klammerte sich am Fensterbrett fest. Der Sturm um sie herum tobte in einer Heftigkeit, dass sie kaum die Augen offenhalten konnte. Sand knirschte zwischen ihren Zähnen, kroch in Nase und Augen und drohte, sie zu ersticken.

»Was wollen Sie?«

Ihr war klar, dass sie gerade mit einem Wesen redete, das auf den ersten Blick aus einer Windsäule bestand. Aber darüber konnte sie später nachdenken. Jetzt kam es darauf an, am Leben zu bleiben.

Der Schatten öffnete seinen Mund. Ein gewaltiges Brüllen ließ die Wände erzittern und fuhr Anna bis in die Knochen. Da musste jemand sehr, sehr wütend sein. Ihre Finger waren schon ganz taub, so fest hatte sie sich an das Fensterbrett gekrallt. Der Sturm war so gewaltig, dass sie Angst hatte, von ihm davongetragen zu werden und dann aus höchster Höhe direkt auf das Betonfundament des Supermarktes zu knallen.

Der Mann kam einen Schritt näher. Seine Arme baumelten von seinen Schultern herab, als habe er nur mühsam gelernt, sie zu bewegen. Er warf den Kopf in den Nacken und stieß erneut einen tiefen Schrei aus. Er wirkte wie ein hochgewachsener Orang-Utan auf Nahrungssuche, und plötzlich wusste Anna, womit sie seinen Hunger stillen konnte.

»Die Kamera?«, schrie sie. »Da! Nehmen Sie sie mit! Ich will sie nicht haben!«

Sie ging in die Knie, ohne ihn aus den Augen zu lassen. Ihre tauben Finger tasteten zitternd nach dem Gerät. Als sie es zu fassen bekam und ihm entgegenhielt, begriff Anna, welchen Fehler sie gemacht hatte. Der Mann kam näher. Sein offener Mund war wie ein tiefes schwarzes Loch. Seine Augen konnte Anna nicht erkennen. Das war nicht Guyot. Dieses furchtbare Wesen hatte vielleicht eine entfernte Ähnlichkeit mit ihm, aber es war kein Mensch. Es musste ein Dämon sein, heraufgestiegen zu ihr aus einer furchtbaren Zwischenwelt, mit keinem anderen Auftrag, als sie zu töten.

Gleich war er bei ihr. Anna fühlte, wie sie zu verglühen begann. Der trockene Sand schien alles Leben auszulöschen. Der Wind peitschte ihr die Haare ins Gesicht. Sie legte die Kamera so weit es ging von sich weg. Dann hockte sie sich hin und schubste sie in Richtung des Eindringlings.

»Ich gebe sie Ihnen zurück! Bitte! Lassen Sie uns in Ruhe!«

Es schien das Wesen nicht im Mindesten zu beeindrucken. Es stapfte über die Kamera hinweg und weiter auf sie zu. Was um Himmels willen wollte es von ihr? Es hatte doch bekommen, was sie ihm … was sie sich von ihm geliehen hatte, vollendete sie den Gedanken. Sie stellte einen Fuß auf das Fensterbrett und sah hastig hinaus. Sie musste zweimal hinsehen, um zu erkennen, was sich in der Zwischenzeit auf der Straße abspielte.

Der funkelnde Staub rieselte noch immer vom Himmel auf die Erde. Überall, wo er den Boden berührte, begann die Erde zu leben. Schwarze, glänzende Leiber krochen über- und untereinander. Ein metallisch schimmerndes Meer schien sich über die ausgestorbenen Straßen auf sie zuzuwälzen. Es war wie eine schwarze Flut, und Anna konnte nicht erkennen, aus was es bestand. Aber es sah so furchterregend aus, dass sie einfach die Augen schloss.

Das ist ein Albtraum.

Ich schlafe.

Ich werde nie wieder Bohneneintopf aus der Dose essen.

Zumindest nicht so spät am Abend.

Das grauenhafte Brüllen in ihrem Rücken hob wieder an. Verzweifelt presste sich Anna die Hände auf die Ohren, aber es hörte nicht auf. Von der Straße her ertönte ein Rasseln, als hätte ein Bataillon Panzer den Marschbefehl bekommen, das Haus zu umzingeln. Sie öffnete die Augen und stieß einen entsetzten Schrei aus.

Alles wimmelte vor Skorpionen.

»Weller!«, schrie sie.

Er war der Einzige, der ihr noch helfen konnte. Wenn sie jetzt aufwachte und er an ihr Bett geeilt käme, wäre das zwar furchtbar peinlich, aber nichts gegen die Todesangst, die sie gerade empfand. Sie kletterte ganz auf das Fensterbrett und hielt sich nur noch am Rahmen fest. Die nächste Sturmbö würde sie nach draußen tragen, direkt in ein Heer giftiger Skorpione. Aber das erschien ihr im Moment noch als eine relativ natürliche Todesursache.

Der Dämon hatte sie fast erreicht. Er streckte seine pendelnden Arme in ihre Richtung aus. Anna konnte gerade noch ausweichen, indem sie sich auf die Außenseite des Fensters schwang, sich am oberen Kreuz festhielt und von einer auf die andere Seite wechselte. Sie war zu schnell für diesen Zombie, der offenbar nicht wusste, wie man seine Gliedmaßen post mortem zu bewegen hatte.

»Hol dir deine Kamera!«, brüllte sie gegen den Wind. »Da unten liegt sie doch, du blöder Affe!«

Das Wesen, das einmal Guyot gewesen war, brüllte auf. Erneut versuchte es, sie zu erreichen. Anna hatte das Gefühl, schon allein durch seine Nähe versengt zu werden. Der Sturm orgelte durch das Zimmer, sammelte sich zu einer Windhose und wehte so heftig an Anna vorbei, dass sie um ein Haar das Fensterkreuz losgelassen hätte und herabgestürzt wäre. Guyot warf den Kopf von der einen auf die andere Seite und fauchte dabei, als ob ihn etwas maßlos ärgern würde.

»Weller!«

Der Sand prasselte in solchen Mengen auf die Skorpionleiber, dass es sich anhörte wie Maschinengewehrsalven. Neue und immer neue Leiber wälzten sich über die Masse, erstickten die, die weiter unten lagen, und bewegten sich immer näher auf das Haus zu. In diesem Moment spürte sie, wie Guyot ihr Bein packte. Es fühlte sich an, als wäre sie in einen Termitenhaufen gerutscht. Sie versuchte, den brennenden Griff abzuschütteln, aber es gelang ihr nicht.

»Lass mich los, du Vollidiot!«

Unter Aufbietung aller Kräfte gelang es ihr, sich umzudrehen und der grauenhaften Gestalt mit dem freien Fuß einen Tritt zu versetzen. Genauso gut hätte sie in einen Schwarm Fliegen treten können.

»Was willst du? Loslassen! Hilfe! Weller!«

Das hatte er ihr eingebrockt. Nur er ganz allein. Mit ihm hatte dieser Albtraum begonnen. Offenbar spielte ihr Unterbewusstsein verrückt und gaukelte ihr gerade Bilder vor, die einzig und allein damit zu tun haben mussten, dass sie mit Weller im Bett gewesen war. Dort, wo Guyot sie gepackt hielt, brannte ihr Bein wie Feuer. Sein unmenschliches Brüllen vermischte sich mit dem Heulen des Sturms und dem Rasseln der Skorpionleiber auf der Straße. Gehetzt riskierte sie einen Blick nach unten.

Die Tiere schienen sich alle an einem Punkt der Straße zu sammeln. Sie stiegen übereinander, ohne Rücksicht darauf, dass sie die unten liegenden, zappelnden Artgenossen zerquetschten. Irgendetwas trieb sie an, immer höher zu steigen, sich zu einer schwarzen, zuckenden Masse aufzurichten, die sich langsam auf das Haus zuwälzte.

Das ist das Ende. Ich sterbe in meinem eigenen Albtraum.

Guyot packte sie und schleifte sie mit aller Macht zurück in den Raum, der heiß wie ein Hochofen war. Anna hatte keine Kraft mehr, sich festzuhalten. Dieses Ungeheuer würde sie verschlingen. Der Sandsturm um sie herum peitschte ihre Haut, und sie fühlte, wie sie in etwas unglaublich Furchtbares hinabgezogen wurde.

Etwas flog durch die Luft und rammte sich hinter ihnen wie ein Pflock in den Boden. Das ganze Haus erzitterte. Guyots

Klammergriff ließ nach, Anna stürzte auf den Boden, der mit einer knöchelhohen Sandschicht bedeckt war, was ihren Aufprall etwas milderte. Sie blinzelte. Das Wesen schwankte von einem gewaltigen Bein auf das andere und wandte sich zur Tür.

»Jean-Baptiste!«

Anna heulte beinahe auf vor Freude. Der Diener hielt zwei Eimer in der Hand, von denen er in diesem Moment einen absetzte.

Guyot setzte erneut zu einem markerschütternden Gebrüll an. Er senkte den Kopf hinunter auf die Brust und stapfte auf die Tür zu. Um ihn herum wirbelte der Sturm mit ungeminderter Kraft, doch Anna schaffte es, zurück zum Fenster zu kriechen und zumindest ihr Gesicht mit ihren Armen zu schützen. Der Boden des Raumes zitterte unter den stampfenden Schritten des Dämons, der sich nun zielstrebig seinem neuen Opfer zuwandte.

»Er ist gefährlich!«, brüllte sie gegen den Orkan.

Ein geradezu lächerlicher Hinweis. Doch der Diener schien sich bereits selbst einen Überblick über die Lage verschafft zu haben. Er hob den Eimer und schüttete den Inhalt auf Guyot. Mit einem fürchterlichen Schrei brach dieser zusammen, schaffte es aber unter Aufbietung sämtlicher Kräfte, wieder auf die Beine zu kommen. Ungerührt nahm Jean-Baptiste den zweiten Eimer. Das Wesen verharrte pendelnd. Offenbar wusste es nicht, wie es sich verhalten sollte. Es stieß einen klagenden Laut aus, den Anna in jedem anderen Moment ihres Lebens als mitleiderregend empfunden hätte. Mistvieh, dachte sie stattdessen. Geschieht dir recht! Jean-Baptiste holte aus, und die zweite Ladung traf den Dämon mitten auf den breiten Brustkorb.

Er stieß ein Röcheln aus, ruderte noch einmal hilflos mit den viel zu langen Armen und fiel in sich zusammen. Mit ihm verschwand der Sturm, und der Sand, der soeben noch durch die Luft gewirbelt war, fiel herab. Die plötzliche Stille war so überwältigend, dass sie Anna in den Ohren dröhnte.

In drei Schritten war Jean-Baptiste bei ihr und riss sie hoch.

»Schnell. Raus hier.«

Er zog sie vom Fenster weg, doch aus den Augenwinkeln konnte Anna erkennen, dass sich draußen neues Unheil zusammenbraute.

»Wo ist Weller?«

Jean-Baptiste antwortete nicht. Sie waren schon fast an der Tür.

»Hat er das alles hier angerichtet? Was ist hier eigentlich los?«

»Kommen Sie! Sie müssen hier weg!«

»Ich muss gar nichts. Wo ist mein Vater? Und wer macht die ganze Sauerei hier wieder weg?«

»Mademoiselle …«

Sie riss sich los. »Ich will nicht fort. Ich will Weller sehen. Sofort.«

»Das wird nicht gehen. Der Herr ist beschäftigt.«

»Oho! Das war ich bis eben auch! Womit haben Sie dieses Ungeheuer eigentlich kleingekriegt?«

Jean-Baptiste seufzte. »Mit Wasser. Das ist doch das Einfachste von der Welt.«

Anna konnte nicht glauben, was für eine Unterhaltung sie gerade führte.

»Mit Wasser. Okay. Und warum war Guyot hier? Oder dieses untote Ding, das jemand auf mich gehetzt haben muss?«

Jean-Baptiste trat einen Schritt auf sie zu und funkelte sie mit seinen schmalen Augen an. Tief in ihnen schimmerte ein Hauch von Grün.

»Weil Sie, Mademoiselle, sich in Angelegenheiten mischen, die Sie nichts angehen. Wenn ich Ihnen einen guten Rat geben darf: Machen Sie, dass Sie davonkommen. Verschwinden Sie. Und schauen Sie sich nie, niemals um!«

Sein hageres Gesicht spiegelte Wut und Sorge zugleich. Bestimmt nicht um mich, dachte Anna.

»Was zahlt er Ihnen eigentlich, dass Sie sich so den Kopf Ihres Chefs zerbrechen?«

Jean-Baptiste straffte die Schultern. »Geld interessiert uns nicht.«

»Was denn dann?«

Der Glanz in seinen Augen vertiefte sich. Er erinnerte Anna an ihr altes Radiogerät, an dem sie als Kind herumgespielt hatte. Das grüne Auge. Je besser ein Sender zu empfangen war, desto strahlender war das Licht. Im Moment musste Jean-Baptiste einen besonders guten Empfang haben, wenn sein Blick auch bei Weitem nicht an den Schock heranreichte, den Anna bei Wellers Foto erlitten hatte.

»Der Herr sagt, wir müssen gehen.«

»Was der Herr sagt, interessiert mich nicht.«

Schnippisch schürzte Anna die Lippen. »Erst soll er mit Besen und Schippe hier auftauchen. Und dann will ich ihn arbeiten sehen.«

Jean-Baptiste blickte an ihr vorbei zum Fenster. Das Licht in seinen Augen erlosch zu einem Glimmen. Es war, als ob sich plötzlich wieder Düsternis über den Raum senkte.

»Es ist zu spät«, flüsterte er. Ein unendlicher Schmerz schien sich plötzlich um seinen schmalen Mund zu graben. Mit einem Ausdruck höchster Verachtung wandte er sich wieder an Anna.

»Und das ist Ihre Schuld.«

Unten auf der Straße richtete sich gerade ein riesiger Skorpion auf. Sein schwarzer Panzer schimmerte vom Widerschein des Nachthimmels, unter dem immer noch der funkelnde Sandsturm tobte. Es war ein Anblick von furchterregender Erhabenheit. Anna stockte der Atem, als sie erkannte, dass die ganze Gestalt aus Millionen und Abermillionen einzelnen Skorpionen bestand.

»Was ... was ist das?«

Jean-Baptiste war hinter sie getreten.

»Die Herausforderung.«

»W ... wer fordert denn wen heraus?« Sie fuhr herum. »Ich jedenfalls nicht! Jagen Sie das Vieh weg! Das ist ja ekelhaft!«

Jean-Baptiste zuckte nur mit den Schultern. »Sie haben sie gerufen. Jetzt ist sie da. Sehen Sie zu, wie Sie sie wieder loswerden.«

Er wandte sich ab.

»Halt!«

Anna stellte sich ihm in den Weg. »Das muss ein Irrtum sein. Ich habe niemanden gerufen! Und ich verstehe das alles nicht! Sagen Sie mir auf der Stelle, wie man diesen ganzen Wahnsinn auf der Stelle beendet!«

»Sie will das Foto.«

»Wie bitte?«

Anna hatte sich verhört. Natürlich hatte sie sich verhört. Man schlitterte nicht in einen Albtraum dieses Ausmaßes, wenn es um nichts weiter als einen Schnappschuss ging.

»Das Foto. Mehr nicht. Dann ist alles vorbei. Der Herr will diesen Kampf nicht.«

Ungläubig starrte Anna den Diener an. All diese Ausgeburten der Hölle erschienen auf einer menschenleeren Baustelle vor einem abbruchreifen Haus, um an ein Foto zu gelangen?

»Sie meinen ... *das* Foto? Das von Weller, wie er direkt in die Kamera schaut?«

Jean-Baptiste nickte.

»Aber ...« Hilflos sah sie sich um. Das Zimmer war komplett verwüstet. Irgendwo unter dem Wüstensand musste Guyots Kamera liegen. Sie ging auf die Knie und wühlte sich über den Boden, bis sie in der Mitte des Raumes fündig wurde. Triumphierend riss sie die Kamera hoch und pustete den Sand ab.

»Dann geben wir ihr doch das Foto.«

Jean-Baptiste schwieg. Etwas an seiner Haltung ließ Anna auf die Beine kommen und sich neben ihn stellen. Das Ungeheuer stand immer noch dort draußen, starr wie eine Statue.

»Sie ist noch nicht fertig«, flüsterte Jean-Baptiste.

Immer mehr Skorpione strömten hinauf. Sie krabbelten in Ritzen und Vorsprünge und bauten mit ihren winzigen Leibern an ihrem eigenen Standbild. Die Skulptur, falls man dieses Ding da überhaupt so nennen konnte, vervollkommnete sich selbst. Wenn es in diesem Tempo weiterging, wäre sie bald komplett. Und dann ...

»Wo …« Die Kamera entglitt ihren Händen und fiel auf den Boden. Ihre Knie zitterten. »Wo ist Weller?«

Jean-Baptiste antwortete nicht. Er stand selbst da wie aus Stein gemeißelt, als ob er von dieser Szene ebenso schockiert wäre wie Anna. Sie folgte seinem Blick, und was sie sah, ließ ihr das Blut in den Adern gefrieren.

Weller stand auf der Straße. Sie konnte nicht sagen, woher er aufgetaucht war, aber er schritt langsam auf das riesige Ungeheuer zu, das immer höher ragte. Bei seinem Anblick strömte ein scharfer, unendlich süßer Schmerz durch Annas Leib. Warum hatte sie früher nie so geträumt? Das war ja besser als *Sex and the City, Twilight* und *Transformers* zusammen. Sie spürte, wie jede Faser ihres Körpers ihn begehrte. Und da dies nichts anderes als eine wilde Fieberphantasie sein konnte, gestattete sie es sich, dieses Gefühl rücksichtslos auszukosten. Er würde ihr Retter sein, genau. Sie stand hier oben wie die Prinzessin auf dem verwunschenen Turm, und unten tobte der Drache und forderte ihre Jungfräulichkeit. Weller, der Ritter, würde den Wurmleib mit einem Streich seines Schwertes spalten, sie würden in Drachenblut baden und dann, berauscht von diesem Sieg, übereinander herfallen. Sie sah, wie Weller hoch aufgerichtet stehen blieb. Ein Krieger im Sturm, schoss es ihr durch den Kopf, und ich werde die Frau eines Kriegers sein.

Der riesige Skorpion begann zu pulsieren. Gleichzeitig flirrte und sirrte die Luft wie bei einem Gewitter kurz vor der Entladung. Weller straffte die Schultern. Obwohl er im Vergleich zu dem Ungeheuer klein wirkte, konnte Anna seine Kraft spüren. Er trug keine Waffen und war trotzdem bereit zum Kampf. Noch nie hatte Anna einen Mann erotischer gefunden als in diesem Augenblick.

Das Ungeheuer richtete sich auf. Sein Anblick war so furchterregend, dass Anna zusammenfuhr und sich an Jean-Baptiste klammerte. Unwillig machte sich der Diener los.

»Sie allein haben das angerichtet«, zischte er. »Wenn Sie nicht dazwischen gekommen wären, hätte er nicht in seine menschliche Gestalt zurückkehren und das Hotel verlassen müssen. Ich sollte die Kamera holen, solange der Ghul dieses Weibs noch paralysiert war. Aber Sie mussten ja Ihre Nase unbedingt in unsere Angelegenheiten stecken!«

Anna verstand kein Wort. Jean-Baptiste phantasierte offenbar. Kein Wunder bei dem, was sich da unten gerade abspielte. Ihr Blick konnte sich nicht von Weller lösen. Er trat einen Schritt auf das Ungeheuer zu und breitete die Arme aus. Der Wind wehte durch seine dunklen Haare und ließ ihn verwegen und ungeheuer männlich aussehen. Er stand hoch aufgerichtet und musterte das Wesen vor sich mit einem verächtlichen Blick.

»Komm!«, rief er. »Hol dir, was du suchst!«

Der Skorpion stieß ein schrilles Fauchen aus. Er bewegte seine Beine, als ob er ihre Funktionstüchtigkeit überprüfen wollte. Dann richtete er seinen gewaltigen Schwanz auf und brachte einen Stachel von der Größe eines Kanonenrohres in Position. Weller lachte und riss sich mit einem Ruck das Hemd bis zum Gürtel auf. Seine Haut schimmerte in dem funkelnden Licht, das sich noch immer wie eine flirrende Wolke über der ganzen unwirklichen Szene ausbreitete. Er war ein Mensch, der sich mit nichts als seinem Willen gegen eine Ausgeburt der Hölle stellte.

Das tut er nur für mich, dachte Anna. Himmel, das ist ja großartig! Sie war verrückt nach ihm. Wenn alles nicht so entsetzlich real wirken würde, nichts könnte sie mehr hier oben halten.

»Meine Güte!«, stöhnte sie. »Wie heißt dieser Film und wo kann man ihn ausleihen?«

Jean-Baptiste antwortete nicht. Er schien ganz weit weg zu sein. Erstarrt zu einer Salzsäule. Sie tippte ihn an. Als er nicht reagierte, schüttelte sie seinen Arm.

»Jean-Baptiste! Was ist los? Kommen Sie schon. Das ist doch alles nur ein Traum.«

Er bewegte die Lippen, aber sie konnte nicht verstehen, was er sagte. Sein Gesichtsausdruck machte ihr Angst.

»Was ist?«

»Er geht.«

»Er geht? Wohin geht er?«

»In die Finsternis.«

Ein schrecklicher Kampfschrei zerriss ihr fast das Trommelfell. Der Skorpion hatte sich nun zu seiner Vollkommenheit gestaltet. Die Beine spielten und krümmten sich, als ob sie ihr Opfer anlocken wollten. Weller ging auf das Ungeheuer zu. Sie trennten etwa zwanzig Meter, und mit jedem Schritt sank Annas Herz.

Etwas Furchtbares ging hier vor. Etwas, das offenbar nicht mehr zu verhindern war. Noch nicht einmal, wenn sie jetzt sofort aufwachte. Sie beugte sich aus dem Fenster.

»Weller!«

Der Skorpion fuhr herum und schoss eine Salve glühendes Licht auf sie ab. Jean-Baptiste riss sie vom Fenster weg. Beide stürzten auf den Boden. Keinen Meter vor ihr peitschte ein Blitz in den Sand. Der Skorpion triumphierte mit einem noch lauteren Schrei. Anna rappelte sich auf. Der Diener lag auf dem Boden. Sie beugte sich über ihn. Er hatte die Augen geschlossen und atmete nicht. Sie klopfte ihm auf beide Wangen.

»Jean-Baptiste!«

Entweder war er tot oder ohnmächtig. Was von beidem es auch war, es musste warten. Die Dramaturgie dieses Traumes verlangte, dass sie handelte. Das Mistvieh wollte das Foto? Gut, es sollte es haben. Irgendwann einmal würde sie einem Traumdeuter alles erzählen. Er würde Abgründe in Anna diagnostizieren, von denen sie ehrlich gesagt überhaupt nichts wissen wollte. Und was, Verehrteste, würde er sie fragen, passierte also, nachdem der Chauffeur Ihres Chefs, der Ihnen kurz zuvor das Leben rettete, indem er einen Dämon mit zwei Eimern Wasser ersäufte, zusammenbrach, weil ein zuckender Skorpionhaufen eine Ladung Lava auf ihn abgefeuert hat, während der Mann Ihrer Träume unten auf der Straße stand und sein Leben geben wollte aus einem Grund, den ich als Therapeut jetzt mühsam aus Ihnen herausholen darf? Na?

Ich habe mir vor Angst in die Hosen gemacht.

Sie presste sich mit dem Rücken an die Wand unter dem Fenster und schaltete die Kamera ein. Als das Display aufleuchtete, klickte sie den Film zurück bis zu dem Foto, das Weller zeigte. Sie vermied, es direkt anzusehen, aber der Widerschein allein reichte aus, um das Zimmer in schwaches Grün zu tauchen. Der Skorpion brüllte auf. Zitternd vor Angst zog sich Anna am Fensterbrett hoch. Dann hielt sie die Kamera mit beiden Händen über den Kopf.

»Hier, du stinkender Haufen verquirlter Matsch! Hol's dir!«

Der Skorpion schoss erneut eine Salve auf sie ab. Anna rollte sich zur Seite. Zischend versengte die Glut die Vorhänge. Nicht schlecht. Als Stuntfrau in Hollywood könnte was aus ihr werden. Sie spannte die Muskeln und sprang zurück ans Fenster.

»Hey, zielen ist wohl nicht deine Stärke?«

»Anna!«

Ihr Herzschlag setzte aus. Weller hatte sich zu ihr umgedreht. Plötzlich wusste Anna, dass das hier kein Traum war.

»Gib es ihr.«

Er stand, wie aus Bronze gegossen, inmitten dieses Infernos. Er war der Fels in der Brandung, doch Anna ahnte, dass er gegen diesen Feind machtlos war.

Er vielleicht. Aber sie nicht.

Erneutes Triumphgeheul gellte in ihren Ohren. Anna drehte die Kamera so, dass der Skorpion das Foto sehen konnte. Der Leib des Ungeheuers begann vor Gier zu zittern. Die Beine fuhren aus und wirbelten in der Luft. Unendlich langsam, damit die funkelnden Augen des Monsters auch jede ihrer Bewegungen mitbekam, hob sie die Hand, streckte den Zeigefinger aus und deutete auf die Kamera. Das Tier bäumte sich auf und jagte ein Gebrüll in die Luft, dass der Boden unter ihren Füßen zitterte. Doch Anna war jetzt ganz ruhig. Langsam, unendlich langsam näherte sich ihr Finger der Kamera. Der Skorpion witterte, dass sich gerade die Verhältnisse zu seinen Ungunsten verschoben. Er setzte sich in Bewegung. Anna konnte das nasse Schlurfen und Rasseln hören, mit dem er seinen schweren Leib über den Asphalt schob, näher und näher an das Haus heran.

»Ja, schau nur«, sagte sie so freundlich, als wäre das Wesen da unten ein vierjähriges Kind. »Guck mal, was jetzt passiert!«

Ihr Zeigefinger drückte auf Löschen.

Das grüne Leuchten verschwand.

Das Foto war im Friedhof der Megapixel verschwunden.

Das Ungeheuer blieb mitten in der Bewegung stehen, als hätte jemand den Stecker herausgezogen. Der Sturm legte sich. Sie sah zu Weller, der genauso verwundert auf den plötzlichen Stillstand des personifizierten Bösen starrte wie sie. Und dann hörte sie es. Es klang wie kleine Kiesel, die eine Steintreppe hinunterrollten. Aber es waren keine Kiesel. Es waren die Panzer von Millionen Skorpionen, die von oben über die zerquetschten Leiber ihrer Artgenossen nach unten kollerten. Nichts schien sie mehr zusammenzuhalten. Das Monster löste sich vor ihren Augen auf. Erst zerfloss der Kopf, dann fielen die Beine ab, schließlich schmolz der ganze Leib in sich zusammen, und eine schwarzglänzende Flut wälzte sich über die Straße, direkt auf sie und Weller zu.

Jetzt, dachte Anna, wird jede anständige Protagonistin ohnmächtig.

Plötzlich schien das Leben in Weller zurückzukehren. Er hob die Arme, und das Letzte, was Anna sah, war eine Dornenwand, die direkt vor ihrem Haus nach oben wuchs und alles, das Dach, den Garten, die Wände, das Fenster, mit einem undurchdringlichen Dickicht bedeckte. Dornröschen, dachte sie noch. Das ist kein Albtraum, das ist ein Märchen. Nur dass es am falschen Ende aufhört.

11.

Anna erwachte von Vogelgezwitscher und dem Duft von frisch gebrühtem Kaffee. Arme und Beine waren schwer wie Blei. Eine Bettdecke von schätzungsweise vierzig Tonnen Gewicht musste sie bedecken, denn es gelang ihr erst beim dritten Anlauf, sie zurückzuschlagen. Blinzelnd öffnete sie die Augen.

Sie lag in ihrem Zimmer. Ein geblümter Vorhang wehte sacht im Morgenwind. Der andere war verschwunden. Die Fußbodendielen waren sauber, wenn auch ein wenig staubig. Anna erinnerte sich, dass sie hier oben schon längst einmal wischen wollte. Stöhnend griff sie sich an den Kopf. Hatte sie gestern Abend zu viel getrunken? Bruchstückweise kehrte die Erinnerung zurück.

Weller hatte sie hier bei ihrem Vater besucht und ihr ein Jobangebot gemacht. Soweit sie sich erinnern konnte, hatte sie es angenommen. Sie sollte am Mittag in seiner Konzernzentrale in Frankfurt sein. Verwirrt tastete sie nach dem Wecker und drehte ihn in ihre Richtung. Halb vier. Das konnte doch nicht wahr sein.

Hastig setzte sie sich auf und wurde für diese Aktion mit einer Schmerzattacke belohnt. Vorsichtig drehte sie den Kopf und massierte sich den Nacken. Sie musste einen mittelschweren Kater haben. Oder eine Bahndammtee-Vergiftung. Missmutig stand sie auf und schlurfte zum Waschbecken. Das Wasser war eiskalt, aber es belebte. Sie schaufelte sich gleich mehrere Handvoll ins Gesicht, hielt dann aber inne und starrte auf ihre feuchten Hände und den fließenden Strahl, der aus dem Hahn in das Becken strömte. Sollte sie sich an irgendetwas erinnern? Mit einem Stöhnen kam sie wieder hoch, musterte sich in dem halbblinden Spiegel und riss erschrocken die Augen auf. Sie war krebsrot. Verwundert betrachtete sie ihren Körper. Die Haut sah an einigen Stellen aus, als hätte sie einen intensiven Sonnenbrand abbekommen. Am linken Schienbein entdeckte sie eine leichte Abschürfung. Die Oberarme zierten blaue Flecken.

So weit kam es also, wenn man einen freien Tag mit Gartenarbeit verbrachte. Sie würde sich in Zukunft besser eincremen müssen. Und mehr Sport treiben, denn der Muskelkater ließ sie steif wie eine alte Frau zum Fenster humpeln. Sie zog den Vorhang zur Seite – waren es gestern nicht noch zwei gewesen? – und entdeckte in der Ferne mehrere Bagger, die eifrig damit beschäftigt waren, Erdreich auszuheben. Das Verhängnis kam also ungebremst näher. Die ungeöffneten Briefe an ihren Vater fielen ihr ein. Sie nahm sich vor, sie ins Büro mitzunehmen. In welches, darauf wollte sie sich angesichts der fortgeschrittenen Uhrzeit nicht mehr festlegen. Vermutlich warf Weller sie hochkant wieder raus, wenn sie am frühen Abend mit einem Sonnenbrand wie nach drei Wochen Karibik bei ihm auftauchte. Sie griff in den Vorhang und zog die Hand mit einem leisen Aufschrei zurück. Etwas hatte sie gestochen.

Eine Brombeerranke hatte sich in der leichten Baumwolle verfangen. Anna entfernte fluchend einen Dorn aus ihrem Daumen. Wo kam die denn auf einmal her? Sie beugte sich aus dem Fenster, konnte aber weit und breit keinen Busch entdecken. Die Pflanzen standen hinter dem Haus, sie hatte die verdorrten Triebe gestern selbst noch abgeschnitten und auf den Komposthaufen geworfen. Die Ranke, an der sie sich verletzt hatte, war frisch und grün. Sie hatte sich in den Vorhang geklettet, und ihre Schnittstelle sah aus, als hätte sie jemand mit dem Rasiermesser gekappt. Nachdenklich lutschte sie den winzigen Blutstropfen an ihrem Daumen ab. Dann entfernte sie den Trieb und warf ihn in den Papierkorb unter dem Waschbecken.

Sie schlüpfte in ihre Kleidung, wobei sie jede Bewegung mit einem schmerzvollen Stöhnen begleitete. Erst als sie die steile Treppe nach unten geschafft hatte, fühlte sie sich besser. Ihr Vater stand in der Küche und filterte Kaffee in die gute Kanne mit dem Zwiebelmuster.

»Guten Morgen!«, sagte er und deutete auf den Tisch. Alles wies auf ein gesundes Frühstück hin.

»Ich muss sofort los.«

»Nicht, bevor du etwas gegessen hast.«

Anna schlurfte auf ihn zu und gab ihm einen flüchtigen Kuss auf die Wange. Im Vorübergehen griff sie ein Stück Knäckebrot.

»Es ist schon so spät. Ich muss mich umziehen und dann nach Frankfurt.«

Friedrich Sternberg stellte die Kanne sorgfältig auf dem Tisch ab. Dann strich er ein paar symbolische Krümel von der Tischdecke.

»Zu Herrn Weller?«, erkundigte er sich in genau dem desinteressierten Ton, der höchste Neugier verriet. »Da hast du noch Zeit. Es ist erst kurz nach sieben.«

Erst jetzt bemerkte Anna, dass sie ihre Armbanduhr trug. Die Uhrzeit, die ihr Vater genannt hatte, stimmte. Mit einem kaum noch unterdrückten Stöhnen ließ sie sich auf den nächstbesten Stuhl fallen.

»Dieser blöde alte Wecker.«

»Ist er schon wieder kaputt?«

So wie alles hier, wollte Anna antworten. Stattdessen biss sie in ihr Knäckebrot und zermalmte es krachend.

»Sag mal, wann bist du denn eigentlich ins Bett gegangen?«, fragte sie mit vollem Mund.

Ihr Vater dachte nach. »Gar nicht. Ich bin im Sessel eingeschlafen.«

Er setzte sich ihr gegenüber. »Das war keine gute Idee. Ich hatte merkwürdige Träume. Und du? Wie hast du geschlafen?«

»Wie ein Stein«, antwortete Anna. Sie goss sich Kaffee in die Tasse, tat etwas Milch dazu und rührte gedankenverloren um. »Und ich habe einen Filmriss.«

Das stimmte nicht ganz. Verschwommene Bilder tauchten in ihrem Gedächtnis auf. Sanddünen im Schlafzimmer, ein glibberiges Monster, das sich von der verlassenen Straße auf das Haus zuwälzte, und immer wieder die grünen Augen Wellers, die sie selbst noch im Schlaf zu hypnotisieren schienen. Schlechte Träume hatten eine noch schlechtere Eigenschaft: Sie verfolgten einen weit in den hellen Tag hinein.

Ihr Vater sah von seinem Frühstücksei hoch, das er gerade köpfte. Filmrisse waren etwas, mit dem Friedrich Sternberg zeit seines Lebens nie etwas zu tun gehabt hatte. Deshalb ignorierte sie seinen fragenden Blick und erläuterte ihren merkwürdigen Zustand nicht genauer.

»Wann ist denn unser Besuch gegangen?«, erkundigte sie sich stattdessen.

Er führte den Löffel zum Mund und zuckte mit den Schultern. »Ich weiß es nicht. Ich bin eingenickt.«

Anna fragte nicht weiter. Mit einem unbehaglichen Gefühl trank sie ihren Kaffee und verabschiedete sich wenig später. Die ganze Fahrt über zurück in ihre Wohnung zerbrach sie sich den Kopf, was passiert sein konnte. Das Letzte, an das sie sich erinnern konnte, war ihr Gang in den Keller. Doch was sie dort gewollt hatte, vor allen Dingen aber: wie der Abend geendet hatte, war das lose Ende eines roten Fadens, dem sie bei aller Mühe nicht folgen konnte.

Ich war bitte nicht betrunken, betete sie sich ein ums andere Mal vor. Ich kann gar nicht betrunken gewesen sein. Es gibt keinen Alkohol in diesem Haus. Was ist also mit mir passiert? Wie bin ich in mein Bett gekommen? Und was war das für ein seltsamer Traum? Doch je länger sie wach war, desto tiefer sanken die merkwürdigen Bilder ins Vergessen.

Schließlich einigte sie sich mit ihrem Gewissen auf eine Lebensmittelvergiftung. Vermutlich hatte sie Weller und seinen merkwürdigen Chauffeur noch nach draußen begleitet und sich dann zurückgezogen. Alle Indizien deuteten zudem darauf hin, dass sie die Nacht allein verbracht hatte. Das erklärte ihren Zustand zwar nur mangelhaft, aber es war zumindest eine Version, mit der sie einigermaßen klarkommen würde.

Von ihrer Wohnung aus versuchte sie, Vicky zu erreichen. Doch ihre Freundin ging nicht an den Apparat und war auch nicht im Büro. Noch etwas, das sie unbedingt klären musste.

Anna duschte, so kalt sie es ertragen konnte, und schlüpfte in einen marineblauen Hosenanzug, zu dem sie eine seriöse weiße Bluse wählte. Die Haare fönte sie glatt und ließ sie offen auf die Schultern fallen. Anschließend legte sie ein dezentes Make-up auf. Der Sonnenbrand verlieh ihrem Gesicht ein überraschend frisches Aussehen. Obwohl sie sich immer noch wie gerädert fühlte, sah sie passabel aus. Ganz zum Schluss ging sie in ihr Schlafzimmer zurück und öffnete die Schublade ihres Nachttisches. Aus einer kleinen Schachtel holte sie die Perlenohrstecker ihrer Mutter hervor. Sie wollte nicht nur passabel, sie wollte gut aussehen. Ein letzter prüfender Blick in den Spiegel bestätigte ihr, dass es ihr wider Erwarten gelungen war. Was auch immer in dieser Nacht geschehen war, es musste sie mindestens drei Pfund Körpergewicht und eine Menge Schweiß gekostet haben. Ihre Haut war klar, die Augen strahlten, ihr ganzer Körper wirkte gestrafft, als hätte sie drei Wochen Marathon-Training hinter sich.

Und das mir, die ich so gut wie gar keinen Sport mehr treibe.

Bevor sie die Wohnung verließ, blieb sie an der Tür stehen und sah sich um. Etwas war mit ihr geschehen. Sie wusste nicht was, aber sie fühlte sich so wie an einem Geburtstagsmorgen. Etwas Geheimnisvolles lag vor ihr wie ein Geschenk, das darauf wartete, ausgepackt zu werden.

Wellers Büro befand sich in einem der höchsten Türme Frankfurts. Er musste fast vierzig Stockwerke haben und ragte wie ein Pfeil weit über die anderen Bankgebäude hinaus. Er war komplett mit Aluminium verkleidet. Die Herbstsonne spiegelte sich in der silbernen Haut und blendete Anna, so dass sie erst beim Eintreten in das weitläufige Foyer die Sonnenbrille absetzte und ihre Augen sich an das gedämpfte Licht gewöhnen mussten.

Zielstrebig steuerte sie auf den Empfangstresen zu, stellte sich vor und erklärte, einen Termin mit Carl Weller zu haben. Die sorgfältig frisierte und geschminkte Dame auf der anderen Seite des Tresens ließ sich nicht anmerken, was sie von Anna und ihrem Begehr hielt. Sie griff zu einem Telefonhörer, sprach ein paar Worte hinein und schenkte Anna ein nicht sehr herzliches Lächeln.

»Fünfunddreißigster Stock. Sie werden abgeholt.«

Im Aufzug überprüfte Anna noch einmal den Sitz ihrer Kleider. Sie war nervös. Gleich würde sie Weller zum ersten Mal in einer geschäftlichen Situation gegenüberstehen. Ihr war nicht klar, was er von ihr erwartete und welche Aufgaben sie übernehmen sollte. Die erste Pressemitteilung, die sie für ihn verfasst hatte, war wohl ohne größere Änderungen akzeptiert worden. Anna erinnerte sich, dass sie sie ins Hotel gebracht hatte. Verwirrt griff sie sich an die Stirn. Wieder so ein Traumbild.

Die Tür zu seiner Suite steht halboffen. Sie geht durch den Flur. Sie hat wenig Zeit, jemand verfolgt sie. Das Papier in ihrer Hand leuchtet. Sie streckt die Hand aus.

Die Fahrstuhltüren öffneten sich. Vor ihr stand ein junger Mann vom Typ Londoner Investmentbanker.

»Frau Sternberg?«

»Ja.«

»Ich bin Sam. Herzlich willkommen.«

Anna scheuchte den Gedankenfetzen davon. Sie sammelte ihre Konzentration, streckte die Hand aus und begrüßte den Mann mit einem kräftigen Händedruck.

»Ich habe einen Termin bei Herrn Weller.«

»Wenn Sie mir bitte folgen wollen?«

Sie ging hinter ihm her durch einen blendend hellen Flur, dessen Fenster eine atemberaubende Aussicht über die Stadt boten.

In den Büros arbeiteten Männer und Frauen, die ausnahmslos hochkonzentriert wirkten. Entweder telefonierten sie mit leiser Stimme oder waren an ultramodernen Computern beschäftigt. Über allem lag eine dezente Geschäftigkeit, manche schauten kurz hoch und nickten Anna freundlich zu. Im ganzen Geschoss war hellblauer Teppichboden ausgelegt. Die Wände schimmerten silbern, sie schienen mit dem gleichen Aluminium verkleidet zu sein wie die Fassade des Gebäudes.

»Hier hinein, bitte.«

Der junge Mann öffnete eine Tür und trat zur Seite, um Anna vorbeizulassen. Anna hatte eine Menge erwartet, aber dieses Büro übertraf ihre Vorstellungen bei weitem. Der Raum war mindestens zweihundert Quadratmeter groß. In ihm befand sich nichts außer einer niedrigen Sitzgruppe, einem unglaublich großen Schreibtisch und vier gewaltigen Gemälden an der Wand. Sie mussten echt sein, denn ein Weller würde sich niemals mit der Kopie eines Picasso, Mondrian, Twombly und Rauch zufriedengeben.

Abgesehen davon war der Raum leer.

Fragend drehte sie sich nach dem Mann um, doch der hatte das Büro gar nicht erst betreten. Sie sah nur noch, wie die Tür hinter ihm ins Schloss fiel.

»Herr Weller?«

Sie erhielt keine Antwort. Langsam ging sie auf die breite Fensterfront zu und genoss den atemberaubenden Ausblick. Sie konnte die Ausflugsdampfer auf dem Main erkennen und das Verkehrschaos rund um den Hauptbahnhof. Wenn sie hier oben arbeiten dürfte, würde sie wahrscheinlich den ganzen Tag verträumt aus dem Fenster schauen und den Flug der Vögel und der Hubschrauber beobachten.

Vor allem einen Hubschrauber. Der, der jetzt gerade auf das Gebäude zugeflogen kam und wenige Meter vor Wellers Büro in der Luft stehen blieb. Gedämpft durch die dicken Fensterscheiben drang der Lärm der Rotoren. Im Cockpit saßen zwei Männer. Beide trugen Schutzhelme und Mikrofone. Einer machte eine

Handbewegung, die man mit viel gutem Willen für einen nachlässigen Gruß halten konnte.

Anna kannte nur einen Mann, für den es ein Leichtes war, hundert Meter über der Erde mal eben Guten Tag zu sagen. Der Hubschrauber drehte ab und stieg höher. Der Lärm verriet, dass er nicht weiterflog, sondern über dem Wolkenkratzer schwebte. Wenig später wurde es wieder still. Anna wusste nicht, ob sie gehen oder bleiben sollte. Weller schien ihren Termin entweder vergessen zu haben oder nicht allzu wichtig zu nehmen.

Stimmen näherten sich, dann wurde die Tür geöffnet. Sam trat zuvorkommend einen Schritt zurück, um Weller hereinzulassen. Der bedankte sich mit einem Kopfnicken, das gleichzeitig auch der unmissverständliche Wink war, ihn mit Anna allein zu lassen.

Er trug eine braune Lederjacke, die so abgenutzt aussah, dass sie eine Menge Geld gekostet haben musste. Er zog sie aus und warf sie nachlässig über die Sofalehne. Dann drehte er sich um, lockerte mit der linken Hand seine Krawatte und streckte die rechte aus, um Anna zu begrüßen.

»Ich hoffe, du musstest nicht zu lange warten.«

Sie bemerkte sofort, dass er müde wirkte. Die kleine Falte neben seinem scharf geschwungenen Mund hatte sich noch eine Winzigkeit tiefer eingekerbt. Sie roch sein Rasierwasser und bemerkte, dass er sich am Kinn geschnitten haben musste. Wahrscheinlich war das auch nicht gerade sein Morgen gewesen. Erstaunlicherweise machte ihn der kleine Schnitt menschlicher. Ein Umstand, den Anna höchst alarmiert zur Kenntnis nahm. Wellers glatte Maske bekam Risse. Und das erhöhte seine Attraktivität noch mehr. Sie ergriff seine Hand und spürte den festen Druck seiner Finger. Am liebsten hätte sie sie nicht mehr losgelassen. Irgendetwas war passiert, seit sie sich das letzte Mal gesehen hatten. Die Spannung zwischen ihnen schien wieder zuzunehmen.

»Nein«, antwortete sie. »Es ist schon okay. Die Aussicht ist sehr schön.«

Er krempelte die Ärmel seines Hemdes auf, ohne darauf zu achten, welche Reaktionen das Muskelspiel seiner Arme auf sie ausüben würde. Seine Haut war immer noch leicht gebräunt, und die eleganten und effizienten Bewegungen seiner Hände ließen Erinnerungen wach werden an die Momente, in denen er sie berührt hatte. Sie waren gepflegt und sorgfältig manikürt. Er strich sich die störrische Haarsträhne zurück. Dabei spannten seine Oberarme und Schultern das Hemd. Es rutschte eine Winzigkeit aus dem Bund seiner italienischen Maßhose, und Anna konnte nur mit Mühe den Impuls unterdrücken, sich an ihn zu schmiegen und langsam einen Knopf nach dem anderen zu öffnen.

Sie rief sich zu Anstand und Ordnung, was ihr in seiner Gegenwart immer schwerer fiel. Weller, der bis eben abwartend vor ihr gestanden hatte, schenkte ihr ein flüchtiges Lächeln.

»Setz dich. Wir haben einiges zu besprechen.«

Er wies auf die Couchgarnitur. Anna nahm Platz. Weller ging an seinen Schreibtisch und kam mit einer Mappe zurück. Er reichte sie Anna, die sie zögernd ergriff. Auf dem Einband war der Skorpion eingeprägt. Ein tiefes Unbehagen kroch in ihr hoch. Sie strich mit der Hand über das Leder und versuchte, die Schlappe mit Sandrine am Flughafen zu verdrängen.

»Hast du gut geschlafen?«

Irritiert sah sie ihn an. »Ja, danke. Und du?«

Er nahm ihr gegenüber Platz.

»Ich hatte einen etwas anstrengenden Abend. Anna, woran erinnerst du dich?«

Das war nicht gerade die Frage, mit der Anna bei einem Gespräch über ihre berufliche Zusammenarbeit gerechnet hatte.

»Gibt es etwas, an das ich mich erinnern müsste?«

Er beugte sich vor und sah ihr tief in die Augen. So tief, dass Annas Handflächen feucht wurden und ihr Puls zu flattern begann. Verdammt. Dieser Mann hatte sie derart im Griff, dass sie nur noch wie ein aufgescheuchtes Huhn reagieren konnte.

Er nickte langsam. »Ja. Aber offenbar hast du alles vergessen.«

Sie hatten doch nicht etwa wieder …

»Nein«, sagte er. »Wir haben nicht.«

Anna atmete tief durch und genoss das Gefühl, einmal nicht ins Fettnäpfchen getreten zu sein. Sie musste einen klaren Kopf bekommen, wenn sie in diesem Haus arbeiten wollte. Alle Leute, die sie bisher gesehen hatte, sahen so aus, als ob der sündigste Gedanke für sie eine Tasse Schokolade vor dem Schlafengehen war. Genau zu dieser Art unaufgeregtem Leben wollte sie zurückkehren. Sie bedeutete Weller nichts. Er bedeutete ihr nichts. Je eher sie das begriff, umso besser. Das Beste wäre, wenn sie jetzt gleich reinen Tisch machte und die Bedingungen für eine weitere Zusammenarbeit festlegte.

»Und wir werden auch nicht mehr«, sagte sie. »Weller, wenn ich wirklich für dich arbeiten soll, dann darf das nicht mehr passieren.«

»Was?«

»Das ... du weißt schon. Das Private mit dem Geschäftlichen.«

»Ich fand es interessant.«

Das Lächeln um seinen Mund vertiefte sich. Offenbar gefiel es ihm, sie in die Enge zu treiben und den Charmeur zu spielen. Es war so leicht zu vergessen, mit was für einem Menschen sie es eigentlich zu tun hatte. Weller war durchtrieben, ehrgeizig, machtbesessen, eiskalt ... mitten in der Aufzählung stoppte sie.

»Interessant ist auch ein Chemiebaukasten.« Sie schlug die Beine übereinander und legte die Mappe neben sich auf die Couch. Weller nahm ihre ablehnende Körpersprache mit einem ironischen Nicken zur Kenntnis.

»Dabei hatte ich das Gefühl, gerade in puncto Chemie würde es zwischen uns stimmen.«

»Das, Herr Weller, ist ein großer Irrtum. Ich möchte mich in aller Form dafür entschuldigen, wenn ich Ihnen zu nahe getreten sein sollte. Aber es wird nie wieder vorkommen. Das verspreche ich Ihnen.«

Weller nickte erneut. »Gut. Das beruhigt mich. Ich dachte schon, es hätte dir etwas bedeutet.« Er senkte die Stimme. »Es darf dir nämlich nichts bedeuten, Anna. Nur dann kannst du für mich von Nutzen sein.«

Das wurde ja immer schöner. Merkte dieser Mann eigentlich nicht, dass er eine Beleidigung nach der anderen ausstieß?

»Du darfst dich nie in mich verlieben. Hast du das verstanden? Anna? Hörst du mir zu? Verstehst du mich?«

Anna nickte. Es kostete sie einige Anstrengung, denn offenbar hielt er sie für ein naives kleines Mädchen, das sich jedem Prinzen an den Hals warf, der sich einmal gnädig zu ihm herabgebeugt hatte.

Ein Prinz ... Dornen ... wieder so ein verwischter Gedanke. Wahrscheinlich hatte sie einmal zu viel von Weller geträumt. Was bestimmt nicht wieder vorkommen würde.

»Du darfst mich nicht lieben. Egal, was passiert. Du wirst dich verdammt noch mal am Riemen reißen und deine Gefühle unter Kontrolle halten. Ist das okay?«

Anna stand auf.

»Ich betrachte unser Gespräch als beendet.«

Das musste sie sich nicht bieten lassen. Weller hatte nicht mehr alle Tassen im Schrank. Hey, Baby, ich bin dein neuer Boss. Nenn mich Mister Wunderbar, bete mich an, aber verliebe dich nicht in mich. Er musste den Größenwahn mit der Muttermilch aufgesogen haben. Und die Eitelkeit löffelweise als Babybrei. Ohne ihn eines Blickes zu würdigen, ging sie zur Tür. Sie war noch keine drei Schritte weit gekommen, als sie seinen Griff an ihrem Arm spürte.

»Bleib.«

Seine Stimme klang rau. Er stand hinter ihr, sie konnte sein Gesicht nicht sehen.

»Ich will dich nicht verletzen. Ich will dich –« Er brach ab und suchte offenbar nach den richtigen Worten. Anna drehte sich zu ihm um. »Ich will dich einfach nicht in Schwierigkeiten bringen. Ich brauche dich. Aber ich kann nur auf dich zählen, wenn ich weiß, dass du Herr deiner Gefühle bist.«

»Herrin. Das heißt Herrin.«

»Okay. Wenn du wirklich so genannt werden willst?«

Er ließ sie los. In seinen dunklen Augen blitzte der Schalk. Um ein Haar hätte Anna zurückgelächelt, wenn sie nicht immer noch so wütend auf ihn gewesen wäre. Aber dann sah sie, wie sein Blick intensiver wurde. Und plötzlich erinnerte sie sich an etwas. Das grüne Leuchten. Ein schillernder Wirbel aus Jade und Smaragd, der sie zu verschlingen drohte.

»Was ist los?«

Seine Stimme klang besorgt. Seine ganze Haltung war die eines Menschen, der sich aufrichtig Gedanken um sie machte.

»Etwas stimmt nicht mit dir«, flüsterte sie.

Weller veränderte sich kaum spürbar. Er hob das Kinn und straffte die Schultern. Plötzlich spürte sie, dass etwas Gefährliches von ihm ausging, das nichts mehr mit einem Flirt gemein hatte. Er ist kein Prinz, dachte Anna. Er ist ein trojanischer Krieger. Und wenn er diesen Gesichtsausdruck hat, geht sein Visier herunter und er greift zu Schild und Schwert.

»Das ist richtig, Anna.« Sein Blick ruhte immer noch auf ihr. »Ich verbiete dir jedes Gefühl für mich. Das heißt aber noch lange nicht, dass es umgekehrt genauso sein muss.«

Sie sah, wie sein Atem den Brustkorb hob und senkte. Sie brauchte nur die Hand auszustrecken, um ihn zu berühren und sie über seinen stahlharten Körper wandern zu lassen. Das Verlangen, diese spöttischen Lippen zu küssen, wurde beinahe übermächtig. Er musste ein unsichtbares Gift verströmen, anders konnte sie sich ihre widerstreitenden Empfindungen nicht erklären.

»Umgekehrt?«

Er kam näher. Er beugte sich herab. Er berührte ihre Lippen mit seinem Mund, beinahe, nicht ganz, aber so, dass sie seinen Atem spüren konnte, und allein dieser Hauch genügte, den Verstand zu verlieren.

»Keine Liebe.« Er verharrte immer noch vor ihrem Mund.

»Keine Liebe«, flüsterte sie. Sie erwartete, nein, es war absolut klar, dass er sie küssen würde.

»Keine Barrieren.«

»Keine Barrieren.«

»Gut.«

Er ging zur Couch, nahm die Ledermappe hoch und warf sie ihr zu. Anna konnte sie in letzter Sekunde auffangen.

»Der Hubschrauber bringt dich zum Flughafen. Die Maschine nach Zürich startet in einer halben Stunde.«

Anna presste die Mappe an die Brust.

»Zürich? Und was soll ich da?«

Doch Weller verschanzte sich bereits hinter seinem Schreibtisch. Als ob es die Unterhaltung nicht gegeben hätte, tippte er lässig auf das schwarze Glas der Tischplatte und ließ einen Bildschirm hochfahren.

»Es wird dir nicht entgehen, wenn du den Auftrag dieses Mal ausführst.«

Anna nickte. Je eher sie aus diesem Büro verschwand, desto besser. Ihretwegen auch Richtung Zürich. Sie hatte schon die Klinke in der Hand, da rief Weller noch einmal nach ihr.

»Anna?«

»Ja?«

»Und hör dieses Mal nicht auf die bösen Mädchen.«

Weller wartete noch, bis sich die Tür hinter Anna geschlossen hatte, dann war es mit seiner Beherrschung vorbei. Mit einem Stöhnen brach er über der Schreibtischplatte zusammen. Der Schmerz war überwältigend.

Er wartete, bis das Gefühl zu einem erträglichen Pochen abgeklungen war. Dann richtete er sich auf und atmete tief durch. Er berührte den Bildschirm. Das Gesicht von Jean-Baptiste erschien. Er hatte den Helm wieder durch seine Mütze ersetzt und sah immer noch leichenblass aus. Hubschrauberflüge waren nichts für ihn. Vor allem nicht, wenn Weller am Steuerknüppel saß. Aber das konnte er Jean-Baptiste jetzt nicht ersparen.

»Ist der Vogel wieder aufgetankt?«

Jean-Baptiste nickte mühsam.

»Dann mach dich bereit. Wir nehmen die Cessna ab Neu-Isenburg.«

Jean-Baptiste nickte wieder, wie man das von einem anständigen Untergebenen erwarten konnte. Aber er sah nicht fröhlich aus.

»Und wohin, wenn ich fragen darf? Soll ich den Piloten informieren, damit er weitere Vorkehrungen trifft?«

»Ja. Die Limousine soll in Luton bereitstehen.«

Der Chauffeur ließ sich nichts anmerken. Allenfalls ein leichtes Zucken der linken Augenbraue deutete darauf hin, dass er ahnte, wohin die Reise gehen würde.

»Aye, aye.«

Weller ließ den Bildschirm erlöschen und lehnte sich zurück. Dann legte er die rechte Hand auf die Brust, hielt den Atem an und lauschte in sich hinein. Es war eine harte Nacht gewesen. Nicht nur die Umstände hatten ihn bis an den Rand seiner Möglichkeiten getrieben, auch die Entscheidung, die er hatte fällen müssen.

Es war klar, dass er Annas Erinnerung an die fürchterliche Szene hatte löschen müssen. Es gab Dinge, mit denen ein normales menschliches Hirn einfach überfordert war. Er hatte erlebt, wie andere reagiert hatten: Sie waren wahnsinnig geworden, zusammengebrochen, einfach in Ohnmacht gefallen, an Ort und Stelle vor Schreck gestorben. Als Jean-Baptiste ihm erzählt hatte, dass Anna all das, was sich in und vor dem Haus ihres Vaters abgespielt hatte, einfach nur für einen schlechten Traum gehalten hatte, war die Lösung einfach gewesen: Er ließ sie in dem Glauben. Er löschte alles, woran sie sich erinnern könnte, ließ aber eine schwache Kopie der Ereignisse zurück. Allerdings montierte er sie zusammenhanglos, so dass Anna Traum und Wirklichkeit im Nachhinein nicht mehr unterscheiden würde.

Es war einfach, in ihre Gedanken zu dringen, wenn sie sich nicht wehrte. Ein paar sehr unterhaltsame Momente lang hatte er sich sogar das Vergnügen gestattet, in ihnen spazieren zu gehen. Was er sah, gefiel ihm gut.

Anna war drauf und dran, sich in ihn zu verlieben. Sie hatte die Fähigkeit zu leidenschaftlicher Bindung und Hingabe – wenn diese auch bisher nicht sonderlich in Anspruch genommen worden war. In einer hinteren Ecke hatte er ihren Exmann entdeckt. Er war das, was Weller erwartet hatte: eine hübsche Larve mit einem verrotteten Kern. Nicht unbedingt bösartig, aber feige, faul und einer von denen, die bewusst den Weg des geringsten Widerstands gingen. Einen Moment lang hatte er erwogen, ihn zu einem der Diener zu machen und ihn ein wenig nach seiner Pfeife tanzen zu lassen. Dann hatte er sich dagegen entschieden. Dieser Mann mit der Willenskraft eines Engerlings hatte die Privilegien eines Ghuls nicht verdient. Plötzlicher Reichtum – wenn auch überschaubar – und eine kleine Karriere waren das, was diesen Wesen normalerweise reichte, um ihr irdisches Dasein zu verpfänden. Weiter dachten sie nicht als von hier bis zu ihrem Porsche Carrera. Dieser Michael wäre letzten Endes genauso unbrauchbar, wie Guyot es für Sandrine gewesen war. Auszulöschen mit zwei Eimern Wasser.

Noch immer musste Weller lächeln, wenn er daran dachte, wie Jean-Baptiste die Eliminierung von Guyot beschrieben hatte. Es war die älteste Sache der Welt: Feuer tilgte man mit Wasser. Weshalb die Herrscher des Feuers achtgeben sollten, wohin sie ihren Fuß setzten. Auf den Kontinenten anderer Imperatoren konnte es schnell gefährlich für sie werden. Sandrine hatte weder um Erlaubnis gebeten noch ihr Kommen angekündigt. Sie hatte sein Territorium in feindlicher Absicht betreten. Sie hatte ihm den Krieg erklärt.

Europa war sein Gebiet, Amerika ihres. Der alte Vertrag hatte diese Teilung exakt festgelegt, bis hin zu den genauen Längengraden, damit sogar seine Frachtschiffe genau auf Kurs blieben und ihre Hoheitsgewässer nicht verletzten. Rund hundert Jahre war das gutgegangen. Dann aber häuften sich die Verluste. In den Medien war vom Bermuda-Dreieck die Rede. Von rätselhaften tektonischen Phänomenen weit unten auf dem Meeresboden, die dazu führten, dass Schiffe plötzlich für immer spurlos verschwanden. Aber Weller wusste es besser. Sandrine hatte den Vertrag verletzt. Sie wollte mehr als einen Kontinent. Sie wollte die Welt.

Das war auch der Sinn und Zweck ihres lächerlichen Versuchs, an ihm vorbei mit Qatar Kontakt aufzunehmen. Er wusste nicht, ob der Sheik bereits abtrünnig geworden war und wie viele seiner Vasallen sie bereits auf ihre Seite gezogen hatte. Er hatte Sandrine gewähren lassen, weil er mit seinen Kräften haushalten musste. Doch mit Anna hatte sich alles geändert.

Er verzichtete darauf, die Überwachungskameras an Bahnhöfen und öffentlichen Plätzen auf ihre Silhouette einzunorden. Er wusste, dass sie den Auftrag dieses Mal nicht vermasseln würde. Er stellte sich vor, wie sie aufrecht und beflissen, den Aktenkoffer fest an sich gepresst, das Flugzeug besteigen und den Koffer nicht mehr aus den Händen geben würde, bis sie seine Kontaktperson getroffen hatte. Sie würde ihm beweisen wollen, dass sie die Richtige für den Job war.

Kleine Anna.

Wieder setzte das Pochen ein. Durch seine Blutbahnen wälzte sich ein unheimliches Rauschen. Er spürte, wie seine Kehle eng wurde und ihm das Atmen immer schwerer fiel. Es waren wohl die ersten Anzeichen, dass seine Tage gezählt waren.

In wenigen Wochen lief sein Vertrag aus. Bis gestern war er gewillt gewesen, ihn zu erfüllen. Er hatte ihn drei Mal verlängert. Er hatte alles erreicht, was ein Mensch erreichen konnte. Die Frauen lagen ihm zu Füßen. Die Geschäfte liefen perfekt. Sein Imperium führte er straff und autoritär, die Hierarchie vom Herrscher bis zum Diener hatte er unverrückbar zementiert. Es war so langweilig geworden. Sogar Sandrines ständige Zickereien hingen ihm zum Halse heraus. Sollte sie doch Europa und Asien übernehmen. Ihm war es egal. Er war durch mit diesem Irrsinn, denn er hatte alles gesehen, alles gekostet, alles gehabt und den Becher bis zur Neige geleert.

Ein neuer Vertrag – eine neue Seele, so lautete die Abmachung. Noch einmal hatte er sich nicht auf die mühselige Suche begeben wollen. Doch dann war Anna aufgetaucht. Sie war es, die ihn verführt hatte mit ihrer Hingabe und einer inneren Kraft, von der sie selbst noch nichts wusste. Sie hatte in ihm eine schon lange totgeglaubte Regung wieder zum Leben erweckt: den Willen zum Kampf. Er wollte die Herausforderung. Anna war wie geschaffen zur Amazone. Und sie hatte ihn gefunden, nicht umgekehrt. Mit ihr konnte das Unmögliche wahr werden, die Erfüllung des uralten Traumes, den jeder Dämon in seinem Herzen trug: das dreizehnte Sternbild.

Du bist auserwählt, kleine Anna.

Sie besaß Mut und Leidenschaft. Sie würde ihn lieben, gerade weil er es ihr verboten hatte. Sie würde für diese Liebe alles tun. Für ihn in die Finsternis gehen und einen Kampf beginnen, der in die Annalen der Geschlechter eingehen würde. Sie würde seinen Ruhm in den Elementen für alle Zeiten zementieren. Sie würde ihn zu einem neuen Sternbild machen. Und er konnte sich bequem zurücklehnen und dabei zusehen.

Sie war genau die Richtige. Und das bisschen Herzklopfen würde ihn nicht umbringen …

12.

Anna kam am späten Nachmittag am Flughafen Zürich an und wurde hinter der Absperrung bereits erwartet. Ein Taxifahrer stand dort, in der Hand ein großes Schild mit ihrem Namen. Erleichtert ging sie auf ihn zu.

»Herzlich willkommen in der Schweiz, Madame Sternberg.«

»Danke.«

Den kurzen Flug über hatte sie sich den Kopf zerbrochen, wie sie sich ohne weitere Anweisungen verhalten sollte. Jetzt fiel ihr ein Stein vom Herzen. Sie wurde erwartet, und der Taxifahrer wusste offenbar auch, wo.

Sein sicherlich nett gemeintes Anliegen, ihr den Koffer abzunehmen, wies sie freundlich ab. Noch einmal wollte sie keines von Wellers Dokumenten aus der Hand geben. Sie nahm auf dem Rücksitz Platz, der Fahrer setzte sich ans Steuer.

»Darf ich fragen, wohin Sie mich bringen?«

»*Mais oui,* Madame. Ins Hotel Baur au Lac.«

Wunderbar. Man hatte also ein Zimmer für sie reserviert. Hoffentlich nichts Teures. Sie wusste nicht, inwieweit sie gleich an ihrem ersten Arbeitstag ihr Spesenkonto beanspruchen durfte. Ihre Kreditkarte funktionierte zwar wieder – sie hatte sie gleich im Duty-free-Shop ausprobiert und sich mit dem Allernötigsten eingedeckt –, aber wie hoch das Limit war, das ihr zur Verfügung stand, wusste sie nicht.

In der Schweiz war es bedeutend kühler. Die Bäume leuchteten in flammenden Herbstfarben. Die Landschaft war flach und unspektakulär, hübsche Häuser wechselten mit modernen Industriebauten, wie sie überall auf der Welt in der Nähe von Flughäfen entstanden. Nach kurzer Zeit allerdings verließ der Fahrer die Autobahn. Zu ihrer Rechten entdeckte Anna einen großen See, auf dem sich einige letzte Segelbote gegen die stürmischen Windböen stemmten.

»Der Zürichsee«, erläuterte der Fahrer, der ihren neugierigen Blick bemerkt hatte. »Sind Sie zum ersten Mal in der Schweiz?«

Anna nickte.

»Dann müssen Sie zu Lindt & Sprüngli in der Bahnhofstraße. Schokolade essen. Und in die Kronen-Bar, dort gibt es das beste Käsefondue.«

Sie hatte ein Sandwich im Flugzeug verschlungen, aber es hatte nur gereicht, um den ersten Hunger zu befriedigen.

»Hat das Hotel denn auch ein Restaurant?«

»Das Baur au Lac? Eines der besten des Landes.«

»Oh.«

Also vielleicht doch nichts für ihre Kreditkarte.

Die Häuser wurden mondäner. Der See verschwand aus ihrem Blick. Wenig später hielt das Auto vor einem gewaltigen schmiedeeisernen Tor, das sich wie von Zauberhand langsam öffnete. Hinter meterhohen Buchsbaumhecken öffnete sich ein großer Park, angelegt nach Vorbildern der Jahrhundertwende. Aus gewaltigen Amphoren quollen üppig blühende Grünpflanzen. Die kiesbestreute Einfahrt war gesäumt von Palmen, die in großen Kübeln hintereinander aufgereiht waren und mehr an die Riviera erinnerten als an gediegene Schweizer Wetterverhältnisse. Der Anblick des Hauses, auf das sie zuhielten, verschlug Anna den Atem.

Das Jugendstilgebäude strahlte Wohlstand aus. Es war riesig und stand auf einer kleinen Anhöhe. Rechts lag das Ufer des Sees. Links breitete sich eine große Terrasse aus, auf der zierliche Eisenstühle und weißgedeckte Tische standen. Allerdings war sie leer, und als Anna aus dem Taxi stieg und sofort fröstelte, wusste sie auch, warum. Ein Page in weinroter Uniform mit goldenen Litzen eilte beflissen auf sie zu. Anna suchte ihr Portemonnaie.

»Das ist bereits erledigt.« Dennoch wartete der Taxifahrer neben dem Wagen.

Anna suchte einen Fünf-Euro-Schein heraus und drückte ihn dem Mann in die Hand, der sich sichtlich enttäuscht wieder hinter das Steuer klemmte. Offenbar herrschten in der Schweiz andere Gepflogenheiten im Bezug auf Trinkgeld. Dafür lächelte sie der Page umso freundlicher an und wies ihr den Weg ins Haus.

Die geschwungene Sandsteintreppe war mit einem ähnlichen roten Teppich belegt wie das Kurpark-Hotel. Dennoch erschien ihr dieses Haus nicht nur im architektonischen Sinn mindestens drei Nummern größer. Die Eingangshalle wartete mit gewaltigen Blumengestecken auf, die in mannshohen chinesischen Vasen dem Gast den Weg zur Rezeption wiesen. Riesige Ölgemälde hingen an den Wänden, in der Lobby gruppierten sich kleine Sessel um niedrige Lacktische. Die Sonne wurde durch dicke Samtstores beinahe vollständig ausgesperrt, dafür verbreiteten geschickt plazierte Lampen ein sanftes indirektes Licht.

Der Portier begrüßte sie mit einem höflichen Lächeln. Anna nannte ihren Namen. Sie hatte kaum Zeit, den beeindruckenden Stuck an der Decke zu bewundern, da hatte er ihre Reservierung auch schon gefunden.

Er schob ihr das Anmeldeformular hin. Anna füllte es aus. Unter »Grund des Aufenthalts« setzte sie »geschäftlich«. Allein der Kugelschreiber des Hotels war schon ein Grund, zur Kleptomanin zu werden. Vielleicht könnte sie Vicky ja ein Handtuch …

»Bitte sehr, gnädige Frau. Zimmer 203 im zweiten Stock. Das Turmzimmer mit direktem Seeblick.«

Der Portier reichte ihr eine Plastikkarte, aber Anna schüttelte den Kopf.

»Ich will einen Schlüssel.«

»Wir bedauern unendlich, gnädige Frau. Aber alle unsere Zimmer sind zu Ihrer eigenen Sicherheit mit diesen Magnetstreifen-Karten ausgestattet.«

»Ich will keine Karte. Ich will einen Schlüssel.«

»Das wird leider nicht möglich sein.«

Anna nahm den Aktenkoffer, den sie neben sich auf den Tresen gelegt hatte. Ein tiefes Misstrauen hatte sie erfasst. Magnetkarten bedeuteten, dass jedes Kommen und Gehen registriert wurde. Bisher hatte sie sich nur deshalb keinen einzigen Gedanken darüber gemacht, weil sie nicht in Hotels übernachtete. Aber irgendetwas in ihr warnte sie. Trau nur den Dingen, die du auch beherrschen kannst. Einen Schlüssel im Schloss drehen, beispielsweise.

»Dann sehe ich mich gezwungen, in ein anderes Hotel zu gehen. Wenn Sie mir bitte ein Taxi rufen könnten?«

Dem Portier waren derartige Extrawünsche wohl noch nicht untergekommen. Er runzelte die Stirn und betrachtete seinen Computer.

»Einen Moment, bitte. Vielleicht haben wir etwas für Sie.«

Er öffnete eine Schublade unterhalb der Tischplatte und wühlte darin herum. »Die Redoute, unser Gartenhaus.«

Er fand einen Schlüssel an einem gewaltigen Messinganhänger und reichte ihn über den Tresen. Er wog schwer in Annas Hand, aber als sich ihre Finger um ihn schlossen, fühlte sie sich sofort sicherer.

»Es dauert allerdings ein paar Minuten, bis wir es für Sie hergerichtet haben. Wenn Sie so lange an der Bar oder in der Lobby Platz nehmen möchten?«

Anna nickte, nahm ihren Koffer und schlenderte auf eine kleine Sitzgruppe neben dem Fenster zu. Die Polster waren mit einem mattglänzenden Seidenstoff bespannt. Der warme Rotton korrespondierte genau mit dem weichen Teppich, der der großen Halle eine elegante Behaglichkeit verlieh. Eine junge Frau in schwarzem Kostüm näherte sich und fragte sie nach ihren Wünschen. Anna warf einen Blick in die Getränkekarte und beschloss, für eine Tasse Kaffee denselben Betrag zu opfern, für den sie sich im Supermarkt vier Pfund kaufen könnte.

Du bist jetzt Geschäftsfrau der A-Klasse, beruhigte sie sich. Dann kannst du wenigstens ab und zu in anderen Dimensionen denken.

Im Handumdrehen stand eine kleine Silberkanne vor ihr, zu Milch und Zucker brachte die junge Frau noch eine Etagere mit Gebäck. Das versöhnte Anna wenigstens etwas mit dem Preis. Sie knabberte an einem Keks, lehnte sich in die Polster zurück und beobachtete das sehr dezente Treiben um sie herum.

Ein japanisches Paar trat aus dem Aufzug, der livrierte Page folgte mit sage und schreibe acht Koffern. Zwei Touristen verirrten sich in die heilige Halle. Ehrfürchtig blieben sie stehen und bestaunten die Pracht. Fast glaubte Anna, einen Hauch von Neid zu spüren, als die Frau sie in ihrem Sessel sitzen sah.

Ein Mann durchquerte die Halle. Ohne sich um den Portier zu kümmern, schlüpfte er durch die offenen Türen des Aufzugs. Er war elegant gekleidet, durchtrainiert und gutaussehend, ganz der Typ erfolgreicher Geschäftsmann. Unwillkürlich verglich Anna ihn mit Weller. Sofort kam ihr der Mann farblos und nichtssagend vor. Seufzend biss sie in den nächsten Keks. Wenn das nicht aufhörte, war der Rest der männlichen Menschheit unwiederbringlich für sie verloren. Niemand konnte jemals einem Weller das Wasser reichen.

Du darfst mich nicht lieben.

Vollidiot. Seit wann ließ sie sich vorschreiben, wen sie zu lieben hatte und wen nicht? Und wie kam Weller auf die absurde Idee, dass auch nur irgendetwas an ihm liebenswert wäre?

Der altmodische Messinganzeiger über dem Aufzug stoppte im zweiten Stock. Die junge Dame kam auf sie zu.

»Madame, Ihr Zimmer ist fertig.«

Der Page begleitete sie nach draußen. Der Weg führte über die Terrasse hin zu einem hübschen Pavillon am Ufer des Sees. Er öffnete die Tür mit einem zweiten Schlüssel und ließ Anna eintreten. Der Raum war klein und gemütlich, dabei genauso kostbar ausgestattet wie das Hotel. Echte Seidentapeten glänzten im Licht der Wandlampen. Über dem Bett war ein üppiger Vorhang drapiert, derselbe Stoff wiederholte sich in den Vorhängen und dem Bettüberwurf. Sie gab dem Pagen ebenfalls einen Fünf-Euro-Schein, für den sich der Angestellte geradezu überschwänglich bedankte. Dann ließ er sie allein.

Anna trat zur Tür und steckte den Schlüssel von innen ins Schloss. Gerade als sie sie zuziehen wollte, bemerkte sie eine Bewegung auf einem der zierlichen Turmbalkone gegenüber. Der Mann aus dem Aufzug trat an die Brüstung. Hastig beugte er sich vor und suchte den Park ab. Als sein Blick über den Pavillon glitt, schloss Anna schnell die Tür.

Turmzimmer mit Seeblick im zweiten Stock. Es gab nur ein einziges Zimmer, auf das diese Beschreibung zutraf. Und in das hätte Anna um ein Haar eingecheckt. Sie ging zum Fenster und schob vorsichtig die Gardine zur Seite. Er suchte sie.

Anna nahm den Koffer vom Bett, verließ den Pavillon und schloss die Tür sorgfältig ab. Es war nur eine Frage der Zeit, bis der Unbekannte sie finden würde. Er hatte sich weder beim Portier angemeldet, noch hatte er versucht, Kontakt mit ihr aufzunehmen. Das gefiel ihr gar nicht. In schnellen Schritten lief sie über den Parkweg hinauf zur Seeterrasse. Sie begegnete nur einem Gärtner, der keine Notiz von ihr nahm.

Am Bootssteg lagen einige teuer aussehende Jachten. Weiter oberhalb am Ufer entdeckte sie einen Fähranleger. Er war von allen Seiten einsehbar, deshalb entschied sie sich, über das Restaurant ins Hotel zurückzukehren. Der große Raum war leer, hinter einer Doppeltür hörte sie Besteckklirren und Gespräche zwischen Angestellten. Sie folgte einem Messingschild mit der Aufschrift »Rezeption«. Ein breiter Flur mit holzvertäfelten Wänden endete in der Lobby. Mit schnellen Schritten eilte sie an den Sitzgruppen vorbei zum Ausgang. Niemand folgte ihr. Sie lief die Auffahrt hinunter bis zu dem schmiedeeisernen Tor. Dahinter standen einige Taxen und warteten auf Kundschaft. Sie ging auf den ersten Wagen zu und setzte sich in den Fond.

»Zur Bahnhofstraße.«

Anna kannte Zürich nicht. Aber die Bahnhofstraßen aller Städte glichen sich zumindest in einem Punkt: Es gab Restaurants, Geschäfte und Hotels. Der Fahrer nickte kurz und startete den Motor. Bevor sie um die nächste Ecke bogen, sah Anna sich noch einmal um. In diesem Moment stürmte der Unbekannte aus dem Tor. Er musste die Auffahrt hinuntergerannt sein, denn er stoppte schwer atmend seinen Schritt und sah sich nach allen Seiten um. Bevor er das Taxi entdecken konnte, waren sie außer Sichtweite.

Anna lehnte sich in das Polster zurück. Wahrscheinlich hatte sie diesen Auftrag auch noch vermasselt. Wie sollten Wellers Geschäftspartner sie jetzt finden? Während die noblen Vororte Zürichs an ihrem Fenster vorüberglitten, erwog sie, Weller anzurufen. Die Nummer seiner Zentrale hatte sie in ihrem Handy gespeichert. Wie sie ihm ihren plötzlichen Ortswechsel erklären sollte, war ihr schleierhaft.

Ich sehe Gespenster, dachte sie. Offenbar nicht zum ersten Mal.

Der Wagen überquerte einen Fluss und geriet in einen kleinen Verkehrsstau am Ende der Brücke. Es ging nur noch schrittweise voran. Ihr Telefon klingelte. In der Hast, den Anruf so schnell wie möglich entgegenzunehmen, fiel der Apparat in den Fußraum und rutschte unter den Vordersitz. Bis Anna ihn gefunden hatte, hatte der Anrufer aufgelegt. Die Nummer, unter der er sich gemeldet hatte, begann mit 0041. Die Schweizer Vorwahl. Das war vermutlich ihre Kontaktperson, die sich wunderte, warum Anna nicht zur vereinbarten Zeit am vereinbarten Ort war. Anna drückte die Rückruftaste. Sofort wurde abgenommen.

»Frau Sternberg?«

Eine Frau mit leicht asiatischer Sprachfärbung.

»Ja?«

»Wir erwarten Sie in einer halben Stunde im Goldenen Drachen. Das Lokal befindet sich in der Limmatgasse. Bitte seien Sie pünktlich. Der Mandarin wartet nicht gern.«

Sie legte auf.

Anna atmete tief durch und beugte sich dann zum Fahrer vor.

»Wo ist die Limmatgasse? Ist das weit von der Bahnhofstraße?«

Der Fahrer schüttelte den Kopf. »Ganz in der Nähe. Soll ich Sie dort absetzen?«

»Das wäre nett.«

Anna atmete auf. Gleich würde sie zum ersten Mal einem von Wellers Geschäftspartnern gegenüberstehen. Sie würde die Dokumente übergeben und dann versuchen, eine letzte Maschine nach Frankfurt zu erreichen. Auftrag ausgeführt, Land verlassen. Anna, die Superheldin …

Die Häuser wurden größer, die Geschäfte eleganter. Anna erkannte die Namen der luxuriösesten Designer und Innenausstatter. Dazwischen schoben sich immer wieder die respektgebietenden Fassaden der Bankhäuser. Sie waren schon mitten im Zentrum. Zürich schien eine überschaubare Stadt zu sein. Das war gut. Aus kleinen Städten kam man schnell heraus.

Weller erreichte London-Luton eine gute Stunde später. Der Flug über den Ärmelkanal war ruhig verlaufen, seine Beschwerden hatten sich gelegt. Dennoch war es höchste Zeit, dass er den *máster* aufsuchte. Wenn er Sandrines Fehdehandschuh aufheben wollte, musste er in bester Verfassung sein.

Von Luton aus stiegen sie wieder um in einen Hubschrauber. Jean-Baptiste versuchte Haltung zu bewahren, aber Weller wusste, dass sein Diener große Probleme hatte. Diskret reichte er ihm eine Spucktüte, die Jean-Baptiste mit einem dankbaren Kopfnicken nahm und griffbereit in seiner Nähe hielt.

Weller verzichtete darauf, selbst das Steuer zu übernehmen. Ein britischer Pilot checkte gerade zum letzten Mal die Instrumente und stimmte sich mit dem Tower ab. Er wartete, bis seine beiden Gäste Platz genommen, sich angeschnallt und die Kopfhörer aufgesetzt hatten. Dann brüllte der Motor auf, die Rotoren drehten sich, und langsam stieg der Hubschrauber in die

Höhe. Jean-Baptiste griff nach seiner Tüte und wandte sich von seinem Herrn ab, damit dieser nicht Zeuge seiner erbarmungswürdigen Schwäche würde.

Zwanzig Minuten und zwei Tüten später erreichten sie den Landeplatz von Wellers Bürogebäude. Es befand sich im modernisierten Hafen direkt an der Themse. Der unschlagbare Vorteil dieses Standorts war der Zugang zum Wasser. Mit dem Speedboot erreichte man die Londoner Innenstadt in weniger als fünfzehn Minuten, statt sich zwei Stunden über die verstopften Straßen zu quälen.

Meist benutzte Weller seine Solaris. Eine schlanke, schnittige Schönheit, die er gerne für offizielle Anlässe ausführte, weil er damit schon bei seiner Ankunft alle Blicke auf sich zog. An diesem Tag jedoch entschied er sich für die weniger auffällige Elysia. Zwei seiner Angestellten, die sich um nichts anderes als das Wohl seiner Büroflotte kümmerten, machten das Boot gerade startklar. Wenig später schoss es auf die Mitte des Flusses und hielt auf die Tower Bridge zu. Der Himmel war, wie so oft, bewölkt. Zudem trieb ein starker Wind die Wolken vor sich her. Auch die Temperaturen waren um einiges niedriger als auf dem Kontinent.

Wetter war etwas, um das sich Weller normalerweise nicht kümmerte. Es machte ihm nichts aus, bei Minusgraden und Schneetreiben mit offenem Hemd über die Straße zu gehen. Seine Bräune holte er sich bei ausgedehnten Kricketspielen in Nepal oder Jachtausflügen vor den Küsten Sardiniens. Meist gekoppelt mit geschäftlichen Besprechungen, bei denen seine Gesprächspartner deutlich mehr unter dem Klima zu leiden hatten als er. Weller war immun gegen Hitze und Kälte.

Glaubte er.

Bis zu diesem Moment, als er das Steuer des Bootes an Jean-Baptiste übergab und die Flybrigde verließ. Er fröstelte. Weller spürte den besorgten Blick seines Dieners im Rücken, als er hinunter in die Eignerkabine ging. Er nahm einen Kaschmirpullover von der Bank und legte ihn sich um die Schultern. Was, verdammt noch mal, war mit ihm los?

Die Gischt spritzte ans Fenster und floss in Schlieren wieder hinab. Weller erkannte die Spundwände des Themse-Kanals, auf die die Jacht nun mit verminderter Geschwindigkeit zuhielt. Wenig später brüllte der Motor während des Anlegemanövers mehrmals auf. Schließlich hatte Jean-Baptiste die Drei-Millionen-Euro-Jacht nahe genug an die Kaimauer gelenkt, damit der zweite Mann an Bord, ein erfahrener Skipper, an Land springen und die dicken Taue um die Poller legen konnte. Sein Diener klopfte an die Holztür.

»Wir sind da, Mylord.«

In Großbritannien neigte Jean-Baptiste dazu, seine Redeweise leicht viktorianisch zu färben.

Weller verließ das Boot und stieg in einen dunklen Bentley, der neben der Kaimauer geparkt war. Anders als auf dem Festland übernahm hier nicht sein Diener das Steuer, sondern einer der Ghule des britischen *másters*. Der Mann war von kräftiger Statur, hatte breite Schultern und einen länglichen, völlig kahlen Kopf. Seine Silhouette sah aus wie ein Ei auf einem Würfel. Er verzog keine Miene, öffnete auch nicht den Wagenschlag und verhielt sich den Rest der Fahrt über vollkommen stumm.

Weller merkte, wie ihm nach der Kälte auf dem Boot siedend heiß wurde. Er fasste sich an die Stirn. Hatte er eine Infektion? Irgendein merkwürdiges Fieber? Egal. Der *máster* würde es herausfinden.

Sie brauchten trotz der Abkürzung durch das Boot immer noch eine knappe halbe Stunde, bis die Limousine sich durch den kollabierenden Verkehr der Innenstadt zum Picadilly Circus gequält hatte. In einer ruhigeren Seitenstraße rollte der Wagen in eine Auffahrt. Der Fahrer steckte eine Chipkarte in den Schlitz, der kaum sichtbar unter einem Messingschild angebracht war. Das schwere Tor glitt geräuschlos zur Seite. Dahinter öffnete sich ein winziger Stadtpark, gerade groß genug, dass der Wagen halten und wenden konnte. Weller stieg aus und betrat das Haus, das im neunzehnten Jahrhundert erbaut worden war, von einem umsichtigen Eigentümer jedoch mit allen

Annehmlichkeiten des modernen Lebens ausgestattet worden war.

In der Empfangshalle wurde er bereits erwartet. Eine adrette Schwester in weißer Uniform kam ihm lächelnd entgegen, ein Klemmbrett unter dem Arm, und begrüßte ihn herzlich.

»Mister Weller! Wie schön, Sie wiederzusehen. Hatten Sie eine angenehme Reise?«

»Danke, Tammy.«

Weller schälte sich aus dem Mantel, den Jean-Baptiste unbegreiflicherweise mitgenommen hatte, als hätte er geahnt, dass sein Herr in diesem britischen Herbst frieren würde. Die Räume waren angenehm temperiert, in einem gewaltigen Kamin flackerte ein Feuer. Darüber hinaus wies nichts auf irgendetwas Persönliches hin. Keine Bilder an den Wänden, die Teppiche auf dem Parkett hätten auch in einer Zahnarztpraxis liegen können. Das ganze Haus bewahrte sich trotz des Eindrucks von Wohlstand eine zurückhaltende Art von Neutralität.

»Dann darf ich Sie gleich zu Professor Summers führen. Möchten Sie etwas trinken? Einen Tee vielleicht?«

»Tee wäre gut, danke.«

Die Schwester lächelte, als hätte Weller ihr einen ganz persönlichen Wunsch erfüllt. Sie eilte voraus und führte ihn zu einer Tür links neben dem Kamin an der Stirnseite der Halle. Nachdem sie geklopft hatte, ließ sie Weller eintreten, folgte ihm aber nicht.

Der Raum war so groß wie die gesamte Breitseite des Hauses und hätte jeder Universitätsklinik zur Ehre gereicht. Zwei komplett eingerichtete, mit Überwachungsmonitoren und Lampen ausgestattete OP-Tische dominierten die linke Hälfte. Rechter Hand befanden sich CT, EKG, Ultraschall und jede Menge weiterer hochwertiger Gerätetechnik. Eine Glasscheibe trennte das Labor von der Diagnostik. Ganz hinten, vor eine Leuchtwand mit angepinnten Röntgenaufnahmen, stand ein mittelgroßer Mann in weißem Kittel und betrachtete das Röntgenbild einer Wirbelsäule.

»Weller!« Der Mann drehte sich noch nicht einmal um. »Schau dir das an! So etwas sieht man nicht alle Tage!«

Er deutete auf das Röntgenbild. Weller trat näher.

»Hier. Die Schulterblätter. Fällt dir nichts auf?«

»Du bist der Arzt.«

Weller wollte den Termin so schnell wie möglich hinter sich bringen. Er kannte Summers. Ließ man sich erst einmal auf eine wissenschaftliche Diskussion mit ihm ein, wurden zehn Minuten schnell zu zwei Stunden.

»Flügel.«

Summers drehte sich um und strahlte Weller an. Er hatte ein rundes Gesicht voller Sommersprossen, dazu auch noch rötliche Haare, die sich bereits lichteten. Seine helle Haut und die grünen Augen verrieten die irische Abstammung.

»Flügel?«

»Jawohl.« Summers drehte sich noch einmal zu dem Röntgenbild um und nahm es ab. »Zumindest die Reste davon. Subkutan. Ich habe davon gehört, aber noch nie Derartiges in meiner Praxis gehabt. Setz dich.«

Er zog mit der freien Hand einen Drehsessel heran und bot Weller an, darauf Platz zu nehmen. Dann verstaute er die Aufnahme in einem gewaltigen Schubladenschrank.

»Wie geht es dir? Sind schon wieder zwanzig Jahre um? Tammy hat mir doch irgendwo …«

Er tastete nach seiner Brille, die an einer dünnen Kette vor seiner Brust taumelte. Er setzte sie auf und ließ seinen Blick durch den Raum schweifen.

»Da.«

Auf einem Seziertisch neben dem Eingang zum Labor lag die Akte. Weller erkannte sie, weil in großen, altmodischen Lettern sein Name darauf stand. Summers holte sie sich und nahm auf dem Rückweg gleich einen zweiten Drehsessel mit, um direkt vor seinem Patienten darauf Platz zu nehmen. Doch er öffnete sie nicht. Er nahm lediglich die Brille ab und sah Weller intensiv in die Augen.

»Bald ist es so weit. Wirst du kämpfen?«

»Das habe ich vor.«

Summers nickte. »Dann wird das ein etwas längerer Check. Hast du in letzter Zeit Beschwerden, die über die normale Ermüdung hinausgehen?«

Ewiges Leben bedeutete nicht zwangsläufig ewige Gesundheit. Wie jedes Material war auch der menschliche Körper nur für eine gewisse Anzahl von Jahren gedacht. Um ihn jung und geschmeidig zu erhalten, musste er von Zeit zu Zeit überholt werden. Blutwäschen, Ultraschall, Hormongaben, die Wartung von Organen und Arterien in ganz bestimmten Intervallen gehörten einfach dazu, wenn man ewig leben und nicht ewig siechen wollte. Wurden diese Inspektionen ähnlich sorgfältig wie bei einer Maschine ausgeführt, hatte man normalerweise nicht die geringsten Beschwerden.

»Ich spüre das Wetter.«

Summers lächelte. »Das spüren wir alle. Dieser englische Herbst geht ganz schön auf die Knochen. Ist das alles?«

Unwillkürlich zuckte Wellers Hand zu seiner Brust.

»Ich habe Schmerzen. Hier.«

Summers Heiterkeit verschwand und machte einer erhöhten Wachsamkeit Platz.

»Im Brustraum?«

Weller nickte. Der Arzt warf einen kurzen Blick in die Unterlagen und stand wieder auf.

»Dann machen wir sofort ein EKG. Ich würde dich darüber hinaus gerne einer Psychostimulation unterziehen. Eine reine Formsache und nur für die Unterlagen. Aller Wahrscheinlichkeit nach bist du kerngesund.«

Summers trat an einen Apparat, der aussah wie ein futuristischer Sessel.

»Setz dich hier hinein. Es tut nicht weh und dauert nur ein paar Sekunden. Ich will nur jede Möglichkeit ausschließen, dass etwas mit deinem Herzen nicht in Ordnung sein könnte.«

Weller stand auf. »Mit meinem Herzen?«

»Reine Routine. Herzprobleme kommen bei uns genauso oft vor wie angeborene Flügel.«

Das Lächeln sollte beruhigend sein, aber aus irgendeinem Grund regte sich Wellers Misstrauen. Trotzdem nahm er auf dem Sessel Platz und öffnete sein Hemd. Summers schloss einige Elektroden an und zog dann eine kleine Bedientafel zu sich, die hinter der Lehne verborgen gewesen war. Mit erstaunlicher Fingerfertigkeit tippte er darauf herum.

»So!«

Freudestrahlend berührte er die Tafel ein letztes Mal mit dem Zeigefinger. Ein glühender Schmerz schoss durch Weller. Er fühlte sich, als habe ihn ein Pfeil durchbohrt. In seinen Ohren dröhnte es, durch seine Adern floss glühende Lava. Das Dröhnen schwoll an, rauschte über sein Bewusstsein wie eine schwarze Klangwelle, die ihn gleichzeitig ersticken und ertränken wollte. Als die Empfindung nicht mehr zu ertragen war, brach sie ab. Weller rang nach Luft. Er hatte das Gefühl, kurz vor der Bewusstlosigkeit zu stehen. Nur mit größter Anstrengung konnte er die Augen öffnen und sah in das besorgte Gesicht des *másters*.

»Was war das?«

Seine Stimme klang heiser. Die Kehle tat ihm weh, als hätte ein Dolch sie durchbohrt. Summers wich seinem Blick aus und schob bedächtig die Tafel wieder hinter die Lehne des Sessels.

»Das war dein Herzschlag.«

»Was?«

»Dein Herzschlag. Dein Herz. Es schlägt. Das kann vorkommen.«

Summers stand auf und ging vorbei zu dem Seziertisch. Dahinter befand sich ein Schrank mit einer Hängeregistratur. Summers zog ein Fach auf und legte Wellers Akte darauf. Dann drehte er sich mit einem bedauernden Heben der Schultern zu Weller um.

»Wir vergessen vor lauter ewigem Leben, dass wir eigentlich tot sind. Und dann kommt so ein Herzschlag, bummbumm, bummbumm – und stellt alles auf den Kopf.«

»Ein Herzschlag?«

»Ja. Wann ist dir das zum ersten Mal aufgefallen?«

Summers holte einen Bleistift aus der Tasche seines Kittels und schlug die Akte auf. Dann sah er abwartend zu Weller, der sich sichtlich benommen erhob.

»Ich weiß es nicht. Vor ein paar Wochen.«

»Gab es einen bestimmten Anlass? Eine Begegnung? Etwas, das dich vielleicht entgegen aller Erwartung berührt hat?«

Weller dachte nach. »Nichts Besonderes. Ich habe mit einer Frau geschlafen.«

Summers notierte die Aussage, ohne mit der Wimper zu zucken. »Und dann? Haben sich die Beschwerden wiederholt? Wann? Und wobei?«

»Wenig später. Ich hatte eine Besprechung.«

»Mit wem?«

»Mit dieser Frau.«

Summers hob die rötlichen Augenbrauen, blieb aber neutral. »Gab es weitere Vorfälle?«

»Ja. Als ich mich entschloss, diese Frau zu meiner Amazone zu machen.«

Summers ließ den Bleistift sinken. Nachdenklich starrte er auf seine Notizen.

»Wer ist sie?«

»Eine Deutsche. Sie arbeitet für mich.«

»Als was?«

»Sie überbringt die Verträge an die Rekruten.«

»Weiß sie, was sie tut und wer du bist?«

»Nein. Noch nicht. Sie hatte eine Begegnung, aber ich habe ihre Erinnerung daran zu einem Traum gemacht.«

Summers klappte die Akte zu. Dann hängte er sie an die richtige Stelle und schob die Registratur zu. Einen Moment blieb er, die Hände in den Taschen seines Kittels, davor stehen.

»Liebt sie dich schon?«

»Ich denke ja.«

»Und du?«

Weller war gerade dabei, sein Hemd zuzuknöpfen. Mitten in der Bewegung hielt er inne.

»Wie meinst du das?«

»Was empfindest du für sie?«

Weller beendete sein Werk und griff zu seinem Jackett. »Ich betrachte sie als mein Werkzeug.«

»Nicht anziehen. Wir sind noch nicht fertig.«

Die Tür am Ende des Raumes wurde geöffnet. Tammy erschien mit einem Servierwagen, den sie vorsichtig in Richtung der beiden Männer schob. Auf ihm befanden sich eine silberne Teekanne, Sahne, Zucker sowie zwei Tassen mit Untertassen. Auf einer Etagere lagen Scones, das traditionelle englische Buttergebäck, dazu zwei kleine Schalen mit *clotted cream* und Marmelade. Das Arrangement klirrte leise, als sie den Wagen neben dem OP-Tisch stoppte und die Rollen feststellte.

»Der Tee.«

Summers lächelte. »Danke, meine Liebe. Ich fürchte, unsere kleine Pause wird noch etwas warten müssen. Ich habe bei unserem werten Besuch eine Psychostimulation mit positivem Befund durchgeführt.«

Wenn diese Information eine Reaktion in Tammy auslöste, so ließ sie sich nicht das Mindeste anmerken. Ohne auf Summers' Einwand zu achten, nahm sie die Kanne und schenkte ein.

»Dann wird Mister Weller ja eine kleine Stärkung zu schätzen wissen. Und du auch.«

Mit einer Geste, die keinen Widerspruch duldete, drückte sie den beiden die Teetassen in die Hand.

»Mister Weller, ich erwarte Sie in zehn Minuten zur Blutabnahme.«

»Aye aye, Sir.«

Weller kannte Tammy seit über zweihundert Jahren. Er vermutete, dass sie schon längst mehr war als Summers' rechte Hand. Obwohl weder ein Imperator noch ein *máster* sich binden durfte, gab es immer wieder Arrangements, die offenbar stillschweigend geduldet wurden. Ähnlich wie Pfarrer und Haushälterin, dachte er und führte die Tasse mit dem duftenden Earl Grey an den Mund.

Tammy prüfte mit einem kurzen Blick, ob die Männer auch gut versorgt waren. Dann verließ sie die beiden mit einem freundlichen Nicken.

Summers rührte etwas Sahne in seinen Tee und fügte zwei kleine Klumpen Kandiszucker hinzu.

»Ich würde dir raten, eine andere Amazone zu suchen, wenn du noch Zeit dafür hast. Offenbar besteht ein Zusammenhang zwischen ihr und deinen Beschwerden. Ich kann dir Atrophin injizieren und dir auch eine Notfallreserve mitgeben. Aber das ist auf Dauer keine Lösung. Dein Herz schlägt. Wenn die Abstände kürzer werden, könnte es sogar dazu führen, dass es wieder regelmäßig arbeitet. Du weißt, was das bedeutet.«

Weller nickte. »Ich werde sterblich.«

»Das ist sehr laienhaft ausgedrückt. Du wirst nicht sterblich, aber der Alterungsprozess beginnt. Er setzt dort ein, wo er aufgehört hat. Das war …«

Summers schielte auf die Akte. »Siebzehnhundertneun. In Namedy am Rhein. Du bist für deinen Bruder in den Vertrag eingetreten, um sein Leben zu retten. Bei der Wahl der Elemente hast du dich für Feuer entschieden. Warum nicht für das Wasser? Du hast mir nie die ganze Geschichte erzählt.«

Weller stellte die Tasse so heftig ab, dass sie klirrte.

»Weil das *Was* wichtig ist, nicht das *Warum*.«

»Für uns Ärzte zählt beides.«

Summers nahm erneut einen Schluck und blickte Weller dabei über den Rand seiner Brille an.

»Nun?«

»Das Wasser hat uns viel genommen und wenig gegeben. Ich wollte das genaue Gegenteil. Ich wollte der Feind des Wassers sein. Es war eine Entscheidung, die ich nur nach dem Gefühl traf. Es gab ja nicht viel Zeit zum Überlegen. Es musste schnell gehen.«

Summers lächelte, als ob er genau wüsste, wovon Weller sprach.

»Die Rheingeister sind eine fixe Truppe. Wenn sie jemanden haben, lassen sie ihn so leicht nicht wieder gehen. Mich wundert es deshalb, dass sie im Tausch für das Leben deines Bruders dein Opfer akzeptiert haben. Denn du bist ja nicht in ihr Lager, sondern zu den Vulkanskorpionen gewechselt.«

»Das war eine Augenblicksentscheidung. Im Ritual gibt es den Moment, in dem man sich für eines der Elemente entscheiden kann. Da weder Luft noch Wasser für mich interessant waren, blieben nur noch Erde und Feuer. Die Dämonen des Feuers erschienen mir die interessanteren Gesprächspartner.«

Der Arzt leerte seine Tasse und stellte sie auf dem Obduktionstisch ab.

»Aber sie fordern auch die härtesten Prüfungen. Die letzten beiden Male hattest du Pech. Deine Amazonen haben versagt. Du hast dadurch deinen Vertrag jedes Mal nur um hundert Jahre verlängern können. Dies ist deine letzte Chance. Verzichte auf diese Deutsche. Sie tut dir nicht gut.«

»Es gab niemand anderen. Vielleicht war ich in der Auswahl zu streng und habe deshalb zu lange gewartet. Jetzt muss ich mit dem arbeiten, was mir zur Verfügung steht. Sie wird das schon schaffen. Also mach mich fit, damit ich durchhalte.«

Summers zog seine hohe Stirn in Falten, was seinem Gesicht das Aussehen eines etwas zerknautschten Gummiballs verlieh.

»Herzprobleme. Mit einer Amazone.«

Summers schnalzte missbilligend mit der Zunge. Er ging zu einem Wandschränkchen, in dem verschiedene Medikamente in kleinen Päckchen übereinandergestapelt waren. Dort suchte er und fand dann das, wonach er Ausschau gehalten hatte.

»Ich kann etwas gegen die Symptome tun. Aber nicht gegen die Ursache.«

»Und die wäre deiner Meinung nach?«

Summers seufzte. »Du bist nicht für dich, sondern für jemand anderen ein Imperator der Elemente geworden. Du hast die Seele deines Bruders gerettet und dafür deine eigene geopfert. Du warst uneigennützig. Damit bist du völlig unvorbereitet in die Dämonen-Laufbahn geschlittert. Das ist eine ganz andere Karriere als die, die ein normaler Imperator absolvieren muss.«

»Stell mich nicht hin als einen dummen Jungen. Ich wusste genau, was ich tat.«

Summers öffnete das Päckchen. In ihm befanden sich eine Ampulle und eine Einwegspritze. Während er die Ampulle knackte und die Spritze aufzog, redete er unbeirrt weiter.

»Jeder Dämon war einmal ein Mensch. Gierig und charakterschwach. Und am schlimmsten sind die Imperatoren. Sie wollen Geld und Macht und bedingungslose Hingabe, und alles sofort und im Übermaß. Dafür haben sie ihre Seele den dunklen Mächten geopfert. Aber wir alle müssen eines Tages bezahlen.«

Summers klopfte sachte gegen die Glaswand der Spritze, um die Luft nach oben steigen zu lassen. Dann drückte er gegen den Kolben. Eine glasklare Flüssigkeit stieg aus der Nadel.

»Mit der ewigen Verdammnis.«

Er legte die Spritze in eine kleine Schale. Dann griff er nach einem Gummiband und bedeutete Weller, dass er den linken Arm freimachen sollte.

»Erst werden wir Ghul. Wir müssen uns einen Herrn suchen und über Jahrzehnte hinweg unsere Loyalität beweisen. Manche entscheiden sich, in einem dienenden Beruf zu arbeiten so wie ich. Man kann zum *máster* aufsteigen, und damit ist der Weg beendet. Die anderen aber werden irgendwann Baron, dann Prinz, dann Fürst, und schließlich Imperator. Das ist die normale Karriere eines Sterblichen auf dem Weg zu den Sternen. Du hast sie mit deinem Opfer um einiges abgekürzt. Und noch etwas unterscheidet dich von den anderen.«

»Was?«

»Du hast keine Angst.«

»Natürlich nicht.« Wellers krempelte den Ärmel hoch. »Ich weiß, was mich eines Tages erwartet. Es gibt keine Möglichkeit, von dem Vertrag zurückzutreten.«

Der Arzt hatte sich kurz abgewandt. So entging Weller, dass Summers zu einem Widerspruch ansetzte. Doch er überlegte es sich anders und schwieg. Er griff zu einem Gummiband, zurrte es um Wellers Arm und zog es fest. Dann klopfte er sacht auf Wellers Armbeuge, nahm er die Spritze und setzte sie an.

»Und ich bin zu allem bereit«, sagte Weller leise.

»Zu wirklich allem?«

Summers stach durch die Haut in Wellers Vene.

»Sie wird für dich sterben. Wirst du das ertragen?«

13.

Der »Goldene Drache« konnte nicht verbergen, dass er sich ein traditionelles Schweizer Gasthaus als Residenz ausgesucht hatte. Die Wandmalerei unter dem Giebel stellte eine ländliche Szene dar, und vor den Fenstern blühten üppige Geranien. Schwarze Fachwerkbalken stützten das weißgekalkte Mauerwerk. Der einzige Hinweis, dass es sich um ein chinesisches Restaurant handelte, war ein roter Seidenballon, der unter dem messingverzierten Namensschild baumelte. Als Anna die Tür öffnete und in den kleinen Windfang trat, ertönte ein melodischer Gong. Sie sah ein letztes Mal auf ihre Armbanduhr. Drei Minuten vor sieben. Pünktlicher konnte man gar nicht sein.

Sie wandte sich nach links. Auf der schweren Holztür war in der Art von Bauernmalerei der kunstvoll verzierte Schriftzug »Gaststube« angebracht. Gerade als sie sie öffnen wollte, wurde sie von innen aufgezogen. Eine zarte junge Frau, gekleidet in ein traditionelles chinesisches Seidenkleid in Orange, hielt sie ihr auf und trat einen Schritt zur Seite.

»Willkommen im Goldenen Drachen. Mein Name ist May Ling.«

Anna trat ein, zog aber die ausgestreckte Hand schnell zurück. Die Frau hatte ihre Handflächen zusammengelegt und verbeugte sich. Auch Anna neigte den Kopf, dann sah sie sich in der dunklen Stube um.

Die Lampions über den Tischen passten nicht zu den schweren Eichenmöbeln. Ein gewaltiges Aquarium in der Mitte des Raumes nahm so viel Platz ein, dass Anna sich wunderte, wie die Kellner sich in dieser Enge wohl zu den Gästen durcharbeiteten.

»Hier entlang bitte, Frau Sternberg. Darf ich Ihnen das abnehmen?«

Anna reichte ihr die leichte Strickjacke, die sie über den Arm gelegt hatte. Das zarte Persönchen schlängelte sich an ihr vorbei und führte sie zu einer Schwingtür. Dahinter verbarg sich ein großer Raum, der von den früheren Besitzern wohl für Festlichkeiten abgetrennt worden war. Um eine lange Tafel stand ein gutes Dutzend Stühle, doch keiner der Anwesenden hatte darauf Platz genommen. Keiner, bis auf den, der am Ende der Tafel saß und die Eintretenden mit steinerner Miene musterte.

Der Mandarin hatte wohl alle seine Angestellten und Familienmitglieder zusammengetrommelt. Acht Personen standen aufgereiht wie die Zinnsoldaten an der Wand. Es waren alles junge Männer zwischen zwanzig und dreißig. Annas Empfangsdame schien die einzige Frau in diesem Haus zu sein. Sie verbeugte sich tief und zog sich zurück. Anna blieb am anderen Ende des Tisches stehen und wartete ab, was der Mandarin zu sagen hatte.

Er musste sehr krank sein. Sein schmächtiger Körper verschwand fast in dem weiten Seidenmantel, den er sich übergeworfen hatte. Auf dem Kopf trug er eine winzige Kappe, unter der einige schüttere Haarsträhnen hervorlugten. Er war blass, eine fast pergamentartige Haut spannte über den Wangenknochen. Sein schütterer Schnurrbart reichte bis zu den Mundwinkeln. Die Lippen waren dünn und blutleer.

Keiner rührte sich, keiner sagte ein Wort.

»Guten Tag.« Anna räusperte sich. »Ich überbringe die gewünschten Dokumente im Auftrag von Carl Weller.«

Der Mandarin blinzelte sie aus trüben Augen an. Anna stellte die Aktentasche vor sich auf den Tisch und öffnete sie. Erst als sie die Ledermappe herausgeholt hatte und der Mandarin das

Skorpionzeichen erkannte, schien etwas Leben in ihn zurückzukehren. Er streckte seinen Arm aus. Mit zitterndem Zeigefinger deutete er auf die Dokumente. Anna übersetzte das als Aufforderung, sie ihm zu bringen.

»Bitte sehr.«

Sie legte die Mappe vor ihm ab. Damit war sie am Ende ihres Lateins. Sollte sie jetzt gehen? Der Mann, der am Nächsten stand, trat vor, öffnete die Mappe und reichte dem Mandarin einen Füllfederhalter. Anna versuchte diskret, einen Blick auf das Schriftstück zu erhaschen, aber wieder konnte sie keinen einzigen der Buchstaben entziffern.

Der Mandarin unterschrieb. Das schien ihn die letzten Kräfte zu kosten. Mit einem Aufseufzen sank er in seinem Stuhl zurück. Der junge Chinese nahm den Füller wieder an sich, schloss die Mappe und reichte sie Anna.

»Wir bedanken uns«, sagte er. »Doch größer wäre unsere Freude, wenn wir beim nächsten Mal nicht so lange warten müssten.«

»Das tut mir leid. Ich dachte, ich wäre pünktlich gewesen.«

Der Mandarin hob die Hand. Augenblicklich verschloss sich die Miene des jungen Mannes. Er trat wieder zurück in die Reihe.

»Beleidige nie den Boten.«

Es waren die ersten Worte, die Anna aus dem Mund des alten Mannes hörte. Sie war erstaunt, wie kräftig und laut sie klangen. Überhaupt richtete der Mann sich nun auf und sah bei Weitem nicht mehr so hinfällig aus wie noch vor ein paar Minuten. Der Blick, mit dem er Anna musterte, schien klarer.

»Wir haben lange um die Aufnahme in die Bruderschaft gebeten. Seit heute gehören wir dazu. Das ist nicht die Zeit, von Vergangenem zu reden. Jetzt beginnt die Zukunft.«

Anna war erstaunt, diesen eben noch Todkranken von Zukunft reden zu hören. Doch im selben Moment kam er ihr auf wundersame Weise verjüngt und gekräftigt vor. Sie nahm die Mappe wieder an sich.

»Ich werde das Dokument dann also Herrn Weller zurückbringen?«

Der Mandarin nickte und stand auf. Er reichte Anna kaum bis zur Schulter. Er verbeugte sich. Anna tat es ihm gleich.

»May Ling wird Sie hinausbegleiten. Auf Wiedersehen.«

»Auf Wiedersehen.«

May Ling wartete bereits hinter der Tür auf sie. Ihre Augen strahlten, sie lächelte über das ganze Gesicht und trat mit Anna hinaus auf die Limmatgasse.

»Wann sehen Sie den ehrenwerten Herrn Weller wieder?«, fragte sie.

Anna grinste, weil der Begriff »ehrenwert« so ziemlich der letzte war, der ihr im Zusammenhang mit Weller in den Sinn gekommen wäre.

»Morgen früh, nehme ich an. Ich werde heute Abend wohl keine Maschine nach Frankfurt mehr bekommen.«

»Herr Weller ist zurzeit in Deutschland?«

May Lings Mandelaugen wurden noch eine Spur schmaler. Ein verträumter Ausdruck huschte über ihr Gesicht. »Sagen Sie ihm doch bitte, wir alle würden uns sehr über einen Besuch freuen. Sofern er die Gelegenheit dazu findet.«

Vor allem du, dachte Anna. »Sie kennen ihn persönlich?«

»Oh ja.«

May Lings Lächeln vertiefte sich. »Wir sind uns schon einmal begegnet.«

Sie dehnte das letzte Wort absichtlich in die Länge. Anna sollte wohl eine Vorstellung davon bekommen, wie diese Begegnung abgelaufen war.

»Dann wissen Sie ja, dass er wenig Zeit hat.«

»Für seine Freunde hat er immer Zeit.«

Freunde. Auch dieses Wort bekam aus May Lings Mund einen zweideutigen Unterton. Anna konnte sich nicht vorstellen, dass Weller das Wort Freunde überhaupt buchstabieren konnte. May Ling schien sich nun aus den zweifellos schönen Erinnerungen an Weller zu lösen. Sie ging die Stufe hinab und stellte sich neben Anna auf die Straße, die still an diesem frühherbstlichen Abend dalag.

»Seit wann sind Sie schon seine A… äh … angestellte Assistentin?«

»Noch nicht sehr lange. Das ist mein erster Auftrag.«

»Oh.«

Alles in May Lings Gesicht wurde zu einem überraschten »Oh«. Ihre Augen, ihr Mund, sogar ihre klitzekleinen Nasenlöcher weiteten sich.

»Sie wirken sehr professionell.«

Anna fühlte sich mittlerweile von jedem einzelnen Wort von May Ling gereizt. Was erlaubte dieses Persönchen sich, neben dem man sich auch noch fühlte wie ein Nilpferd?

»Ich *bin* professionell. Das wird man nicht erst, wenn man für Herrn Weller arbeitet.«

»Entschuldigen Sie bitte, ich wollte Ihnen nicht zu nahe treten. Es ist nur erstaunlich, dass Sie nach kurzer Zeit schon eine derart hohe Position erreicht haben. Sie müssen über außergewöhnliche Fähigkeiten verfügen.« May Ling seufzte. »Ich wollte es ja auch einmal werden, aber leider haben meine Gefühle dafür nicht ausgereicht.«

»Ihre Gefühle?« Verwundert betrachtete Anna das zierliche Geschöpf neben sich. »Was für Gefühle denn?«

Aber May Ling zauberte nur wieder ein Lächeln auf ihre sanft gerundeten Wangen. »Ach, was für ein schöner Tag. Lassen Sie uns nicht vom Tod reden. Für uns ist er heute in weite Ferne gerückt. Verzeihen Sie, wenn mein Bruder eben etwas ungehalten war. Wir mussten vierzehn Jahre warten, und es war bis heute nicht klar, ob mein Vater die Unterzeichnung des Vertrages noch erlebt.«

»Vierzehn Jahre«, murmelte Anna. »Das sind aber wirklich lange Verhandlungen.«

»Nicht wahr? Aber sie haben sich gelohnt. Richten Sie Herrn Weller bitte unsere besten Grüße aus.« Sie zwinkerte Anna verschwörerisch zu. »Und ganz besonders meine.«

»Selbstverständlich«, antwortete Anna. »Ich muss mich jetzt leider auf den Weg machen.«

»Wo wohnen Sie?«

»Im Baur au Lac.«

»Sehr schön. Herr Weller sorgt gut für seine Angestellten.«

»Ja«, erwiderte Anna. »Das tut er. – Darf ich fragen, wann Sie Ihr Restaurant öffnen?«

May Ling hob die schmalen Augenbrauen. »Welches Restaurant? Wir sind in der Stahlindustrie.«

»Aha.«

Anna nickte. May Ling lächelte ihr noch einmal zu und verschwand im Haus.

Alles in allem eine rätselhafte Angelegenheit, aber Anna beschloss, sich darüber keine Gedanken zu machen. Sie lief über das Kopfsteinpflaster der schmalen Gasse, bis sie die belebte Bahnhofstraße erreichte. Erst da fiel ihr ein, dass sie ihre Jacke vergessen hatte. Sie drehte sich um und ging wieder zurück, aber der Goldene Drache war verschwunden.

Anna rieb sich die Augen, ging die Gasse auf und ab, zählte die Schritte, wandte sich nach links und rechts, prüfte jede einzelne der hübschen Fassaden, aber das Restaurant tauchte nicht mehr auf. Weder der rote Seidenballon noch das vergoldete Wirtshausschild. Fast schien es, als wäre die letzte Viertelstunde nur ein Traum gewesen. Erschrocken öffnete Anna ihre Aktentasche. Die Mappe war noch da. Um ganz sicher zu sein, öffnete sie sie und prüfte sogar die Unterschrift.

In welcher Sprache war bloß dieses Dokument verfasst? Ihr Blick heftete sich auf die unbekannten Zeichen, folgte der Schrift bis hinunter zu den schwungvollen Tintenarabesken, mit denen der Mandarin den Kontrakt besiegelt hatte.

In diesem Moment fuhr ein Windstoß durch die Limmatgasse. Er wirbelte das Herbstlaub auf, fuhr durch Annas Kleider und erfasste das Papier, das unter ihren Händen plötzlich ein Eigenleben entwickelte. Es flatterte und zappelte, als ob es mit aller Macht aus der Mappe herauswollte. Anna presste es an sich, so fest es ging. Der Wind wehte sie fast um. Taumelnd erreichte sie einen Hauseingang und drückte sich an die Wand. Die Haare peitschten in ihr Gesicht, eine alte Zeitungsseite tanzte mit dem Laub in Wirbeln um die Wette. Der Himmel hatte sich verfinstert. Es sah aus, als ob jede Sekunde ein Gewitter herunterkommen könnte. Ein gewaltiger Blitz schoss aus den Wolken. Mit zitternden Händen stopfte sie das Dokument samt der Mappe in ihre Tasche. Erst als sie sie fest verschlossen hatte, beruhigte sie sich etwas.

Zur gleichen Zeit legte sich der Wind. Die Wolken teilten sich, und die Sonne brach durch. Sie verschwand bereits hinter den Giebeln der Häuser, doch der Himmel glänzte tiefblau. Anna wartete noch eine Minute, ob sie diesem plötzlichen Wetterumschwung auch trauen könnte. Dann ging sie wieder auf die Straße. Vom Goldenen Drachen fehlte immer noch jede Spur. Wahrscheinlich hatte der Mandarin sofort den Lampion entfernen lassen, und da die hübschen Häuser sich so ähnlich sahen, war es aussichtslos, das Lokal wiederzufinden.

Ratlos kehrte sie zurück zur Bahnhofstraße und ließ sich von den Menschen mitziehen. Sie hatte keinen Blick für die Schaufenster und ihre Auslagen. Auch die zahllosen Restaurants und Cafés lockten sie nicht. Schließlich setzte sie sich auf eine Bank an einem Brunnen und überlegte, was sie als Nächstes tun sollte.

Ins Hotel zurückkehren würde sie auf keinen Fall. Jemand hatte sie verfolgt, das war sicher. Irgendetwas an dem Mann kam ihr bekannt vor, und das lag nicht an seiner Kleidung. Sie hatte ihn schon einmal gesehen. Wahrscheinlich lag er jetzt auf der Lauer und wartete auf sie. May Ling wusste, wo sie abgestiegen war. Auch wenn der Mandarin wohl nichts gegen die Boten der Verträge hatte, über den Weg traute sie ihm und seiner Truppe deshalb noch lange nicht. Zumal der Goldene Drache auch kein Restaurant war, sondern offenbar der Sitz der chinesischen Stahlindustrie. Anna hatte keine Vorstellung, wie die aussehen sollte. Aber ein uriges Schweizer Fachwerkhaus, das zudem wenige Minuten später wie vom Erdboden verschluckt war, hätte sie bestimmt nicht erwartet. Was ging hier vor? Und hatte Weller eigentlich mit allen hübschen Frauen geschlafen, denen er begegnet war?

Anna kämpfte ihre Eifersucht nieder. Du darfst mich nicht lieben. Noch immer machte dieser Satz sie wütend. Genauso wütend wie überschlanke, zierliche Frauen, die Weller wohl ganz anders in Erinnerung hatten als sie. Nicht lieben. Der ehrenwerte Herr Weller machte ihr seine Forderung verdammt leicht.

Schräg gegenüber flackerte die Leuchtreklame eines kleinen Hotels auf. Zum Zehnerbrünnli hieß es und hatte sogar zwei Sterne. Es sah nicht so aus, als ob es jemals in einer der Hochglanz-Broschüren für Touristen auftauchen würde. Anna begann, die Passanten zu beobachten. Nach zehn Minuten war sie sich sicher, dass niemand sie verfolgte. Sie ging in die Rezeption, erhielt einen einfachen Schlüssel für ein noch einfacheres Einbettzimmer, und als sie ihn im Schloss umdrehte und sich auf das durchgelegene Bett warf, fühlte sie sich zum ersten Mal, seit sie die Schweiz betreten hatte, wieder sicher.

Der nächste Tag hielt für Anna mehrere unangenehme Überraschungen bereit. Sie hatte die Frühmaschine nach Frankfurt genommen und war danach nur kurz nach Hause gefahren. Auf dem Anrufbeantworter hatte sie eine Nachricht von Vicky vorgefunden, die ihr kurz und knapp mitteilte, dass sie an diesem Tag ihr Büro räumen würde. Sie beschloss, auf dem Weg zu Wellers Hauptquartier in ihrer Agentur vorbeizufahren – komme, was wolle. Wenn sie Vicky schon nicht per Telefon erreichte, dann könnte sie die Freundin vielleicht noch beim Kistenpacken überraschen.

Sie wählte die seriöseste Kombination, die ihr Kleiderschrank zu bieten hatte: eine weiße, hochgeschlossene Bluse zu einem dunkelgrauen Kostüm. In Wellers Firma schien ein helleres Grau schon ein Zeichen von zügelloser Lebensfreude zu sein. Ihre Haare kämmte sie glatt aus dem Gesicht und klemmte sie mit zwei Spangen hinter den Ohren fest. Dann kontrollierte sie noch einmal Sitz und Perfektion ihrer Nylons, wählte ein paar mittelhohe Pumps und machte sich auf den Weg.

In weniger als einer halben Stunde hatte sie ihr altes Büro erreicht. Aber Vicky war nirgendwo zu finden. Dafür stapelten sich im Büro ihrer Freundin die Umzugskisten. Ratlos sah Anna sich um. Ihr eigenes Zimmer schien unberührt. Der Blumenstrauß auf ihrem Schreibtisch sah aus wie gestern gepflückt. Dabei hätte er schon längst vertrocknet sein müssen. Vielleicht hatte Vicky ihn ausgetauscht? Sie ging in die kleine Teeküche. Gerade wollte sie die Kaffeemaschine anstellen, als sie hörte, wie sich ein Schlüssel in der Eingangstür drehte.

»Vicky?«

Keine Antwort. Vielleicht hatte sie sich ja getäuscht. Sie holte eine Tasse aus dem Schrank und entdeckte gleichzeitig eine noch nicht angebrochene Dose Büchsenmilch. Wieder hörte sie ein Geräusch. Es klang wie ein leises, weit entferntes Rascheln.

»Vicky?«

Die Büchse wie eine Waffe in der Hand, trat Anna in den Flur. Jemand war in ihrem Büro und wühlte in ihren Papieren. Leise schlich sie sich an und lugte um die Ecke.

»Vicky!«

Ihre Freundin sah kurz hoch, ohne die mindeste Spur von schlechtem Gewissen. In der einen Hand hielt sie die Akte aus Zürich, in der anderen ein Vanillecroissant mit Puderzucker, der bereits den halben Schreibtisch bestäubt hatte.

»Hallo, Anna! Ich wollte nur mal kurz vorbeischauen. Was ist denn das hier?«

Ihr Lächeln war immer noch so offen, wie Anna es in Erinnerung hatte. Sie stellte die Dose auf den Schreibtisch, ging auf ihre Freundin zu und umarmte sie herzlich.

»Ach, Vicky. Wie schön, dich endlich zu sehen. Wo hast du bloß gesteckt?«

»Und du? Ich dachte, der Erdboden hätte dich verschluckt.«

»Ich muss dir so viel erzählen!«

»Ich dir auch!«

»Ich habe ungefähr dreißigtausendmal angerufen!«

»Ich dich auch!«

»Komisch.« Anna ließ Vicky los. »Aber es sind sowieso eine Menge unglaublicher Dinge passiert. Leg die Akte bloß wieder zurück. Wenn ich dir erzähle, was ich damit erlebt habe …«

Vicky legte die Dokumentenmappe auf den Schreibtisch und deutete auf die Büchsenmilch.

»Wolltest du tatsächlich Kaffee machen? Ich hab dir übrigens auch ein Croissant mitgebracht.«

Lächelnd verschwand Anna in der Küche. Es war, als ob alles, was sie in den letzten Tagen bedrückt hatte, von ihr abgefallen wäre. Vicky war wieder da! Endlich konnte sie mit jemandem über die verwirrenden Ereignisse und diese merkwürdigen Träume reden, die sie noch immer verfolgten. Scheintote Fotografen. Rasselnde Monster-Skorpione. Wüstenstürme in Mädchenschlafzimmern. Während Anna den Kaffee in die Tassen goss, grinste sie. Sie brauchte weder einen Psychoanalytiker noch einen Traumdeuter. Sie brauchte einfach ihre beste Freundin.

Sie balancierte das Tablett zurück zu ihrem Büro. Schon beim Eintreten spürte sie, dass sich etwas verändert hatte.

»Was ist das?«

Vickys Stimme klang kalt und schneidend. Sie hatte sich nicht an Annas Bitte gehalten, sondern die Mappe wieder geöffnet. Die Papiere flatterten durch die Zugluft auf und segelten durch das Zimmer.

»Nein!«

Anna stellte das Tablett so heftig ab, dass die Kaffeekanne umfiel und die braune Flüssigkeit auf den Boden tropfte. Aber das war egal. Sie hastete hinter den Blättern her, bis sie alle beisammen hatte und mit zitternden Fingern in der Mappe verstaute. Vicky stand die ganze Zeit reglos daneben.

»Das ist geheim!«

Wie konnte Vicky sie nur so hintergehen? Doch statt Reue über ihren Vertrauensbruch zu zeigen, verschränkte ihre Freundin die Arme vor der Brust und baute sich direkt vor Anna auf.

»Wo kommst du her?«

»Aus Zürich.«

»Und diese Papiere?«

»Auch. Du hattest nicht das Recht, sie dir anzusehen.«

»Solange wir uns noch ein Büro teilen, schon.«

Vicky hatte sich in den wenigen Augenblicken, in denen Anna das Zimmer verlassen hatte, verändert. Oder war ihr nicht aufgefallen, dass ihre Freundin plötzlich eine ganz andere Haltung hatte? Stolz, selbstbewusst und arrogant wirkte sie. Sie trug einen sündhaft teuren Hosenanzug, außerdem musste sie beim Friseur gewesen sein, denn ihre widerspenstigen Locken waren zu weichen Wellen gezähmt und schimmerten wie gebügelt.

Vicky deutete auf die Mappe, die Anna immer noch krampfhaft an sich gepresst hielt.

»Außerdem warst du die Erste, die unsere Geschäftsbeziehung gekündigt hat. Du bist mit fliegenden Fahnen in Wellers Lager gewechselt. Ein Wunder, dass du überhaupt noch einmal vorbeigekommen bist.«

»Vicky!« Anna ging auf ihre Freundin zu, doch diese wich zurück, als ob sie eine Berührung fürchten würde. »Du hast mir doch selbst dazu geraten. Ich verstehe dich nicht.«

»Wenn das dein ganzes Problem ist ...«

Vicky drängte an Anna vorbei in ihr Chaos-Büro. Anna folgte ihr und wurde Zeuge, mit welchem angewiderten Gesichtsausdruck Vicky sich umsah. Neben ihrem Computer stand eine Handtasche, die Anna noch nie gesehen hatte. Vicky nahm eine Brötchentüte und hielt sie Anna entgegen.

»Dein Croissant.«

Stumm schüttelte Anna den Kopf. Vicky ließ die Tüte samt Croissant in den Papierkorb fallen. Auch das war etwas, das es bei der alten Vicky niemals gegeben hätte. Für Vanillecroissants ließ sie sich vierteilen.

Vicky klopfte sich den Puderzucker von den Händen und sah sich ratlos um. »Ich bin nur kurz gekommen, um ein paar persönliche Sachen abzuholen. Aber wenn ich den ganzen Plunder hier so sehe, ist das wohl alles eher ein Fall für den Sperrmüll.«

»Sperrmüll? Was ist denn auf einmal in dich gefahren?«

Vicky hatte ihr Büro immer geliebt. Den angeschlagenen Kaffeebecher, die vielen Fotos und Postkarten an der Pinnwand, vor allem aber ihren Computer, zu dem sie ein beinahe persönliches Verhältnis aufgebaut hatte und den sie peinlich genau immer auf den neuesten Stand aufrüstete.

»Das sollte ich wohl eher dich fragen.«

Vicky setzte sich auf eine Kante ihres Tisches und verschränkte die Arme. »Das war unsere gemeinsame Existenz. Du hast sie aufgekündigt.«

»Das ist nicht wahr!«

»Du hast mir quasi einen Tritt in den Hintern verpasst und bist unter Carl Wellers Bettdecke gekrochen. Als persönliche Assistentin. Oder wie auch immer du das nennen magst. Dann ist es doch wohl recht und billig, wenn ich mich auch nach etwas anderem umsehe.«

Anna biss sich auf die Lippen. Vicky hatte recht. Sie hatte sich ihrer Freundin gegenüber nicht sehr rücksichtsvoll verhalten.

»Es tut mir leid, wenn ich dich überfahren habe.«

»Das hast du nicht.« Vicky stand wieder auf. »Ich hätte nur nicht geglaubt, dass Carl Wellers Charakter so schnell auf dich abfärbt.«

»Aber ... das tut er doch nicht!«

»Und wie nennst du das, was du in den letzten Tagen veranstaltet hast?«

Hilflos hob Anna die Hände. »Ich habe nur einen Job angenommen.«

»Herzlichen Glückwunsch. Und damit unsere Zusammenarbeit beendet.«

Vicky nahm ihre Handtasche und klemmte sie sich unter den Arm. »Aber stell dir mal vor, die kleine doofe Vicky hat auch ein Angebot bekommen. Und ich werde es annehmen. Bis eben hatte ich noch Zweifel. Ich hatte doch tatsächlich geglaubt, dir würde an unserem gemeinsamen Projekt etwas liegen. Aber für dich ist es offenbar schon längst vorbei.«

»Nein, das ist es nicht. Vicky, was ist los?«

»Ich werde für Sandrine Beaufort arbeiten.«

Die nachfolgende Stille genoss Vicky sichtlich. Anna war unfähig, auch nur einen zusammenhängenden Satz zu formulieren. Ihre Nackenhaare sträubten sich, und einmal mehr spürte sie, dass etwas Ungutes durch diese Räume strich.

»Für Sandrine?«, brachte sie schließlich heraus. »Als was denn?«

Ein rätselhaftes Lächeln spielte um Vickys Lippen. »Sie sucht eine Presseagentin für ihre Europa-Geschäfte. Das geht ein bisschen über das Entwickeln von PR-Konzepten hinaus.«

»Eine Presseagentin.«

Niemals im Leben hätte Anna geglaubt, dass Sandrine sich dafür ausgerechnet Vicky aussuchen würde. Vicky sah ihr diesen Gedanken wohl an.

»Das wundert dich, nicht wahr? Aber anders als du traut sie mir einiges zu. Sie versteckt mich nicht in einem Hinterzimmer. Im Gegenteil: Sie lässt mich mit Kunden reden und meine eigenen Ideen präsentieren. Und ob du es glaubst oder nicht: Es klappt richtig gut. Sandrine hat mich zu einem anderen Menschen gemacht. Sie hat mich rausgeholt aus meiner Ecke, in die du mich so gerne weiter gesteckt hättest.«

»Ich habe dich nie versteckt!«

»So?« Vicky deutet auf ihren Schreibtisch und die Regale. »Und wie nennst du das? Etwa repräsentativ? Ich habe jahrelang in deinem Schatten gestanden. All die Probleme, die ich hatte, sind im Lauf der Zeit immer schlimmer statt besser geworden. Bei Sandrine waren sie verschwunden. Vom ersten Moment an! Du hättest mich doch nie mit einem Kunden reden lassen. Du hattest doch immer Angst, dass ich dich blamiere. Aber damit ist es jetzt vorbei.«

Anna traute ihren Ohren nicht. Aber Vicky war noch nicht fertig.

»Aus mir wird noch was. Nachdem ich hier schon beinahe lebendig begraben und völlig am Ende war, kommt eine Frau wie Sandrine und glaubt an mich. Das hast du nie getan.«

»Ich habe immer an dich geglaubt«, flüsterte Anna.

»Wenn du das getan hättest, hättest du dich wenigstens mal gemeldet.«

Vicky ging zur Tür. »Ich habe Jahre meines Lebens in diesem Büro verplempert, damit du nach außen hin die tolle Geschäftsfrau spielen konntest. Das hat uns beinahe in den Bankrott getrieben. Und als Weller auftauchte, hast du deine Schäfchen ins Trockene gebracht. Also mach mir jetzt keine Vorwürfe, wenn ich das Gleiche tue.«

Anna trat einen Schritt näher. »Das mache ich doch nicht. Aber wir sind doch Freundinnen!«

»Ach ja?« Vicky wich zurück. In ihren braunen Augen schimmerte etwas, was Anna im ersten Moment für Tränen hielt. »Besser echte Feindinnen als falsche Freundinnen. Ich wünsche dir alles Gute. Aber erwarte nach all dem, was du mir angetan hast, kein Entgegenkommen. Wir stehen ab heute auf verschiedenen Seiten. Leb wohl.«

Sie ging. Wie betäubt stand Anna in der Mitte des Raumes und konnte keinen klaren Gedanken fassen. Was war bloß in Vicky gefahren? Sie hatte immer an ihre Freundin geglaubt. Ihre Vorwürfe trafen Anna mitten ins Herz. Sie spürte, wie ihre Kehle eng wurde, als sie ein letztes Mal durch die Räume ging, in denen sie so viel gearbeitet, aber auch so viel gelacht hatten.

Merkwürdig, wie schäbig alles auf einmal wirkte. Es schien, als hätte Vicky auch die Fröhlichkeit und den Charme ihres Büros mitgenommen. Die Räume sahen lieblos und unaufgeräumt aus. Sogar ihr eigenes Zimmer kam Anna fremd vor. Sie ging zu dem Blumenbild von Georgia O'Keeffe und blieb lange davor stehen. Es war die billige und schlechte Kopie eines wunderschönen Originals. Wie hatte sie sich jemals daran erfreuen können? Erst als sie den Blick über ihren Schreibtisch wandern ließ, wurden ihre trüben Gedanken abgelenkt. Sie nahm den Kieselstein in die Hand und schaute lange auf das Foto ihrer Eltern. Plötzlich kam es ihr vor, als ob der Raum heller würde. Der Stein ruhte warm und schwer in ihrer Hand. Ein matter Sonnenstrahl blinzelte durch die Wolken und malte ein zitterndes Muster an die Wand. Das Grau verschwand. Anna drehte sich um. Die Farben des Bildes leuchteten wieder genauso intensiv, wie sie es in Erinnerung hatte.

Anna schluckte. Alles war plötzlich wieder warm und vertraut. Jeden Moment würde Vicky um die Ecke kommen und fröhlich erzählen, welche Alltagskatastrophe ihr auf dem Weg zur Arbeit nun wieder passiert war. Das Telefon würde klingeln, sie würde mit Kunden reden, während Vicky die Aufträge am Computer bearbeitete. Alles wäre wieder so wie früher.

Sie ließ den Kieselstein in ihre Tasche gleiten. Dann nahm sie das Foto und legte es in ihre Aktenmappe. Ein letztes Mal sah Anna sich um, bevor auch sie ihr Büro verließ. Nichts war mehr so wie früher. Sie hatte ihre Freundin verloren. Das war schlimm. Doch auf dem Weg hinunter zu ihrem Wagen fiel ihr ein, was noch schlimmer war. Der verräterische Glanz in Vickys Augen waren keine Tränen gewesen, sondern ein tiefes grünes Glühen.

14.

Dieses Mal wurde Anna nicht nach ihrem Begehr gefragt. Die Dame am Empfang wusste wohl genau, wer sie war. Sie schenkte ihr ein freundliches Nicken und überreichte ihr dann ein kleines Plastikkärtchen mit Annas Namen, das sie sich an den Kragen ihres Blazers heftete. Sie wurde freundlich gegrüßt, als sie im Fahrstuhl in den fünfunddreißigsten Stock fuhr und Kollegen hinzu- oder ausstiegen. Fünf Etagen vor ihrem Ziel verließen die Letzten die Kabine. Bis ganz nach oben blieb Anna allein.

Sie spürte, wie sie wieder nervös wurde. Dafür gibt es gar keinen Grund, beruhigte sie sich. Du hast deinen Job ohne Probleme erledigt. Das soll dir erst einmal einer nachmachen: In einer fremden Stadt verfolgt werden, die chinesische Stahlindustrie zufriedenstellen und schließlich so unauffällig untertauchen, dass niemand dich findet.

Allerdings, so setzte sie in Gedanken hinzu, gibt es keine Stellenausschreibung, in der unauffälliges Untertauchen zu den Anforderungen gehört. Und es verrät einem auch keiner, wie man mit dem Verlust einer Freundin umgeht.

Der junge Mann, der sie bereits bei ihrem ersten Besuch abgeholt hatte, erwartete sie auch dieses Mal. Er musste informiert worden sein, denn er schaute gar nicht erst auf ihren Hausausweis, um sie willkommen zu heißen.

»Guten Tag, Frau Sternberg. Ich hoffe, Sie hatten eine gute Reise.«

»Danke, die hatte ich, Sam. Ist Herr Weller schon da?«

»Er befindet sich noch im Ausland. Deshalb darf ich Ihnen Ihr Büro zeigen.«

Anna versuchte, sich die Enttäuschung nicht anmerken zu lassen. Sie kam von ihrem ersten Einsatz zurück, und dann wurde sie noch nicht einmal erwartet.

»Wann kommt er denn wieder?«

»Darüber bin ich leider nicht informiert. Hier entlang, bitte.«

Sam öffnete eine Tür und präsentierte Anna einen hellen Raum mit Aussicht auf das südliche Frankfurt.

»Gefällt es Ihnen?«

Hellblauer Teppichboden, weißglänzende Schrankwand, aluminiumverkleidete Wände. Ein leerer Schreibtisch, darauf ein sündhaft teuerer, ultradünner Flachbildschirm.

»Ja, danke. Sehr.«

»Dann noch einmal herzlich willkommen.«

Der junge Mann wandte sich zum Gehen, aber Anna hatte noch eine Frage.

»Ich habe einige wichtige Dokumente bei mir, die ich Herrn Weller persönlich übergeben muss.«

»Oh. Was denn für Dokumente?«

Das Interesse erwachte so plötzlich im Gesicht ihres Gegenübers, dass Anna bereute, das Thema überhaupt angesprochen zu haben.

»Wichtige Dokumente, sagten Sie?«

»Nein. Nicht so wichtig. Danke.«

Sichtlich enttäuscht verabschiedete sich der junge Mann und ließ Anna in ihrem neuen Büro zurück. Vorsichtig setzte sie sich auf den funkelnagelneuen Armlehnstuhl. Weißes Leder ohne den winzigsten Fleck oder Kratzer. Auch der Rest der ziemlich kargen Einrichtung sah edel und teuer aus. Die Platte ihres Schreibtisches schien aus zentimeterdickem schwarzem Glas zu bestehen. Vorsichtig fuhr sie mit den Fingerspitzen darüber. Kein einziges Stäubchen.

»Gefällt dir dein neues Zuhause?«

Erschrocken fuhr Anna zusammen. Ohne Vorwarnung war auf dem eben noch dunklen Flachbildschirm das Gesicht Carl Wellers aufgetaucht. Sein Lächeln trug wieder genau diese Winzigkeit von Spott und Überheblichkeit, die Anna auf den Tod nicht ausstehen konnte.

»Danke. Ja. Wirklich sehr schön.«

»Du wirst dich sehr schnell zurechtfinden. Falls du dennoch Hilfe brauchst, so wird dir Sam jederzeit zur Verfügung stehen.«

»Sam? Sam. Ach so, ja.«

Anna verfluchte sich innerlich. Sie klang nach dem genauen Gegenteil einer erfolgreichen Geschäftsfrau.

»Wie war es in Zürich?«

»Schön. Eine schöne Stadt. Wirklich schön.«

Sie hätte sich am liebsten auf die Zunge gebissen. Wellers Blick musterte sie mit einer Mischung aus Mitgefühl und Belustigung. Er sah etwas mitgenommen aus. Sie versuchte, aus dem Bildhintergrund zu erkennen, wo er sich gerade befand: ein breiter Fluss, am gegenüberliegenden Ufer moderne Hochhäuser, sehr viel weiter weg eine altmodische Eisenbrücke. Alles in allem nicht sehr asiatisch. Vermutlich befand er sich in Europa, also kam seine Müdigkeit vielleicht vom Jetlag. Sie bemerkte leichte Schatten unter seinen Augen, und ihr Herz zog sich zusammen. Gerade dieses minimale Nicht-perfekt-Sein verlieh Weller etwas zutiefst Menschliches. Sieh an, schoss es ihr durch den Kopf, der Mann ohne Makel erlaubt sich Schwäche. Seine Wangen schienen schmaler geworden zu sein, seine dunklen Augen hingegen versprühten immer noch das spöttische Feuer, vor dem sie sich insgeheim fürchtete. Wieder einmal wurde ihr bewusst, wie instinktiv ihr Körper auf ihn reagierte. Ihr wurde heiß, sie geriet ins Stottern, kurz: sie benahm sich wie ein verliebtes Mädchen. Sie versuchte, an nichts anderes als an Geschäftliches zu denken, aber seine ungeheure Attraktivität machte ihr das ziemlich schwer.

Weller nickte mäßig interessiert.

»Ich bin ganz deiner Meinung. Zürich ist wirklich schön. Und die Hotels. Warst du mit deinem zufrieden?«

In einem ersten Impuls hätte Anna am liebsten sofort von ihrer Verfolgung erzählt. Dann aber beschloss sie, dass sie sich bereits kindisch genug angehört hatte.

»Nicht ganz. Ich habe mir etwas anderes gesucht.«

»Ich weiß. Das nächste Mal informiere mich bitte, wenn du deine Pläne änderst.«

Verwundert hob sie die Augenbrauen. »*Meine* Pläne?«

Doch Weller schien nun genug von dem Geplänkel zu haben. Sein Lächeln verschwand.

»Ich muss über jeden deiner Schritte informiert sein, Anna. Und bitte nicht erst hinterher.«

»In Ordnung.«

Weller hatte das Zimmer bezahlt, also hatte er auch ein Recht darauf zu erfahren, wenn sie es nicht genutzt hatte.

»Was soll ich mit den Verträgen machen?«

»Wir haben eine eigene Abteilung im Keller. Sam wird sie dir zeigen.«

Er nickte, als ob er sich von ihr verabschieden wollte. Schnell hob Anna die Hand.

»Ich soll dich von May Ling grüßen.«

»Danke.«

Nichts an seiner Reaktion ließ darauf schließen, dass er an die hübsche Chinesin dieselben angenehmen Erinnerungen hatte wie diese an ihn. Das beruhigte Anna. Warum, darüber wollte sie sich im Augenblick keine Gedanken machen.

»Sie bezeichnet dich übrigens als ehrenwert.«

»Du etwa nicht?«

»Nicht in allererster Linie.«

Die Antwort schien Weller zu amüsieren. »Ehre ist etwas, das in Asien vor allem anderen kommt. In diesem Sinne liegt May Ling gar nicht so verkehrt. Man kann keine Geschäfte machen, ohne Vertrauen aufzubauen. Der eine hat etwas, der andere will es. Gibt er es her, muss er das dafür bekommen, was ausgemacht war. Im Grunde ähneln gut funktionierende Wirtschaftsbeziehungen einer soliden Ehe.«

»Das klingt nicht sehr romantisch.«

»Das ist es auch nicht. Wenn wir ehrlich sind: Romantik hat weder in der Wirtschaft noch in der Ehe etwas zu suchen. Sie sollte dort bleiben, wo sie hingehört.«

»Und das wäre?«, fragte Anna, noch bevor sie die Worte zurückhalten konnte.

»Im Bett«, antwortete Weller.

Wieder strömte eine Welle unkontrollierbarer Hitze durch ihre Adern. Gab es auch eine Möglichkeit, die Klimaanlage kälter zu stellen? Sie räusperte sich, weil ihre Kehle eng geworden war.

»So genau wollte ich das gar nicht wissen.« Unruhig wanderten ihre Hände über die Schreibtischplatte. »Und jetzt?«

»Jetzt?«

»Ja.« Anna sah sich kurz um. »Was soll ich machen? Hast du Aufträge für mich? Soll ich jemandem helfen? Habe ich Aufgaben?«

Wellers Grinsen vertiefte sich. »Aber selbstverständlich. Kannst du Wiener Walzer tanzen?«

»Nein.«

»Dann lerne es.«

Der Monitor wurde schwarz. Anna starrte ihn noch eine Weile an und versuchte zu begreifen, was Weller ihr gesagt hatte. Romantik gehörte ins Bett, und sie sollte Wiener Walzer lernen. Offenbar gehörten zu ihrer Stellenausschreibung noch einige andere, höchst ungewöhnliche Einsichten und Anforderungen.

Kopfschüttelnd wollte sie aufstehen und legte dafür beide Hände auf die Schreibtischplatte. Im selben Moment geschahen mehrere Dinge gleichzeitig. Der Monitor flackerte, die linke Seite der Schrankwand glitt auf und wieder zu, und sämtliche Jalousien setzten sich in Bewegung. Offenbar hatte Anna aus

Versehen einige Mechanismen in Gang gesetzt, über die sie nicht informiert war. Hektisch tastete sie auf der schwarzen Platte herum. Klirrend sprangen Eiswürfel in ein Glas, die Klimaanlage pustete einen arktischen Kältestrom durchs Zimmer, und eine Schublade unter dem Tisch fuhr Anna ohne Vorwarnung direkt an die Kniescheibe.

Mit einem Schmerzenslaut sprang sie auf und rieb sich die Stelle. Verdammt, was war denn nun wieder los? Warum hatte sie niemand in die verborgenen Geheimnisse dieses Büros eingeweiht? Sie ging zur Tür und riss sie auf. Der Flur war menschenleer. Anna passierte eine Glastür nach der anderen, doch niemand war zu sehen. Sogar Sam schien sich in Luft aufgelöst zu haben. Es war gerade einmal später Vormittag, zu früh für eine Mittagspause. Anna überlegte, ein paar Stockwerke tiefer zu fahren und dort jemanden um Hilfe zu bitten. Dann entschied sie sich dagegen. Walzer hin oder her. Erst einmal musste sie die Dokumente in Sicherheit bringen.

Im Keller, hatte Weller gesagt.

Anna kehrte in ihr Büro zurück. Beim Hinausgehen überprüfte sie die Tür. Eine fast schon altmodische Klinke, aber kein Schloss. Erst als sie sie mehrmals geöffnet und wieder geschlossen hatte, war sie beruhigt. Mit der Aktentasche unter dem Arm machte sie sich auf den Weg hinunter in die verborgenste Ecke des Weller'schen Imperiums.

Der Keller befand sich, wollte man den Aufzugknöpfen Glauben schenken, unter der Tiefgarage. Die Fahrt dauerte, und während der ganzen Zeit stieg niemand zu. Kaum zu glauben für ein Bürogebäude, in dem mindestens fünfhundert Menschen arbeiten mussten. Dann fiel Anna ein, dass sie vielleicht eine Direktionsfahrt machte. Wer aus der Chefetage kam, konnte ohne Zwischenstopp dahin gelangen, wohin er wollte.

Mit einem dezenten Gong öffneten sich die Türen des Fahrstuhls. Vor ihr lag eine gewaltige Kuppelhalle, belebt von einem Menschengewimmel, das sie sonst nur aus der U-Bahn in der

Rushhour kannte. Drehkreuze und Sicherheitsschleusen verstärkten diesen Eindruck. Ein babylonisches Stimmengewirr erfüllte die Luft.

»Verzeihung!«

Mehrere Anzugträger drängelten sich an ihr vorbei in die Kabine. Zögernd trat Anna einen Schritt zur Seite und beobachtete das lebhafte Treiben, das sie niemals in einem Keller vermutet hätte. Der Saal war ein riesiger Tresorraum. In jede Himmelsrichtung ging ein gewaltiger Stahlkorridor ab, der durch Lichtschranken gesichert war. Den Zutritt erhielt man offenbar, wenn man an einen der Granit-Tresen trat und seinen Hausausweis scannen ließ. Da Anna nirgendwo ein Schild mit dem Hinweis »Information« bemerkte, wandte sie sich nach links zu der ersten Sicherheitsschleuse. In dem Moment, in dem sie ihren Ausweis durch den Scanner zog, ertönte ein schrilles Warnsignal. Zwei breitschultrige Männer, offenbar direkt hinter ihr aus dem Boden gewachsen, tauchten auf und fragten äußerst freundlich nach ihrem Begehr. Anna hielt ihnen ihren Ausweis entgegen.

»Ich soll für Herrn Weller einige Dokumente abgeben.«

»Ich übernehme die Dame.«

Sam stand plötzlich neben ihr. Auch ihn hatte Anna nicht kommen sehen. Ob sie vielleicht mal zum Augenarzt gehen sollte? Die beiden Wachmänner tippten sich freundlich an die Mütze und verschwanden wieder in dem Gewühl.

»Sam!« Erleichtert drehte sich Anna zu ihm um. »Das ist alles etwas verwirrend. Entschuldigen Sie bitte.«

»Wir müssen uns entschuldigen. Offenbar hat niemand mit Ihnen eine Führung gemacht. Darf ich das nachholen?«

Er lächelte sie an. Wieder fiel Anna auf, dass er im landläufigen Sinne sehr attraktiv war. Kurze blonde Haare, eine athletische Figur, der Anzug passte wie angegossen. Würde sie abends in einem der angesehenen Restaurants in Sachsenhausen mit ihm auftauchen, wäre Sam ein Begleiter, dem sämtliche weiblichen Gäste hinterherschmachten würden. Doch seine blauen Augen standen eine Winzigkeit zu eng in seinem Gesicht, und das Lächeln, das er Anna schenkte, wirkte nicht hundertprozentig echt. Er machte eine weit ausholende Armbewegung und präsentierte Anna damit den Raum.

»Das ist der Tresor. Das Herz des Imperiums. Hier bewahren wir alles auf, was für den Fortbestand unseres Hauses überlebenswichtig ist. Dokumente, Erfindungen, Wertpapiere, Obligationen, Gold.«

»Gold?«

Sams Lächeln vertiefte sich, was ihn für Anna nicht unbedingt sympathischer machte.

»Aber sicher. Wir sind in allem den Entwicklungen einen Schritt voraus. Und das bedeutet, dass wir unseren eigenen Wirtschaftskreislauf in Gang halten. Nicht mit Aktien und Konten, das sind ja nur Zahlen auf Papier. Sondern mit dem echten Wert unseres gesamten Konsortiums in Gold.«

»Und wie viel ist das?«

Neugierig sah sie sich um. Jetzt bekam der Tresor natürlich eine ganz andere Bedeutung.

»Ungefähr das Dreifache dessen, was in Fort Knox gelagert ist.«

Anna versuchte, sich ihre Überraschung nicht anmerken zu lassen. In Fort Knox lagen die gesamten Goldreserven der Vereinigten Staaten. Wenn hier drei Mal so viel gebunkert war, konnte Weller theoretisch die ganze Welt kaufen.

Das hat er wahrscheinlich schon getan, dachte sie. Zumindest benimmt er sich so.

Sam ging drei Schritte voraus. Er wartete, bis sie neben ihm war, und deutete auf die Zugänge zu den Tresorräumen.

»Natürlich hat nicht jeder die Befugnis, da hineinzukommen. Allerdings dachte ich, dass Sie als Herrn Wellers persönliche Assistentin eigentlich einen anderen Ausweis bekommen hätten.«

»Wie meinen Sie das?«

Die Art, wie Sam ihren neuen Job ausgesprochen hatte, gefiel ihr nicht. Er drehte sich zu ihr um und verzog den Mund.

»Die Stelle wurde lange nicht besetzt. Wahrscheinlich hat sich einiges geändert.«

»Was denn zum Beispiel? Müsste ich Zugang zu allen Abteilungen des Hauses haben?«

»Eigentlich ja. Aber das wird Herr Weller bestimmt noch persönlich mit Ihnen klären.«

Oder ich mit ihm, dachte Anna, als sie auf einen anderen Tresen zutraten und Sam seinen Ausweis zückte. Sie beobachtete, wie er ihn durch den Scanner zog und er problemlos das Drehkreuz passierte.

»Und jetzt Sie.«

Anna machte es ihm nach und erwartete, dass auf der Stelle wieder zwei Wachleute auftauchen würden. Doch dann leuchtete ein winziger grüner Punkt neben dem Scanner auf, und sie konnte ungehindert passieren.

»Und hier darf ich rein?«

Es ärgerte sie, dass Weller ihr den Zutritt zu den Goldkellern verwehrte, zu den Dokumenten aber gestattete. Wahrscheinlich musste sie erst auf Herz und Nieren geprüft werden, damit sie mit Goldbarren nicht genauso gedankenlos umging wie mit Äpfeln in Hotelsuiten. Obwohl Anna den Unterschied zwischen beidem sehr gut kannte.

Sam schien ihr die Verstimmung anzusehen. Er versuchte, seiner Stimme einen aufmunternden Klang zu geben, der in Annas Ohren aber ins Unaufrichtige abrutschte.

»Machen Sie sich keine Gedanken. Diese Abteilung ist sogar noch wichtiger als Gold. Sehen Sie?«

Von der gut fünf Meter hohen Stahlröhre zweigten Gänge ab. Gewaltige Regale, die nur mit Hilfe großer Räder bewegt werden konnten, reichten bis unter die Decke. Auch hier waren viele Leute unterwegs, die eilig und konzentriert die Regale bewegten und absuchten. Die Dokumente wurden in Stahlkassetten verwahrt. Wer eine solche Kassette bei sich trug, ging zu der gewaltigen Tresorwand und zeigte erneut seinen Hausausweis. Danach musste der Betreffende in eine Kabine.

»Dort werden die körperlichen Merkmale erfasst«, erklärte Sam. »Und zwar die, die Sie beim Betreten des Gebäudes hatten. Iris, Fingerabdrücke, Gewicht, Größe, Taillenumfang.«

Beim letzten Wort senkte er seinen Blick auf Annas Bauch.

»Und wenn ich zwischendurch was gegessen habe?«

»Das wird alles berücksichtigt, sofern das im Haus passiert ist. Oh.«

Er blieb stehen und musterte Anna mit einem besorgten Blick. »Haben Sie denn Ihren Arbeitsvertrag noch nicht durchgelesen?«

Anna wollte ihm nicht auf die Nase binden, dass sie gar keinen hatte.

»Ich bin noch nicht dazu gekommen.«

»Dann sollten Sie das tun. Damit erübrigen sich viele Fragen, und es dauert gar nicht lange, bis Sie das ganze System verinnerlicht haben und sich hier wie zu Hause fühlen.«

Um nicht noch länger seinen penetranten Ratschlägen ausgesetzt zu sein, hob Anna die Aktentasche hoch.

»Und wohin nun damit?«

Sam griff nach der Tasche, aber Anna ließ sie wieder sinken. Etwas beleidigt zog Sam seine Hand zurück.

»Sie können mir die Dokumente ruhig anvertrauen.«

»Lieber nicht.«

Anna war erstaunt, wie problemlos ihr diese Ablehnung über die Lippen kam. Sam gab sich sichtlich Mühe mit ihr, aber sie fand ihn trotzdem unsympathisch. Auch wenn sich jede Frau unter neunzig alle zehn Finger nach so einem durchtrainierten Prachtexemplar ablecken würde, sie hatte schon seit einiger Zeit das Interesse an hübschen Männern mit falschem Lächeln verloren.

»Wie Sie wollen. Sie finden das entsprechende Regal unter der Landesvorwahl. Dabei geht es immer um den Gerichtsstand. Das heißt: Das Land, in dem der Vertrag unterzeichnet wurde.«

Sams Charme verschwand schlagartig. Er sah auf seine Armbanduhr. »Ich muss jetzt sowieso zum Mittags-Scan. Wir sehen uns im Casino. Siebzehnter Stock. Bringen Sie Appetit mit. Unsere Küche entspricht internationalem Drei-Sterne-Niveau.«

Eingebildeter Lackaffe, dachte Anna, während sie beobachtete, wie sein Rücken in der Menge verschwand. Einen Moment lang glaubte sie, in ihm ihren Verfolger aus Zürich wiederzuerkennen. Aber nein. Woher hätte er wissen sollen … Sie verwarf diesen Gedanken und ging die Regale ab, bis sie die Vorwahl der Schweiz gefunden hatte. Sie beobachtete, wo die anderen ihre Leerkassetten hernahmen, holte sich eine und stellte sich dann vor der Kabine zum Tresorraum an. Der Scan dauerte keine Sekunde, dann rollte die riesige runde Tür zur Seite, und sie durfte eintreten.

Im Gegensatz zu dem Geräuschpegel von Hunderten durcheinanderlaufenden Menschen draußen in der Halle war es hier angenehm ruhig. Sie beobachtete, wie die Frau vor ihr, eine dunkelhaarige Schönheit mit afrikanischem Teint, mit ihrer Kassette an eine Wandnische trat. Anna machte es ihr nach und suchte sich eine leere Ecke. Dann öffnete sie die Kassette, stellte sie ab und holte die Dokumentenmappe aus ihrem Koffer. Heimlich sah sie sich um. Niemand warf auch nur einen Blick auf das, was hier herausgeholt oder hineingetan wurde. Alle sahen aus, als hätten sie Diskretion noch vor dem Durchschlafen gelernt.

Vorsichtig strich Anna über den dunkelbraunen Ledereinband. Ein winziger Hauch Puderzucker blieb an ihren Fingerspitzen hängen. Vicky, dachte Anna. Was ist bloß passiert? Von diesen Papieren musste etwas Magisches ausgehen. Der Mandarin hatte daraus Kraft geschöpft. Und ihre Freundin hatte sich in ihre Feindin verwandelt. Was konnte das bloß sein?

Vorsichtig sah sie sich um. Alle um sie herum waren beschäftigt. Eilten hinaus oder kamen gerade herein, standen in ihren Nischen und werkelten an ihren schrecklich geheimen Kassetten herum. Niemand achtete auf sie. Anna holte tief Luft und öffnete ein letztes Mal die Mappe.

Die Schriftzeichen konnten Sanskrit sein. Verschnörkelt und altmodisch, offenbar mit Eisentinte auf dickes Bütten geschrieben. Sie leuchteten geheimnisvoll im Halbdunkel. Anna kniff die Augen zusammen. Je länger sie auf die Buchstaben starrte, desto wütender wurde sie.

Wie konnte Vicky ihre Freundschaft nur so plötzlich beenden und zu Sandrine wechseln? Ausgerechnet Sandrine, von der ihre Freundin doch wusste, was für ein gemeines Biest diese Frau war. Und wie anders Vicky auf einmal ausgesehen hatte. Eleganter und schöner, irgendwie verändert. Na warte, dachte Anna und hob das Blatt hoch, um einen Blick auf die darunterliegenden Papiere zu werfen. Hochmut kommt vor dem Fall. Wir werden sehen, wer am Ende als Letzte lacht. Ich werde Karriere machen, da wirst du schon längst wieder in deinem Ein-Zimmer-Apartment sitzen. Ich werde so viel Geld verdienen, dass ich gar nicht mehr weiß, wie ich es ausgeben soll. Ich werde mir als Erstes ein neues Auto kaufen. Und dann eine Wohnung. Halt! Warum nicht gleich ein Haus? Da wäre Platz genug für mich und meinen Vater. Und das Personal, das sich um ihn kümmern wird, denn ich habe wirklich Wichtigeres zu tun, als mich auch noch damit zu belasten und mir tagaus, tagein die alten Geschichten …

Unter Aufbietung all ihres Willens schloss Anna die Mappe. Sie atmete keuchend ein und aus und lehnte die Stirn an die kühle Wand. Sie tastete nach dem Kieselstein, und als sie ihn nicht sofort fand, klopfte sie hektisch all ihre Taschen ab. Wo war er? Sie brauchte diesen Stein! Jetzt! Sofort!

Durch ein Loch im Futter war er in den Saum gerutscht. Anna berührte ihn durch den Stoff und spürte sofort, dass sie ruhiger wurde. Ihr Puls verlangsamte sich. Das schlimme Gefühl, keine Luft mehr zu bekommen, verflog. Sie biss die Zähne zusammen, schloss die Augen, umklammerte den Stein und versuchte, rückwärts von zehn bis eins zu zählen. Dann fühlte sie sich stark genug, um zu handeln.

Sie nahm die Mappe und legte sie in die Kassette. Damit ging sie zu einem gewaltigen Steintresen an der Stirnseite des Tresorraums. Vor ihr stand eine Schlange, und Anna wartete geduldig, bis sie an der Reihe war.

Ein älterer Herr mit Ärmelschonern und Schirmmütze nahm ihr die Kassette ab. Er warf einen Blick auf die Kennziffer.

»In die Registratur?«, fragte er, und Anna nickte.

»Dann quittieren Sie bitte.«

Er wies auf eine quadratische Kachel, die in die Platte eingelassen war. Anna legte ihre Handfläche darauf, so wie sie es bei ihren Kollegen gesehen hatte. Damit war ihre Aufgabe beendet, sie konnte gehen.

Im Aufzug drückte sie nicht auf den fünfunddreißigsten Stock, sondern auf das Erdgeschoss. Sie konnte jetzt noch nicht zurück. Sie musste an die frische Luft und erst einmal einen klaren Kopf bekommen.

Anna verließ das Haus, ohne dass sie jemand daran gehindert hätte, und landete wenig später in der Taunusanlage, einem kleinen Park für Büroangestellte, die trotz des frühen Herbstes die Hochhäuser ringsum verlassen hatten und ein paar Schritte spazieren gingen. Sie setzte sich auf eine Bank und beobachtete die Enttäuschung der Tauben, die wohl mit mehr gerechnet hatten als dem, was Anna ihnen zu bieten hatte: einen äußerst deprimierten Anblick.

Meine Güte, was war da unten bloß mit ihr passiert? Sie musste diese Papiere noch nicht einmal verstehen. Allein der bloße Anblick reichte, um völlig außer sich zu geraten. Wahrscheinlich war es Vicky ebenso ergangen. Das war nicht ihre Freundin gewesen, die so mit ihr gesprochen hatte. Das war ein gieriges, egoistisches Monster, in das sich offenbar jeder verwandelte, der mit diesen geheimnisvollen Verträgen zu tun hatte. Gott sei Dank hatte Anna im letzten Moment die Reißleine ziehen können.

Sie fummelte und wühlte so lange an und in ihrer Jacke herum, bis sie den Stein in der Hand hielt. Lange sah sie ihn an.

Danke, Papa, dachte sie. Danke, dass du so für mich da bist.

Und dann fiel ihr ein, dass ihr Vater Walzer tanzen konnte. Ein spitzbübisches Lächeln huschte über ihr Gesicht. Da konnte sie direkt einmal das Angenehme mit dem Nützlichen verbinden.

Weller hatte nur gesagt, sie sollte tanzen lernen. Aber nicht, wo und von wem.

Sie stand auf und steckte den Kieselstein in ihre andere, unversehrte Tasche. Mit schnellen, entschlossenen Schritten machte sie sich auf den Weg. Sie ahnte nun, dass Wellers Erfolg ein Geheimnis hatte. Sie hatte es berührt. Vicky hatte es berührt. Sie würde nicht zulassen, dass dieses Geheimnis nach ihrem Herzen griff. Sie würde Weller zur Rede stellen. Und sie würde sich niemals vorschreiben lassen, wen sie zu lieben hatte.

15.

Links zwo drei! Rechts zwo drei!«

Die schöne blaue Donau verwandelte das kleine Haus inmitten der riesigen Baustelle in einen Ballsaal. Friedrich Sternberg hatte den Teppich im Wohnzimmer zur Seite gerollt und Anna beherzt an seine schmale Brust gedrückt.

»Wie in der Tanzstunde, erinnerst du dich noch?«

Er keuchte ein wenig, denn die ungewohnte Anstrengung machte ihm mehr zu schaffen, als er zugeben wollte. Auf dem Plattenspieler knisterte eine Aufnahme der Wiener Philharmoniker unter Herbert von Karajan – der einzige Dirigent, der sie jemals richtig im Griff hatte, wie Annas Vater betonte, um dann gleich weiter zu Furtwängler und dessen unbestreitbaren Vorzügen überzugehen. Erst als nach dem langen Vorspiel der bekannte Dreivierteltakt einsetze, hatte er sich geräuspert und seine Tochter mit einem formvollendeten Diener aufgefordert.

»Autsch!«

Friedrich Sternbergs Gesicht verzog sich schmerzerfüllt. Annas Fehltritt hatten seine Zehen in Mitleidenschaft gezogen – nicht zum ersten Mal.

»Entschuldige!« Mutlos ließ sie die Arme sinken. »Ich kann das nicht.«

»Donau so blau, so blau, so blau …«

Friedrich Sternberg hatte nicht vor, sich von Annas vorübergehender Schwäche aus dem Takt bringen zu lassen. Er walzte munter weiter. Anna fiel in den Fernsehsessel und beobachtete amüsiert die koketten Drehungen ihres Vaters. Er sollte nicht allein leben, dachte sie plötzlich. Ich vermisse meine Mutter genauso sehr wie er. Aber er braucht jemanden, der für ihn da ist und ihn liebt. Er hat es verdient. Aber welche Frau würde sich in dieses Haus wagen?

Es war Freitagabend. Die Arbeiten auf der Baustelle ruhten. Mittlerweile waren die Bagger bis auf fünfzig Meter an das Sternberg'sche Haus herangekommen. Mehrfach hatten Bauleiter an der Haustür geklingelt, aber ihr Vater hatte sie nicht hereingelassen. Mit schlechtem Gewissen erinnerte sich Anna an die immer noch ungeöffneten Briefe, die mittlerweile von der Telefonbank direkt in einen alten Schuhkarton gewandert waren. Sie musste sich unbedingt darum kümmern. Die nächste Amtshandlung dieser Supermarkt-Cowboys würde sein, die Polizei zu holen und das Haus gewaltsam zu räumen. Einen solchen Schock wollte sie ihrem Vater unbedingt ersparen.

Die letzten Tage waren nach all dem Stress der reinste Urlaub gewesen. Anna hatte sich in ihrem Büro von einer sehr beflissenen, jungen Expertin aus Wellers IT-Team in die Geheimnisse ihres Schreibtisches einweihen lassen. Sie wusste jetzt, wie sie sich vor überraschenden Eiswürfelattacken schützen konnte, wie die Jalousien und die Klimaanlage funktionierten, vor allem aber, wie sie ihren Computer bedienen konnte. Nur die fünfunddreißigste Etage war mit dieser modernen Technologie ausgerüstet, hatte ihr die junge Dame erklärt. Es waren Prototypen, an deren Entwicklung zur Serienreife sie gerade arbeitete. Schließlich hatte sie Anna mit einem aufmunternden Lächeln allein gelassen. Wenig später war Sam mit ihren Reiseunterlagen aufgetaucht, beziehungsweise dem, was die virtuelle Welt des Internets davon übriggelassen hatte. Das waren nicht mehr als zwei Buchungscodes.

»Dieser für den Flug, und dieser fürs Hotel. Das Sacher.«

Er sah sie an, als ob sie allein bei der Erwähnung Luftsprünge machen sollte. Aber Anna kümmerte sich weiter um die Geheimnisse ihrer Schreibtischplatte. Sie berührte die Ecke links außen, und irgendwo hinter der Wand begann eine Espressomaschine, Kaffeebohnen zu mahlen.

»Ist das irgendwie verwandt oder verschwägert mit der Torte?«

»Gut kombiniert, Watson. Alle Ihre Vorgängerinnen haben der Abteilung übrigens ein Stück davon mitgebracht.«

»Ach ja?«

Kaffeeduft strömte in den Raum. Sam sah nicht so aus, als ob er vorhätte, sie nun endlich allein zu lassen. Er schenkte ihr ein Lächeln, das er für umwerfend halten musste, das aber wirkungslos an Anna abprallte. Trotzdem verzichtete sie darauf, ihn hinauszuwerfen. Sam war offenbar die Klatschbase der Chefetage. Solange Anna noch neu war, musste sie das Eisen schmieden.

»Erzählen Sie mir doch mal etwas über meine Vorgängerinnen. – Kaffee?«

»Gerne!«

Sam strich sich mit einer affektierten Geste die Haare aus der Stirn. Anna stand auf, machte einen großen Bogen um ihren Besucher und trat an die Schrankwand, hinter der sich neben leeren Regalen auch eine komplett eingerichtete Minibar samt ferngesteuerter Espressomaschine befand. Während sie eine Tasse herausholte, sah sie Sam auffordernd an.

»Wie lange war die Stelle denn unbesetzt?«

»Ziemlich lange. Genau kann ich das nicht sagen. Carl Weller setzt hohe Erwartungen in seine engsten Mitarbeiter. Ich zum Beispiel bin mit der gesamten Nordamerika-Koordination befasst.«

»Und was koordinieren Sie da so?«

»Die gesamte Logistik unserer Exportrouten.«

»Export?« Anna legte Würfelzucker auf die Untertasse und balancierte sie hinüber zu Sam. Der warf den Zucker in seinen Espresso, rührte um und leckte derart bedeutungsvoll seinen

Löffel ab, dass Anna um ein Haar in lautes Lachen ausgebrochen wäre. Wenn Sam die Frauen genauso abschleckte wie Löffel, dann Gute Nacht.

»Öl?«, fragte sie nach.

Aber Sam fühlte sich durch ihre Fragen mittlerweile so wichtig, dass er offenbar beschlossen hatte, den Geheimnisträger zu spielen.

»Unter anderem«, antwortete er. »Welchen Schlüssel haben Sie?«

»Schlüssel?«

Verwirrt tastete Anna nach ihrem Hausausweis. Doch Sam hatte etwas anderes gemeint. Gönnerhaft schüttelte er den Kopf.

»Der Vertrauensschlüssel. Er beginnt bei vierundsechzig und endet bei eins. Ich habe sechzehn. Und Sie?«

Anna tippte auf die Stelle ihrer Schreibtischplatte, die das Eiswasser kontrollierte. Gab es eigentlich auch eine Methode, es quer durch den Raum spritzen zu lassen?

Sie konnte auch sehr gut die verschlossene Auster spielen. Vor allem, wenn es nichts gab, das sie hätte preisgeben können. Sie hoffte, dass ihr arroganter Gesichtsausdruck ihre Wissenslücken gekonnt überspielen würde.

»Dann tippe ich auf acht, richtig?« Sam stellte die Espressotasse direkt vor Annas Nase ab. »Alle Ihre Vorgängerinnen hatten die Acht.«

»Und Weller?«

»Weller hat die Eins.«

Natürlich, wie konnte es auch anders sein.

Anna beobachtete ihren Vater, der gerade mit einem imaginären Taktstock dirigierte. Weller war immer die Eins. Wieder spürte sie ihr Herz klopfen. Ich kann lieben, wen und wann und wie lange ich will, dachte sie. Warum also nicht auch ihn?

Im gleichen Moment schoss ein glühender Schmerz durch ihre Adern. Anna spürte, wie sie bis an die Haarwurzeln errötete. Liebte sie Weller? Auf gar keinen Fall. Er war das Beste, was ihr jemals im Bett passiert war. Seit sie in sein Leben gestolpert war, war nichts mehr wie zuvor. Das grüne Leuchten in seinen Augen. Dieser magische, hypnotisierende Blick. Wenn er sie fragen würde, ob sie noch einmal mit ihm …

»Anna?«

Die Musik war verklungen. Ihr Vater stand vor ihr und musterte sie besorgt.

»Ist alles in Ordnung mit dir?«

»Ja … ja, natürlich.«

»Dann noch mal von vorne.«

Ihre Proteste prallten wirkungslos an ihm ab. Die Walzerklänge verfolgten sie noch, als sie schon längst in ihrem Bett lag und dem Wind lauschte, der durch das Herbstlaub der Bäume vor ihrem Fenster strich.

Wo Weller jetzt wohl war? In welcher Stadt ging er allein – oder zu zweit – ins Bett? Ein Mann wie er blieb nicht lange Single. Überall auf der Welt gab es Frauen wie May Ling, die ihn für ehrenwert hielten, auch wenn er das allerhöchstens im Bett war. Widerwillig musste Anna zugeben, dass sie zumindest damit wohl recht hatte. In jener unvergessenen Nacht hatte er sie auf seinen starken Armen geradewegs ins Herz eines glühenden Vulkans getragen …

Erschrocken setzte sie sich auf. Wieder hatte sie eine Gedankenkette verfolgt, die ihr noch nie zuvor bei einem Mann in den Sinn gekommen war. Lava, Hitze, Glut … ihr Albtraum streifte sie noch einmal mit heißem Atem. Das Bild einer Dornenhecke stieg vor ihrem inneren Auge hoch. Sie sollte sie vor der Flut der Skorpione schützen. Was konnte das nur zu bedeuten haben? Vorsichtig schlug sie die Decke zurück und tastete sich die Treppe hinunter. Sie konnte jetzt sowieso nicht schlafen.

In der Küche goss sie sich ein Glas Wasser ein und leerte es, ohne auch nur ein Mal abzusetzen. Ihr Blick fiel hinaus in den Garten. Die Bäume verloren ihr Laub, das ungeordnete Gestrüpp sah noch trostloser aus, als sie es in Erinnerung hatte. Vielleicht sollte sie doch zu ihrem Vater ziehen? Platz wäre genug. Aber selbst wenn die Bauarbeiter einen Bogen um sie machen würden, sie würden doch inmitten von Zubringerstraßen und Lastverkehr leben.

Mit einem Seufzer stellte sie das Glas in die Spüle und ging hinaus in den Flur. Wahrscheinlich würde ihnen nichts anderes übrigbleiben, als dem Abriss zuzustimmen. Hoffentlich hatte der Investor ihrem Vater wenigstens ein anständiges Angebot gemacht.

Sie griff sich einen der Briefstapel und nahm ihn mit hoch in ihr Zimmer. Nachdem sie es sich auf ihrem Bett bequem gemacht hatte, öffnete sie einen Umschlag nach dem anderen. Die Lage war noch schlimmer, als sie befürchtet hatte. Neben einer Vielzahl unbezahlter Rechnungen hatte sie nun auch endlich Klarheit, was das Haus ihres Vaters anging. Nachdem er auf verschiedene Angebote nicht reagiert hatte, hatte sich der Ton verschärft. Ein gerichtliches Schreiben bewies, dass der Räumungstitel bereits erwirkt war. Zudem würde sich ihr Vater mit Schadensersatzforderungen auseinandersetzen müssen, da die Verzögerung bei den Bauarbeiten die Kosten in die Höhe getrieben hatte.

Anna hielt den letzten Brief näher an die kleine Lampe über ihrem Bett. Der Absender war so klein geschrieben, dass sie ihn kaum entziffern konnte.

»Weller Project Development Holding AG«, las sie.

Sie ließ das Blatt sinken. Wie viele Investoren für Großprojekte mochte es geben, die Weller hießen? Ihr fiel nur einer ein. Ohnmächtig vor Wut zerknüllte sie das Schreiben und warf es an die Wand. Wie oft würde es diesem Mann eigentlich noch gelingen, sie zu demütigen? Dieser Mistkerl hatte es die ganze Zeit gewusst. Spätestens, als er hier aufgetaucht war, musste er doch geahnt haben, dass es sein eigener Supermarkt war, der den Sternbergs zu Leibe rückte. Sie wusste nicht, was schlimmer war. Sich Weller als denjenigen vorzustellen, der mit Genuss die Abrissbirne gegen das Haus krachen ließ, oder Weller als den Lügner, der ihrem Vater in die Augen gesehen und ihn dabei so übel hintergangen hatte. Sie hieb mit der Faust in ihr Kopfkissen.

Ich hasse dich. Jedem einzelnen Wort folgte ein neuer Schlag. Ich hasse dich!

Am liebsten hätte sie ihm sofort den Job vor die Füße geworfen. Von ihr aus konnte er sein gesamtes Imperium samt Goldvorräten auf den Mond schießen. Sie schloss die Augen und spürte, wie die Tränen ihr über die Wangen liefen.

Nein, es war nicht das Schlimmste, gegen Weller eine Wette zu verlieren. Es war auch bei Weitem nicht so furchtbar, ihn um einen Job anzubetteln. Das alles konnte ihr Stolz verkraften. Was sie wirklich dazu brachte, ihn abgrundtief zu verabscheuen, war der Gedanke an ihren Vater. Friedrich Sternberg hatte Weller sympathisch gefunden. Das kam nicht oft vor in dieser Familie. Weller hatte das Herz des alten Mannes im Handumdrehen erobert. Sie konnte es jetzt nicht brechen, indem sie ihrem Vater reinen Wein einschenkte. Insgeheim war sie sogar froh, dass er die Briefe nicht geöffnet hatte. Wenn ihr die Enttäuschung schon so sehr zusetzte, was hätte sie dann mit ihrem Vater gemacht? Carl Weller, dachte sie. Ich werde mich rächen für das, was du den kleinen Leuten antust.

Als Erstes schwor sich Anna, ihr Spesenkonto in Wien bis zur Grenze auszureizen. Weller hatte das Hotel bezahlt? Dann würde sie dort alles auf die Rechnung setzen lassen, was nur machbar war. Sollte sie dort noch einmal den Boten spielen, dann würde sie sich den Vertrag ganz genau anschauen und seine negativen Kräfte auf sie einwirken lassen. Am besten zwei Tage damit einschließen, dachte sie schadenfroh. Der Phantasie, wie sie Weller seinen Verrat büßen lassen würde, schadete das bestimmt nicht. Eher würde das Gegenteil der Fall sein. Und dann …

Anna löschte das Licht und klopfte sich das Kissen zurecht. Sie räkelte sich wohlig unter der Decke und konnte ein boshaftes Lächeln nicht unterdrücken. Lieben streng verboten. Carl Weller hatte ihr diese Dienstanweisung gegeben. Erstens war nichts leichter als das. Liebe war ja wohl das Allerletzte, was sie mit diesem Mann verband. Zweitens würde sie ihm vorspielen, dass sie ihm unsterblich verfallen wäre. Mal sehen, wie sich das auf ihn auswirken würde.

Und drittens … an diesem Punkt der Aufzählung angelangt, erlosch ihr Lächeln. Drittens würde sie vermutlich gar nicht schauspielern müssen. Das war das Schlimmste: Sie hasste Weller. Doch da war noch etwas anderes. Oben auf dem Baumhaus hatte sie es gespürt, und in ihrem Traum ebenfalls. Weller war einer dieser Männer, die in Frauen die schlimmsten, aber auch die schönsten Gefühle auslösen konnten. Anna ahnte, dass in ihrem Herzen auf Dauer nur für eines von beidem Platz wäre.

16.

Wien empfing Anna mit strahlend blauem Himmel und kleinen Schäfchenwolken, die wie hingetupft über der Donaumetropole schwebten. Der Weg vom Flughafen in die Stadt war nicht weit. Sie entschied sich gegen die Bahn und für ein Taxi. Dieses Wochenende noch, hatte sie sich geschworen. Keinen Tag länger würde sie für Weller arbeiten. Vielleicht ergab sich in Österreich eine Gelegenheit, es ihm heimzuzahlen.

Anna erinnerte sich, wie schweigsam sie beim Frühstück gewesen waren. Jedes Mal, wenn ihr Blick auf das schlohweiße Haar ihres Vaters und seine zerbrechlichen Hände gefallen war, war die Wut auf Weller wieder in ihr hochgestiegen. Friedrich Sternberg hatte nicht verdient, dass man ihn so hinters Licht führte. Der Gedanke, dass Weller mit an diesem Tisch gesessen und sich offenbar wie zu Hause gefühlt hatte, brachte sie immer noch in Rage.

Sie bezahlte das Taxi, stieg aus und sah sich um. Das Hotel Sacher lag unmittelbar neben der Fußgängerzone an der Kärntnerstraße, nicht weit vom Opernhaus, und war offenbar nicht nur bei Europäern beliebt. Die vielen Fotografien an den Wänden bewiesen, dass Prominente hier ein und aus gingen. John F. Kennedy, Indira Ghandi und Herbert von Karajan entdeckte Anne auf dem Weg zu der etwas versteckt liegenden Rezeption. Sie bedauerte, dass ihr Vater schon seit Jahren nicht mehr verreiste. Vielleicht konnte sie ihm Wien eines Tages doch noch schmackhaft machen. Zumindest mit der Aussicht, auf demselben Terrassenplatz wie Karajan ein Stück Sachertorte zu verspeisen.

Zu ihrer größten Freude bekam Anna einen Schlüssel für ihr Zimmer. Wenigstens an diesem Haus war die allgegenwärtige Chipkartenmanie vorübergegangen. Ein livrierter Page begleitete sie bis in den dritten Stock, zeigte ihr die Räume und ließ sie dann, nachdem sie ihm einen Geldschein in die Hand gedrückt hatte, allein.

Aufatmend sah Anna sich um. Es war ein hübsches Zimmer mit gestreiften Tapeten und einem kleinen Baldachin aus roter Seide über dem Bett. Ein Lüster aus Muranoglas verbreitete schmeichelndes Licht. Sie warf ihre Reisetasche ins Bad und beschloss, später auszupacken. Aus einem Lautsprecher über den Spiegeln klang, wie sollte es anders sein, Walzermusik.

Anna hob die Arme und tanzte durchs Zimmer.

»Links zwo drei, rechts zwo drei ...«

Mitten aus der Drehung heraus ließ sie sich aufs Bett fallen und starrte an die Zimmerdecke. Die Walzerseligkeit verebbte. Sie war immer noch zu verletzt, um sich an der Stadt und ihren Möglichkeiten zu erfreuen.

Nichts da! Anna schleuderte ihre Schuhe von den Füßen, sprang auf und lief über den weichen Teppich zu einem zierlichen Schreibtisch aus Mahagoni. In dickes Leder gebunden fand sie die Karte des Room Service sowie eine Liste aller weiteren Annehmlichkeiten, die das Hotel bot.

»Fiakerfahrt zum Prater«, murmelte sie, während sie die Angebote überflog. »Ausflug in ein Heurigenlokal. Theaterkarten. Lipizzaner. Porzellan-Manufaktur. Schloss Schönbrunn.«

Sie klappte die Mappe zu. Als sie die Hand zum Telefon ausstreckte, fiel ihr die Obstschale auf, die eine liebevolle Hand arrangiert hatte. Zwischen einem Pfirsich und einer Aprikose steckte ein weißes Kuvert. Anna öffnete es und zog eine Karte heraus.

»Sehr geehrte Frau Sternberg, wir begrüßen Sie in unserem Hause. Der Limousinenshuttle zum Ball des Zodiak wartet um 18 Uhr. Wir wünschen Ihnen einen beschwingten Aufenthalt!«

Anna runzelte die Stirn und betrachtete die Karte von allen Seiten. Mehr als diese dürftigen Angaben waren ihr nicht zu entlocken. Offenbar hielt man sie für einen Ballgast. Sie rief die Rezeption an, um diesen Irrtum aufzuklären.

»Aber ja, gnä' Frau«, antwortete der gute Geist am anderen Ende der Leitung. »Die Karte ist auf Ihren Namen hinterlegt.«

»Aber ...« Anna sah an sich hinunter, doch Jeans und Sweatshirt, die sie für den Flug gewählt hatte, verwandelten sich nicht in ein Abendkleid.

Das wäre ja jetzt auch ein bisschen viel verlangt, dachte sie. »Gibt es sonst noch Nachrichten für mich?«

»Einen Moment bitte.«

Die schöne blaue Donau dudelte aus der Warteschleife. Offenbar konnte in Wien niemand dem Dreivierteltakt entkommen.

»Herr Weller erwartet Sie um siebzehn Uhr dreißig.«

»Herr Weller? Er ist hier?«

Damit hatte Anna nicht gerechnet. Ihr Chef hatte kein Wort davon gesagt, dass er ebenfalls nach Wien kommen wollte.

»In der Präsidentensuite«, kam die Antwort aus dem Hörer.

Nur Präsident, nicht gleich der Kaiser?, wollte Anna erwidern, doch sie verkniff sich diese kleine Lästerei. Die Hotelangestellten konnten es sich schließlich nicht aussuchen, wer in ihren Zimmern übernachtete.

»Kann ich sonst noch etwas für Sie tun?«

»Bitte? Ähm ... Entschuldigung, ja.« Anna nahm die Karte des Room Service. »Den geräucherten Zander mit Bachkrebsen, Avocado und ... Paradeiser?«

»Tomaten, gnädige Frau.«

»Oh ja, danke. Dann der Tafelspitz mit ... Apfelkren?«

»Meerrettich.«

»Dillfisolen und Erdäpfel-Vogerlsalat?«

»Bohnen und Kartoffel-Feldsalat.«

Meine Güte, warum schrieben sie das dann nicht auch so in die Karte? Anna fragte sich, wie Gäste ohne Sprachkenntnisse in Österreich überleben konnten.

»Und eine Sachertorte, die kleine«, beendete Anna die Bestellung.

»Etwas zu trinken, gnädige Frau?«

»Ja. Champagner. Den besten, den Sie haben.«

Sie legte auf. Aber die Hochstimmung, in die sie diese Bestellung versetzt hatte, hielt nicht lange an. Sie ging ins Bad und unterzog zunächst sich selbst und danach den Inhalt ihrer Reisetasche einer kritischen Prüfung. Keines von beidem würde der Einlasskontrolle des Ball des Zodiak gerecht werden. Sie sah auf ihre Uhr. Ob sie Weller an diesem Abend sehen würde? Wieder beschleunigte sich ihr Herzschlag.

Das kommt nur davon, dass du dich freust, ihm die Verliebte vorzuspielen, dachte sie. Doch ein Blick in den Spiegel bestätigte ihr, dass Vorfreude anders aussah. Ihre Augen waren umschattet von einer tiefen Traurigkeit.

Anna beugte sich vor und musterte sich genauer. Ihr Gesicht war schmaler geworden, und der Blick aus ihren sanften, dunklen Augen wirkte müde. Auch daran gab sie Weller die Schuld. Sie hatte in der vergangenen Nacht kaum geschlafen, so sehr hatte sein Verrat an ihr genagt.

Was ihr aber in Wirklichkeit die Ruhe raubte, war die Frage, warum ihr das alles so naheging. Mit Weller war doch eigentlich alles geklärt. Er war und blieb der arroganteste Mensch, dem sie jemals begegnet war. Zudem steckte er bis zum Hals in dunklen Geschäften. Seine Partner waren undurchsichtig, seine Partnerinnen – dabei dachte Anna vor allem an May Ling – viel zu attraktiv, um jemanden wie Anna ernst zu nehmen. Ehrenwert. Sie stieß einen verächtlichen Laut aus. Zunächst einmal war es nicht ehrenwert, seine Angestellte derart in Verlegenheit zu bringen. Sie hatte kein Kleid. Sie hatte keine Frisur. Sie hatte keine Schuhe …

Moment.

Anna eilte zurück an den Schreibtisch.

»Ich habe da ein winzig kleines Problem«, flötete sie in den Telefonhörer.

Keine zwei Stunden später starrte Anna erneut in den Spiegel und konnte nicht fassen, was mit ihr geschehen war. Der reizende Portier hatte einen Friseur, eine Maniküre und einen Make-up-Artist aus dem Hut gezaubert und auf Annas Zimmer geschickt. Den dreien war ein Meisterwerk gelungen: Anna sah atemberaubend aus.

Die halblangen Haare glänzten wie dunkles Gold. Weiche Wellen rieselten links und rechts der Schläfen herab, die Strähnen am Hinterkopf waren hochtoupiert und in ihrem Nacken zu einem lockeren Knoten geschlungen. Ein Hauch von Bronze und Amethyst betonte ihre braunen Augen und ließ sie geradezu riesig erscheinen. Die Lippen betonte ein glänzender Rosenholzton, der sich auch noch einmal auf ihren Wangen wiederfand. So grazil und geradezu überirdisch schön hatte Anna sich noch nie gesehen. Zweifelnd betrachtete sie die Palette des Schminkkünstlers. Ob ihr das mit dem gleichen Werkzeug auch gelingen würde?

»*Madonna mia!*«, rief der Friseur und klatschte in die Hände. Er tat so, als ob er aus Italien kam, aber Anna hatte seine geschickt eingestreuten Ausrufe schnell durchschaut. Ab und zu rutschte ihm nämlich ein herzhafter Dialekt aus dem Ruhrgebiet über die Lippen.

»Sie ist wunderschön! Eine *bella donna*!«

Verzückt strich er ihr noch ein widerspenstiges Härchen glatt und strahlte sie an. Anna lächelte. Wenn sie jetzt auch noch etwas anderes in Bodenlänge bekäme – außer dem Hotelbademantel, den sie gerade trug – nahm das Unternehmen langsam Gestalt an.

Es klopfte. Der Friseur machte eine ungeduldige Handbewegung. Die Maniküre huschte zur Tür und kam Sekunden später mit einem leuchtenden Lächeln zurück ins Bad. In den Händen hielt sie einen großen Karton.

»Das wurde soeben abgegeben.«

Anna drehte sich um und bat die Frau, den Karton zu öffnen. Heraus kam das schönste Abendkleid, das sie je gesehen hatte. Es war aus glänzendem, goldschimmerndem Brokat mit einem enganliegenden Korsett und derart schmal geschnitten, dass Anna schon beim Gedanken, sich da hineinzuquetschen, die Luft wegblieb.

»Das ist zu klein!«

»Unsinn.« Der Friseur wischte ihre Bedenken mit einer Handbewegung weg. »Das passt schon.«

Er schob den Serviertisch mit den Speisen, die Anna in all der Hektik völlig vergessen hatte, neben das Bett. Doch Anna hatte einen Blick für Kleidergrößen und ihre eigene Figur. Dieser Traum aus Brokat würde die Gelenkigkeit einer Schlangentänzerin erfordern. Dafür brauchte sie keine Zeugen.

Sie bedankte sich bei allen und bat sie, sich das Trinkgeld selbst auf die Rechnung zu schreiben. Kaum hatten sie das Zimmer verlassen, trat Anna noch einmal an das Bett und betrachtete das Kleid. Es schimmerte so intensiv, dass es sie beinahe blendete. Vorsichtig strich sie über den Stoff. Diese Garderobe musste ein Vermögen gekostet haben. Ob Weller das arrangiert hatte? Zuzutrauen wäre es ihm. Der Farbton harmonisierte perfekt mit ihren kastanienbraunen Haaren, und Weller war der Typ Mann, der sein eigenes Erscheinungsbild gerne mit einer passenden Begleitung garnierte.

In der Ecke des Zimmers stand noch der Karton. Als sie auf der Suche nach einem Begleitschreiben, einer Rechnung oder irgendeinem Hinweis, wer sie da so beschenkt hatte, den Deckel anhob, fand sie die passenden Accessoires. Ein paar Abendschuhe in dunklem Gold, ellenbogenlange Handschuhe und eine klitzekleine Tasche, die über und über mit glitzernden Steinen besetzt war. Nachdenklich betrachtete Anna diese Schätze. Das Kleid war Haute Couture. Allein die Schuhe waren ein Vermögen wert. Einen Moment lang erwog sie, alles zusammenzupacken und Weller in seine Präsidentensuite schicken zu lassen. Sie war seine Angestellte, nicht seine Schneiderpuppe.

Aber dann streifte sie doch den Bademantel ab. Wenigstens ein Mal anziehen. Nur ein einziges Mal. Einmal aussehen wie eine dieser Frauen, die niemals auf die Preisschilder sehen. Dann ein Handyfoto machen und es Vicky schicken ... aber nein, das ging natürlich nicht. Vicky würde das falsch verstehen.

Vorsichtig schlüpfte Anna in das Kleid. Die Korsage war natürlich wie erwartet der reinste Horror. Anna verfluchte sich und ihre Faulheit. Mit vier Mal die Woche Yoga wäre dieses verflixte Teil kein Problem. Endlich hatte sie es geschafft und konnte das Kleid sogar schließen. Sie schlüpfte in die Schuhe, dann streifte sie die Handschuhe über. Einen Moment lang wurde ihr schwindelig.

Du hast zu wenig gegessen, dachte sie. Noch immer standen die Speisen unberührt unter ihren silbernen Hauben auf dem Tisch. Aber das ist ein Kleid, das schon eine Fisole zu viel sprengen könnte.

Die Absätze schienen meterhoch. Vorsichtig wankte Anna ins Bad. Als sie sich im Spiegel sah, stockte ihr der Atem. Ihre Schönheit war überwältigend. Das Kleid verzauberte ihre Figur und ließ sie schmal und zerbrechlich erscheinen. Der dunkle Goldton schmeichelte ihrem Teint, ihre Augen leuchteten geheimnisvoll.

Das bin ich nicht, dachte sie.

Das war eine fremde Frau, die ihr da entgegenblickte. Jemand, der nur eine vage Ähnlichkeit mit Anna Sternberg hatte. Sie erkannte sich nicht mehr wieder. Mühsam trat sie noch einen Schritt näher. Das Korsett war viel zu eng. Die Schuhe schienen zu glühen. Eine Hitzewelle überflutete sie. Sie schwankte und konnte sich gerade noch an der Wand abstützen. Das Badezimmer um sie herum begann, sich vor ihren Augen zu drehen.

Da stimmt was nicht, dachte Anna. Ich muss raus aus diesem Kleid. Jetzt und sofort.

Doch alle ihre Bemühungen scheiterten. Sie fühlte sich, als hätte jemand sie in den Stoff eingenäht. Die Schuhe saßen fest und wurden schwer wie Eisen. Anna bekam keine Luft mehr. Sie fasste sich an die Kehle und stolperte zurück ins Zimmer. Keuchend erreichte sie das Bett. Ihre Haut brannte wie Feuer. Ob das ein allergischer Schock war? Panik attackierte sie. Mit letzter Kraft tastete sie nach dem Messer auf dem Serviertisch. Doch als sie es in der Hand hatte, spürte sie, wie ihre Kräfte sie verließen.

Das Messer glitt aus ihren Fingern und fiel auf den Boden. Annas Körper glühte. Die Luft flimmerte vor Hitze. Noch einmal versuchte sie, den Stoff zu zerreißen. Doch selbst dazu war sie schon zu schwach. Zarter Nebel und weißer Rauch stiegen vor ihren Augen auf.

Ich verbrenne, dachte sie. Tränen der Verzweiflung schossen in ihre Augen. Ich verbrenne! Weller! Hilf mir! Ich sterbe!

Die Tür wurde aufgerissen, und ein Schwall kühler Luft drang durch das Zimmer. Jemand hob sie hoch, schüttelte sie, rief ihren Namen, doch Anna konnte nicht mehr antworten. Mit beiden Händen riss er den Brokatstoff auseinander. Sie spürte eine kräftige Hand an ihrem Ausschnitt, Knöpfe sprangen ab, wieder das Geräusch von reißendem Stoff, und dann, endlich, konnte Anna wieder atmen. Immer noch spürten sie Panik und Angst. Sie begann, wild um sich zu schlagen, bis ihr Retter sie an den Schultern rüttelte.

»Anna!«

»Nein!«, schrie sie und versuchte, ihr Gesicht mit den Armen zu schützen.

»Anna, schau mich an!«

Sie wollte nicht. Wild schüttelte sie den Kopf. Die Hochsteckfrisur löste sich auf, und ihre Haare fielen ihr in aufspringenden Locken auf die Schultern.

»Ruhig, ganz ruhig.«

Er presste ihren Kopf an seine Brust. Jetzt bekam Anna erst recht keine Luft mehr. Wieder wollte sie sich wehren, aber es war zwecklos. Seine Arme waren stark, und sie hielten sie so lange, bis sie sich beruhigte und ein Schluchzen in ihre Kehle stieg.

»Alles wird gut. Es ist nichts passiert.«

»Weller?«

Ihre Stimme war nur noch ein heiseres Krächzen. Erst jetzt nahm sie wahr, dass sie nackt in seinen Armen lag. Das war jetzt nicht wichtig. Was zählte, war, dass sie lebte. Langsam, ganz langsam gelang es ihr, das Zittern zu kontrollieren. Ihre Atemzüge wurden regelmäßiger. Mit geschlossenen Augen atmete sie seinen Duft, der Anna schon damals in ihrer ersten Nacht fast um den Verstand gebracht hatte. Sie spürte, wie seine Nähe plötzlich auf sie wirkte. Sie war wehrlos gegen dieses unendlich süße Verlangen, das sich in ihr ausbreitete. Sie wollte ihn wegstoßen, ihm ins Gesicht schleudern, wie sehr sie ihn hasste und verachtete, doch es gelang ihr nicht.

»Es ist vorbei, Anna.«

Er hielt sie immer noch. Seine Lippen berührten ihre Schläfe. Wahrscheinlich sollte es Beruhigung und Trost sein, nicht mehr. Aber Anna war in einem Zustand, in dem sie nicht mehr klar denken konnte. Ohne dass sie es wollte, hob sie ihren Kopf, und seine Lippen wanderten zärtlich über ihre Wangen. Ihr Körper entspannte sich, und eine fast schmerzhafte Sehnsucht flutete durch ihn. Wellers Griff lockerte sich. Seine Hände strichen ihr die Haare aus dem Gesicht. Unendlich sanft küsste er ihre geschlossenen Augen.

Sie ließ sich zurück aufs Bett fallen und zog ihn mit sich. Sie spürte, wie Weller sich über sie beugte. Ihre Lippen kamen ihm entgegen, und dann küsste er sie.

Der Kuss trug Anna in eine andere Dimension. Jede seiner Berührungen beantwortete sie mit ihrem Körper. Seine Zunge eroberte ihren Mund und begann mit ihrer lockenden Versuchung, gegen die Anna machtlos war. Immer noch bestimmte seine Zärtlichkeit den Gleichklang ihrer Körper, doch langsam erwachte das Feuer der Begierde. Seine Hand wanderte über ihren Körper, blieb auf ihrer Brust liegen und begann, sie sanft zu liebkosen.

Sie warf den Kopf zu Seite, doch Weller missverstand diese Bewegung als unkontrollierten Gefühlsausbruch. Er zog ihren Mund erneut an seine Lippen. Dieses Mal war sein Kuss härter. Obwohl er bekleidet war, konnte sie seine Erregung durch den Stoff spüren. Alles Blut schien sich in ihrem Schoß zu sammeln, als sie seinen Kuss erwiderte.

Ich hasse dich.

Wellers Hand hörte auf, sie zu streicheln.

Ich will dich.

Die Hand setzte ihre Wanderung fort, dorthin, wo Anna es am meisten ersehnte.

Ja, dachte sie, mach weiter, immer weiter, hör nicht auf, auch wenn ich dich hasse, weil du ein Mistkerl bist, hör nicht auf …

Sie wollte den Kopf heben, doch er drückte sie zurück ins Kissen. Ihr Blut wurde kochende Lava, und der Vulkan war bereit, zu explodieren. Weller ließ kurz von ihr ab. Noch bevor sie den Kopf heben und aus diesem Meer von Verlangen auftauchen konnte, hörte sie, wie er sich in Sekunden die Kleider vom Leib riss und sich neben sie legte.

»Willst du das wirklich?«

Seine Stimme, leise und heiser vor Erregung und Leidenschaft. Anna stöhnte.

»Ja!«

»Warum?«

Sie warf sich herum und wollte auf ihn steigen, ihn besitzen mit aller Macht und aller Kraft, die sie noch aufbieten konnte. Doch schon hatte er sie an den Handgelenken gepackt und wieder zurück aufs Bett geworfen. Dann lag er auf ihr, und sie konnte seinen Körper spüren, der genauso erregt war wie der ihre.

»Warum, Anna?«

Langsam öffnete sie die Augen. Sie sah in sein Gesicht, in dem sich unendliche Leidenschaft spiegelte. Ihr Schoß drängte sich ihm entgegen. Wie eine Katze räkelte sie sich unter seinem Gewicht und zeigte ihm ohne Scham und Zurückhaltung, was sie von ihm wollte.

Noch immer hielt er sie fest gepackt. Wollust und Wehrlosigkeit machten Anna rasend.

»Frag nicht«, flüsterte sie.

Er ließ ihre Hand los. Dann drehte er sich zur Seite und ließ sich neben sie fallen. Eine Sekunde glaubte Anna, dies wäre eine neue Variante des ewig gleichen Spiels. Ein kurzer Blick auf seinen makellosen Körper und seine Erektion zeigten ihr, dass er ebenso bereit war wie sie.

»Du hasst mich?«

Anna glaubte, sie hätte sich verhört. Ihre Sinne waren noch immer wie betäubt von Begierde. Das durfte doch nicht wahr sein. Mitten im heißesten Vorspiel begann dieser Mann, Befindlichkeiten zu diskutieren. Sie wollte es. Jetzt. Sofort.

Doch seine Miene verhieß nichts Gutes. Zumindest nicht das, was Anna sich erhofft hatte. Er verschränkte die Arme hinter seinem Kopf und sah an die Decke. Anna beugte sich zu ihm und ließ ihre Zunge von seiner Halsbeuge über die Oberarmmuskeln gleiten.

»Nicht jetzt«, flüsterte sie.

»Ich darf doch wohl wissen, welche Gefühle du für mich hegst.«

»Gefühle?«

Anna setzte sich auf. »Du willst mit mir über Gefühle reden?«

Natürlich. Er hatte ihre Barrieren durchbrochen. Sie hatte ihn einfach so in ihre völlig ungeschützten Gedanken hineingelassen.

Weller beobachtete sie. Sie konnte nur hoffen, dass er im Moment ihre Gedanken nicht lesen konnte. Sie rückte noch ein Stück von ihm ab, damit sich ihre Körper nicht noch einmal zufällig berührten.

»Also«, begann sie, »wenn du wirklich über Gefühle reden willst, dann können wir das gerne tun. Es erstaunt mich nur etwas.«

»Warum? Wo sollte man es sonst tun, wenn nicht im Bett?«

Er streckte den rechten Arm aus. Eine Einladung an Anna, sich hineinzuschmiegen. Doch sie blieb sitzen.

»Ich hätte nicht geglaubt, dass du diesem Thema überhaupt Aufmerksamkeit schenkst.«

»Dann kennst du mich schlecht.«

»Du gibst mir auch nicht viele Möglichkeiten, das zu ändern.«

Weller nahm die Bettdecke, die im Eifer des Gefechts auf den Boden geglitten war, und legte sie über seine Hüften. Das sah endgültig aus. Mit einem Seufzer des Bedauerns wollte Anna nach ihrem Bademantel greifen.

»Komm her.« Er hob die Decke. »Ich beiße nicht.«

Anna holte fast unmerklich Luft. Der Moment war gekommen. Lieben verboten, dachte sie. Dann wollen wir mal sehen, was passiert, wenn ich mich nicht daran halte.

Sie hob die Hand und berührte sanft seine Brust. Wieder spürte sie, wie sehr sie diesen Mann begehrte. Dann nahm sie all ihren Mut zusammen. Ich liebe dich, dachte sie. Sie wartete, ob irgendetwas in ihr sich gegen diesen Gedanken sträuben wurde. Sie war überrascht, dass das nicht der Fall war. Komisch, dass das so einfach ging. Ich liebe dich, Carl Weller. Okay, dann machen wir mal weiter so.

Sie schlüpfte unter die Decke und schmiegte sich in seine Arme.

Ich habe dich vom ersten Moment an geliebt. Schon als ich dein Foto gesehen habe, wusste ich, dass du der Mann bist, der mein Leben verändern würde. Ich empfinde Dinge für dich, die ich niemals für möglich gehalten hätte …

Weller küsste sie, und es war, als ob sie in ein Meer von Sehnsucht tauchen würde.

Ich liebe dich, Carl Weller. Ich liebe dich mehr als den Tag und die Nacht, mehr als die Sterne und die Sonne und den Mond.

Er stöhnte. Dann küsste er sie wieder.

Ich würde alles für dich tun, Weller. Alles. Aber halt mich fest und küss mich. Und komm zu mir. Bitte. Komm …

Weller legte sich auf sie. Seine Erregung war so groß, dass er sich kaum noch zurückhalten konnte. Mit den Beinen umklammerte sie seine Hüften. Ihr Verlangen war scharf und süß zugleich und durchbohrte sie wie ein glühender Pfeil. Doch er wartete noch. Worauf bloß? Ihr Schoß drängte sich ihm entgegen, und sie küsste ihn, wie sie noch nie einen Mann geküsst hatte.

Ich liebe dich, Weller. Ich würde sterben für dich.

In diesem Moment wurden sie eins.

17.

Wie lange sie ineinander verschränkt auf dem Bett lagen, wusste Anna nicht. Es musste eine Ewigkeit sein. Ein Orkan der Gefühle hatte sie mit sich gerissen, und nur sehr langsam schwebte Anna zurück auf die Erde. Sie schmiegte sich an Weller und spürte, wie eine Art himmlische Zufriedenheit durch ihre Glieder strömte. Dann schnupperte sie.

Ein scharfer Geruch lag in der Luft. Rauch. Asche. Kunststoff. Irgendetwas richtig Widerwärtiges.

»Was ist das?«

Sie hob den Kopf, den sie auf Wellers Brust abgelegt hatte. Ihr Atem hatte sich beruhigt, aber ihr Körper klebte schweißnass an seinem, als hätten ihre Glieder beschlossen, sich nie mehr zu trennen. Sie war unfähig, sich von ihm zu lösen. Mit Weller hatte sie die Tür zu einer neuen Dimension der Liebe aufgestoßen. Anna hatte nicht geahnt, dass es so etwas tatsächlich gab: sich ineinander finden, auflösen, und gemeinsam ein Ganzes werden. Doch irgendetwas stank in diesem Zimmer, und das geradezu bestialisch.

Sie verließ die warme Kuhle zwischen Wellers Brust und Arm und robbte hinüber zur Bettkante.

»Das Kleid!«

Sie streckte die Hand aus, doch Weller packte sie und zog sie zurück.

»Lass mich das machen.«

Es lag, zusammengeknüllt und zerrissen, am Fußende des Bettes auf dem Boden. Rauch stieg aus dem Stoff und schwebte kräuselnd nach oben. Mit gerunzelter Stirn beobachtete Anna, wie er aufstand, die Überreste aufhob und hinüber zu dem Karton brachte, der immer noch in der Ecke stand.

»Ist das ein Fall von spontaner Selbstentzündung?«

Weller antwortete nicht. Von dem schimmernden Brokat war nicht mehr viel übrig. Asche rieselte auf den Teppich, als er es zu den Schuhen und der kleinen Tasche warf.

»Weller, was hat das zu bedeuten?«

Er achtete nicht auf sie. Stattdessen trat er ans Fenster, öffnete es und schaute, verborgen vom Vorhang, hinunter auf die Straße. Er war nackt, und Anna konnte den Blick nicht von seiner Silhouette wenden. Jede seiner Bewegungen war geschmeidig und kraftvoll. Er schien etwas schmaler geworden zu sein, aber er hatte nichts von seiner beinahe animalischen Grazie verloren. Schmerzhaft zog sich ihr Herz zusammen.

»Du warst einfach zu heiß für das Kleid.«

»Das ist doch Unsinn!«

Er wandte sich vom Fenster ab und ging ins Bad. Wenig später hörte sie, wie das Wasser der Dusche in die Wanne prasselte. Mit einem Seufzer stand Anna auf und sammelte das zusammen, was von ihrer Garderobe übriggeblieben war: Jeans, Sweatshirt und eine gestreifte Bluse zum Wechseln. Ein passenderes Outfit für den Ball des Zodiak gab es ja wohl kaum.

Sie fuhr sich durch die Haare. Auch das noch. Die Frisur war völlig aufgelöst, und wie ein Abend-Make-up nach einer solchen Liebesszene in ihrem Gesicht aussehen würde, wollte sie gar nicht erst wissen. Ärgerlich warf sie die Kleider über eine Stuhllehne und folgte Weller ins Bad.

Er stand im prasselnden Strahl des Wassers und seifte sich gerade die Brust ein. Ohne zu überlegen, öffnete Anna die Glastür und schlüpfte zu ihm. Das Wasser war warm, und seine Arme empfingen sie, als wäre das genau der Ort, an den sie gehörte.

Er küsste sie. Anna schloss die Augen und genoss es, sich an ihn zu schmiegen. Wieder erwachte das Verlangen in ihr. Er hielt noch immer die Seife in der Hand und begann nun, den Schaum langsam über ihren Körper zu verteilen. Anna stöhnte auf. War Leidenschaft denn wirklich so grenzenlos? Eben noch im Bett hatte sie geglaubt, mindestens drei Tage zu brauchen, bis sie das Wort »Aufstehen« überhaupt nur denken konnte. Doch dieser Mann schien in ihr ungeahnte Kräfte zu wecken. Sie legte den Kopf an die Wand und gab sich völlig seinen Händen hin. Ihre Knie begannen zu zittern, als er sie zwischen den Beinen liebkoste und gleichzeitig seinen Mund in ihrer Halsbeuge vergrub. Er packte sie an den Hüften und hob sie hoch. Anna klammerte sich an ihn. Das Wasser floss zwischen ihren Brüsten hinunter. Sie konnte seine Männlichkeit spüren, noch bevor er in sie eindrang. Für einen kurzen Moment öffnete sie die Augen. Der große Spiegel war beschlagen vom Wasserdampf, so dass sie ihre beiden Leiber nur schemenhaft wahrnehmen konnte. Sie sah Wellers Schultern, über die das Wasser aus seinen Haaren in breiten Strömen hinunterlief bis zu seinen Hüften, um die sie ihre Beine gelegt hatte. Seine Hände hatte er unter ihre Schenkel geschoben. Die Macht, mit der er sie ausfüllte, überwältigte Anna erneut. Sie schloss die Augen und gab sich ganz seinem Rhythmus hin.

»Sag es«, flüsterte er. »Sag, wie sehr du mich willst.«

Ihre Lippen verschlossen seinen Mund mit einem Kuss. Annas Leidenschaft war an einem Punkt angelangt, an dem sie sich keine Gedanken mehr über Barrieren oder falsche Liebesgeständnisse machen wollte. Er hielt inne und öffnete die Augen. Sein Blick traf sie mit derselben Wucht, mit der ein Pfeil sie durchbohren würde.

»Sag mir, dass du mich liebst.«

Seine Zunge wanderte über ihre Lippen.

»Ich muss es wissen. Sag es. Laut und deutlich!«

Anna hielt seinem Blick noch immer stand. Sie sah das grüne Glimmen in seinen Augen, und sie ahnte, dass irgendeine Macht gerade dabei war, sie gegen ihren Willen zu erobern.

»Ich liebe dich, Carl Weller.«

Behutsam lehnte er ihren Rücken an die Marmorwand. Dann beugte er sich hinunter und liebkoste ihre Brüste mit seinem Mund. Langsam, unendlich langsam begann Weller erneut, sie zu lieben. Doch dieses Mal war es anders. Etwas hatte sich verändert. Es war, als hätte sie ihm den Schlüssel zu ihrem ganz geheimen Gartentor gegeben. Und sie wusste nicht, ob sie das wirklich wollte. Weiter kam sie nicht mit ihren Überlegungen, denn alles Denken wurde ausgelöscht von einer Flut von Empfindungen, die über Anna strömte und sie gemeinsam mit Weller hoch hinaus trug, noch höher, bis der Kamm der Welle brach und sie mit sich trug.

Als Weller sie vorsichtig wieder auf ihre Füße stellte, musste sie sich einen Moment auf ihn stützen. Er stellte das Wasser ab und griff nach einem der riesigen Badetücher. Zärtlich umhüllte er Anna mit dem weichen Frottee, bevor er selbst begann, sich abzutrocknen.

Auf Annas Lippen brannte die Frage, warum er so genau wissen musste, was sie fühlte. Noch nie hatte ein Mann sich derart für ihre geheimsten Gedanken interessiert, vor allem nicht, während sie sich liebten. Sie beobachtete, wie er sich die Haare trocken rubbelte. Hatte sie gelogen? Ihm etwas vorgemacht? Das schlechte Gewissen nagte an ihr. Anna hatte nie gelernt zu lügen. Schon gar nicht in solchen Situationen.

Weller ließ das Handtuch sinken.

»Denk nicht mehr dran. Es ist nicht wichtig.«

Anna fühlte sich ertappt. Konnte Weller jetzt etwa schon Gedanken lesen, auch wenn sie sich nicht berührten? Dann müsste sich sie ab jetzt sehr in Acht nehmen. Doch sein nächster Satz zerstreute ihre Bedenken.

»Ich werde den Karton entsorgen. Von wem hast du die Sachen bekommen?«

»Das Kleid, ach so. Ich weiß es nicht. Ich dachte, von dir.«

Anna verließ das Bad und ging hinüber in das Zimmer. Dort schlüpfte sie in ihre Sachen, wobei sie sich bemühte, dem Karton nicht zu nahe zu kommen. Weller folgte ihr, und wenig später war auch er angezogen. Er trug ein Poloshirt und eine helle Baumwollhose. Der legere Aufzug ließ ihn beinahe jungenhaft aussehen. Nur die Haare waren noch feucht und erinnerten daran, was sich in den vergangenen zwei Stunden zwischen ihnen ereignet hatte.

»Willst du so auf den Ball?« Mit einem Grinsen schloss er die Schnalle seines Gürtels.

Verwirrt strich Anna über den Stoff ihres Sweatshirts.

»Mein Kleid ist gerade in Flammen aufgegangen, wenn du dich erinnerst. Was war damit eigentlich los?«

»Vermutlich hast du eine Allergie.« Er betrachtete sie von Kopf bis Fuß. »Aber so kannst du nicht gehen.«

»Tut mir leid. Aber ich habe nichts anzuziehen.«

»Die ewige Klage.« Er trat auf sie zu und gab ihr einen Kuss auf die Nasenspitze. »Und die immer gleiche Antwort: Dann kauf dir was. Deine Kreditkarte hat ab sofort kein Limit mehr. Aber übertreibe es nicht. Für alles ab hunderttausend aufwärts musst du mit einem Rückruf der Bank rechnen.«

Anna riss die Augen auf. »Hunderttausend?«

»Dafür wirst du wahrscheinlich etwas Geeignetes finden.«

Er kontrollierte noch einmal den Sitz seiner Kleidung. Erst als er den Karton hochhob und sich zur Tür wandte, erwachte Anna aus ihrer Verwunderung.

»Moment. Was soll ich da eigentlich? Was ist meine Aufgabe auf diesem Ball?«

»Du wirst repräsentieren. Und nebenbei ein Auge auf einen ganz bestimmten Gast haben.«

»Also keine neuen Verträge?«

»Nein.«

Er stellte den Karton auf dem Schreibtisch ab und kam noch einmal zu Anna zurück.

»Ich habe ein Treffen mit einer … nun, sagen wir, einer mir nicht gerade freundlich gesinnten Person. Ich will, dass du mir den Rücken etwas freihältst.«

»Und wie soll ich das machen?«

Weller hob die Hand und strich ihr eine Haarsträhne aus dem Gesicht. Er machte das so behutsam, dass Annas Kehle trocken wurde. Verdammt, dachte sie. Was hast du da bloß angerichtet? Er empfindet doch nicht etwa auch etwas für dich?

»Mehr, als du denkst«, antwortete er mit leiser Stimme.

Anna wurde abwechselnd heiß und kalt. Sie wollte etwas sagen, doch die Worte wirbelten zusammenhanglos durch ihren Kopf.

»Sei einfach das, was du bist.«

»Okay.« Sie schluckte. »Aber ich kann keinen Walzer.«

»Oh doch. Du kannst.«

Er küsste sie auf die Wange und ließ sie allein. Kaum war die Tür hinter ihm ins Schloss gefallen, setzte sich Anna auf das zerwühlte Bett und versuchte, Ordnung in ihre Gedanken und Gefühle zu bringen. Sie hatte ihn doch angelogen! Sie liebte Weller nicht. Im Gegenteil: Sie hasste ihn, weil er ein rücksichtsloser Lügner war, der eiskalt nur an seine eigenen Interessen dachte.

Aber wie konnte sie so jemandem sagen, dass sie ihn liebte? Das war ja furchtbar! Es war ihr so leicht über die Lippen gekommen und aus ihrem Herzen gesprudelt. Anna lauschte in sich hinein und versuchte verzweifelt, Klarheit zu gewinnen. Konnte man einen Menschen denn gleichzeitig lieben und hassen? Und beides auch noch mit einer derartigen Stärke?

Mit einem lauten Seufzer gab sie auf. Sie sah nur einen Ausweg aus dem Dilemma, nur eine Möglichkeit, sich abzulenken. Sie stand auf, schlüpfte in ihre Sneaker und schnappte ihre Handtasche. Vermutlich war das die beste Lösung. Einkaufen.

Carl Weller ließ den Karton von einem Zimmermädchen abholen und entsorgen. Schaden konnte er nicht mehr anrichten. Selbst wenn die Neugier groß sein sollte und doch noch jemand einen Blick auf den Inhalt warf, so blieb das ungefährlich. Diese Dinge waren für Anna bestimmt, für niemanden sonst. Sie hätten sie beinahe das Leben gekostet.

Jemand wollte ihn um seine Amazone bringen. Und Weller musste nicht lange überlegen, um zu wissen, wer es war.

Er nahm ein kleines Lederetui aus seinem Koffer und öffnete es. Auf dem nachtschwarzen Samt lagen mehrere Ampullen und Einwegspritzen. Summers hatte ihm gezeigt, wie er mit dem Besteck umgehen sollte. Mittlerweile hatten seine Beschwerden zugenommen, und die Begegnung mit Anna hatte das Ihrige dazu getan, dass es seinem Herzen nicht gerade besser ging.

Es wurde Zeit. Höchste Zeit. Lange würde er das nicht mehr durchhalten.

Nachdem er sich das Medikament verabreicht hatte, wartete er, bis es wirkte und das Pochen seines Herzens zum Stillstand kam. Mit dem Abklingen der Symptome nahm sein Ärger zu. Eine Amazone war kostbar. Er wollte Anna nicht verlieren. Zumindest jetzt noch nicht. Außerdem musste man sie noch vorbereiten auf das, was ihr bevorstand. Alles in allem viel Aufwand und Arbeit, die man investierte. Das sah man nicht gerne als rauchendes Häufchen Asche auf dem Teppichboden.

Sandrine griff an zwei Fronten an. Instinktiv musste sie geahnt haben, dass jetzt der Zeitpunkt gekommen war, die Maske fallen zu lassen. Sie wollte ihn vernichten und sein Imperium übernehmen. Dazu war ihr jedes Mittel recht.

Weller sah hinüber zu seinem Smoking, den der Hausservice bereits gebügelt an die Garderobe gehängt hatte. Ball des Zodiak. Wie sehr er das hasste. Aber Sandrine liebte dramatische Auftritte in der Öffentlichkeit. Um ihn zum Duell zu fordern, brauchte sie Zeugen. Und wo fanden die sich in größerer Menge als auf dem ersten gesellschaftlichen Ereignis Europas? Zumindest des alten Europas, setzte Weller in Gedanken hinzu, denn ein wenig angestaubt waren Ball und Gäste schon. Aber sämtliche Fürsten, Barone und Herzöge erschienen dort, begleitet von ihren Ghulen, und mischten sich unter die Menschen. Es hatte ein bisschen was von einem geheimen Klassentreffen, und vor allem die Älteren unter ihnen freuten sich auf dieses Ereignis. Dort also würde er Sandrine heute Abend treffen. Und dort würde sie ihm, dem Ritual entsprechend, den Fehdehandschuh vor die Füße werfen. Von diesem Moment an wäre der Kriegszustand zwischen Europa und Amerika offiziell.

Anna hatte keine andere Aufgabe, als dabei zu sein und die Kriegserklärung mitzubekommen. Tiefer musste sie nicht eingeweiht werden. Noch nicht. Bis jetzt war er sehr zufrieden mit dem, was er erreicht hatte. Unwillkürlich musste er lächeln.

Es war so leicht gegangen. Er hatte sie so weit gebracht, dass sie alles für ihn tun würde. Eigentlich hatte er etwas mehr Widerstand erwartet. Er hatte geglaubt, um sie werben zu müssen, doch sie hatte sich ihm von selbst hingegeben. *Ich würde sterben für dich*. Genau das hatte er hören wollen.

Kleine Anna.

Es wird der Tag kommen, an dem ich dich an dieses Versprechen erinnern werde.

Wieder raste der Schmerz in seiner Brust. Verdammt, wirkten Summers' Medikamente etwa nicht mehr? Mühsam stand er auf und ging zum offenen Fenster. Dort holte er mehrmals tief Luft, doch das beklemmende Gefühl wollte einfach nicht verschwinden. Vorsichtig tastete er nach seiner Brust und fand, was er suchte.

Da. Kaum spürbar, aber regelmäßig. Zu regelmäßig, um noch normal zu sein. Er schloss die Augen und lehnte sich an den Fensterrahmen. Er hoffe, das Schlagen seines Herzens würde aufhören, aber es blieb. Wieder sah er Summers' Gesicht vor sich.

»Sie wird für dich sterben. Wirst du das ertragen?«

»Natürlich«, hatte er geantwortet. Er hatte keine Angst.

Mit einem Stöhnen warf er sich auf sein Bett und starrte an die Decke. Was war es, das einen Menschen an sein eigenes Herz erinnerte? War es Angst? War es Liebe? War es das Leben? Vielleicht sogar alle drei Dinge zusammen, die gemeinsam einen Namen schrieben: Anna.

Anna schlenderte die Kärntnerstraße hinunter und betrachtete die Schaufenster. Aber zu ihrer großen Enttäuschung blieb die

Freude aus. Bisher war es eine ihrer größten Leidenschaften gewesen, etwas zu finden, das schön war und trotzdem nicht ihr Budget sprengte. Anna war mit Leib und Seele Schnäppchenjägerin. Das war fast schon ein Hobby geworden, und sie war stolz auf ihre Garderobe, die immer nach mehr aussah, als sie gekostet hatte.

Aber wie fühlte sich das an, wenn man alles, aber auch wirklich alles haben konnte? Lustlos ließ sie ihren Blick über die Auslage eines Geschäftes schweifen. Die Fußgängerzone war belebt, viele Touristen waren unterwegs und drängelten sich in der Altstadt rund um den Stephansdom. Sie ging weiter und ließ sich von den Menschen mitziehen. Ob Weller sich auch so fühlte? Er und die anderen reichen Leute, die sich alles leisten konnten? Verlor da nicht plötzlich alles an Wert? Sie wusste nicht, wofür sie sich entscheiden sollte, und betrat schließlich eine nobel aussehende Boutique, die wohlweislich darauf verzichtet hatte, Preisschilder ins Schaufenster zu stellen.

Die Verkäuferin beachtete sie zunächst nicht. Anna streifte um die Kleiderständer, holte das eine oder andere Stück hervor und hielt es sich am Bügel vor die Brust. Seide, Pailletten, Chiffon und Perlen, in strahlenden oder gedeckten Farben, aber nichts gefiel ihr. Schließlich bequemte sich die Verkäuferin, sich dieser seltsamen Kundin in Jeans und Turnschuhen zu widmen.

»Sie brauchen ein Ballkleid?« Misstrauisch musterte sie Annas Aufzug. »Für den Ball? Was wollten Sie denn ausgeben?«

»Das ist egal.« Anna hängte eine Kostbarkeit aus regenbogenfarbenem Taft zurück an den Ständer.

Auf das herbe Gesicht der Verkäuferin legte sich bei diesen Worten ein professionelles Lächeln.

»Nun, und an welche Farbe hatten Sie gedacht?«

»Egal.«

»Und welchen Schnitt? Ärmellos oder schulterbedeckend?«

»Egal.«

»Welche Größe denn?«

»Egal.«

»Hm.« Die Dame zog ein kleines Maßband hervor und bat Anna, die Arme zu heben. »Also zumindest die Größe müssten wir schon festlegen. Ist irgendetwas heuer mit dem Ball?«

»Heuer?«

»In diesem Jahr. Ist der Ball des Zodiak anders als die Jahre zuvor?«

Anna hob die Schultern. »Das weiß ich nicht. Ich bin zum ersten Mal dabei. Warum?«

Die Dame ging in die Knie und maß Annas Beinlänge.

»Sie sind bereits die zweite Kundin, die so kurz vor dem Ball so gar nicht weiß, was sie haben will.«

Mit einem leichten Ächzen stand sie wieder auf. »Entschuldigen'S, gnä' Frau.«

Sie ging hinüber zu einer der Umkleidekabinen. »Und? Ist jetzt was dabei?«

»Nein.«

Anna fuhr herum. Diese Stimme kannte sie doch! Die Verkäuferin verdrehte gerade die Augen, als ob sie damit sagen wollte, wie anstrengend die Kundin in der Kabine war.

»Vicky?« Anna lief zu der Kabine. »Bist du das?«

Mit einem Ruck wurde der Vorhang zurückgezogen.

»Anna! Was machst du denn hier?«

Vicky stand vor ihr, erhitzt und aufgelöst, in einem viel zu engen Miederkleid. Ihre widerspenstigen Locken klebten an den Schläfen, und in ihren Augen flackerte die Panik.

»Anna!«

Vicky stolperte hinaus und breitete die Arme aus. Anna fiel hinein, und beide fingen gleichzeitig an zu lachen und zu weinen.

»Vicky! Die gleiche Frage könnte ich dir stellen. Was zum Teufel machst du in Wien?« Anna beugte sich vor, damit Vicky ihr Flüstern verstehen konnte. »Und in diesem Geschäft?«

»Ich brauch was für den Ball des Zodiak.«

»Ich auch!«

Vicky trat einen Schritt zurück, geriet in den Saum ihres Kleides, und ein lautes Ratschen verriet, dass es mit der Würde dieser Abendrobe wohl vorbei war. Sie hielt die Hand vor den Mund und begann zu kichern.

Die Verkäuferin eilte herbei und musterte die beiden jungen Frauen mit strengen Blicken.

»Was ist denn passiert? Gehn'S, wenn was kaputt ist, den Schaden müssen'S mir schon ersetzen!«

»Ja ja«, antwortete Vicky und zog Anna zu sich in die Kabine. Hinter dem geschlossenen Vorhang prusteten beide noch einmal los.

»Ach, Vicky«, japste Anna. »Wie habe ich das vermisst!«

»Und ich erst. Schau dir das an! Ich wittere eine Weltverschwörung der Reißverschlusshersteller!«

Anna drehte ihre Freundin um und begutachtete das Malheur.

»Wie kommst du auf den Ball des Zodiak?«, fragte sie.

Vickys Schultern strafften sich plötzlich. Die Heiterkeit verschwand, und ihre Stimme klang plötzlich sehr neutral.

»Ich bin mit meiner Chefin hier. Und du?«

»Mit meinem Chef.«

Anna zog den Reißverschluss nach unten. Das Kleid fiel von Vicky ab und auf die Erde. Erleichtert drehte sich ihre Freundin um.

»Danke.«

Sie lugte durch einen Spalt zwischen Vorhang und Kabinenwand nach draußen. »Hat sie dich auch so von oben herab behandelt? Eigentlich sollten wir hier nichts kaufen.«

Anna nickte. »Aber wir sind jung und brauchen ein Kleid. Soll ich dir helfen, eins auszusuchen?«

Vickys große Augen strahlten. Das war Antwort genug. Anna verließ die Kabine und kam wenig später mit drei Abendkleidern zurück, die allesamt genau Vickys etwas frechem, kunterbuntem Stil entsprachen. Dann nahm sie draußen auf einem samtbezogenen Sessel Platz und ließ sich von der Verkäuferin einen Kaffee servieren. Da außer ihnen keine Kunden anwesend waren, warteten beide gespannt auf Vickys großen Auftritt.

»Wow!«

Hocherhobenen Hauptes trat Vicky vor die kritischen Blicke ihres Publikums und drehte sich einmal elegant um die eigene Achse. Sie trug eine Kreation aus raschelnder sonnengelber Seide, die wunderbar zu ihrem etwas dunkleren Teint passte. Anna schlug die Hände zusammen und sprang auf.

»Das ist es. Du siehst umwerfend aus!«

Vicky stellte sich vor den Spiegel und drehte und wendete sich.

»Findest du wirklich?«

»Es ist wie für dich gemacht!«

Der Stoff war etwas fester und schimmerte dezent. Das Kleid war körpernah geschnitten und sprang erst ab den Knien zu einem weiten Volant auf.

»Ich hätt' auch noch die passenden Schuhe!«

Offenbar hatte die Verkäuferin endlich verstanden, dass sie hier tatsächlich zwei potentielle Kundinnen vor sich hatte. Sie eilte davon und kam wenig später mit mehreren Kartons zurück. Die nächsten Minuten verbrachten die drei Frauen mit der Anprobe und heißen Diskussionen für oder gegen ein bestimmtes Paar.

»Die sind es.«

Anna hielt Vicky die Schuhe hin, die sie bereits am Anfang anprobiert hatte. Es waren zarte Riemchensandaletten, dezent verziert mit glitzernden Kristallsteinen. Vicky nahm sie Anna ab, drehte sie um und sah auf den Preis.

»Oh. Was ... was kostet denn alles zusammen?«

Anna winkte ab. »Mach dir darum keine Sorgen. Ich zahle das für dich.«

»Nein. Das geht nicht. Das möchte ich nicht.«

»Keine Widerrede!« Anna drehte sich zu der Verkäuferin um. »Das geht alles zusammen auf meine Rechnung.«

»Sehr gerne, gnä' Frau!«

Jetzt war es an Anna, hinter dem Rücken der Dame die Augen zu verdrehen. Vicky grinste sie an.

»Du bist dran!«

Es dauerte nicht lange, und Anna hatte genau das Richtige

gefunden: eine Robe aus bodenlangem sandfarbenen Chiffon, bestickt mit mattschimmernden Pailletten. Als die beiden mit Einkaufstüten beladen das Geschäft verließen, sah Anna auf ihre Armbanduhr.

»Mein Gott! Schon so spät!«

»Reicht es noch für einen Kaffee? Oder einen Verlängerten, wie die Eingeborenen sagen?«

Beide prusteten wieder los. Anna achtete nicht auf ihr schlechtes Gewissen. Termindruck hin oder her, das hier war wichtiger. Sie hatte ihre Freundin wiedergefunden. Da musste der Ball warten – und mit ihm schlimmstenfalls sogar Weller.

»Wie wäre es mit einer Sachertorte?«

»Au ja!« Vicky hakte sich bei ihr unter, und gemeinsam schlenderten sie zurück. »Die hab ich noch nie gegessen. Ich war auch noch nie in Wien! Und erst recht nicht auf einem Ball. Ach Anna, haben wir es nicht gut getroffen?«

Etwas hinderte Anna daran, ihrer Freundin vorbehaltlos zuzustimmen. Sicher, ein Außenstehender hätte sie nur beglückwünschen können. Ein Spesenkonto ohne Limit, First-Class-Flüge, die teuersten Hotels ... und nicht zuletzt der beste Liebhaber, den es unter der Sonne gab. Doch Anna behielt ihre Gedanken für sich, denn Vicky schien es nicht so gut getroffen zu haben wie sie.

Munter plaudernd erreichten sie ihr Ziel. Auf der Hotelterrasse ließen sie sich nieder, und Anna bestellte zwei Verlängerte samt Torte. Vicky seufzte tief und sah sich um.

»Das ist also das berühmte Sacher. Hier würde ich auch gerne mal wohnen. Ich wohne in einer netten Pension im achten Bezirk. Und du?«

Anna stellte die Tüten neben sich auf den Boden. »Hier.«

»Wirklich? Wow! Das ist ja großartig!«

Anna war dankbar, dass Vicky sich so ohne Vorbehalte für sie freuen konnte. Dennoch musste ihre letzte Begegnung angesprochen werden. Etwas war geschehen, das den Charakter ihrer Freundin verändert hatte.

»Wie geht es dir bei Sandrine?«

Vicky schloss den Reißverschluss ihrer Jacke, denn unter freiem Himmel wurde es bereits empfindlich kühl. »Gut. Ich habe zwar keine Ahnung, was ich eigentlich für sie machen soll, aber sogar das Nichtstun bewegt sich bei ihr auf höchstem Niveau. Meistens halte ich Stallwache in ihrer Galerie. Und da du weißt, in welcher Preisklasse sich diese geschlachteten Viecher auf der Leinwand dort bewegen, kannst du dir auch vorstellen, dass das ein ziemlich ruhiger Job ist. – Und wie geht es dir? Du siehst großartig aus!«

»Danke.«

Unsicher fuhr sich Anna über ihre Haare, die sie noch feucht zurückgekämmt und zu einem schlichten Knoten geschlungen hatte. Adieu Abendfrisur. Mehr als Lippenstift und Wimperntusche hatte sie nicht mehr zur Verfügung.

Vicky beugte sich vor. »Lass dich mal genauer ansehen. Sag mal, wieso ist deine Nase so rot?«

»Rot? Wie rot?«

»Nicht so schlimm. Fällt nur auf, wenn man dich wirklich kennt.«

Mit einem wissenden Lächeln lehnte Vicky sich wieder zurück. Ein wieselflinker Kellner brachte ihre Bestellung, und die nächsten Minuten widmeten sich Anna und Vicky ausschließlich ihrer Sachertorte, über die sie herfielen wie hungrige Wölfe.

»Ich könnte den ganzen Tag essen«, stöhnte Vicky, nachdem sie in Blitzgeschwindigkeit ihren Teller geleert hatte. »Und stell dir vor, ich nehme kein Gramm zu! – Wie ist er so?«

»Wer?«

»Weller.«

Anna ließ die Kuchengabel sinken. »Du meinst als Chef?«

Vicky schüttelte den Kopf. Ihre Augen funkelten amüsiert. »Ich sehe es dir doch an der Nasenspitze an.«

»Was denn?«

»Du bist über beide Ohren in ihn verknallt.«

Anna schob den Teller weg. Plötzlich hatte sie keinen Hunger mehr. »Das stimmt nicht. An meiner Meinung über ihn hat sich nicht das Geringste geändert.«

»Und an deinen Gefühlen?«

Anna suchte nach Worten. Wie einfach wäre es, wenn alles noch so wie früher wäre! Wenn sie Vicky vertrauen könnte. Aber selbst das hatten Weller und Sandrine zerstört. Sie holte tief Luft. Es half nichts, es musste heraus.

»Vicky ... was sich neulich in unserem Büro abgespielt hat, wir müssen darüber reden.«

»Was meinst du denn?«

»Du warst plötzlich so anders. Du hast in diese Papiere gesehen, und es war fast so, als ob ein Geist aus ihnen heraus in dich gefahren wäre.«

Vicky, die nach ihrer Kaffeetasse gegriffen hatte, hielt mitten in der Bewegung inne. Verblüffter als sie konnte niemand in diesem Moment aussehen.

»Ein Geist? Nein. Du irrst dich.«

»Ich irre mich nicht. Was ist los? Sag mir, was geschehen ist. Vielleicht kann ich dir helfen!«

Vicky setzte die Tasse so heftig ab, dass der Kaffee über den Rand schwappte.

»Da«, sagte sie. »Da ist es wieder! Mein Gott, Anna, wenn du dich reden hören könntest! Ich bin doch kein Baby mehr, das hilflos herumkrabbelt. Ich brauche deine Hilfe nicht! Ich komme sehr gut ohne dich zurecht. Wenn du glaubst, du kannst mir ein Kleid kaufen und dir damit das Recht nehmen, über mich zu bestimmen ...«

Ihre Stimme brach. Anna holte tief Luft.

»Das tue ich nicht. Ich mache mir nur Sorgen um dich.«

»Genau! Genau das ist es! Wie ich deine Bevormundung hasse ...«

Aus Vickys Kehle stieg ein Schluchzen.

»Ich zahle.« Vicky nahm die Papierserviette und tupfte sich die Augen damit ab. »Ich muss mich auch nicht von dir einladen lassen.«

»Schon gut, Vicky. Schon gut.«

Eine tiefe Enttäuschung breitete sich in Anna aus. Das war nicht mehr die Vicky, die sie kannte. Sandrines Gift begann immer zu wirken, wenn die Sprache auf Geld kam. Am liebsten hätte Anna auf der Stelle in ihre eigene Serviette geheult, so weh tat ihr dieser Gedanke. Stattdessen steckte sie das Portemonnaie wieder weg, griff nach ihrer Sonnenbrille und setzte sie auf. Vicky sollte nicht an ihren Augen erkennen, was sie dachte: dass Sandrine sich ihre Freundin langsam, aber sicher zur Marionette machte.

»So sitzen wir jetzt in Wien und verderben uns die paar Minuten, die wir beisammen sind.«

Anna bemühte sich, ihrer Stimme unbefangen klingen zu lassen. Vicky zerknüllte ihre Serviette und wirkte immer noch gekränkt.

»Ich wollte dich nicht verletzen«, fuhr Anna fort. »Niemals. Wenn ich es trotzdem getan habe, dann verzeih mir bitte.«

Es war ein aufrichtiges Angebot an die alte Vicky, doch Anna musste erkennen, dass es die wohl nicht mehr gab.

»Dann möchte ich dich bitten, mich in Zukunft etwas respektvoller zu behandeln.«

»Okay, okay.« Anna hob entschuldigend die Hände. »Wie lange bleibst du in Wien?«

»Bis morgen. Und du?«

»Auch.«

Vicky winkte dem Kellner, der beflissen an ihren Tisch eilte und aus ihrer Hand einen Geldschein entgegennahm.

»Wir werden die Ballköniginnen sein«, versuchte Anna es noch einmal. Sie hob eine der glänzenden Tüten hoch und reichte sie Vicky. Diese nahm sie ohne eine Regung an.

»Du vielleicht. Ich habe zu arbeiten. Wir sehen uns. Servus.«

Vicky stand auf und ging. Anna schaute ihr so lange hinterher, bis die vertraute Gestalt von den vielen Passanten verdeckt wurde. Dann sah sie auf ihre Uhr.

»Ballvorbereitung die Zweite«, murmelte sie.

18.

Vor den Stufen der Oper drängten sich die Fotografen. Das große Schaulaufen der Prominenten war bereits vorbei, als Anna eintraf. Die Fotografen wirkten entspannt; niemand achtete auf sie.

Sie wusste nicht, ob sie mit Weller verabredet war und wo sie ihn treffen sollte. Es war kalt, lange wollte sie nicht mehr warten. Sie beobachtete das Eintreffen weiterer Gäste und eine nervöse Debütantin, die mit dem Linkswalzer wohl die gleichen Probleme wie Anna hatte, denn das Mädchen probierte im Schutz der Säulen ein letztes Mal die eingeübten Schritte. Entspann dich, Mädel, dachte Anna. Die Welt stürzt nicht zusammen, wenn du deinem Partner mal auf die Füße trittst.

Mit Erstaunen stellte Anna fest, dass es ihr nicht das Geringste ausmachte, alleine unter all den Paaren zu sein. Früher hätte sie vor lauter Unsicherheit kehrtgemacht. Nun aber stand sie, ruhig und abwartend, etwas abseits des großen Getümmels und genoss es, Teil dieser Inszenierung zu sein, aber Gott sei Dank nicht im Mittelpunkt zu stehen.

»Das ist Weller!«

Der Schrei eines Fotografen ließ Anna zusammenfahren. Weller eilte, die Augen durch eine Sonnenbrille verdeckt, die Treppe mit dem roten Teppich hinauf, ohne nach links und rechts zu sehen.

»Hierher! Herr Weller, bitte!«

»Einen Augenblick!«

Fernsehkameras folgten ihm, grelles Blitzlichtgewitter erleuchtete die Menge und die Fassade der Oper. Weller würdigte niemanden eines Blickes und verschwand im Haus.

Anna straffte die Schultern. Arbeitsbeginn. Sie drückte sich um die Wartenden herum und schlüpfte, unbeachtet und unbemerkt, in das gewaltige Foyer.

Der Ball des Zodiak, das wurde Anna schon am Eingang klar, war die Wiederauferstehung der alten Donaumonarchie für eine Nacht. So viel Putz, Tand und echte Juwelen hatte sie noch nie auf einmal gesehen. Die Luft war geschwängert von schwerem Parfüm und Puderduft. Kostüme wie aus dem Fundus einer Mozart-Produktion beherrschten das Bild. Annas Kleid, so elegant es auch war, wirkte fast ein wenig bescheiden inmitten all der prachtvollen Roben.

Sie sah sich um. Weller war nirgends zu sehen. Alle strömten hinauf zum Ballsaal, wo wohl demnächst mit dem Einzug der Debütanten der Abend eröffnet wurde. Anna ließ sich von dem Strom mitziehen und befand sich wenig später am Rand der riesigen Tanzfläche, die freigehalten wurde für den Auftritt der jungen Paare und ihre ersten Schritte auf dem spiegelglatten Parkett der Gesellschaft. Sie nahm ein Glas Champagner, das ein aufmerksamer Kellner den Gästen anbot, und schlenderte durch das Haus. Als das Orchester einsetzte und die Gäste zu applaudieren begannen, bog sie ab in den Marmorsaal. Er war um diese Zeit fast leer. Anna ließ sich in einen der Sessel sinken, nippte an ihrem Glas und behielt den Eingang im Auge. Erfahrungsgemäß kamen alle Gäste im Laufe eines Abends überall wenigstens ein Mal vorbei. Sie musste also nur von ihrem Logenplatz aus den Eingang im Auge behalten, und Weller würde ihr direkt in die Arme laufen.

Was der Himmel verhüten möge.

Wieder zog sich ihr Herz zusammen. Jedes Mal, wenn sie an ihn dachte, reagierte ihr Körper anders als ihr Verstand. Der

Kopf sagte: Lass die Finger von ihm. Er ist ein herzloser Egoist, dem nichts heilig ist. Ihr Körper sagte: Du willst ihn. Du brauchst ihn. Du hast noch nie einen Mann getroffen, der ein solches Verlangen in dir ausgelöst hat.

Anna trank ihr Glas in einem Zug leer. Sie war trotzdem nicht bereit, sich und ihre Ideale zu verraten. Ihre Finger tasteten über die kleine Abendtasche. In ihr lag der Kieselstein. Sofort wurde sie wieder ruhig. Ihr würde nichts geschehen, solange sie ihn bei sich trug. Alles Gute war in ihm verborgen und strahlte Wärme ab, wann immer sie sie brauchte. Sie dachte an ihren Vater und wie stolz er gewesen wäre, wenn sie an diesem Abend an seinem Arm durch die Räume schreiten könnte.

Ich kämpfe für dich, dachte sie. Du wirst dein Haus nicht verlieren, an dem all unsere schönen Erinnerungen hängen. Ich werde Weller zur Rede stellen. Ich werde ihn zwingen, sein Bauvorhaben aufzugeben.

Ein anderer Kellner tauschte ihr leeres gegen ein volles Glas aus. Anna bedankte sich mit einem Kopfnicken. Sie hatte keine Ahnung, womit sie Weller zu so einem Schritt zwingen könnte. Ihre Zuversicht wuchs mit dem nächsten Schluck.

Auf dich, Weller.

Eiskalt und perlend rann der Champagner durch ihre Kehle und belebte sie. Sie musste auf sich aufpassen. Noch ein Glas, und sie würde den Kellner zum Tanzen auffordern.

»Auf uns.«

Anna fuhr herum. Hinter ihrem Sessel stand Weller. Er trug ebenfalls ein Glas in der Hand, das er ihr entgegenhielt, um mit ihr anzustoßen. Anna wollte aufstehen, doch Weller zog einen weiteren Sessel heran und nahm ihr gegenüber Platz.

»Auf das Gute«, ergänzte Anna.

»Auf das Schöne«, erwiderte Weller.

Sie beugte sich vor und ließ ihr Glas noch einmal an seinem klingen. »Auf das Wahre.«

»Schlimmstenfalls auch das.«

Mit einem rätselhaften Lächeln sah er sie an. Er trug einen

Smoking, doch im Gegensatz zu den anderen Gästen sah er damit nicht aus wie aus einem Kostümfilm entsprungen. Die etwas altmodische Eleganz stand ihm sogar ausgezeichnet. Sein volles Haar trug er gescheitelt, doch die vorwitzige Strähne fiel ihm auch jetzt in die Stirn und verlieh ihm einen Hauch Verwegenheit. Der Smoking saß wie angegossen. Das Hemd war blütenweiß und verstärkte noch den Kontrast zu seiner leicht gebräunten Haut. Obwohl die Anzeichen von Müdigkeit immer noch nicht verschwunden waren, war er der bestaussehende Mann des ganzen Abends.

Weller schien sich wohl zu fühlen. Lässig legte er ein Bein über das andere und strahlte das Selbstbewusstsein eines vom Erfolg gesättigten Mannes aus.

Er ließ seinen Blick über Annas Körper gleiten, und was er sah, gefiel ihm offensichtlich gut.

»Du hast also etwas zum Anziehen gefunden.«

»Mit der richtigen Kreditkarte ist das kein Problem.«

»Du meinst, den geschmacklosen Leuten fehlt es nur an Geld?«

Sein Spott bezog sich auf eine Gruppe von Ballgästen, die gerade am Eingang vorüberging. Die Frauen waren für ihr Alter viel zu tief dekolletiert, und der Glanz der funkelnden Diamanten überstrahlte nicht das dicke Make-up und die schlecht gefärbten Haare. Ein feister Mittfünfziger sagte etwas, worauf die Damen in schrilles Lachen ausbrachen.

»Wahrscheinlich fehlt es bei manchen noch an mehr«, erwiderte Anna.

Der Kellner kam wieder vorbei. Sie tauschte ihr fast leeres Glas gegen ein neues aus. Noch bevor sie es an den Mund setzen konnte, hatte Weller es ihr aus der Hand genommen.

»He! Was soll das?«, protestierte sie.

»Ich brauche dich nüchtern.«

Er winkte den Mann noch einmal heran und tauschte den Champagner gegen ein Glas Mineralwasser aus.

»Zum Fahren hast du doch Jean-Baptiste. Wo ist der eigentlich?«

»In Palermo«, antwortete Weller ungerührt. »Hier. Trink das.«

»Palermo, natürlich. Das liegt in Sizilien, nicht wahr?« Anna spürte, dass der Champagner auch ihren Widerspruchsgeist angeregt hatte. »Außerdem bin ich groß genug, um selbst zu entscheiden, was ich wann trinken möchte.«

»Nicht, wenn du für mich arbeitest.«

Anna spürte, wie sie rot wurde. Und das lag nicht nur an den zwei Gläsern Champagner.

»Alles, was ich in Wien tue, ist Arbeit?«

»Was dachtest du denn?«

Anna sprang auf und schüttete mit einem Schwung das Glas Wasser über Weller aus. Er zuckte zurück. Wäre Anna nicht so wütend gewesen, sein Anblick hätte sie in höchstem Maße belustigt.

»Arbeit?«, schrie sie. »Du hast mich also bezahlt für das, was wir im Hotel gemacht haben? Du glaubst, du kriegst mich ins Bett für ein Abendkleid? Ist es das, Weller?«

Ungerührt holte er ein Taschentuch hervor und tupfte das Wasser von seiner Schulter, wo ihn der kalte Guss am heftigsten getroffen hatte.

»Du bringst hier etwas durcheinander.«

»Oh nein. Ich bringe gar nichts durcheinander, Carl Weller. Wir hatten eine klare Abmachung. An die du dich nicht gehalten hast.«

Er grinste sie an, und das brachte sie noch mehr in Rage.

»Du aber auch nicht«, erwiderte er.

Anna beugte sich vor und stützte sich mit beiden Händen auf den Armlehnen von Wellers Sessel ab. Ihr Gesicht war nur noch eine Handbreit von seinem entfernt.

»Du hast mich ausgenutzt und überrumpelt«, zischte sie. »Aber glaub nicht, dass dir das noch einmal gelingt.«

Schneller als Anna reagieren konnte, fuhr seine Hand in ihren Nacken und zog sie zu sich heran. Er küsste sie. Anna wollte sich wehren, aber dann hätte sie das Gleichgewicht verloren und wäre gleich auf seinem Schoß gelandet. Dennoch erwiderte sie seinen Kuss, weil nichts in der Welt stärker war als die Sehnsucht, ihn zu spüren.

Abrupt ließ er sie los. In seinem Blick glomm wieder diese rätselhafte Glut.

»Weißt du was, Weller?«, flüsterte sie, immer noch so nahe vor seinem Gesicht, dass sie seinen Atem auf ihrer Haut spürte. »Ich kündige. Ich will dich nie wiedersehen.«

Sie richtete sich auf und ging. Bloß weg von ihm, ganz weit weg, das war alles, was sie noch denken konnte. Sie tauchte direkt in eine Gruppe ausgelassener Ballgäste ein und ließ sich mit ihnen treiben, bis sie sich in dem großen Saal wiederfand. Mit brennenden Augen sah sie sich um. Er war ihr nicht nachgekommen. Gut. Sie würde schon etwas anderes finden. Wer Weller als Chef überlebt hatte, den konnte nichts mehr schockieren.

Vom nächsten Tablett nahm sie sich ein neues Glas und stürzte es in einem Zug hinunter. So weit kam es noch, sich von ihm vorschreiben zu lassen, wie viel man zu trinken hatte. Sie wusste sehr gut, wie sie sich in der Öffentlichkeit zu benehmen hatte. Sie hatte bisher noch niemanden blamiert!

»Oh. Entschuldigung!«

Anna schwankte und hätte um ein Haar das Gleichgewicht verloren. Das war aber auch eng hier! Mittlerweile war die Tanzfläche eröffnet und von den Ballgästen gestürmt worden. Eine Debütantin starrte sie wütend an, weil Anna um Haaresbreite ihren Champagner auf deren weißes Seidenkleid geschüttet hätte.

Es war einfach zu voll, und sie wollte unter keinen Umständen Gefahr laufen, Weller zu begegnen. Ihre Stimmung sank. Sie fühlte sich fehl am Platz unter all den ausgelassenen Menschen. Das Beste wäre, sie würde ins Hotel gehen, ihre wenigen Sachen packen und zusehen, wie sie wieder nach Hause kam.

Nach Hause … tiefe Sehnsucht erfasste sie. Und im gleichen Moment durchfuhr sie ein eisiger Schreck. Ihre Abendtasche war weg. Sie hatte sie im Salon liegengelassen. Wie konnte sie auch nur so kopflos davonstürmen! Vor Wut hätte sie am liebsten mit dem Fuß aufgestampft. Immer wurde sie gleich doppelt bestraft. Sie hatte das Gefühl, die Einzige zu sein, der solche Missgeschicke in schöner Regelmäßigkeit passierten. Aber alles Hadern half nichts, sie musste noch einmal zurück.

Sie schlich durch den Säulengang am Ballsaal vorbei, von dem die einzelnen Salons abgingen. Mittlerweile waren die Buffets umlagert, ihr begegneten immer mehr Gäste mit vollen Tellern. Endlich hatte sie den Marmorsaal erreicht, der mittlerweile auch gut besucht war. Vorsichtig lugte sie um die Ecke. Weller war nicht mehr da.

Sie eilte auf den Sessel zu, in dem sie eben noch gesessen hatte, doch ihre Tasche war verschwunden. Ein anderes Paar hatte bereits Platz genommen, beide weit jenseits der Siebzig, aber dennoch rührend bemüht, ihr zu helfen.

»Es gibt ein Fundbüro«, sagte die Dame, als Anna zu ihren Füßen niederkniete, um auch unter dem Sessel nachzusehen. »Vielleicht wurde Ihre Tasche dort abgegeben?«

Annas Zuversicht war mittlerweile auf demselben Tiefpunkt angelangt wie ihre Laune. Warum musste sie an so einem Abend auf allen vieren auf dem Boden herumkrabbeln? Warum stießen ausgerechnet ihr immer diese Dinge zu?

»Nanana.« Die alte Dame beugte sich zu ihr herab. Ihr Schmuck funkelte. Sie trug sicher an jedem Ohrläppchen ein Vermögen mit sich herum. »Sie wird schon wieder auftauchen. Was war denn darin?«

»Mein Lippenstift«, antwortete Anna. »Und mein Glücksbringer.«

»Ein Glücksbringer. Ja, das ist schon bedauerlich, wenn man darauf auf einmal verzichten muss. Aber glauben Sie mir, so eine junge hübsche Frau wie Sie braucht das doch eigentlich gar nicht.«

Anna hockte sich auf die Fersen und betrachtete die Dame genauer. Sie trug ihre schlohweißen Haare zu kinnlangen Wellen gelegt. Sie musste vor langer Zeit einmal eine Schönheit gewesen sein. Selbst jetzt noch strahlte sie Eleganz und Haltung aus.

»Dabei sehen Sie aus, als hätte Sie das Glück bereits geküsst.«

Vorsichtig, um ihrem Kleid nicht zu schaden, stand Anna auf.

»Vielen Dank, Sie sind sehr freundlich. Ich werde zum Fundbüro gehen.«

Anna verabschiedete sich und verließ den Saal. Das ältere Paar nickte ihr noch einmal freundlich zu. Den nächsten Kellner erleichterte Anna um ein weiteres Glas und die Information, wo sie das Fundbüro finden könnte. Noch während er ihr den Weg beschrieb, wurde Anna klar, dass das an diesem Abend wohl nichts mehr werden würde. Sie verstand nur die Hälfte. Als der Mann sich wieder anderen Gästen widmete, lehnte sie sich an eine Marmorsäule und starrte in ihr Glas. Das war es dann wohl. Also ab ins Hotel und am nächsten Morgen auf dem Weg zum Flughafen noch einmal nachfragen.

Sie fühlte sich unsicher. Der Stein hatte ihr Kraft und Selbstbewusstsein gegeben. Ohne ihn war sie nur noch ein Zaungast, der genau wusste, dass er hier nichts verloren hatte. Trübsinnig starrte sie auf den Champagner und die kleinen Perlen, die wie an einer Schnur aufgereiht nach oben stiegen.

»Du scheinst dich ja sehr zu amüsieren.«

Anna kniff die Augen zusammen. Alles um sie herum schwankte ein bisschen. Fast so, als ob sie auf einem Schiff unterwegs wäre.

»Vicky«, sagte sie nur. Sie hatte die Stimme erkannt. »Das war mir klar, dass wir uns hier irgendwann über den Weg laufen.«

»Wo ist denn dein Chef, der weltberühmte Herr Weller?«

»Weiß ich nicht.«

Anna setzte das Glas an und trank. Ihr war alles egal. Dann betrachtete sie Vicky und stellte fest, dass ihre Freundin nicht nur strahlend und frisch, sondern auch ungeheuer nüchtern aussah.

»Hm.«

Vicky warf einen Blick auf Anna, der Bände sprach. »Dann solltest du ihn vielleicht langsam mal suchen. Es geht bald los.«

»Was geht los?«

Vicky sah sich um. Niemand nahm Notiz von ihnen. Sie trat noch etwas näher an Anna heran.

»Bist du etwa betrunken?«

»Ich? Kein bisschen. Ich amüsiere mich prächtig. Mach dir um mich keine Sorgen.«

»Oh, das tue ich auch gar nicht. Darauf kannst du Gift nehmen. Aber wenn Weller dich in diesem Zustand findet, brennt die Luft.«

»Weller ist mir so was von egal.«

Anna leerte das Glas. Dann versuchte sie, es auf einem der kleinen Stehtische abzustellen, was ihr erst nach dem zweiten Anlauf gelang. Vicky stand ungerührt daneben und beobachtete Anna, ohne ihr zu Hilfe zu kommen.

»Das wird dein Chef nicht gerne hören.«

»Ha … hat er schon. Es vergeht kein Tag, an dem ich ihn nicht daran erinnere. Weller ist das Letzte. Und jetzt lass mich gehen. Ich will nach Hause.«

Anna wollte sich abwenden, aber Vicky hielt sie am Arm zurück.

»Du kannst jetzt nicht weg.«

»Und warum nicht? Schau dich doch um. Ist das unsere Welt? Gehören wir hierher? Nein. Ich weiß nicht, was in dich gefahren ist, Vicky. Aber ich habe hier nichts mehr verloren.«

»Du hast deinen Job zu erledigen.«

»Ich habe keinen Job mehr. Ich habe gekündigt.«

Vicky ließ Annas Arm so plötzlich los, dass diese beinahe gestürzt wäre. In letzter Sekunde fand Anna Halt an der Marmorsäule.

»Du hast was?«, fragte Vicky. »Das kannst du nicht. Nicht heute Abend.«

»Pffff.«

Mit einem verächtlichen Laut stieß Anna sich von der Säule ab und machte sich auf den Weg zum Ausgang. Vicky folgte ihr.

»Anna! Wo willst du hin?«

»Raus.«

Sie umrundete eine Gruppe Ballgäste, die sich vor dem Eingang zum Saal zusammengefunden hatten. Das laute Gelächter, die vielen Menschen und die stickige Luft verstärkten Annas Beklemmung. Sie hatte das Gefühl zu ersticken, wenn sie nicht sofort an die frische Luft käme.

»Anna! Warte auf mich!«

Endlich erreichte Anna das riesige Eingangsfoyer. Die Treppe schwankte vor ihren Augen. Der Weg hinunter schien plötzlich eine echte Herausforderung zu werden. Sie umklammerte das Messinggeländer und wollte gerade die Stufen hinuntersteigen, als sie von hinten gepackt wurde. Ärgerlich machte sie sich los. Sie hatte bereits eine passende Antwort für Vicky auf den Lippen, als sie sich umdrehte und in Wellers Gesicht starrte.

»Was soll das?«, fragte er.

Anna wäre am liebsten im Erdboden versunken. Weller war bleich vor Wut. Sie konnte ihm ansehen, dass es ihm nur mühsam gelang, seine Gefühle unter Kontrolle zu halten. Ganz im Gegensatz zu Vicky, die hinter ihm auf dem Absatz der Treppe stand und ein so offensichtliches Vergnügen an der Situation hatte, dass Anna ihr am liebsten auf der Stelle den Hals umgedreht hätte.

»Hier.«

Weller hielt ihr ihre Abendtasche entgegen. Anna wollte danach greifen, aber Weller zog sie zurück.

»Komm her.«

Wie ein Hündchen, schoss es Anna durch den Kopf. Aber die Sehnsucht nach ihrer Tasche war größer. Sie stieg die zwei Stufen wieder hoch. Weller gab ihr die Tasche.

»Danke«, knirschte sie.

Weller drehte sich zu Vicky um.

»Ich glaube, Sie haben jetzt genug gesehen. Wir treffen uns um Mitternacht.«

Vicky nickte und verschwand ohne ein weiteres Wort. Weller wandte sich an Anna.

»Und du wäschst dir das Gesicht.«

Ohne auf ihre Proteste zu achten, zog Weller sie durch das Gewühl zu einem der Waschräume. Wenn es die anwesenden Damen vor den Spiegeln irritierte, dass ein Mann in ihren heiligsten Gemächern auftauchte, so ließen sie es sich zumindest nicht anmerken. Anna spürte aber die verstohlenen Blicke der Frauen in ihrem Rücken, als Weller mit ihr an ein freies Waschbecken trat und den Hahn aufdrehte.

Wenigstens gab es weder eine Frisur noch ein Make-up, das Anna ruinieren konnte. Sie schaufelte sich das eiskalte Wasser ins Gesicht. Sofort ging es ihr besser. Weller reichte ihr ein Handtuch, und sie trocknete sich ab. Anschließend zog er sie wieder hinaus zur nächsten Bar und bestellte einen Kaffee, den er vor Anna abstellte.

»Trink.«

Anna schlürfte das schwarze Gebräu. Wenigstens konnte sie jetzt wieder sicher stehen. Als sie die Tasse geleert hatte, ging er zurück zur Bar und holte eine zweite Tasse. Anna sah sich um.

Diesen Saal hatte sie noch nicht bemerkt. Er schien unter dem Motto der zwölf Tierkreiszeichen zu stehen. Aufwendige Mosaike und Wandmalereien schmückten den Saal. Über der hohen Eingangstür stand in Goldbuchstaben: Saal des Zodiak.

Die Ballmusik klang nur gedämpft herein. Der Raum war recht voll, und die Gäste unterschieden sich von denen, die draußen vorüber flanierten, ohne die Schwelle zu übertreten. Anna hätte nicht sagen können, worin. Es musste an ihrer Haltung liegen oder an der Art, wie sie ihren Reichtum dezenter als die anderen zur Schau stellten. Ihr Blick kreuzte den einer alten Dame, die freundlich lächelnd ihr Glas hob und Anna zunickte. Ihr Begleiter, eine Mann vom Typ Grandseigneur, stand hinter ihr und beobachtete wachsam das Geschehen. Erst da fiel Anna ein, woher sie sie kannte. Der Blick der Dame fiel auf Annas Abendtasche, die diese vor sich auf den Stehtisch gelegt hatte. Mit einem erfreuten Nicken gab Anna ihr zu verstehen, dass sie sie wiedergefunden hatte.

»Die Baronesse von Hohengarden.«

Weller hatte das stumme Zwiegespräch über die Köpfe der anderen Gäste hinweg mitbekommen. Er stellte den Kaffee vor ihr ab und deutete auf die Tasse. »Trinken.«

»Rede nicht mit mir, als wäre ich ein dreijähriges Kind!«

»Wenn du dich so benimmst?«

Anna war noch lange nicht nüchtern, aber sie hatte sich zumindest in der Gewalt. Um diesen Zustand nicht zu gefährden, beschloss sie, sich mit Weller auf keine Diskussionen einzulassen. Wortlos nahm sie die Tasse und pustete hinein.

»Der Conte von Boccadifalco.«

Er wies auf einen Mann, der sich gerade eine ziemlich dicke Zigarre anzündete und den Rauch rücksichtslos durch die Gegend paffte.

»Die Duchess of Glastonborough.«

Eine überschlanke, sehr große Frau, ganz in Schwarz gekleidet und mit einem Federhut im Stil der Zwanzigerjahre, drängte sich an ihnen vorbei zur Bar.

»Sollte ich sie kennen?«

»Ja.« Weller überflog die Gäste, bis sein Blick am Eingang hängen blieb. »Die Imperatorin von Nord-, Mittel- und Südamerika.«

Anna kicherte in ihren Kaffee. »Seit wann hat Amerika eine Kaiserin?«

»Seit fast vierhundert Jahren. Ihr Name ist Sandrine Beaufort.«

Anna fuhr herum und starrte auf den Eingang. Alle Gespräche verstummten. Zu hören war nur noch die schmachtende Melodie eines verträumten Walzers. Er klang aus weiter Ferne herein, so, als ob sie sich in einem ganz anderen Gebäude befänden. Vorsichtig stellte Anna die Tasse ab. Sandrine Beauforts Auftritt war filmreif.

Sie blieb im Eingang stehen, als hätte ein Regisseur ihr den Auftrag gegeben, sich wie die Kaiserin von China zu benehmen. Von Amerika, korrigierte sich Anna, die immer noch nicht wusste, wie lange sie ihr Kichern noch unterdrücken konnte. Sandrine trug ein atemberaubendes Kleid aus dunkelgrün schimmernder Seide, dazu ellenbogenlange Handschuhe und eine schlichte Hochsteckfrisur, die ihren Schwanenhals betonte. In ihrem Haar steckte ein Diadem, von dem Anna annahm, dass es echt war. Noch nicht einmal Sissi persönlich dürfte eine solche Kostbarkeit besessen haben.

In ihrer linken Hand trug Sandrine einen Fächer. Sie schlug ihn auf und wedelte sich elegant etwas Luft zu. Dann betrat sie den Raum, hinter sich zog sie ein Gebirge aus Stoff. Alle Anwesenden wichen zurück, um Sandrine bildete sich ein Kreis. Sie stellte sich genau in die Mitte.

Das Kleid war eine Sensation, und Sandrine genoss die Blicke sichtlich. Und dann sah Anna Vicky. Sie musste zwei Mal hinsehen, um ihren Augen zu trauen. Vicky trug Sandrines Schleppe. Als ihre Chefin stehen blieb, ging Vicky in die Knie und drapierte den Stoff so auf dem Boden, dass er wie ein grüner Schweif hinter ihr lag. Dann trat sie zurück in die Reihe der Gäste.

Weller wandte sich an Anna. »Du tust genau, was ich dir sage.«

»Und das wäre?«, flüsterte Anna, die immer noch wie gebannt auf Sandrine starrte. Diese fächelte sich ein wenig Luft zu und nickte den Anwesenden hier und dort huldvoll zu. »Deine Krawatte richten?«

Doch der Scherz schien nicht anzukommen. Weller sah so ernst aus, dass Annas Grinsen verschwand. Irgendetwas ging hier vor. Das alles sah zwar aus wie eine schlechte Theaterinszenierung, aber wenn sogar ein Mann wie Weller mitspielte, wäre es vielleicht am besten, wenn sie jetzt einfach mal den Mund hielt.

»Du folgst mir und nimmst alles, was jetzt geschieht, unkommentiert zur Kenntnis.«

»Aye, aye, Sir.«

»Unkommentiert, sagte ich. Lass dich nicht provozieren. Egal von wem.«

»Hm.«

Anna hielt die Lippen fest geschlossen. Das wurde ja noch richtig spannend hier! Eine kleine Scharade am Rand des Balls, wer hätte das gedacht. Ihr Blick fiel auf Vicky. Sie schien die ganze Inszenierung richtig ernst zu nehmen. Starr, ohne das Zeichen der geringsten Gefühlsregung, stand sie im Halbschatten und ließ ihre Chefin nicht aus den Augen. Diese ließ den Fächer sinken. Es wurde so still, dass man eine Feder hätte fallen hören.

»Carl Weller. *Imperator in conducta curia.*«

Erstauntes Zischeln und Tuscheln begann.

»Was heißt das?«, flüsterte Anna. Aber Weller antwortete nicht. Sein Blick war auf Sandrine gerichtet und so aufmerksam, dass er nichts um sich herum mehr wahrzunehmen schien.

Sandrine neigte den Kopf und schickte Weller ein kokettes Lächeln.

»Oh. Ich vergaß. Natürlich auch der Herrscher von Europa und Pan-Asien.« Sie sah sich um. »Aber nicht mehr lange!«

Das Raunen wurde lauter. Weller stand immer noch neben Anna und sagte kein Wort.

»Tritt in diesen Kreis!«

Plötzlich erlosch das Licht. Dann schwebte, wie von Geisterhand entzündet, ein gewaltiger Kronleuchter mit Aberhunderten Kerzen von der Kuppel des Saals herunter, bis er drei Meter über den Köpfen der Menschen in der Luft hängen blieb. Auf dem Mosaikfußboden leuchtete ein heller Lichtfleck. Sandrine raffte den Rock ihres Kleides und trat noch einmal zwei Schritte vor, direkt hinein in die Lichtinsel. Dort blieb sie stehen. Noch einmal sah sie sich um, ein siegessicheres Lächeln auf den Lippen.

Die Stille und die Erwartung dessen, was nun kommen würde, legten sich schwer auf Annas Schultern. Der Rest des Raumes lag in einem dämmrigen Dunkel. Die Menschen standen so dicht gedrängt, dass sie zu einer Mauer aus Schatten zusammengewachsen schienen. Alle warteten. Schließlich löste sich Wellers Gestalt aus der Finsternis. Er trat in den Kreis.

»Sandrine Beaufort. Herrscherin Amerikas. Was willst du von mir?«

Anna hielt den Atem an. Der Boden des Saales schien sich zu bewegen. Das lag nicht an dem vielen Champagner in ihrem Blut. Der Lichtkreis schien zu einem Tableau geworden zu sein, das langsam zu rotieren begann. Das Paar in seiner Mitte blieb unbeweglich stehen. Auch Anna konnte sich keinen Millimeter rühren. Dennoch drehten sich Sandrine und Weller wie ein mechanisches Paar auf einem Karussell.

Ich muss zum Arzt.

Das war doch nicht normal! Wahrnehmungsstörungen, Halluzinationen. Anna schwor sich, nie wieder Champagner zu trinken. Offenbar hatte sie ein Alkoholproblem, von dem sie bisher noch nichts gewusst hatte.

In Sandrines Augen brach sich das Licht des Kronleuchters. Unendlich langsam ließ sie den Fächer sinken.

»Ich, Sandrine Beaufort, will dein Reich.«

»Ich, Carl Weller, verwehre dir diesen Wunsch.«

»Dann fordere ich dich zum Kampf.«

»Mit welchem Recht?«

»Du hast meinen Ghul exekutiert.«

Entsetztes Stimmengemurmel setzte sein. Weller stand da wie aus Stein gemeißelt. Wieder fiel Anna der Vergleich mit einem trojanischen Krieger ein. Doch dieses Mal erinnerte sie sich daran, dass Troja untergegangen war. Stand Wellers Reich jetzt Ähnliches bevor?

»Er wollte meine Amazone töten«, antwortete Weller.

Wieder erhob sich empörtes Tuscheln. Die Anwesenden konnten sich anscheinend nicht entscheiden, auf wessen Seite sie stehen sollten. Offenbar waren beide Anschuldigungen ungeheuerlich.

»Du hast kein Recht auf mein Reich.«

»Oh doch.« Sandrine hob die Hand. »Ich rufe meine Sekundantin.«

Vicky löste sich aus dem Schatten und trat ins Licht. Sie stellte sich hinter Sandrine, und das gelang ihr bemerkenswerterweise, ohne auf die Schleppe zu treten. Nun standen alle drei und warteten. Nichts geschah. Weller holte tief Luft.

»Ich rufe meine Amazone.«

Eine ganz leise, kaum spürbare Unruhe breitete sich aus. Anna starrte immer noch wie gebannt auf das Schauspiel vor ihren Augen. Die Duellanten schienen leicht über der Erde zu schweben. Alles wirkte wie die dreidimensionale Spiegelung eines wirren Traums. Das habe ich doch schon mal erlebt, dachte Anna. Mir wird nichts passieren. Egal, ob die Skorpione jetzt aus allen Ecken kommen, irgendwer wird mich schon retten.

Der Kronleuchter schien sich mitzudrehen. Die Tierkreiszeichen an den Wänden leuchteten auf. Geheimnisvoll schimmerten sie über den Köpfen der Menschen im Saal. Das Wispern wurde lauter.

»Mädchen.«

Anna fühlte sich überhaupt nicht angesprochen. Erst als sie eine leichte Berührung am Arm spürte, merkte sie, dass die Baronesse von Hohengarden neben sie getreten war.

»Du musst gehen.«

Sie hatte so leise gesprochen, dass Anna einen Moment brauchte, um zu verstehen, was die nette ältere Dame da gerade sagte.

»Ich?«, flüsterte sie. »Er meint mich?«

»Natürlich.«

»Und wohin soll ich gehen?«

»In den Kreis.«

Anna erstarrte zur Salzsäule. Erstens konnte sie nicht schweben, und zweitens hatte ihr niemand gesagt, dass sie als Vierte im Bunde dieser Wahnsinnigen aufzutreten hatte.

»Du darfst ihn nicht warten lassen. Geh schon.«

»Ich kann nicht!«

Sandrine hob die Augenbrauen. Sie ließ ihren Blick über die dunkle Masse schweifen, als ob sie jemanden suchte. Niemand zeigte sich.

»Nun?«, fragte sie. »Wo ist sie denn?«

Annas Puls raste. Also doch. Wen sonst konnte Weller meinen? Eine plötzliche Lähmung schien sie erfasst zu haben. Sie war unfähig, auch nur den kleinsten Finger zu rühren. Die Baronesse ließ ihren Arm los.

»Geh, mein Kind«, sagte sie leise. »Dir wird nichts geschehen. Du hast doch deinen Glücksbringer dabei. Nicht wahr?«

Annas Finger umkrampften ihre Abendtasche. Plötzlich spürte sie, wie die Wärme in ihre eiskalten Glieder zurückkehrte. Die Lähmung verschwand, sie konnte wieder tief durchatmen. Sie nahm all ihren Mut zusammen und trat in den Lichtkreis.

Im gleichen Moment öffnete sich die Kuppel des Saales. Sandrine, Vicky, Weller und sie schienen im Weltall zu schweben. Um sie herum kreisten die Sternzeichen. Sie funkelten an einem Himmel aus tiefschwarzem Samt. Es war kalt, aber Anna fror nicht. Sie war hinter Weller getreten und spürte, dass er ihre Gegenwart registriert hatte. Galaxien zogen an ihnen vorüber, funkelnde Wirbel aus Sternenstaub. Anna atmete nicht mehr. Ihr Herz hatte aufgehört zu schlagen. Es war, als ob durch die Zeit ein Schnitt gegangen wäre und ein Augenblick zur Ewigkeit wurde.

Sandrine streckte die Hand aus und deutete auf Weller.

»Gib mir dein Reich!«

»Nein. Was willst du damit? Hast du nicht schon genug?«

»Ich will ein Sternzeichen! Und dafür brauche ich den Erdkreis.«

»Du bist es nicht wert.«

»Ach. Aber du?«

Ein Komet raste heran und fuhr mit einem Feuerstrahl durch die Szene. Ein metallisches Geräusch zerfetzte beinahe Annas Trommelfell. Sie wurde Lichtjahre zurückgeworfen und schwebte bewegungsunfähig im Raum. Vicky war verschwunden. Sie sah, wie schwarze Panzer sich um Sandrine und Weller gelegt hatten. Beide richteten sich auf – zwei gewaltige Skorpione am Firmament, bereit zum Kampf. Sandrine holte mit ihren Scherenarmen aus und zerfetzte mit einem tödlichen Sirren Wellers Brustschild.

»Nein!«, schrie Anna.

Ihr Schrei hallte durch den unfassbar weiten Raum. Sie holte den Stein aus ihrer Tasche und schleuderte ihn mit aller Kraft auf Sandrine. Im Flug wurde er größer und nahm an Geschwindigkeit zu. Fassungslos sah Anna, wie ihr kleiner Kiesel sich in einen gewaltigen Meteoriten verwandelte, der in Lichtgeschwindigkeit davonschoss. Er prallte auf Sandrines Panzer, der in tausend Stücke zerbrach. Sandrine wurde zurückgeschleudert. Ihr Kleid war zerrissen, ihre Haare wehten wie züngelnde Schlangen um ihren Kopf. Wutentbrannt fauchte sie auf und flog pfeilschnell auf Anna zu. In letzter Sekunde warf sich Weller dazwischen. Der Aufprall der beiden Körper war wie eine Explosion. Weller packte Anna am Arm, sonst hätte die Wucht der Druckwelle sie ins Unendliche geschleudert.

Sandrine legte den Kopf in den Nacken und lachte laut und schrill. Der Schmerz war unerträglich. Anna hob die Hände an ihre Ohren. Plötzlich merkte sie, dass die Sterne näher kamen. Das Weltall verdichtete sich. Schwer wie Blei lag die Dunkelheit auf ihrer Brust und zog sie mit sich hinab.

»Weller!«

Anna merkte, dass sie nicht mehr lange durchhalten würde. Etwas zog sie nach unten, dorthin, wo die Nacht am tiefsten und am dunkelsten war. Doch Weller hielt sie weiterhin fest. Gegen seine Kraft waren wohl auch die Mächte der Finsternis machtlos. Sandrines Lachen brach ab. Ihr wildes Gesicht füllte fast den gesamten Horizont.

»Ich kriege dich, Weller«, zischte sie, und es schien, als ob tausend Blitze aus ihrem Mund zuckten. »Ich bekomme immer, was ich will. Und bring deiner Amazone Benehmen bei. Sonst hast du bald keine mehr, verstanden? Und das wäre dein Ende, Weller. Dein Ende!«

Ihr irres Lachen schien Annas Schädel zu spalten. Sie kniff die Augen zusammen. Dieser Albtraum war tatsächlich noch eine

Nummer größer als der, den sie bereits erlebt hatte. Doch Sandrine war noch nicht am Ende. Ihre Stimme hallte durch die Unendlichkeit, dass die Sterne zitterten.

»Ihr beide seid ein schönes Paar. Ihr passt zueinander. Ich freue mich darauf, deine verstreuten Überreste in den Vulkan zu werfen! Und dann gehört dein Reich mir!«

»Ich habe deine Herausforderung gehört, Sandrine.« Weller packte Anna noch fester. Ihr lebloser Körper schien immer wieder aus seinen Armen gleiten zu wollen.

»Du wirst deine Satisfaktion bekommen.«

Sandrine musste nähergekommen sein. Anna spürte ihre Nähe wie die Glut eines Wüstenfeuers.

»Ich verstehe.« Die Bosheit troff geradezu von ihren Lippen. »Du hast Herzprobleme. Autsch.«

Sandrine war so nah, dass ihr Gluthauch beinahe Annas Haut versengte.

»Dich hat es erwischt. So ein Pech aber auch. Weißt du eigentlich, dass das deine Unsterblichkeit verwirken kann? Es gibt nur eine Möglichkeit, das zu verhindern.«

Sandrines Stimme wurde zu einem heiseren Flüstern. »Lass sie fallen.«

Bitte nicht, dachte Anna, Weller, wenn du immer noch Gedanken lesen kannst, dann nimm hiermit zur Kenntnis, dass ich mit eurem Humor ganz und gar nicht klarkomme.

»Such dir eine andere. Eine, die tut, was du ihr sagst. Eine, die wirklich bereit ist, für dich zu sterben. Oder denkst du etwa, Anna Sternberg würde sich für dich opfern? Sie hat dich belogen. Die ganze Zeit.«

Wellers Hände verkrampften sich.

»Ich weiß, dass sie mich liebt.«

»Das hört sich aber ganz anders an, wenn sie nicht mit dir zusammen ist.«

Anna hörte, wie Weller scharf einatmete. Todesangst kroch in ihr hoch. Und eine Heidenwut auf Vicky, die offenbar alles, was man ihr anvertraute, brühwarm an Sandrine weitergab.

»Sie verachtet dich, Weller. Kein Wunder. Wenn ich ein Sterblicher wäre, täte ich das auch. Schließlich bedrohst du die Existenz ihres Vaters. Eiskalt, wie das so deine Art ist. Kannst du wirklich erwarten, dass sie dich dafür liebt? So sehr liebt, dass sie für dich sterben würde?«

Verdammt, dachte Anna.

»Sie hat dich belogen, deine kleine Amazone.«

»Nein. Du bist es, die lügt.«

Sandrine lachte noch einmal. Es klang hell und unbeschwert. In dieses Lachen mischte sich das Murmeln von heiteren Gesprächen und Gläserklirren. Anna spürte, wie die eisige Kälte langsam verschwand.

»Finde es heraus, Weller. Am besten noch vor unserem Kampf auf dem Vulkan. Ich freue mich darauf! *A bientôt* in Palermo!«

Annas Hinterkopf schlug auf. Es musste der Fußboden eines Raumes sein, denn nun spürte sie, wie sie sorgfältig abgelegt wurde. Mühsam versuchte sie, ihre Augen zu öffnen, doch sie brachte nur ein Blinzeln zustande.

»Mädchen! Hallo, Mädchen!«

Jemand schlug ihr sanft auf die Wangen. Dann stieg ihr ein beißender Geruch in die Nase. Endlich gelang es ihr, wenigstens einen kurzen Blick auf das Szenario um sie herum zu werfen.

Die Baronesse von Hohengarden beugte sich über sie und hielt ein Riechfläschchen in der Hand. Um sie herum nahm Anna einige Rocksäume wahr. Sie lag auf dem Fußboden im Marmorsaal. Der Begleiter der Baronesse half ihr, sich aufzurichten. Als Anna stand, schwankte sie etwas, konnte sich aber auf den Beinen halten.

»Was ist passiert?«

»Du bist ohnmächtig geworden. – Sieh mal!« Die alte Dame hielt Annas Abendtasche in der Hand. »Das haben wir neben dir gefunden.«

Anna ließ sich die Tasche geben. Hastig öffnete sie sie. Der Kieselstein war wieder da.

»Dann war das alles ein Traum?«

»Du hast wohl etwas zu viel getrunken, mein Kind. Ich glaube, du solltest langsam zu Bett gehen.«

»Nein.« Anna tastete nach ihren Haaren. Der Knoten hatte sich gelöst, und sie versuchte, mit den Fingern einige Strähnen zu entwirren. »Nein. Ich habe nicht geträumt. Wo ist Weller?«

Ratlos blickte die Baronesse ihren Begleiter an.

»Wen meinen Sie?«, fragte der.

Anna hatte sich gefangen. Allmählich kehrten ihre Lebensgeister zurück. Sie konnte wieder klar denken. Wenn sie nicht ein Fall für den Psychiater war, dann hatte sie soeben Dinge erlebt und gehört, die weit über das hinausgingen, was eine Sterbliche erfahren durfte.

»Sie sind doch die Baronesse von Hohengarden?«

»Aber ja, mein Kind, das bin ich.«

»Sehen Sie«, sagte Anna. »Entweder kann ich hellsehen, oder wir beide sollten uns einmal miteinander unterhalten.«

Die alte Dame tauschte einen bedeutungsvollen Blick mit ihrem Begleiter. Dann lächelte sie.

»Nun, wenn ein so junges Ding die Gesellschaft einer alten Schachtel nicht langweilt, dann wäre es mir eine Ehre, Sie morgen zum Tee zu empfangen. Henry, gib Frau Sternberg doch bitte meine Karte.«

»Sie wissen, wer ich bin?«

Der Herr reichte Anna eine Visitenkarte. Die alte Dame gab Anna die Hand.

»Sicher. Das wissen wir alle.«

»Wer ist *wir*?«

»Morgen, mein liebes Kind. Morgen. Henry? Es wird Zeit.«

Henry schlug die Hacken zusammen und bot der Baronesse seinen Arm an. Er musste ihr Diener sein, denn sie war diejenige, die hocherhobenen Hauptes davonschritt; er hingegen hielt ihr die Tür auf und achtete darauf, dass andere Gäste seine Dame nicht anrempelten. Anna warf einen Blick auf die Karte und hätte sie im gleichen Moment beinahe fallen gelassen. Die Schrift war dieselbe wie in den Verträgen. Für Anna war es nicht möglich, sie zu entziffern.

»Baronesse?«

Doch die beiden waren schon verschwunden. Anna steckte die Karte in ihre Tasche. Offenbar glaubten alle hier, sie austricksen zu können.

Oder sie halten mich für jemanden, der ich nicht bin.

Anna wusste nicht, welche der beiden Möglichkeiten ihr weniger gefiel. Sie verließ die Oper. Am Nachthimmel explodierte in leuchtenden Farben ein Feuerwerk.

19.

Es war spät am Vormittag, als Anna durch das ungeduldige Klopfen des Zimmermädchens geweckt wurde. Nachdem sie der jungen Frau gesagt hatte, dass sie später wiederkommen solle, zog diese unverrichteter Dinge wieder ab. Anna ging ins Badezimmer. Die leichte Verwüstung, die sie und Weller dort angerichtet hatten, war schon am Abend zuvor beseitigt worden. Gute Geister hatten zudem den Servierwagen abgeräumt und ihr Bett aufgeschlagen, in das sie hineingefallen war wie eine Tote.

Im Spiegel suchte sie nach Spuren der vergangenen Nacht. Die leicht geröteten Augen führte sie auf den Genuss von zu viel Champagner zurück. Ebenso wie die Kopfschmerzen, die auch nicht verschwanden, nachdem sie heiß und kalt geduscht hatte. Die Traurigkeit aber, die sie fühlte, hatte andere Gründe. Sie glaubte nicht mehr an Alpträume und Halluzinationen. Und sie glaubte nicht mehr an Weller. Sie wollte nur noch herausfinden, welches Spiel er mit ihr spielte. Dafür brauchte sie die Baronesse.

Sie war noch im Bademantel, als es erneut klopfte. Anna schlang sich ein Handtuch um die nassen Haare und öffnete. Vor ihr stand der Mann, von dem sie am wenigsten erwartet hätte, ihn jetzt zu sehen.

»Ausgeschlafen?«

Weller ging an ihr vorbei ins Zimmer. Er trug eine Dokumentenmappe bei sich, die er auf ihren Schreibtisch warf.

»Es gibt Arbeit. Du hast das Wochenende frei, aber dafür wirst du gleich am Montag nach Palermo fliegen und einen Vertrag …«

»Moment.«

Anna hob beide Hände. Bevor er sie wieder mit seinen rätselhaften Botengängen eindeckte, wollte sie eines klarstellen.

»Ich arbeite nicht mehr für dich. Ich habe gekündigt.«

Weller musste die Nacht entweder im Fitnessstudio oder im Tiefschlaf verbracht haben. Er sah beneidenswert frisch aus und trug wieder einen seiner maßgeschneiderten Anzüge aus feinstem italienischen Tuch. Die Müdigkeit der letzten Tage war zwar nicht ganz verschwunden, aber Rasur und Dusche hatten das Beste aus ihm herausgeholt. Obwohl Anna versuchte, jedes Gefühl für ihn aus ihrem Herzen zu radieren, gelang es ihr nicht. Er wirkte kühl, fast schroff.

»Ich habe deine Kündigung nicht angenommen. Wenn du also in Palermo eintriffst, wird Jean-Baptiste dich …«

»Hast du mich nicht verstanden? Ich arbeite nicht mehr für dich!«

»Das geht nicht.«

Annas Verblüffung musste ihr ins Gesicht geschrieben stehen. »Und warum nicht?«

»Weil du mir dein Wort gegeben hast.«

»Das wüsste ich aber. Ich kann mich nicht erinnern.«

»Du erinnerst dich an vieles nicht.« Er trat einen Schritt auf sie zu. Anna, die Angst hatte, dass er sie berühren wollte, wich zurück. Weller blieb stehen.

»Du wolltest einen Job. Ich habe ihn dir gegeben. Warum willst du nicht mehr für mich arbeiten?«

»Ich habe herausgefunden, dass du hinter dem Bauvorhaben für das Einkaufszentrum steckst.«

»Welches Einkaufszentrum?«

»In Wiesbaden! Das Haus meines Vaters, du erinnerst dich? Es wird plattgewalzt. Von deinen Baumaschinen!«

Weller runzelte die Stirn. Er schien wirklich nachzudenken,

und das nahm Anna ihm mehr als übel. Offenbar hatte er überhaupt keine Ahnung, was seine Bauprojekte in der Welt alles so anrichteten.

»Sieht aus, als hättest du den Überblick verloren«, kommentierte sie seinen Gesichtsausdruck. »Im Gegensatz zu dir wissen wir Sternbergs aber genau, wer uns was antut. Wenn du geglaubt hast, du könntest mich mit deinem merkwürdigen Arbeitsangebot kaufen, hast du dich geirrt.«

»Anna ...«

»Versuch bloß nicht, dich rauszureden. Ich weiß genau, was du vorhast. Und weißt du, was das Schlimmste ist? Dass du Gast in unserem Haus gewesen bist und wir dich aufgenommen haben wie einen Freund.«

»Ich –«

»Ich will nichts hören!« Anna durchwühlte ihre Reisetasche. In ihrem Portemonnaie fand sie die Kreditkarte. »Hier. Schenk sie jemandem, der wirklich der Meinung ist, ein Leben ohne Limit wäre das Höchste. Soll ich dir was sagen?«

Sie reichte ihm die Karte, doch Weller machte keine Anstalten, sie entgegenzunehmen.

»Du tust mir leid. Du glaubst, Geld und Macht sind das einzig Erstrebenswerte in der Welt. In Wirklichkeit zählt etwas ganz anderes.«

»Und das wäre?«

»Das, was du nie bekommen wirst.«

Sie legte die Karte neben die Dokumentenmappe. »Liebe, Weller. Ich glaube, du weißt gar nicht mehr, was das ist.«

Wenn Anna geglaubt hatte, ihre Worte würden irgendeine Reaktion in Weller auslösen, hatte sie sich geirrt.

»Bist du fertig?«

»Ja.«

»Dann zieh dich jetzt an. Der Flieger nach Frankfurt geht um vier. Ich nehme dich in meiner Privatmaschine mit.«

Er wandte sich ab und ging zur Tür. Anna lief hinter ihm her und stellte sich ihm in den Weg.

»Wie kannst du es wagen, mich zu ignorieren?«

Er blieb stehen und erwiderte ihren Blick. »Fahr nach Hause, Anna. Und finde dort, was du suchst. Mach mich nicht für dein Lebensglück verantwortlich.«

Der letzte Satz war wie ein Guss eiskaltes Wasser. Doch er war noch nicht fertig.

»Du wolltest keine Affäre. Ich übrigens auch nicht. Also lass uns jetzt wie erwachsene Menschen miteinander umgehen. Und das heißt auch, dass man seinem Chef in einem etwas anderen Aufzug gegenübertritt. Ich könnte sonst auf dumme Gedanken kommen.«

Sie raffte den Ausschnitt ihres Bademantels zusammen und starrte an ihm vorbei.

»Was immer du dir erträumt hast, Anna, von mir wirst du es nicht bekommen.«

»Ich wüsste nicht, dass du in etwas anderem als Albträumen vorkommst.«

Es fiel ihr schwer, ein unbeteiligtes Gesicht zu machen. Vermutlich gelang ihr noch nicht einmal das. Er musste ihr ansehen, wie sehr er sie verletzt hatte, denn plötzlich veränderte sich seine Stimme.

»Was willst du hören, Anna? Etwa: Ich liebe dich?«

Tränen stiegen in ihre Augen, und sie wusste nicht, warum. Sie blinzelte.

»Nein«, murmelte sie schließlich. »Das nicht.«

Aber er, dachte sie. Er wollte es hören. Als wir zusammen im Bett waren und unter der Dusche. Da hat er mich in die Enge getrieben und mir alle Geheimnisse entlockt, die ich ihm nie sagen wollte ... Und sie hatte ihn angelogen. In der einzigen Situation zwischen Mann und Frau, in der absolute Ehrlichkeit herrschen sollte, hatte sie ihn bewusst hinters Licht geführt. Ihr ganzes Gerede von Liebe war eine Lüge gewesen. Warum verletzte es sie dann so, dass ihrem falschen Geständnis nicht das Mindeste folgte?

»Es tut mir leid, Anna. Aber ich gehöre nicht zu den Menschen, die auf Knopfdruck sagen, was man von ihnen erwartet. Nur weil du mir gesagt hast, dass du mich liebst, erwartest du jetzt das Gleiche von mir. Ich liebe dich, ich liebe dich auch … Aber Gefühle sind kein Pingpong. Man spielt nicht mit ihnen. Man lügt den anderen nicht an.«

Sie biss sich auf die Lippen.

»Und man redet nicht mit Dritten darüber. Das Ausplaudern solcher Dinge ist immer ein Bumerang. Er kommt zurück und streckt dich nieder.«

Alles, was sie jetzt sagen konnte, würde sich nach verletzter Eitelkeit anhören und sie noch dümmer und kindischer erscheinen lassen, als sie sich ohnehin schon fühlte. Er wusste alles. Doch wenn er enttäuscht war, dann ließ er es sie nicht spüren.

»Du hast mir gestern etwas gesagt, das ich für einen Moment ernst genommen habe«, fuhr er fort. »Aber ich verstehe, dass das, was zwischen zwei Bettlaken geschieht und gesagt wird, eben manchmal der Wirklichkeit nicht standhält.«

Anna spürte einen Knoten in ihrem Hals. Weller baute ihr eine Brücke. Er bot ihr an, das Liebesgeständnis zu vergessen.

»Das ist mir nicht einfach so herausgerutscht«, sagte sie. »Meine Gefühle halten durchaus bis zum nächsten Morgen. Das heißt aber nicht, dass ich meine Meinung über dich geändert habe.«

Und plötzlich merkte sie, dass sie die Wahrheit sagte. Sie empfand eine ganze Menge für ihn. Wut, Ärger, Zorn, Sehnsucht … vielleicht sogar ein bisschen Verliebtsein. Natürlich! Es war das Selbstverständlichste von der Welt, dass man Herzklopfen hatte, wenn man mit Weller eine Affäre begann. Mehr war es nicht, aber auch nicht weniger. Sie war so erleichtert, dass sie ihn fröhlich angrinste.

»Man kann ja auch fettige Pommes lieben. Sie sind schrecklich. Aber ab und zu unentbehrlich.«

Weller zog ein Gesicht, als hätte sie ihm gerade eine Portion angeboten.

»Fettige Pommes?«

»Oder Einliterbecher Vanilleeiscreme. Oder eine Pizza Salami.«

»Du vergleichst mich mit einer Salamipizza?«

Er kam näher. Seine Augen funkelten. Er war umwerfend, aber in höchstem Maße gefährlich.

»Und ich?«, fragte sie. »Was bin ich für dich? Eine Jacht? Eine Armbanduhr? Ein neuer Wagen?«

»Das Leben. Einfach nur das Leben.«

Er zog sie an sich und vergrub seinen Mund in ihrem Haar. Er war ihr so nah, dass sie seinen Herzschlag spüren konnte. Ruhig und regelmäßig, kraftvoll und stark. Seine Arme legten sich um sie und hielten sie fest.

»Das war natürlich gelogen«, sagte er und löste sich von ihr. »Aber wenn du es genau wissen willst: Ich empfinde ziemlich wüste Gefühle für dich. Im Moment zum Beispiel würde ich dir gerne den Hintern versohlen.«

Schon wieder verunsicherte er sie. Weller merkte es und grinste sie an. »Aber es gibt auch Situationen, in denen würde ich das nicht aus Wut tun.«

Sie versuchte, so viel Hochmut und Verachtung in ihre Stimme zu legen, wie es nur möglich war.

»Weder für das eine noch für das andere habe ich dir jemals einen Grund gegeben.«

Weller beugte sich herab. »Doch. Jetzt.«

Er küsste sie. Anna wollte sich wehren. Sie fühlte sich wie ein Spielball zwischen den unterschiedlichsten Empfindungen hin- und hergeworfen. Er verletzte sie, und im gleichen Atemzug sagte er ihr genau das, was ihr noch nie ein Mann gesagt und was sie sich immer ersehnt hatte. Mit einem Aufstöhnen gab sie sich ihm hin. Nach einer halben Ewigkeit entwand sie sich aus seinen Armen. Sie war immer noch zutiefst verwirrt.

»Aber ich möchte diesen Job trotzdem aufgeben. Das ist nichts für mich.«

»Lass uns ein anderes Mal darüber reden. Ich verspreche dir, ich höre dich an und werde alle deine Fragen beantworten. Aber diese Aufgabe musst du noch übernehmen. Ich habe sonst niemanden.«

»Unter einer Bedingung.«

Weller wollte sie wieder küssen, aber Anna schüttelte den Kopf.

»Nein. Das meine ich nicht.«

»Was denn dann?«

Sie ging zurück in ihr Zimmer und kam wenig später mit der Visitenkarte der Baronesse von Hohengarden zurück. Sie reichte sie Weller, der sie las und ihr dann zurückgab.

»Was ist damit?«

Anna verdrehte die Augen. »Ich kann diese Sprache nicht lesen. Was ist das eigentlich für eine merkwürdige Schrift?«

»Das sind akkadische Abugidas. Das ist eine uralte mesopotamische Schrift. Die Baronesse liebt solche kleinen Spielchen. Schau.«

Er drehte die Karte um. Auf der anderen Seite stand die Adresse in lateinischen Buchstaben. Anna hätte schwören können, dass sie zuvor nicht da gewesen waren.

»Sie ist das, was man in früheren Zeiten eine Universalgelehrte nannte. Es macht Spaß, sich mit ihr zu unterhalten. Wenn sie dir ihre Karte gegeben hat, ist das eine große Ehre für dich.«

»Oh.«

Anna steckte sie in die Tasche ihres Bademantels. »Sie hat mich … ich glaube, sie fand mich sympathisch.«

»Nicht nur sie. Du hast das Feuerwerk um Mitternacht verpasst. Schade, dass du so früh gegangen bist. Wir sehen uns in zwei Stunden am Flughafen.«

Schon wieder hatte er sie angelogen. Sie war nicht früh gegangen. Sie konnte sich an jedes Detail dieses Abends besser erinnern, als ihr lieb war. Doch noch bevor Anna etwas darauf erwidern konnte, hatte er schon die Tür geöffnet und war fort.

Sie schlenderte zurück in ihr Zimmer. Gedankenverloren nahm sie einen Apfel aus der Obstschale und biss hinein. Ihr Blick fiel aus dem Fenster hinunter auf die Terrasse, wo schon wieder alle Tische besetzt waren und Sachertorte im Akkord für die hungrigen Gäste serviert wurde.

Auch wenn sie ihren Gefühlen ein Stück nähergekommen war, eine Lüge stand trotzdem zwischen ihnen. Sie hatte ihm verheimlicht, dass die Baronesse sie eingeladen hatte. Und sie hatte weiter so getan, als ob alles, was sie bis jetzt erlebt hatte, nur ein Traum gewesen wäre. Aber es war ein gefährlicher Traum, in dem es um Leben, Tod und Unsterblichkeit gegangen war. Wellers großes Geheimnis lag darin verborgen, sie war ihm auf der Spur. Wollte sie es wirklich ergründen?

Weller trat aus dem Hotel heraus und ging in Richtung Kärntnerstraße. Zielstrebig, aber nicht eilig lief er bis zum Ende der Fußgängerzone, wo eine dunkle Limousine am Fahrbahnrand geparkt hatte. Neugierig öffnete Anna das Fenster und beugte sich hinaus. Sollte Jean-Baptiste nicht in Sizilien sein und sie vom Flughafen abholen? Doch nicht der Fahrer öffnete die Tür. Jemand anderes ließ die Scheibe auf dem Rücksitz herunter, um Weller zu begrüßen. Im Halbschatten des Fonds erkannte Anna Sandrines Profil.

Der Apfel fiel aus ihren Händen auf das Vordach, kollerte herab und verfehlte nur um Haaresbreite eine japanische Touristin, die entsetzt nach oben blickte. Anna fuhr zurück und schloss das Fenster. Das letzte Bild hatte sich auf ihre Netzhaut eingebrannt. Weller, wie er sich herabbeugte und Sandrine küsste.

Der Wohnsitz der Baronesse war ein Palais aus dem achtzehnten Jahrhundert im 1. Wiener Bezirk, der Inneren Stadt. Er hatte einst einem reichen Tuchhändler gehört, der die umliegenden Gebäude von reichen Ungarn und Österreichern abgekauft und den Palais in seinem heutigen Grundriss errichtet hatte. Steine aus dem Kaiserlichen Steinbruch waren verwendet worden, um damit die Eingangspilaster und die barockklassizistische Fassade zu verschönern.

Anna hatte sich die Tafel neben dem Eingang durchgelesen

und betätigte nun die Klingel. Wenig später ertönte ein leises Summen, und sie trat ein.

War der äußerliche Eindruck des Hauses schon überwältigend, so konnte Anna sich gar nicht sattsehen, als sie die Eingangshalle mit der gewaltigen Marmortreppe betrat. Blattgold und Stuckverzierungen waren wie neu. Das Treppengeländer mussten die besten Schmiedekünstler gefertigt haben, vergoldete Familienwappen schmückten den Aufgang, der mit einem dicken Perserteppich belegt war. Am Ende der Treppe wartete Henry.

»Das Fräulein Sternberg«, begrüßte er sie. »Kommen'S, die gnädige Frau wartet schon.«

Er ging voran und führte sie durch einen langen Flur mit spiegelndem Parkett. Anna erinnerte es an Schlösser und Herrenhäuser, die man sonntags besichtigen konnte. Sie konnte sich nicht vorstellen, dass jemand inmitten dieser prachtvollen Antiquitäten auch tatsächlich lebte. Erst als sie einen ganz in Blau gehaltenen Salon durchquert hatten und in einer Bibliothek eintrafen, wurde es etwas gemütlicher. Hatten die repräsentativen Räume eher gewirkt wie ein Museum, wurde hier deutlich, dass diese von einem quirligen, wissensdurstigen Geist belebt wurde. Gewaltige Bücherstapel lagen auf Tischen und Bänken. Die Regale reichten bis zur Decke. In einem kleinen Erker standen drei Sessel um einen Tisch. Henry verbeugte sich und bat Anna, Platz zu nehmen. Dann verließ er sie.

Kein Wunder, dass Weller die Baronesse als Universalgelehrte beschrieben hatte. Die Bücher sahen allesamt gelesen und wie immer wieder gerne benutzt aus. In Leder gebundene Prachtausgaben lagen auf Lesepulten. Ein großer Globus fesselte Annas Aufmerksamkeit. Er musste sehr alt sein, denn die Kontinente, die auf ihm abgebildet waren, erinnerten in ihren Umrissen nur vage an die Landkarten aus neuerer Zeit. Anna stand auf und sah sich die Antiquität genauer an. In den Wellen der Ozeane schwammen Meeresungeheuer. Ihre Darstellung erinnerte sie an alte Stiche. Die Menschen in früheren Zeiten hatten Wale gesehen und ihre Eindrücke dann etwas übertrieben nachgemalt. Anna stupste die Kugel sanft an. Sie rotierte und blieb so stehen, dass ihr Blick auf Nordafrika und Südeuropa fiel. Sie erkannte die Umrisse von Malta, Korsika und Sardinien. Auch dort gab es Ungeheuer. Sie beugte sich vor. Skorpione …

»Sieh an!«

Anna erschrak. Die Baronesse hatte sich ihr so leise genähert, dass sie sie nicht kommen gehört hatte. Sie stand direkt hinter ihr und konnte sehen, was Anna gerade so interessiert betrachtet hatte.

»Entschuldigen Sie bitte. Ich hätte fragen müssen.«

»Aber nein, mein Kind. Herzlich willkommen!« Die Baronesse lächelte und reichte Anna die Hand. Dann hakte sie sich bei ihr unter. Gemeinsam gingen sie die wenigen Schritte zurück in den Erker.

»Noch kein Kaffee? Henry wird aber auch etwas langsam in letzter Zeit.«

Die Baronesse griff nach einer kleinen Klingel, die neben einem Seidenrosengesteck auf der Fensterbank stand. Sie hatte sie kaum zurückgestellt, als Henry schon mit einem Servierwagen um die Ecke bog. Auf ihm befand sich neben dem Kaffeegeschirr auch eine Auswahl verschiedener Kuchen und Törtchen.

»Mögen Sie eine Mehlspeis'?«

»Mehlspeis'? Sie meinen Kuchen? Ja, gerne.«

Anna hatte bis auf den Apfel noch nichts gegessen. Weller und Sandrine. Sie versuchte, das Bild zu verdrängen, aber es kostete sie große Mühe. Während Henry den Tisch deckte, ließ die Baronesse sich in einen kleinen Sessel sinken und strich die Spitzentischdecke glatt.

»Danke, Henry.«

Der gute Geist wurde mit einem Kopfnicken entlassen. Die Baronesse schenkte den Kaffee ein, reichte Anna das Sahnekännchen und forderte sie auf, sich mit dem Zucker selbst zu bedienen. Anna entschied sich für ein Aprikosentörtchen mit Schlagsahne.

»Eine Marille mit Obers, wie wir hier sagen. Gefällt Ihnen Wien?«

Die Baronesse balancierte den Kuchen auf Annas Teller.

»Ja, sehr. Ich wünschte, ich könnte länger bleiben. Es gibt noch so vieles, was ich mir gerne ansehen würde. Die Hofburg, den Prater und die Katakomben zum Beispiel.«

»Und natürlich einen Heurigen trinken. Das gehört auch dazu.«

Anna nickte und nahm den ersten Bissen. Es schmeckte köstlich. Die Baronesse beobachtete mit Freude, wie Anna ihr Törtchen in Blitzgeschwindigkeit vertilgte.

»Wann reisen Sie denn ab?«

Anna schluckte schnell hinunter, um nicht mit vollem Mund zu antworten. »Herr Weller erwartet mich heute um sechzehn Uhr am Flughafen.«

Die Baronesse nickte. Sie nahm ihre Kaffeetasse und trank einen kleinen Schluck. Anna stellte ihren Teller ab und sah die alte Dame erwartungsvoll an.

»Was ist passiert?«, fragte sie.

»Wie meinen Sie das?«

»Ich weiß, dass ich nicht geträumt habe. Und Sie wissen das auch.«

Die Baronesse neigte ein wenig den Kopf, als ob sie sich schon im Voraus für ihre Antwort entschuldigen wollte.

»Dann muss ich Ihnen doch gar nichts weiter erklären. Möchten Sie die Maronispitz probieren?«

Sie deutete mit der Kuchengabel auf ein Törtchen, das mit passiertem Kastanienpüree, Schlagsahne und einer Dessertkirsche verziert war. Ohne Annas Antwort abzuwarten, legte sie es ihr auf den Teller.

»Eine Spezialität«, setzte sie hinzu und wartete, bis Anna gekostet und ein lautes »Hmmmm« ausgestoßen hatte. Vom Kuchenbacken verstanden sie etwas, die Österreicher. Es schmeckte einfach zu köstlich! Erst als Anna auch dieses Stück verputzt hatte, kam sie auf den eigentlichen Grund ihres Besuches zurück.

»Frau von Hohengarden, ich muss Ihnen einige Fragen stellen. Und ich wäre Ihnen dankbar, wenn Sie sie mir wahrheitsgemäß beantworten würden.«

»Warum wenden Sie sich nicht an Herrn Weller? Er ist doch Ihr Chef. Sicher kann er Ihnen mehr sagen als ich.«

»Können schon«, antwortete Anna. »Aber er will nicht.«

»So, so.«

»Alle, die gestern Abend im Saal des Zodiak waren, gehören doch zusammen.«

Nichts an der Miene ihres Gegenübers ließ erkennen, ob Anna mit dieser Annahme richtig lag.

»Ich war Zeuge einer Kriegserklärung. Und ich habe Dinge gesehen, für die bräuchte jeder andere Mensch eine Menge halluzinogener Drogen. Dieser Ball mag für viele Dinge berühmt sein, aber bestimmt nicht für seine Bewusstseinserweiterungen. Also: Wer waren die Leute, und was war das für ein Treffen?«

Da die Baronesse immer noch schwieg, beschloss Anna, auf weiteren Kuchen zu verzichten. Sie legte die Serviette neben den Teller und stand auf.

»Es tut mir leid, aber ich habe keine Zeit mehr. Herr Weller scheint mich zu brauchen. Aber er sagt mir nicht wofür. Also werde ich ihm einfach nicht mehr zur Verfügung stehen. Guten Tag.«

»Warten Sie!«

Die Baronesse legte ein strahlendes Lächeln auf.

»Ich verstehe immer noch nicht, warum Sie damit zu mir kommen.«

»Weil ich das Gefühl habe, Sie könnten mir einen Rat geben. Oder mich vor einem Fehler bewahren. Einem Fehler, den Sie vielleicht begangen haben und sehr bereuen.«

Anna sah herab auf die schlohweißen, ordentlich frisierten Haare der Baronesse. Sie saß immer noch aufrecht in ihrem Sessel. Sie hielt ihre Kuchengabel in der Hand und spielte nervös damit herum. Ihre eigene Marillentorte hatte sie nicht angerührt. Schließlich schien sie sich einen Ruck zu geben.

»Sie haben recht. Setzen Sie sich.«

Anna atmete auf. Sie hatte geblufft und gewonnen.

»Wer ist Carl Weller?«, fragte sie und nahm wieder Platz.

»Er ist ein Imperator. Die höchste Stufe, die ein Unsterblicher auf der Erde erlangen kann.«

»Ein Unsterblicher«, murmelte Anna. »Was ist das?«

Die Baronesse schenkte ihr einen milden Blick. »Jemand, der ewig leben kann, wie der Name schon sagt. Dem unendliche Macht und gewaltige Ressourcen zur Verfügung stehen. Je nachdem, auf welcher Stufe der Hierarchie er sich befindet.«

»Was steht über einem Imperator?«

»Die Herrscher der Elemente. Ihre Macht steht unverrückbar fest. Das Höchste, was ein Imperator erreichen kann, ist das, was nach dem ewigen Leben kommt – ein eigenes Sternbild. Das haben aber erst zwölf Imperatoren geschafft, wie Sie jedem Horoskop entnehmen können. Und es ist auch schon einige Tausend Jahre her, seit das zuletzt gelungen ist.«

Anna riss sich zusammen, damit die Baronesse ihr die Überraschung nicht ansehen konnte. Tu einfach so, als gehörte das zu deinen leichtesten Übungen. Maronispitz essen und dabei über Sternbilder und Unsterblichkeit plaudern. Sie zog den Teller wieder zu sich heran und pickte die Dessertkirsche auf, das Einzige, das sie übriggelassen hatte.

»Und wie bekommt man so ein Sternbild?«

»Man muss die anderen Imperatoren herausfordern und besiegen. Aber Carl Weller hat daran kein Interesse. Er ist seit dreihundert Jahren einer von uns. In dieser Zeit hat Europa einen großen Aufschwung erlebt. Jetzt beginnt das Gleiche in Pan-Asien. Er will nicht erobern, sondern bewahren. Damit ist er das genaue Gegenteil von anderen Herrschern, die den Krieg wollen. Es geht ein Riss durch die Führungselite. Australien und Afrika können sich noch nicht entscheiden, auf wessen Seite sie sich stellen. Wellers direkter Gegner ist Amerika.«

»Sandrine.«

Die Baronesse nickte und bestätigte damit Annas Befürchtungen.

»Sandrine Beaufort«, murmelte Anna. »Sie hat einige Dinge gesagt, die sehr beunruhigend klangen.«

»Dass sie Wellers Imperium übernehmen möchte? Das will sie schon seit ewigen Zeiten. Sandrine ist ein ungezogenes kleines Mädchen, und sie wird es wohl auch bleiben. Leider hat sie sehr viel Macht. Das kann gefährlich werden. Im Moment spielt sie noch ein wenig damit herum. Achte also nicht auf das, was sie sagt.«

»Ich bin mit ihr zur Schule gegangen. Wie kann sie dann seit Hunderten von Jahren hinter Europa her sein? Und warum sagt sie, dass ich für Weller sterben soll? Das verstehe ich nicht.«

»Sie beide sind zusammen zur Schule gegangen?«

Die Verwunderung stand der Baronesse ins Gesicht geschrieben. Anna hatte sie im Verdacht, dass sie von der entscheidenden Frage ablenken wollte.

»Ja, wir waren in einer Klasse.«

»Sie schlüpft in viele Rollen. Wenn sie in Europa ist, braucht sie eine plausible Existenz, um sich unerkannt unter die Sterblichen zu mischen. Es würde doch auffallen, wenn jemand über Jahrzehnte hinweg nichts von seiner Jugend und Attraktivität verliert. Deshalb nimmt sie immer wieder verschiedene Identitäten an. Die Zeit an Ihrer Schule war bestimmt nur vorübergehend.«

»Ein Jahr. Dann habe ich sie aus den Augen verloren. Sie war damals alles andere als beliebt. Und wenn ich sie heute sehe, hat sie an ihrem Image nicht gerade gearbeitet. Warum ist sie so und Weller ganz anders?«

»Langsam, langsam. Immer eins nach dem anderen. Wir alle haben einen Vertrag unterzeichnet, der uns mehr oder weniger große Opfer abverlangt. Die meisten akzeptieren das. Sandrine allerdings wollte schon immer ein bisschen mehr als die meisten.«

»Weller.«

Er hatte Sandrine geküsst. Ganz sicher hatte er das. So, wie er sich zu ihr herabgebeugt hatte ... Ihr Herz wurde schwer. Wer machte hier wem eigentlich etwas vor? Die Baronesse beobachtete sie. Es war Anna unschwer anzusehen, wie unglücklich sie sich fühlte.

»Lieben Sie ihn?«, fragte die Baronesse.

»Bitte?«

»Ob du ihn liebst, mein Kind. Wirklich, ehrlich und aufrichtig.«

Anna sah der Baronesse in die Augen. Sie wirkten so gütig. Die Hand der Dame legte sich auf ihre. Plötzlich fühlte Anna sich auf wunderbare Weise getröstet und verstanden.

»Ja«, sagte sie.

Die Klarheit dieser Aussage überraschte sie. Ich liebe ihn. Ich habe nicht gelogen. Er ist der Mann meines Lebens, aber leider ist er es nicht wert. Die Traurigkeit übermannte sie wieder. Nur mit Mühe konnte sie die Tränen zurückhalten. Die Baronesse ließ ihr ein wenig Zeit, sich zu fassen. Dann reichte sie Anna eine Serviette, damit sie sich die Augen abtupfen konnte.

»Dann hat Carl Weller also wieder eine Amazone gefunden.«

»Ja!« Anna ließ das Tuch sinken. »Genau das hat Sandrine auch gesagt! Und … dass ich für ihn sterben würde.«

»Nun, in gewisser Weise werden Sie das dann wohl auch.«

Anna starrte die alte Dame an. Erst dachte sie, sie hätte sich verhört. Doch der Ernst, mit dem diese Annas Worte bestätigte, war nicht gespielt.

»Sie werden hinunter in einen Vulkan gehen. Weil das die einzige Möglichkeit ist, ihn zu retten.«

»Wovor denn zu retten?«

Die Baronesse seufzte abgrundtief.

»Das ist wieder einmal typisch Carl. Er hat Ihnen noch gar nichts gesagt, nehme ich an. Dabei haben wir heute den zwanzigsten Oktober!«

»Und das bedeutet?«

»In vier Tagen tritt die Sonne in das Zeichen des Skorpions. Sie werden einen Auftrag erhalten und ihn auch erfüllen.«

»Ähm …« Anna schob den Kuchenteller von sich weg. Offenbar konnte die Baronesse auch hellsehen. »Okay. Kein Problem. Das ist ja mein Job. Aber warum ist das so gefährlich, dass ich dabei draufgehen soll?«

»Weil zwei Amazonen vor dir nicht zurückgekommen sind.«

»Meine Vorgängerinnen.«

Ihr wurde einiges klar. Warum Sam sich immer herausgeredet hatte, wenn sie ihn darauf angesprochen hatte. Ihr wurde langsam ungemütlich.

»Und was haben sie falsch gemacht?«

»Ihre Liebe war nicht groß genug.«

»Das ist doch Unsinn. Es geht hier gar nicht um Liebe. Ich bin Wellers persönliche Assistentin. So weit geht meine Loyalität nun auch wieder nicht, dass ich für ihn freiwillig in einen Vulkan klettern würde.«

»Wirklich nicht?«

Die Baronesse musterte sie mit einem rätselhaften Blick.

»Wirklich nicht«, antwortete Anna.

Sehr bedauerlich, dass alle, mit denen sie es zu tun bekam, ein bisschen durcheinander waren. Die Baronesse machte auf den ersten Blick einen durchaus vernünftigen Eindruck. Aber offenbar hatte sie in ihrer Bibliothek zu viele Nächte über Meeresungeheuern gebrütet. Mittlerweile war Anna einiges klar geworden. Es ging hier um dunkle Mächte und dubiose Verträge. Aber dass sie selbst Teil dieses Spiels sein und noch dazu freiwillig ihr Leben opfern sollte, konnten ja nur weltfremde Optimisten annehmen. Sie hatte nicht vor, in irgendeinen Vulkan hineinzuspazieren. Selbst wenn Weller sie auf Knien darum bitten würde.

»Vielleicht ändern Sie Ihre Meinung ja noch«, sagte die alte Dame.

Wohl kaum. Anna stand auf.

»Vielen Dank für den Kuchen und den Kaffee. Aber ich liebe mein Leben zu sehr und werde es bestimmt nicht für einen Job riskieren.«

»Dafür nicht. Aber vielleicht für Carl Weller? Einen Moment noch, mein Kind. Ich muss Ihnen noch etwas erzählen.«

Sie klopfte leicht mit der Hand auf den Sessel neben sich. Widerwillig nahm Anna ein letztes Mal Platz.

»Carl Weller ist auf andere Art in unseren Kreis eingetreten als die meisten von uns. Ich habe mir immer gewünscht, dass er auch anders wieder herauskommt. Er war noch ein Kind, ein Junge von zwölf Jahren, als er seine Seele dem Meistbietenden verpfändet hat. Warum er das getan hat, können wir alle nur vermuten. Tatsache aber ist, dass er dreißig Jahre lang Sandrines Ghul war, bevor es ihm gelang, sie zu einem Zweikampf zu fordern.«

»Was ist ein Ghul?«

»Ein Diener.«

»Ah. So jemand wie Jean-Baptiste? Oder Henry?«

Die Baronesse nickte.

Anna schluckte. Es war schon eine Zumutung, überhaupt für Sandrine zu arbeiten. Aber dreißig Jahre ihr Ghul zu sein ... innerlich schüttelte es sie.

»Als Ghul unterliegen Sie anderen Gesetzen als denen der Unsterblichen. Sie altern beispielsweise. Sie empfinden. Sie müssen gehorchen. Sie dienen, Sie befehlen nicht. Deshalb ist es so immens schwierig, aus dieser Position heraus zu agieren. Weller hat das geschafft. Er hat Sandrine so in die Enge getrieben, dass sie eigentlich schon verloren hatte.«

»Und warum nur eigentlich?«

Die Baronesse lächelte.

»Wie ich schon sagte: Ein Ghul empfindet. Mehr zumindest als ein Imperator. Die sind nur zu den großen Gefühlen fähig: Liebe und Hass. Die Zwischentöne aber, das Verzeihen beispielweise, haben sie verlernt. Als Sandrine am Boden lag und um Gnade winselte, hat er sie ihr gewährt. Unter der Bedingung, sich aus ihrem Gefolge einen eigenen Ghul zu wählen.«

»Jean-Baptiste?«

Die Baronesse nickte. »Diese Niederlage aber hat Sandrine ihm nie verziehen. Weller empfand Mitgefühl. Und ich denke, er hat bis heute die eine oder andere Gefühlsregung in sich bewahren können. Auch wenn er sie recht selten zeigt, denn sie sind ein großer Nachteil den anderen Imperatoren gegenüber. Seine Achillesferse. Sandrine ist die Einzige, die sie kennt. Also machen Sie sich keine Gedanken darüber, ob er Sandrine nun geküsst hat oder nicht. Was er für sie empfindet, ist keine Liebe. Noch nicht einmal Hass. Höchstens ... Mitleid.«

Die Baronesse hob den Kopf und lauschte. Schritte näherten sich der Tür. Sie wurde geöffnet, und Henry steckte seinen Kopf durch den Spalt.

»Ist alles recht, gnädige Frau?«

»Danke, mein Lieber.« Die Baronesse machte eine leichte Handbewegung, und Henry verschwand.

»Wo waren wir stehengeblieben?« Die alte Dame hob verlegen die Schultern. »Ach ja. Wellers Schwächen. Die Frauen, beispielsweise. Für sie hatte er bisher keine glückliche Hand. Er hat sich Frauen gesucht, die das Gleiche wollten wie wir alle: Geld, Macht, Ruhm, ewige Jugend. Sie waren bereit, alles dafür aufzugeben. Auch ihn. Tief im Herzen des Vulkans wird Ihnen eine Frage gestellt: was Sie bereit wären zu opfern. Alle haben bisher falsch geantwortet.«

Die Stimme der Baronesse war leiser geworden. Anna beugte sich vor, um sie besser zu verstehen. So wirr das auch alles war, was sie in den letzten Tagen erlebt hatte – spannend war es schon.

»Sie wären die Erste, die vielleicht die richtige Antwort weiß. Weil Sie die Erste sind, für die Weller wirklich etwas empfindet.«

»Aber er liebt mich nicht.«

Die Baronesse lächelte. »Vielleicht, vielleicht auch nicht. Die Liebe ist doch kein Tauschgeschäft. Jedenfalls habe ich ihn noch nie so in Sorge um jemanden gesehen.«

»Wann denn?«

»Als ihr beide von den Sternen zurückgekehrt seid.«

»Na bitte. Es war kein Traum«, flüsterte Anna.

»Was ist schon Traum und was Wirklichkeit in der Ewigkeit?«, fuhr die Baronesse fort. »Sie haben sich zwei Mal voller

Mut gegen Sandrine erhoben. Das erste Mal, als sie um ein Haar Wellers Macht gebrochen hätte. Sie hat seinen Blick eingefangen, und das ist tödlich für einen Skorpion.«

»Das Foto! Guyot!«

»Richtig. Sie hat ihren Ghul bei diesem Kampf verloren, und das ist ein sehr schmerzlicher Verlust. Das zweite Mal war gestern, als Sie sie beschossen haben. Womit eigentlich? Es gibt wenig Waffen, die ein Imperator fürchtet.«

»Mit meinem Glücksbringer.« Anna grinste. Wenn man sich erst einmal auf dieses Spiel einließ, wurde es irgendwie logisch. »Es ist ein Stein aus dem Garten meiner Eltern. In ihm ist all die Liebe und Wärme, die ich dort bekommen habe.«

»Genau das, was Sandrine am meisten gefährlich werden kann. Denken Sie daran. Und an die richtige Antwort. Und dass Weller Sie liebt.«

»Er hat Sandrine geküsst.«

Die Baronesse hob verwundert die Augenbrauen. »Tatsächlich? Wann?«

»Gerade eben. Als er das Hotel verlassen hat.«

»Das hat nichts zu bedeuten.«

Doch diese Antwort war zu schnell gekommen, um wirklich wahr zu sein. Als Anna den Mund öffnete, um nachzufragen, hob die Baronesse die Hand.

»Ich bin müde, mein liebes Kind. Ich bin alt und habe große Fehler gemacht. Der größte war, dass ich mich zu spät entschlossen habe, in den Kreis zu treten. Ewig alt und allein sein ist kein Zuckerschlecken.«

»Ja.« Anna nickte. »Das kann ich mir vorstellen.«

»Machen Sie es anders. Egal, wie Sie sich entscheiden, tun Sie es von Herzen. Seien Sie hundertprozentig überzeugt. Bereuen Sie nichts. Weder jetzt noch später.«

»Okay.«

Anna stand auf. Die Baronesse griff nach der Klingel, und im Handumdrehen stand Henry wieder bereit, um sie hinauszubegleiten.

»Alles Gute, mein liebes Kind.«

Die Baronesse drückte Anna herzlich an ihre Brust. Anna erwiderte die Umarmung und spürte dabei, wie zart und zerbrechlich die kleine Frau war.

Als sie mit Henry die Eingangshalle erreicht hatte, stellte sie ihm noch eine Frage.

»Wie alt ist die Baronesse eigentlich?«

»Oh.« Henry schien überrascht. »Das fragt man eigentlich nicht.«

»Ich wollte nur wissen, ob sie die Belagerung der Stadt durch die Türken schon erlebt hat.«

Es sollte ein Scherz sein, aber Henry dachte ernsthaft darüber nach. Schließlich, als sie schon damit rechnete, gar keine Antwort zu bekommen, erwachte er aus seinen Überlegungen.

»Sie hatte nach der Unterzeichnung des Friedensvertrages den Großwesir Ahmed zu Gast. Aber ich weiß nicht mehr, ob wir damals schon Kaffee getrunken haben.«

»Schon gut«, antwortete Anna und stolperte die Stufen hinunter. »Schon gut.«

Anna hatte das Haus verlassen. Hinter der Baronesse von Hohengarden öffnete sich eine Tapetentür, und Carl Weller trat heraus. Er sagte nichts, ging nur ans Fenster und schaute hinunter auf die Straße, die Anna entlanglief. Schließlich, als sie um die nächste Ecke verschwunden war, drehte er sich um. Die Baronesse saß immer noch in ihrem Sessel. Doch ihr gütiges Lächeln war einem ernsten Blick gewichen.

»Carl Weller. Was hast du da nur angerichtet?«

»Ich?« Weller trat vom Fenster zurück. »Sie ist in mein Leben gestürmt. Ich habe nicht nach ihr gesucht. Im Gegenteil: Ich war fertig mit allem. Ich wollte nicht mehr.«

»Und jetzt hast du deine Meinung geändert?«

»Sie ist genau das, was die Elemente wollen.«

»Ist es auch das, was du willst?«

Weller kam in den Erker und setzte sich auf den Sessel, auf

dem eben noch Anna gesessen hatte. Die Baronesse hob die Kaffeekanne, aber er lehnte mit einem kurzen Kopfschütteln ab.

»Ich weiß nicht, was ich will.«

Mit einem leisen Stöhnen lehnte er sich zurück und schloss die Augen.

»Ich wollte aufhören. Ich habe alles erreicht, was ein Mensch erreichen kann. Ich wollte meinen Vertrag erfüllen.«

»Und was hält dich davon ab?«

»Anna. Plötzlich war sie da. Es war, als ob alle Lebensgeister wieder erwacht wären. Als ob das Leben plötzlich wieder Spaß machen würde. Mit ihr könnte es tatsächlich gelingen.«

»Du hast sie als deine Amazone rekrutiert.«

»Genau.«

Weller griff sich an seine Brust. Die Baronesse hatte seine Bewegung mit Sorge registriert.

»Dein Herz?«

»Ja.«

»Warst du bei Summers?«

»Er hat mir Medikamente gegeben. Aber lange werden sie nicht helfen. Mein Herz schlägt wieder, Baronesse. Es ist ein Gefühl, das ich schon fast vergessen hatte und das Sehnsüchte in mir weckt. Ich will wieder sterblich sein. Und ich will Anna nicht verlieren.«

»Das geht nicht.«

»Natürlich geht das nicht.« Weller setzte sich auf. »Niemand, der einmal den Vertrag unterschrieben hat, kann das wieder rückgängig machen. Aber jetzt will ich Anna wenigstens aus allem heraushalten.«

»Unmöglich. Sie weiß schon zu viel.«

»Ich will nicht, dass sie für mich stirbt!«

»Carl.« Die Hand der Baronesse legte sich auf Wellers Knie. »Alles geht seinen Gang, so wie es seit Jahrtausenden geschrieben steht.«

Wellers Gesicht verdüsterte sich. »Das habe ich schon zwei

Mal geglaubt. Und beide Male hat es die Amazone das Leben gekostet.«

»Gib dir nicht immer noch die Schuld daran.«

Weller nickte, allerdings nicht sehr überzeugt.

»Sie haben dich getäuscht«, fuhr die Baronesse fort. »Sie spielten dir die große Liebe vor, doch in Wirklichkeit wollten sie nur dasselbe wie wir alle: unendliche Macht.«

»Sie nicht, Baronesse.«

»Oh doch.« Die alte Frau lächelte. »Wir sind alle Egoisten. Auch wenn es bei mir nicht in erster Linie um ewige Jugend ging, wie du vielleicht bemerkt haben dürftest.«

Weller hob die Augen und sah sie an. Er hatte die Baronesse immer geschätzt. Sie war seine wichtigste Vertraute, die Ratgeberin in allen Fragen, die dieses Dasein stellte. Vor langer Zeit hatte sie ihm einmal erzählt, wie sie in die Reihen der Unsterblichen getreten war. Erst im hohen Alter war sie der Liebe ihres Lebens begegnet. Beide wussten, dass ihnen nicht mehr viel Zeit gegeben war. Die Baronesse wollte das nicht akzeptieren und suchte den Kontakt zu den dunklen Mächten. Doch die Zeit zurückdrehen konnte sie nicht mehr – niemand durfte das, niemand konnte das. So war sie hochbetagt unsterblich geworden. Und ihre große Liebe war wenig später in ihren Armen gestorben.

Sie sprach nicht oft darüber. Kein leichtes Los, wie sie ihm einmal versichert hatte, denn ewiges Rheuma konnte schon zur Qual werden.

»Du, Carl, hast das Leben deines Bruders gerettet. Er hat es dir etwas anders gedankt, als du es vielleicht gewollt hast. Aber gerade weil du nicht aus Gier, sondern aus Nächstenliebe unsterblich wurdest, bist du nun am Ende deiner Reise angelangt. Jetzt musst du aufhören – oder eine neue beginnen. Mit Anna.«

»Ich will sie nicht mit hineinziehen.«

»Das hast du schon längst getan.«

»Ja!« Weller sprang auf. »Aber ich will es nicht!«

Die Baronesse nahm ihre Tasse und trank einen Schluck Kaffee. Er war inzwischen kalt geworden. Sie verzog leicht das Gesicht und stellte sie wieder ab.

»Es gibt nur eine Lösung.«

Weller fuhr sich mit beiden Händen durch die Haare. Er blieb vor der Weltkugel stehen und starrte sie an. Sein Blick fiel auf die Skorpione vor Sizilien, und für einen Moment sah es so aus, als ob die Ungeheuer zum Leben erwachen würden.

»Ja«, sagte er leise. »Nur eine Lösung.«

20.

Anna kam gerade noch rechtzeitig am Flughafen an, um mit Weller in die Maschine zu steigen. Sie verriet nicht, wo sie gewesen war, und auch Weller war ungewöhnlich schweigsam. Er saß zwei Reihen vor ihr, arbeitete wichtig aussehende Akten durch und tätigte mehrere Anrufe in Sprachen, die Anna noch nie gehört hatte. Viel bekam sie auf ihrem Sitz sowieso nicht mit. Es war eine achtsitzige Cessna, und die Stewardess, die sie sehr aufmerksam betreute, war ebenfalls zu schön, um wahr zu sein. Anna fühlte sich in ihrer Räuberkluft mittlerweile gar nicht mehr wohl. Die Sachen mussten dringend gewaschen werden, und sie war froh, ihren Kaffee zu trinken und in Ruhe gelassen zu werden.

Die Erklärungen der Baronesse wirbelten immer noch in ihrem Kopf herum. Es war absolut hirnrissig, für Weller zu sterben. Nach eigener Aussage hegte er wenig mehr Bedürfnisse für sie, als ihr den Hintern zu versohlen. Das reichte ja noch nicht einmal für einen One-Night-Stand. Geschweige denn, um für jemanden in einen Vulkan zu steigen.

Es sei denn, sie wüsste die richtige Antwort. Anna zermarterte sich das Gehirn, aber es fing schon damit an, dass sie keine Ahnung hatte, welche Frage ihr gestellt werden würde. Offenbar musste die Lösung ziemlich einfach sein, wenn man nur genug liebte. Ihre Vorgängerinnen hatten das nicht getan. Ihnen mussten andere Dinge wichtiger gewesen sein. Anna fragte sich, ob ihr das auch passieren würde. Sie spürte Wellers Anwesenheit, auch wenn er nicht direkt neben ihr saß. Sie wusste nicht, woran es lag, aber sobald er einen Raum betrat, veränderte sich etwas. Alles wurde wichtiger, bedeutender. Man fühlte sich von ihm wahrgenommen, zumindest so lange, wie er das bisschen Selbstbewusstsein, das Anna in seiner Nähe entwickelte, mit einer einzigen Bemerkung vom Tisch fegte. Er war der rätselhafteste, widersprüchlichste Mann, der ihr je begegnet war.

Anna fürchtete, dass das nicht ausreichen würde. Sie musste sich über ihre Gefühle klarwerden, ohne Wenn und Aber. Bisher hatte es ihr immer geholfen, wenn der andere zuerst die Katze aus dem Sack gelassen hatte. Ich liebe dich, liebst du mich auch? Ohne Gegenleistung zu lieben hatte sie sich nur einmal gestattet. Er hieß Pinky Malone, war der Frontsänger einer Teenie-Band aus London und hatte nie von ihren Gefühlen erfahren. Trotzdem wäre sie in der Hitze ihrer vierzehn Jahre bereit gewesen, für Pinky jedes Opfer auf sich zu nehmen.

Warum hören wir eines Tages auf, einfach nur zu lieben? Warum fragen wir immer, was wir dafür bekommen? Bedrückt starrte sie aus dem Fenster, aber mehr als eine dichte Wolkendecke über den Alpen bot ihr dieser Ausblick auch nicht.

Es war ein kurzer Flug, kaum eine Stunde nach dem Start rollte die Cessna auf einer abgelegenen Landebahn des Frankfurter Flughafens aus. Weller verließ den Flughafen nicht, sondern wollte sich gleich auf den Weg zum Terminal für die internationalen Flüge machen. Wahrscheinlich düste er übers Wochenende nach Singapur oder Qatar, während sie es sich auf einer Baustelle gemütlich machen durfte.

»Es ist deine Entscheidung.« Weller stellte den Aktenkoffer ab und sah kurz auf seine Armbanduhr. »Ich brauche dich am Montag. Ich kann dich nicht ersetzen. Es wird ein harter Job, und du solltest dir genau überlegen, ob du ihn annehmen willst.«

»Was genau soll ich denn in Palermo erledigen?«

»Es geht wieder um einen Vertrag, der aus dem Keller geholt

und überbracht werden muss. Die Einzelheiten erfährst du noch früh genug.«

»Und wenn ich mich weigere?«

»Damit würde ich leben müssen.«

Er sah sie lange an. Anna versuchte, in seinen Augen etwas zu erkennen, das an ihre gemeinsamen Nächte erinnerte. Doch da war nichts. Nicht die kleinste Regung. Sein Ton war neutral und geschäftsmäßig. Er war ihr Chef, sie war seine Assistentin. Noch.

»Ich denke darüber nach.«

»Tu das.«

Er nahm seinen Koffer und ging, ohne sich noch einmal nach ihr umzusehen. Anna brauchte eine Viertelstunde, bis sie den Weg zu den Taxiständen gefunden hatte. Als Ziel gab sie jedoch nicht Wiesbaden, sondern die Frankfurter Innenstadt an. Sie wollte noch einmal an ihren Arbeitsplatz zurückkehren und das Foto ihrer Eltern holen, den einzigen persönlichen Gegenstand, den sie dagelassen hatte.

Eine halbe Stunde später betrat Anna das Bürogebäude. Es war Mittagszeit, und viele der Angestellten gingen gerade in die Pause. Auf halbem Weg in die fünfunddreißigste Etage hielt der Aufzug, und eine melodische Stimme nannte das Stockwerk und den Zusatz »Casino«.

Anna war hungrig. Im Flieger hatte die Stewardess ihr zwar ein Essen serviert, doch in Wellers Anwesenheit war es Anna nicht gelungen, auch nur einen Bissen hinunterzuwürgen. Das rächte sich jetzt. Ohne lange zu überlegen, folgte sie den Kollegen, die hier den Fahrstuhl verließen. Das Casino war ein lichtdurchfluteter Raum, in dessen Mitte ein Büffet dazu einlud, sich zu nehmen was man wollte. Anna stellte sich an, nahm einen Teller und schritt damit die gesamte Auswahl ab, um sich dann zunächst für einen Salat zu entscheiden.

»Schon wieder zurück?«

Vor Schreck fiel ihr die Tomate in eine Schüssel mit Joghurtsoße. Die Spritzer bekleckerten ihr ohnehin nicht mehr ganz sauberes Sweatshirt, mit dem sie in diesem Heer von Anzug- und Kostümträgern nur noch mehr auffiel. Sam stand hinter ihr und grinste sie an.

»Wie war es denn so?«

Er summte ein paar Walzertakte und balancierte dazu eine Schaufel gefüllte Weinblätter auf seinen Teller.

»Schön«, antwortete Anna knapp. Sie verwischte die Salatsoßenspuren und ging zu den gehobelten Gurken. Doch Sam folgte ihr.

»Schön oder schön?«

Die Betonung war derart vielsagend, dass Anna ihn erbost anfunkelte.

»Ich bin acht, vergessen Sie das nicht!«

Offenbar musste man Sam des Öfteren an die Geheimhaltungsstufen erinnern. Er nickte, nahm die Abfuhr aber nicht persönlich.

»Keine Sorge. Ich werde Sie nicht verführen. – Zum Verraten von Betriebsgeheimnissen natürlich. Oder hatten Sie etwas anderes befürchtet? Oder erhofft?«

Anna verdrehte die Augen und ging zur Kasse. Irgendjemand musste Sam einmal sagen, dass er auf diese Weise nur bei einer ziemlich kleinen Auswahl von Frauen landen würde. Dann aber war sie doch froh, dass er ihr folgte, denn mit dem Wiegesystem kamen wirklich nur Eingeweihte klar. Anna musste mitsamt dem Teller auf ein Glasfeld treten und an der Kasse mit ihrem Handabdruck auf einer ähnlichen Kachel wie im Keller quittieren.

»So.« Er nahm ihre Hand und legte sie richtig hin.

»Danke«, lächelte Anna honigsüß. »Sie können jetzt loslassen.«

Sie suchte sich einen leeren Tisch am Fenster aus. Was sie gefürchtet hatte, trat tatsächlich ein. Sam folgte ihr und setzte sich, ohne zu fragen, auf den Stuhl neben sie. Er hatte sich außer gefüllten Weinblättern auch noch Sushi ausgesucht, und der Geruch von rohem Fisch in Verbindung mit Sam war etwas, das Annas Nase gar nicht gefiel. Es dauerte nur zwei Reishäppchen, bis Sam den Faden der gekappten Unterhaltung wieder aufnahm.

»Ich wollte schon immer mal auf den Ball des Zodiak«, sagte er verträumt.

»Dann gehen Sie doch. Niemand wird Sie daran hindern. Die Karten sind frei verkäuflich.«

»Die Karten ja, das stimmt. Waren Sie im Saal des Zodiak?«

Anna wusste nicht, ob das bereits unter die Geheimhaltung fiel. Sie nickte und schob sich eine volle Gabel Salat in den Mund, auf dem sie hoffentlich lange genug herumkauen würde, um Sam nicht weiter antworten zu müssen.

»Dann sind Sie tatsächlich zu beneiden. Den Zugang kriegen nicht viele. Wer war denn alles da?«

Anna kaute und kaute. Sam schien zu verstehen. Er nahm ein mit Reis gefülltes Weinblatt und tauchte es in die Schale mit Sojasoße. Eine Kombination, bei der es Anna kalt den Rücken hinunterlief.

»Schon gut. Viel zu tun nächste Woche, nicht?«

Das schien eine unverfängliche Frage zu sein. Anna schluckte den Salat hinunter und antwortete mit Ja.

»Wo geht es denn diesmal hin? Europa, schätze ich. International dauert immer ein bisschen. Sie sind ja noch in der Einarbeitungsphase. Wussten Sie eigentlich, dass ich über hellseherische Fähigkeiten verfüge?«

Anna, die Sam von Hause aus nicht allzu viele Fähigkeiten zutraute, schüttelte verwundert den Kopf.

»Da staunen Sie, was? Ich wette, es geht nach Palermo. Ich kann Ihnen sogar sagen, wann. Am dreiundzwanzigsten. Habe ich recht?«

»Die Acht«, wiederholte Anna warnend.

»Ich mag Sie.« Sam schob seinen Teller weg und warf die Serviette auf sein übriggebliebenes Essen. »Ich mag auch Weller. Am meisten hier aber mag ich meinen Job. Ich habe eine Menge Aufstiegschancen. Ich will ganz nach oben, und das schafft man nicht in einer kleinen Klitsche, sondern nur in einem globalen

Konzern. Ich bin absolut dafür, das Amerika-Geschäft auszuweiten. Deshalb versauen Sie das nicht.«

Alles Unterwürfige war mit einem Schlag verschwunden. Offenbar versuchte er es jetzt auf eine andere Tour.

»Sie haben nichts zu bieten, Anna. Sie sind eine absolute Null. Das ganze Haus fragt sich, was Weller bewogen hat, ausgerechnet Sie zu seiner persönlichen Assistentin zu machen.«

Wie auf Bestellung schlenderte gerade die hübsche IT-Spezialistin an ihnen vorbei, die Anna beim Einrichten ihres Schreibtisches geholfen hatte. Sie lächelte Sam zu. Als sie erkannte, neben wem er saß, glitt ihr Blick kaum merklich über Annas Aufzug. Ihr Lächeln verlor einiges an Freundlichkeit.

»Hallo, Sam!«

»Hi, Lucy.«

Sie schlenderte mit einem Hüftschwung vorbei, der wohl in erster Linie Sam galt. Anna beugte sich wieder über ihren Salat. Okay. Sie hatte sich weder die Haare gestylt, noch war sie geschminkt. Sie war eben so, wie sie war. Aber tief in ihr drin hatte Sam einen wunden Punkt getroffen. Sie fühlte sich unzulänglich unter all den vollkommenen Menschen hier.

»Er wird schon seine Gründe haben«, nuschelte sie. »Ihnen wird er sie jedenfalls nicht verraten.«

»Und Ihnen? Hat er Ihnen gesagt, warum Sie eigentlich hier sind?«

Anna spießte ein Stück Gurke auf. Sam nahm ihr Schweigen nicht sehr sportlich.

»Die Acht, ich verstehe. Dann will ich Sie nicht mit etwas langweilen, was Sie sowieso schon wissen.«

Er griff nach seinem Teller und wollte aufstehen, aber Anna hielt ihn zurück.

»Was sagt denn der allgemeine Büroklatsch über mich?«

»Das wollen Sie nicht wirklich hören.«

»Doch.«

Sam warf ihr einen misstrauischen Blick zu. Dann sah er sich um, ob auch niemand ihre kleine Unterredung belauschte. Das

Kommen und Gehen um sie herum und die vielen lauten Gespräche waren wie eine Mauer, hinter der sie sich verschanzen konnten.

»Wenn Sie schon keine fachliche Kompetenz haben, dann wird sie auf anderer Ebene vermutet.«

Sam beobachtete sie scharf, ob sein Giftpfeil auch genau an der richtigen Stelle getroffen hatte.

»Sie passen nicht hierher«, fuhr er fort. »Sie haben nicht den Ehrgeiz, der uns alle antreibt. Um diesen Job zu machen, reicht es nicht, mit dem Chef ins Bett zu gehen.«

Anna wunderte sich, dass sie so ruhig blieb. Normalerweise hätte sie Sams spitze Nase direkt in seine Sojasoße getunkt. Aber das wäre nur Wasser auf seinen Mühlen gewesen.

»Nein?«, fragte sie verwundert. »Was denn noch? Mit Ihnen etwa auch? Das wäre dann allerdings wirklich Arbeit. Und damit will ich mir doch nicht den Tag verderben.«

Sie ließ das Geschirr stehen. Als sie an Lucys Tisch vorbeikam, die sich mit zwei anderen Grazien gerade ein Salatblatt teilte, nickte sie ihr nur flüchtig zu. Erst als Anna ihr Büro erreicht hatte, fiel die Spannung etwas von ihr ab.

Mobbing, auch das noch. Das hätte sie sich denken können. Inmitten all dieser superkompetenten Wesen war sie natürlich die absolute Exotin. Ihr angeknackstes Selbstbewusstsein hatte noch einen weiteren Dämpfer erlitten. Sie nahm das Foto ihrer Eltern und betrachtete es lange.

Was will ich eigentlich hier?, fragte sie sich. Ich bin inkompetent, habe von nichts eine Ahnung, und ich liebe meinen Chef.

Sie verstaute das Bild in ihrer Aktentasche. Dann stand sie auf und strich zum Abschied noch einmal über den Schreibtisch. Die Espressomaschine begann zu gurgeln, die Klimaanlage sprang an, und auf dem Monitor erschien ein Bild. Es zeigte das Büro mit der atemberaubenden Skyline, das Anna schon einmal gesehen hatte. Doch es war leer, der Chefsessel stand verwaist vor der Fensterfront. Anna spürte, dass sie keinen Kontakt mehr zu Weller hatte.

Sie beschloss, auf den letzten Kaffee zu verzichten und gleich zu ihrem Vater zu fahren. Lieber ein Bahndammtee in einem abbruchreifen Haus als ein Espresso in einem Konzern, in dem sie keiner haben wollte. Es war ein Ausflug in die Welt der Reichen gewesen, in der Menschen bereit waren, für Geld alles zu tun. Sie würde sie nie mehr betreten.

21.

Schon von Weitem erkannte Anna, dass rund um das Haus ihres Vaters einiges in Bewegung gekommen war. Große Lastwagen fuhren vor, einer kippte die gesamte Last auf das Grundstück. Männer schrien sich gegenseitig Kommandos zu. Anna rannte die letzten hundert Meter von der Bushaltestelle. Schwer atmend erreichte sie das Gartentor und stellte sich dem ersten Bauarbeiter, der es wagte, ihren Weg zu kreuzen, in den Weg.

»Was machen Sie hier?«

»Meine Arbeit«, antwortete der Mann.

»Verschwinden Sie sofort von hier. Haben Sie verstanden?«

Der verdutzte Mann schob sich seinen Helm in den Nacken und kratzte sich die Stirn.

»Wir haben die Anweisung, bis Montag das gesamte Areal hier –«

»Von wem?«, zischte Anna. »Etwa von Herrn Weller?«

Der Arbeiter nickte.

»Sagen Sie Ihrem Boss, hier wird nichts angefasst. Ich werde eine einstweilige Verfügung erwirken! Ich rufe die Polizei! Ich …«

Verzweifelt suchte Anna nach weiteren Möglichkeiten, das Unfassbare zu verhindern. An der Kreuzung tauchte ein gewaltiger Lastwagen auf, der eine Abrissbirne transportierte. Laut rumpelnd und quietschend kam das Gefährt auf sie zu. Anna deutete mit dem Zeigefinger darauf.

»Schicken Sie ihn weg! Sagen Sie ihm, er soll anhalten! Aufhören!«

Sie stellte sich auf die Mitte der Straße und gestikulierte wild mit den Armen. Eine solche Empörung hatte sie erfasst, wie sie sie noch nie empfunden hatte. Wieder schlug der Hass gegen Weller in ihr hoch. Immer wenn sie geglaubt hatte, andere Seiten an ihm zu entdecken, passierte so etwas. Hinter ihrem Rücken hatte er die Arbeiter bestellt und wohl geglaubt, sie würde zu spät kommen, um noch etwas zu verhindern.

»Stopp!«, brüllte sie.

Der Lkw hielt direkt auf sie zu und hupte. Doch Anna wich keinen Zentimeter. Triumphierend wandte sie sich an den Mann mit dem Bauarbeiterhelm, zu dem sich jetzt noch einige Kollegen gesellt hatten, die Annas Auftritt mit distanziertem Interesse verfolgten. Der Fahrer kurbelte das Seitenfenster herunter und schrie etwas, das Anna nicht verstand. Es klang ein bisschen nach »Idiotin«, aber sie blieb stehen. Mit weit ausgebreiteten Armen trotzte sie dem Heranrollen der Abrissbirne. Der Wagen kam näher, ungebremst. Anna kniff die Augen zusammen. Doch sie hielt durch. Die Bremsen kreischten, das Gefährt kam zum Stehen, keine zwanzig Zentimeter vor ihr. Anna öffnete ein Auge und erkannte einen schlammverkrusteten Kühlergrill. Langsam nahm sie die Arme herunter.

»Anna!«

Friedrich Sternberg eilte, totenbleich vor Sorge, auf seine Tochter zu.

»Um Gottes willen, was machst du denn da? Willst du dich umbringen?«

»Und die da? Was machen die hier? Wer hat ihnen erlaubt, das Grundstück zu betreten?«

Friedrich Sternberg drehte sich um und warf einen Blick auf die Verwüstung, die mittlerweile angerichtet worden war. Der Lkw-Fahrer ließ den Motor im Leerlauf aufheulen.

»Aus dem Weg!«, brüllte er.

»Nein!«, schrie Anna zurück. Voller Verzweiflung erkannte

sie, dass ihr Vater offenbar aufgegeben hatte. Er hob entschuldigend die Hände und ging zurück zu den Gaffern am Tor. Anna zögerte, ihm zu folgen. Schließlich gab sie den Weg frei. Der Fahrer zeigte ihr einen Vogel und gab Gas.

»Sie ist ein wenig übereifrig«, hörte sie ihren Vater gerade sagen. »Bitte lassen Sie sich von ihr nicht stören.«

Die Blicke, die die Männer sich zuwarfen, sprachen Bände. Sie drehten sich wortlos um und kehrten in den Garten zurück. Eine Kettensäge heulte auf.

»Was geht hier vor?« Der Lärm war ohrenbetäubend, aber Anna ließ sich davon nicht zum Schweigen bringen. »Du musst Widerspruch einlegen! Vor Gericht ziehen! Du musst dich endlich wehren!«

»Aber warum denn?«

Der Lkw gab ein empörtes Hupen von sich und fuhr die Straße hinunter. Mit offenem Mund sah Anna ihm hinterher.

»Sie bringen doch gerade alles in Ordnung!«

»Entschuldigung.«

Ein junger Mann, dem Annas Auftritt offenbar Respekt eingeflößt hatte, kam mit einer Schubkarre und versuchte, sich an ihr vorbeizuquetschen. Anna machte ihm Platz.

»Was geht hier vor?«

»Unser lieber Freund hat sich entschieden, statt dem Einkaufszentrum eine Reihenhaussiedlung zu bauen.«

Friedrich Sternberg lächelte, als hätte er die Arbeiten selbst angeordnet.

»Unser lieber Freund?«

»Herr Weller. Der junge Mann, der uns neulich besucht hat. Du erinnerst dich doch an ihn?«

»Und ob.«

»Wir hatten ein kleines Gespräch, als du unten im Keller warst. Er hat sich reizend nach mir erkundigt. Und dann erzählte er, dass das Baugewerbe wesentlich höhere Erträge bringt als der Einzelhandel.«

»Ja«, sagte Anna langsam. »Das klingt ganz nach ihm.«

»Er wollte wissen, ob ich vielleicht in ein neues Haus will.«

»Er hat versucht, dich zu bestechen.« Mit zornig zusammengekniffenen Augen verfolgte Anna den Mann mit der Schubkarre. Er hielt neben einem großen Haufen zerkleinerter Äste und Gartenabfall und begann gerade, alles mit einer Heugabel auf die Schubkarre zu verladen. »Und du hast ihm alles verkauft. Wie konntest du nur?«

Sie blinzelte und wischte sich mit der Hand über die Augen. Natürlich hatte ihr Vater dem Charme von Weller nicht standhalten können. Es musste ein Leichtes gewesen sein, den alten Mann um den Finger zu wickeln. Dafür hasse ich dich, Weller. Jetzt ist es endgültig aus zwischen uns.

»Aber nein! Ich habe ihm von dir erzählt. Von deiner Mutter. Davon, dass dieses Haus unsere Burg gewesen ist all die Jahre. Und wie du von der Schaukel gefallen bist und dir dabei den einen Schneidezahn ausgeschlagen hast.«

»Das hat ihm bestimmt gefallen.«

»Ja, das hat es.« Friedrich Sternberg musterte seine Tochter besorgt. »Das Haus bleibt stehen. Er lässt es nur ein bisschen in Ordnung bringen.«

»In Ordnung bringen?« Anna traute ihren Ohren nicht. »Das Haus bleibt stehen?«

»Ja. Aber er hat natürlich recht. So kann es nicht bleiben. Ich war in den letzten Jahren etwas nachlässig. In vielerlei Hinsicht. Vielleicht auch mit dir.«

»Mit mir?«

»Ich habe nicht gemerkt, wie schlecht es dir ging. Erst Herr Weller hat mir die Augen geöffnet.«

Mit aller Liebenswürdigkeit, die Anna noch zustande bringen konnte, lächelte sie ihren Vater an.

»Wir sollten das vielleicht nicht hier draußen besprechen. Nicht vor all diesen Leuten.«

Während sie vor ihm ins Haus ging, kochte sie vor Wut. Sie hatte nichts dagegen, dass Weller ihren Vater endlich in Ruhe ließ. Aber dass er sich erdreistete zu behaupten, es ginge ihr schlecht, war anmaßend. Und eine Gemeinheit. Mit Vätern hatte man nicht über Töchter zu reden. Schon gar nicht hinter deren Rücken.

In der Küche setzte sie sich an den Tisch.

»Lass uns reden«, sagte sie mit einer Stimme, die mehr nach einer Drohung als nach einer Einladung klang. »Warum geht es mir schlecht?«

Ihr Vater nahm ihr gegenüber Platz.

»Möchtest du vielleicht einen Tee?«

»Nein. Warum geht es mir schlecht?«

»Oder etwas zu essen? Du siehst ein bisschen dünn aus.«

»Papa!«

»Schon gut.« Er fuhr sich durch die Haare. »Herr Weller hat einige Dinge gesagt, die mich sehr nachdenklich gemacht haben. Du hast immer gearbeitet und nie gelebt. Du warst viel zu viel für andere da. Du hast nie an dich selbst gedacht. Und du bist schon so lange allein.«

»Sagt Herr Weller.«

»Ja. Sagt er.«

»Und woher will er das wissen?«

»Weil ich es ihm erzählt habe.«

Anna schlug mit der flachen Hand auf den Tisch. Ihr Vater zuckte zurück.

»Wie konntest du einem Wildfremden einfach Dinge über mich erzählen? Die außerdem gar nicht stimmen? Ich bin nicht allein! Und ich denke sehr viel an mich! Ich fühle mich großartig, verstehst du? Großartig!«

Wütend funkelte sie ihren Vater an. »Wunderbar! Ich habe mich selten so gut gefühlt!«

»Ja, natürlich.« Friedrich Sternberg nickte eifrig, auch wenn Anna in diesem Moment das genaue Gegenteil eines Menschen war, der absolut mit sich im Reinen zu sein schien.

»Ich habe einen tollen Job. Und phantastische Kollegen. Ich habe ein eigenes Büro und mache Dienstreisen durch ganz Europa. Ich fliege First Class und muss das nur noch vier Mal tun, dann habe ich genug Meilen für einen innerdeutschen Flug. Meine Kreditkarte hat ein unbegrenztes Limit. Ich bin heute im Privatjet meines Chefs geflogen. Ich war bei der Baronesse von Hohengarden zum Kaffee eingeladen. Ich war sogar im Saal des Zodiak in der Wiener Staatsoper. Verstehst du? Ist das nichts?«

Friedrich Sternberg schüttelte langsam den Kopf.

»Nein, ich verstehe gar nichts.«

Anna betonte jede Silbe. »Es geht mir gut.«

Ihr Vater nickte, sah sie aber immer noch an, als würde er gleich den Notarzt rufen.

»Du solltest nicht mit Herrn Weller über mich reden. Ich will das nicht. Hat er dich im Gegenzug zu dieser ganzen Aktion um irgendetwas gebeten? Eine Unterschrift vielleicht?«

»Nein.«

»Denk nach! Es ist wichtig!«

»Nein!« Ihr Vater öffnete mit fahrigen Bewegungen den obersten Hemdknopf. Es sah aus, als ob er nach Luft schnappen müsste. Anna kam zur Besinnung.

»Alles in Ordnung mit dir?«

»Ja, danke. Es geht schon wieder.«

Sie durfte ihrem Vater nicht so sehr zusetzen. Woher sollte er auch wissen, wie man mit dieser Dämonenbrut umging? Und sie hatte ihm auch noch die Tür geöffnet! Nicht auszudenken, wenn Weller jetzt versuchen sollte, über ihren Vater Druck auf sie auszuüben. Sie zwang sich, ruhig und langsam zu sprechen, um ihn nicht noch weiter zu beunruhigen.

»Er hat also die ganze Renovierung hier angeordnet, weil er dich so sympathisch findet.«

»Nicht mich, dich. Er wollte doch auch, dass du für ihn arbeitest. Er scheint ein guter Mensch zu sein. So angenehm, mit Manieren. Das ist so selten heutzutage.«

»Da klangen die Briefe aber anders, die er dir noch vor ein paar Wochen geschickt hat.«

»Die habe ich ja nie gelesen«, antwortete ihr Vater kleinlaut.

»Niemand macht etwas umsonst. Schon gar nicht Carl Weller. Papa, die Welt ist nicht so, wie du sie dir hinbiegst. Er muss doch irgendwelche Absichten und Hintergedanken haben!«

»Du hast dich sehr verändert.«

Irritiert blickte Anna ihn an.

»Du bist eine andere geworden. Die Anna, die ich kannte, hätte sich gefreut. Sie hätte laut gejubelt, dass es noch Menschen gibt, die nicht den Profit an allererste Stelle setzen. Stattdessen unterstellst du jedem nur noch das Schlechteste. Was ist denn in dich gefahren?«

Weller, schoss es wie ein Blitz durch ihre Gedanken. Meine Güte, wie weit ist es mit mir eigentlich schon gekommen! Sie stand auf, trat ans Fenster und blickte in den Garten. Zwei Männer waren dabei, große Haufen Muttererde zu verteilen.

»Was wird das?«

»Ein Rosengarten.« Friedrich Sternberg stand auf und stellte sich neben sie.

Plötzlich merkte Anna, dass er kleiner war als sie. Tränen stiegen ihr in die Augen. Ihr ganzes Leben war ihr Vater der Mann gewesen, zu dem sie aufgeblickt hatte. Friedrich Sternberg hatte sie zu dem gemacht, was sie war: eine etwas naive Traumtänzerin, die an das Gute im Menschen geglaubt hatte. Nun merkte sie, dass er es war, der zu ihr aufblickte. Sie nahm sich vor, besser auf ihre Worte zu achten. Wenigstens einer in der Familie sollte den Glauben an ein Wunder nicht verlieren. Selbst wenn es in diesem Fall absurderweise den Namen von Carl Weller trug.

»Das ist aber eine nette Idee.«

»So soll auch die Siedlung heißen. Das Haus steht unter Denkmalschutz. Man kann es nicht einfach abreißen. Deine Mutter hat es von ihren Eltern geerbt. Es hat eine ganz besondere Architektur.«

Wieder sträubte sich alles in Anna, diese Worte unwidersprochen hinzunehmen. Was hatte Weller ihrem Vater bloß eingeredet? Der Kirschbaum hatte schon fast alle seine Blätter verloren. Sie konnte das Baumhaus erkennen und wunderte sich, wie zwei Menschen darauf Platz gefunden hatten.

»Das Haus soll so etwas wie das Herz der Siedlung werden. Die Menschen mögen es, wenn alte Sachen bleiben. Sie haben dann das Gefühl, die Dinge hätten Wert.«

»Nur weil sie alt sind?«

Ihr Vater seufzte und wandte sich von ihr ab. Mit müden Schritten verließ er die Küche, drehte sich aber noch einmal zu Anna um.

»Ich weiß nicht, was der Saal des Zodiak dir bedeutet. Aber das Haus deiner Eltern … es wäre schön, wenn es auch dein Haus bliebe.«

Er ließ Anna allein zurück.

Den ganzen Nachmittag über wuselten Arbeiter um das Haus herum. Lastwagen kamen und fuhren unter ohrenbetäubendem Lärm wieder ab. Anna lag auf ihrem Bett und starrte die Wände an. Vor ihr lag ein unendlich langes Wochenende. Und danach begann eine Arbeitswoche, in der sie ohne Arbeit war.

Sie verwünschte den Moment im Kurpark, in dem Weller ihren Weg gekreuzt hatte. Bis zu diesem Zeitpunkt war ihr Leben in Ordnung gewesen. Langweilig, aber überschaubar und selbstbestimmt. Sie hatte eine wunderbare Freundin und eine eigene Firma. Sie hatte eine gescheiterte Ehe hinter sich und durfte sich in ihrem Alter noch berechtigte Hoffnungen machen, einen Mann zu finden, mit dem sich dieses Fiasko nicht noch einmal wiederholen würde. Welcher Teufel hatte sie bloß geritten, sich mit Weller einzulassen? Jetzt stellte er sogar noch ihren einzigen Rückzugsort auf den Kopf. Nichts würde mehr so sein, wie es einmal gewesen war. Ihr Leben und ihre Erinnerungen waren ein einziges Trümmerfeld.

Sie verzichtete darauf, zum Abendessen nach unten zu gehen. Stattdessen grübelte sie, wie sie das neue Bild von Weller mit dem alten zusammenbringen konnte. Er hatte ihren Vater keinen Vertrag unterschreiben lassen und keine Gegenleistung verlangt. Das war nicht Weller. Es musste eine Falle sein.

Plötzlich setzte sie sich kerzengerade auf. Natürlich gab es einen Vertrag! Nämlich den, den sie am Montag aus dem Keller holen und nach Palermo bringen sollte.

Das ist vertraulich. Du erfährst noch früh genug, worum es geht.

Die Worte hallten in ihrem Kopf. Eine eiskalte Hand legte sich auf ihr Herz. Sie musste wissen, worum es in diesem Vertrag ging. Wenn wieder ein zahnloser Greis die globale Stahlproduktion kontrollieren wollte, dann war es ihr egal. Wenn aber in diesem Vertrag irgendwo der Name Friedrich Sternberg auftauchte, würde sie Weller das Leben zur Hölle machen. Selbst wenn das der einzige Ort war, an dem er sich wie zu Hause fühlte.

Anna erwischte den letzten Bus zurück in die Stadt und stieg dort in die U-Bahn um. Sie erreichte die Taunusanlage kurz vor Mitternacht. Das Bürogebäude von Weller leuchtete. In fast jedem Fenster brannte Licht. Die gleiche Dame saß immer noch am Empfang und schien sich überhaupt nicht zu wundern, dass Anna um diese Uhrzeit noch einmal an ihren Arbeitsplatz zurückkehrte.

Anna hatte erwartet, ein schlafendes Haus anzutreffen. Doch bei Weller schien es keine Uhren zu geben. Angestellte wuselten durch die Halle, die Aufzüge waren vollbesetzt. Endlich hielt einer, mit dem Anna in den Keller fahren konnte. Auch hier bot sich ihr das gleiche Bild: emsiges Treiben, gedämpftes Stimmengemurmel und eilige Schritte auf dem spiegelnden Steinfußboden. Sie sah sich um, ob ein bekanntes Gesicht unter den vielen Menschen war, und atmete auf. Einige kamen ihr zwar bekannt vor, doch das mussten flüchtige Begegnungen auf den Fluren oder im Lift gewesen sein.

Dennoch klopfte ihr Herz schneller, als sie ihre Karte an der Sicherheitsschleuse durchzog. Sie versuchte, sich an jeden einzelnen Schritt zu erinnern, den Sam ihr gezeigt hatte. Erleichtert registrierte sie das grüne Licht, passierte das Drehkreuz und wandte sich nach links zum Tresorraum. Sie kam an den röhrenartigen Gängen vorbei und stand wenig später wieder in einer Schlange, die nur langsam vorwärts rückte, vor dem bekannten Tresen.

Immer wieder sah Anna über die Schulter. Was hätte sie Sam erklären sollen, warum sie mitten in der Nacht hier unten auftauchte? Sie beruhigte sich mit dem Gedanken, dass es ein viel größeres Rätsel war, warum all diese Leute noch auf den Beinen waren und arbeiteten. Und dabei auch noch tipptopp aussahen.

Anna hatte es nicht geschafft, sich umzuziehen. Eigentlich hätte sie auffallen müssen, doch niemand nahm Notiz von ihr. Als sie an der Reihe war, versuchte sie, so leise zu sprechen, dass niemand etwas mitbekam.

»Wie bitte?«, brüllte der ältere Herr hinter dem Tresen, dem Anna neulich schon begegnet war.

»Einen Vertrag für Herrn Weller. Ich bin seine Assistentin.«

»Vorwahl? Namen?«

Sie beugte sich vor. »Italien. Vertraulich.«

Der Mann zuckte mit den Schultern. »Da müssen Sie schon etwas konkreter werden. Wir haben hier mehr als viertausend laufende Vorgänge.«

Anna lächelte ihn entschuldigend an. »Ich sollte ihn erst am Montag abholen. Aber ich habe meine Reisepläne geändert.«

Der Mann streckte seine Hand aus. Erst dachte Anna, es wäre eine Art verspätete Begrüßung. Dann fiel ihr gerade noch rechtzeitig ihr Ausweis ein.

»Bitte sehr.«

Der Mann deutete auf die Kachel. Anna legte die Hand darauf.

»Einen Moment bitte.«

Der Mann verzog sich. Ein bisschen erinnerte Anna das an ihre Bankbesuche in früheren Jahren, wenn sie um einen höheren Dispokredit gebeten hatte. Sie wartete. In der Schlange hinter ihr breitete sich Unruhe aus. Es dauerte wohl etwas zu lange, und Anna verfluchte die Aufmerksamkeit, die sie erregte.

Endlich tauchte der Mann wieder auf. In der Hand trug er eine Dokumentenmappe. Anna atmete auf.

»Die Eindunddreißig«, sagte er und reichte ihr die Mappe und ihren Ausweis.

Anna nickte ihm dankbar zu und verließ den Keller eilig, aber nicht hastig. Niemand schien Notiz von ihr zu nehmen. Sie passierte das Drehkreuz, auch da gab es keine Probleme. Nur vor dem Aufzug stauten sich wieder die Menschen.

»Anna Sternberg?«

Sie fuhr herum. Hinter ihr stand Lucy. Das Lächeln der IT-Expertin war so warm wie ein Beutel Eiswürfel.

»Guten Abend«, antwortete Anna und wollte sich wieder umdrehen.

»Ach, es ist schon so spät?«

Die gertenschlanke Frau trat einen Schritt vor und stand nun direkt neben Anna.

»Die Zeit fliegt nur so, wenn man viel zu tun hat.«

»Ja.« Anna beschloss, so einsilbig wie möglich zu bleiben. Lucy war sehr freundlich gewesen, als sie Anna mit ihrem Schreibtisch geholfen hatte. Aber sie erinnerte sich noch gut an deren Getuschel in der Kantine und den vielsagenden Blick, den sie mit Sam getauscht hatte.

»Ein neuer Vertrag?« Lucy deutete auf die Mappe. »Sie wollen diese Akte bestimmt in Ihren Safe legen.«

Anna drückte die Mappe noch fester an sich. Es war ihr gar nicht recht, von Lucy in flagranti erwischt zu werden, wie sie ein hochgeheimes Dokument aus dem Haus schmuggeln wollte.

»Natürlich.«

»Ich hoffe, Sie kommen mit der Kombination klar. Die ist nämlich nicht ganz einfach.«

»Vielen Dank. Ich schaffe das schon.«

Auf eine weitere Nachhilfestunde konnte Anna gut verzichten. Endlich kam der Aufzug. Die Türen öffneten sich, und ein gutes Dutzend Angestellte strömte heraus. Die Menge verkeilte sich etwas, weil ein kleiner Stau an der Schleuse entstand und die Wartenden sich in den Aufzug drängten. Anna schlüpfte als Letzte hinein. Zu ihrem Ärger musste sie direkt neben Lucy stehen, die gerade auf die Fünfunddreißig gedrückt hatte. Da niemand im Erdgeschoss ausstieg, beschloss Anna, wohl oder übel mit ihr nach oben zu fahren.

»Wenn Sie möchten, helfe ich Ihnen gerne dabei.«

»Nicht nötig.«

»Haben Sie denn schon eine eigene Kombination bekommen?«

»Selbstverständlich.«

Lucy zog die schmalen Augenbrauen hoch. Man konnte ihr ansehen, was sie von Annas Antwort hielt.

»Das ist aber sehr ungewöhnlich nach so kurzer Zeit.«

Der Lift hielt in einem der unteren Stockwerke. Einige stiegen aus, andere kamen dazu. Anna wurde gegen die Wand gedrängt.

»Ich finde es auch sehr ungewöhnlich, Sicherheitsfragen im Aufzug zu erörtern«, zischte sie Lucy leise zu.

Lucys maskenhaftes Lächeln erstarrte noch ein bisschen mehr. Der Rest der Fahrt verlief schweigend. Als sie den fünfunddreißigsten Stock erreichten, beeilte Anna sich, den Fahrstuhl vor Lucy zu verlassen – und lief direkt in Sams Arme.

»Hoppla! So spät noch bei der Arbeit?«

Verwirrt machte sie sich los. Auf den Gängen und in den Büros herrschte dasselbe emsige Treiben wie zur Mittagszeit.

»Das könnte ich genauso gut Sie fragen.«

Lucy tauchte hinter ihr auf und eilte mit schnellen Schritten davon. Anna war nicht entgangen, dass sie Sam wieder einen langen Blick zugeworfen hatte. Vielleicht lief da was zwischen den beiden.

»Ja, es ist höllisch viel zu tun. Wie jedes Jahr Mitte Oktober. Jahresabschlüsse, Kalkulationen, Budgetplanungen …«

Anstatt in den Aufzug zu steigen, was wohl ursprünglich seine Absicht gewesen war, folgte Sam ihr wieder durch den langen Flur.

»Ist das nicht ein bisschen früh?«

Sam strich sich wieder die Haare zurück. Es sollte lässig aussehen, wirkte aber ziemlich überheblich.

»Nicht für uns. Wenn Sie ein bisschen länger bei uns wären, wüssten Sie über die Abläufe natürlich besser Bescheid.«

Anna schwieg, bis sie an ihrer Tür angekommen war. Sam machte keinerlei Anstalten zu verschwinden.

»Danke. Einen schönen Abend noch.«

»Wenn ich Ihnen noch irgendwie behilflich sein kann?«

»Nein ... das heißt, gibt es ein Übersetzungsprogramm für akkadische Abugidas?«

Sam runzelte die Stirn. Wie aus dem Nichts tauchte Lucy auf. Sie erinnerte Anna mehr und mehr an einen verschlagenen Kobold, der seine Ohren überall hatte.

»Akkadische Abugidas? Nein, ein Programm gibt es dafür nicht.« Die IT-Expertin wandte sich an Sam. »Obwohl ich immer darauf gedrungen habe, die Software zu installieren. Sie stammt nämlich von mir«, erklärte sie und wandte sich wieder an Anna. »Ich habe alte Schriften als Nebenfach in Princeton belegt.«

»Princeton, USA?«, fragte Anna.

Für eine Sekunde sah Lucy überrumpelt aus. Sie hatte verraten, dass sie in den USA studiert hatte. Vielleicht hatte sie ja mit Sandrine gemeinsam die Vorlesungen besucht? Wohl kaum. Auf ihrem eigenen Territorium mussten sich Imperatoren nicht verstecken.

Lucy hatte sich wieder in der Gewalt. Sie streckte die Hand aus. »Ich kann Ihnen das gerne übersetzen.«

»Das schaffe ich schon allein.«

»Ach, Sie haben auch studiert?«

Anna antwortete nicht mehr auf diese Frechheit. Schnell öffnete sie ihre Tür und schlug sie den beiden vor der Nase zu. Sie warf die Mappe auf ihren Schreibtisch, ließ sich auf den Stuhl fallen und starrte finster auf den schwarzen Monitor.

Sie hatte keine Ahnung, wie sie die Dokumente unbemerkt außer Haus schaffen sollte. Vielleicht leuchteten ja überall

Alarmsignale auf? Am Montag wäre das sicher kein Problem. Jetzt aber saß sie in ihrem Büro wie auf dem Präsentierteller. Lucy und Sam hatten ein waches Auge auf sie. Sie würden bemerken, wenn sie mit der Mappe das Haus verließ.

Ein Lächeln glitt in Annas Mundwinkel. Natürlich! Sie brauchte die Mappe gar nicht. Sie brauchte nur die Übersetzung. Alles, was dafür nötig war, trug sie bei sich. Aus ihrer Jeanstasche holte sie die Visitenkarte der Baronesse von Hohengarden heraus. Deutsch – Mesopotamisch. Besser ging es ja gar nicht. Einen Moment überlegte sie, ob sie den Computer zu Hilfe nehmen sollte, dann entschied sie sich dagegen. Es wäre ein Leichtes für Lucy, sich in ihr Programm einzuloggen. Falls sie das nicht schon längst getan hat, überlegte Anna.

Sie nahm Papier aus dem Drucker und machte sich an die Arbeit. Sie öffnete die Mappe und holte die beiden Schriftstücke heraus. Sie sahen anders aus als die, die sie bisher überbracht hatte. Sie waren älter und an einigen Stellen eingerissen. Brandflecken oder etwas anderes, Dunkles, war auf dem Blatt zu sehen. An einigen Stellen waren die Buchstaben nicht mehr zu erkennen. Anna überflog den Text und spürte sofort, wie eine kalte Hand nach ihrem Magen griff.

Die Magie dieser Zeilen war offenbar selbst nach Jahrhunderten noch stark genug, um den Leser in ihren bösen Bann zu schlagen. Hastig holte Anna ihren Kieselstein aus der Hosentasche und legte ihn auf das Dokument. Sofort verschwand das unangenehme Gefühl. Sie begann, die Zeichen mit denen auf der Visitenkarte zu vergleichen. Nach kurzer Zeit hatte sie die Vokale erkannt, dann arbeitete sie weiter an den Konsonanten. Alles hing nun davon ab, ob das Dokument in einer bekannten Sprache geschrieben war. Nach kurzer Zeit atmete sie auf. Es war Latein. Die Abugidas waren nichts anderes als die Verschlüsselung des Alphabets. Das würde die Übersetzung wesentlich erleichtern. Die Visitenkarte der Baronesse ersetzte allerdings nicht das gesamte Alphabet. Die Buchstaben, die Anna nicht entschlüsseln konnte, ließ sie aus.

Nach einer Stunde hatte sie die erste Seite komplett übertragen. Ein kurzer Blick auf ihre Armbanduhr bestätigte ihr, dass sie bis zum Morgengrauen fertig werden würde. Sie machte sich einen doppelten Espresso. Auf dem Gang war es ruhig. Wahrscheinlich waren nun doch einige nach Hause gegangen, um ein paar Stunden zu schlafen. Ihr ging Sams Andeutung durch den Kopf. Höllisch viel zu tun, wie jedes Jahr um diese Zeit. Es war Sonntag, der zweiundzwanzigste Oktober.

Sie trank aus und stellte die Tasse wieder zurück in ihr Fach im Wandschrank. Ein leises Geräusch verriet ihr, dass sie nun vollautomatisch gereinigt wurde. Alles in diesem Haus schien darauf angelegt, die Mitarbeiter nicht mit unwichtigen Dingen vom Wesentlichen abzuhalten. Wenn sie herausfinden wollte, was es mit diesem Vertrag auf sich hatte, musste sie sich beeilen.

Je länger sie sich mit dem Dokument beschäftigte, desto leichter fiel es ihr. Das war mit den Rätseln früher genau das Gleiche gewesen: Hatte man erst einmal den Dreh heraus, welches Symbol für welchen Buchstaben stand, war die Lösung ein Kinderspiel. Noch bevor die Sonne aufging, war Anna fertig. Sie packte alles sorgfältig in ihre Aktenmappe und fand nun zum ersten Mal Gelegenheit, einen Blick aus dem Fenster zu werfen.

Ganz langsam schob sich die Sonne durch die Wolken. Die Spitzen der anderen Türme tauchten aus dem Frühnebel auf wie Nadeln auf einem weißen Kissen. Ein Schwarm Krähen flog vorüber. Anna bewunderte die Anmut, mit der die Vögel immer neue Formationen flogen. Die Choreographie der Natur, dachte sie. Gibt es etwas Schöneres? Sie fragte sich, ob das jemals hier oben in dieser Etage bemerkt worden war.

Sie nahm ihre eng beschriebenen Zettel, faltete sie zusammen und stopfte sie in den Bund ihrer Jeans. Für die Übersetzung brauchte sie ein Lateinwörterbuch.

Draußen auf dem Flur war alles ruhig. Auf dem Weg zum Aufzug stellte Anna fest, dass die Hälfte der Schreibtische nicht mehr besetzt war. Auch von Sam und Lucy fehlte jede Spur. Erleichtert fuhr sie in den Keller. Die Sicherheitskontrollen überwand sie mittlerweile halbwegs routiniert. Als sie dem alten Herrn hinter dem Tresen die Mappe zurückreichte, hielt er sie zurück.

»Frau Sternberg? Bitte denken Sie daran, dass Sie morgen um vierzehn Uhr hier erscheinen müssen.«

»Warum denn?«, fragte sie.

»Sie bringen diese Sachen doch nach Palermo?«

»Ja«, antwortete sie schnell. »Bisher hat Herr Weller mir die Unterlagen immer persönlich übergeben.«

»Sehen Sie?«, antwortete der Mann und lächelte sie freundlich an. »Und deshalb muss ich sie Ihnen ordnungsgemäß zur Ausfuhr übergeben. Also kommen Sie bitte rechtzeitig.«

»Natürlich.«

Anna hatte nicht vor, dieses Haus noch einmal zu betreten. Der Abschied fiel ihr außerordentlich leicht. Als sie am Empfang vorbei in die kühle Morgenluft trat, breitete sich sogar so etwas wie Hochstimmung in ihr aus.

Palermo hatte nichts, aber auch gar nichts mit den Sternbergs zu tun. Sollte Weller sich doch eine andere suchen, die diesen Job erledigen würde. Lucy zum Beispiel. Sie würde neben ihrem Seelenheil bestimmt noch das eine oder andere zusätzlich opfern, um in den Besitz der Dokumente zu kommen.

Anna schüttelte den Kopf. Sie eilte zur U-Bahn und war froh, dass um diese frühe Uhrzeit bereits Züge fuhren. Sie würde Wellers Geheimnis lüften. Er hatte geglaubt, sie mit seinem Charme so weit zu bringen, dass sie keine Fragen stellen würde. Er hatte sie sogar so weit gebracht, ihm Dinge zu sagen, die sie noch nie einem Mann gesagt hatte. Um ein Haar wäre sie ihm in die Falle getappt. Aber die Sternbergs waren nicht bestechlich. Mit dieser Übersetzung würde sie herausfinden, was Weller tatsächlich vorhatte. Wenn sie das erst einmal wusste, konnte sie sich und ihren Vater vor seinen Übergriffen verteidigen.

Ihr Kopf fiel ihr auf die Schulter. Sie schlief ein und wachte drei Stationen später auf, als sie hätte aussteigen müssen.

Friedrich Sternberg war schon wach. Als Anna die Tür öffnete, strömte ihr frischer Kaffeeduft entgegen. Richtig, es war ja Sonntag. An diesem Tag gönnte sich ihr Vater das, was er »echten Bohnenkaffee« nannte. Das sagten Menschen, die Zeiten gekannt hatten, in denen es diese Dinge nicht im Überfluss gegeben hatte.

Die gute Kanne stand auf dem Tisch im Wohnzimmer, den ihr Vater für zwei Personen gedeckt hatte. Erstaunt sah er auf, als Anna durch den Flur und nicht über die Dachgeschosstreppe hereinkam.

»Guten Morgen!«, sagte er erstaunt.

Anna gab ihm einen Kuss auf die frisch rasierte Wange. Er sah ausgeschlafen und erholt aus. Die Sorge, man könnte ihm sein Zuhause nehmen, hatte ihm doch mehr zugesetzt, als sie gedacht hatte.

»Guten Morgen. Ich war noch mal im Büro.«

Sie konnte ihrem Vater ansehen, dass er an dieser Erklärung leise Zweifel hegte. Doch der Aufzug, in dem sie sich ihm gegenübersetzte, ließ nicht gerade auf eine Nacht der Ausschweifungen schließen. Ich muss aus diesen Klamotten raus, dachte sie. Am besten wäre es, wenn sie am Nachmittag in ihre Wohnung fahren und dort erst einmal nach dem Rechten sehen würde.

Ihr Vater ging in die Küche und kam wenig später mit einem vollbeladenen Tablett wieder. Neben zwei frischen Eiern befand sich feinster norwegischer Räucherlachs darauf, luftgetrockneter Tiroler Schinken und – sie traute ihren Augen nicht – ein Glas Malossol-Kaviar.

»Den mag ich nicht«, sagte ihr Vater, dem ihr verwunderter Gesichtsausdruck aufgefallen war. »Er schmeckt wie gepökelter Froschlaich. Willst du?«

»Nein«, sagte Anna. »Woher hast du das?«

»Man kann ja im Moment nirgendwo einkaufen hier. Deshalb werde ich zwei Mal die Woche von einem Delikatessenhändler beliefert. Leider bringt er immer solche Dinge, mit denen ich nichts anfangen kann. Eine Landleberwurst wäre mir lieber.«

Mir auch, dachte Anna.

»Und wer zahlt das? – Nein. Lass mich raten. Herr Weller?«

Ihr Vater nickte freudestrahlend. Anna verging der Appetit. Sie nahm nur eine Tasse Kaffee und verrührte missmutig etwas Milch darin. Friedrich Sternberg öffnete eine Tüte mit warmen, duftenden Buttercroissants.

»Die liegen jeden Morgen vor der Haustür.«

Freudestrahlend, als hätte er das Passwort zum Schlaraffenland gefunden, brach er ein Croissant in der Mitte durch und bestrich es mit französischer Demi-Sel-Butter.

»Du musst sie probieren. Hier! Nimm eins!«

Widerwillig ließ sie sich eines der Gebäckstücke aufdrängen. Doch statt es zu essen, zerkrümelte sie es nur über ihrem Teller.

»Mir gefällt das alles immer noch nicht.«

Ihr Vater antwortete nicht, er ließ sich das Croissant schmecken.

»Das ist mir alles zu viel des Guten hier. Kein Investor kümmert sich dermaßen um einen unliebsamen, störrischen Grundstücksbesitzer. Er baut seine Siedlung um dich herum, bringt den Garten in Ordnung und versorgt dich auch noch. Warum tut er das?«

Ihr Vater versuchte, ein Glas Schweizer Johannisbeermarmelade zu öffnen. Als es ihm nicht gelang, reichte er es resigniert an Anna weiter.

»Er kümmert sich eben um mich.«

»Das ist aber nicht seine Aufgabe.«

»Nein, das ist sie nicht. Aber es gefällt mir, dass sich überhaupt jemand um mich kümmert.«

Anna ließ den Blick über den vollbeladenen Frühstückstisch gleiten.

»Ich glaube, du verwechselst da was. Er kümmert sich nicht, er ordnet an. Er lässt erledigen. Er befiehlt. Er regelt das alles mit Geld, verstehst du? Das ist keine echte Zuneigung. Das ist Bestechung.«

Die Verwirrung im Gesicht ihres Vaters war so groß, dass sie ihre Worte augenblicklich bereute. Sie nahm seine Hand und drückte sie.

»Er mag dich«, sagte ihr Vater leise. »Das habe ich gespürt.«

Sie ließ seine Hand los und wechselte das Thema. Langsam wurde es zu viel mit dem ehrenwerten Herrn Weller. Offenbar bezauberte er die ganze Welt. Nur nicht Anna.

»Hast du ein Lateinwörterbuch?«

»Natürlich.«

»Könnte ich das bitte haben?«

»Aber du hattest doch nie Latein in der Schule.«

»Ich muss etwas übersetzen.«

»Dann kann ich dir vielleicht helfen?«

Anna fand die Idee großartig.

»Das wäre toll.«

Ihr Vater strahlte. »Gerne!«

Er stand auf und eilte hinaus. Anna nahm einen Teil ihres zerkrümelten Croissants und steckte es in den Mund. Ihr Vater wäre beschäftigt und danach hoffentlich für immer von seiner Weller-Verehrung geheilt. Sie zog die zerknitterten Papiere hervor und strich sie auf der Tischplatte glatt. Wenig später kam Friedrich Sternberg zurück. In der Hand hielt er ein dickes Buch. Er legte es auf seinem Stuhl ab, und beide räumten erst einmal den Tisch leer. Dann zeigte Anna ihm die Papiere, und Friedrich Sternberg setzte seine Lesebrille auf. Konzentriert las er sich die beiden Seiten durch.

»Da fehlen einige Buchstaben.«

»Das stimmt.« Anne zog ihren Stuhl neben seinen und setzte sich. »Ich hoffe, du kannst trotzdem etwas damit anfangen.«

»Bring mir Papier und Bleistift. Aus der Schublade im Telefonschränkchen.«

Anna sprang auf und brachte das Gewünschte. Ihr Vater saß tief über den Tisch gebeugt und bewegte stumm die Lippen. Dann nahm er den Bleistift und begann, sich Notizen zu machen. Eine Weile saß Anna daneben und versuchte, sie zu entziffern. Dann gab sie es auf. Ihr Vater schrieb in seiner typisch unleserlichen, winzigen Handschrift, die für Anna ungefähr genauso leicht zu lesen war wie Abugidas.

Sie ging in die Küche und begann, das Geschirr abzuwaschen. Mitten in der Arbeit überfiel sie eine bleierne Müdigkeit. Sie wünschte, sie könnte die bösen Worte zurücknehmen, die sie ihrem Vater an den Kopf geworfen hatte. Wellers einzige Möglichkeit, Gefühle zu zeigen, schien tatsächlich mit Geld zu tun zu haben. Er kümmerte sich um ihren Vater, während sie ihn sträflich vernachlässigt hatte.

Ich werde zu ihm ziehen, dachte sie. Die Wohnung in der Stadt kann ich mir sowieso nicht mehr leisten. Und mein Büro mit Vicky ist nur noch eine Farce. Es ist das Beste für uns alle. Zumindest, bis ich mir etwas Neues gesucht habe. Vielleicht gehen wir zusammen zur Tanzstunde. Ich, um endlich den Walzer zu lernen, und er, um vielleicht einer netten Frau zu begegnen. Niemand kann Mutter ersetzen. Aber das Leben kann doch nicht nur aus Verlust bestehen. Es muss doch auch mal was Neues kommen.

Es war still in der Siedlung. Die Arbeiten ruhten. Die Luft roch feucht nach Herbst, und die frisch umgegrabene Erde im Garten verströmte einen schweren Duft, der sie an ihre Kindheit erinnerte. Sie sah aus dem Fenster und spürte plötzlich, wie ein Gefühl von Frieden und Geborgenheit in sie strömte. Alles wird gut, dachte sie. Egal, als was sich Weller entpuppt, das hier wird er uns nicht mehr nehmen können.

Friedrich Sternberg brütete mehrere Stunden über den Papieren. Zwischendurch steckte Anna immer wieder mal den Kopf durch die Tür, wurde aber mit einer strengen Handbewegung wieder weggescheucht. Sie vertrieb sich die Zeit, indem sie ihre Reisetasche auspackte, Wäsche wusch und ein langes, ausgedehntes Bad nahm. Dann schlüpfte sie in einen der Pyjamas ihres Vaters und wartete.

Erst am frühen Nachmittag war Friedrich Sternberg fertig. Anna hörte, wie er die Treppe zu ihrem Zimmer hochkam, und riss voller Erwartung die Tür auf. Ein Blick in sein Gesicht ließ sie erstarren.

»Was ist los?«

Ihr Vater ging an ihr vorbei und ließ sich auf ihr Bett sinken. In der Hand trug er ein engbeschriebenes Blatt Papier.

»Ich weiß es nicht«, flüsterte er. Er war aschfahl im Gesicht. Die Brille hing schief in seinen Haaren, offenbar hatte er sie in großer Hast nach oben geschoben.

»Hast du das irgendwo abgeschrieben?«

»Ja.« Anna setzte sich neben ihn. »Nun sag schon.«

»Das ... scheint mir ein sehr alter Text zu sein. Ich kenne mich ehrlich gesagt mit der Grammatik nicht sonderlich gut aus. Und ich bin mir auch nicht sicher, ob ich alles so übersetzt habe, wie es ursprünglich geschrieben stand. Es fehlten zu viele Buchstaben.«

»Was hast du herausgefunden?«

Er sollte sie nicht so auf die Folter spannen. Am liebsten hätte sie ihm die Papiere aus der Hand gerissen, so ungeduldig war sie plötzlich.

»Es könnte ein Seelenzauber sein. Die Ägypter verwenden so etwas in ihren Totenbüchern. Aber das hier scheint mir aus einem anderen Land zu kommen.«

»Mesopotamien.«

»Das ist möglich. Weißt du, ich habe mich immer nur zum Spaß mit diesen Dingen beschäftigt. In Museen beispielsweise. Ab und zu habe ich auch mal ein Buch darüber gelesen. Aber das ist zu lange her. Ich kann dir leider nicht helfen.«

Seine Hand zitterte.

»Aber du hast es doch übersetzt?«

Sie deutete auf die engbeschriebenen Zeilen. Selbst in seiner Handschrift schien etwas Böses von ihnen auszugehen.

»Nun ja, aber sehr lückenhaft. – Seit wann interessierst du dich denn für Schwarze Magie?«

»Ich will wissen, was in dem Vertrag steht.«

Sie wollte nach den Papieren greifen, doch der alte Mann war erstaunlich behände und hielt sie außer Annas Reichweite.

»So, du weißt also, dass es sich um einen Vertrag handelt.«

»Das hast du doch selbst eben gesagt!«

»Habe ich nicht.«

»Seelenzauber und Schwarze Magie sind doch immer irgendwie Verträge, oder?« Sie wusste, dass ihre Erklärung nicht sehr plausibel klang, aber ihr fiel auf die Schnelle nichts Besseres ein.

»Jetzt sag schon«, insistierte sie.

»Gut.« Friedrich Sternberg nahm die Brille und setzte sie auf. »Die Fehlerquote wird ziemlich hoch sein. Und wie gesagt, wo Lücken waren, habe ich sie nach meinem Gefühl ersetzt.«

Er nahm das Papier und begann zu lesen.

»Ich, der Unterzeichner dieses Kontraktes, verleihe meine Seele an das Element des Feuers. Elysische Freuden und die Erfüllung aller irdischen Wünsche sind mein Lohn. Hundert Jahre währt die Frist. Und läuft sie ab, so gehe ich zurück ins Feuer, das meine Wünsche einst geboren hat. Kein Tag wird mir geschenkt, so wie auch mir die Elemente keinen Tag verschulden werden …«

Anna wagte kaum zu atmen. Ein dämonischer Vertrag, der mit der Gier der Menschen spielte. Er versprach, was oberflächliche und einfältige Seelen für ihre wahren Sehnsüchte hielten: die Erfüllung aller irdischen Wünsche.

»Weiter«, flüsterte sie.

»Die Frist wird nur dann verlängert um nochmals hundert Jahre, wenn der Unterzeichner eine neue Seele an seiner statt dem Feuer schenkt. Diese Seele …«

Das Blatt glitt aus seinen Händen und fiel zu Boden. Doch statt es aufzuheben, schob Anna es mit dem Fuß so weit wie möglich von ihm weg. Entsetzen packte sie. Sie war in einen Teufelspakt geraten.

»Steht da irgendwo ein Name?«, fragte sie. Sie wagte nicht, ihrem Vater ins Gesicht zu sehen.

»Nein. Allerdings ist da eine Lücke. Ich nehme an, irgendwo kann man den Namen einfügen. Wenn man an diesen Quatsch glaubt.«

Anna spürte, wie sein Blick sie durchbohrte. Ihr Vater wollte herausfinden, inwieweit sie sich auf solche Dinge eingelassen hatte. Vermutlich dachte er jetzt, dass sie schwarze Messen besuchte und mit dem Teufel auf Du und Du war. Er hatte ja keine Ahnung, wie es unter Dämonen zuging. Sehr effizient, arbeitsorientiert und, in den seltenen Momenten von Zweisamkeit, überirdisch sexy.

»Stand noch was drin? Etwas Wichtiges, meine ich.«

»Tja. Nur für den, den es etwas angeht. Geht es dich etwas an, Anna?«

»Nein«, antwortete sie. »Nicht direkt. Ich soll das Original am Montag nach Palermo bringen.«

»In ein Museum?«

»Ich glaube nicht.«

Ihr Vater schwieg. Jetzt musste er auch noch diese Enttäuschung verkraften, dass sein Wohltäter offenbar ein durchgeknallter Teufelsanbeter war.

»Nein«, sagte er plötzlich. »Das kann nichts mit Herrn Weller zu tun haben. Er würde dich niemals in Gefahr bringen.«

Anna dachte an den fast toten Guyot im Grand Hotel, an den rätselhaften Verfolger in Zürich und den Saal des Zodiak. Ein Job bei Weller war nichts für sensible Gemüter. Wenn das Wellers Vertrag war, dann war alles wahr, was die Baronesse erzählt hatte. Sie, Anna, war *»die neue Seele an seiner statt«*. Das ging ziemlich weit über das hinaus, was ihr Vater unter »niemals in Gefahr bringen« verstand.

»Was macht dich da so sicher?«

Mühsam stand ihr Vater auf und hob das Papier vom Boden auf. Er schwieg eine ganze Weile. Anna hatte zwar erwartet, dass ihm nichts einfiel. Trotzdem war sie enttäuscht. Dann aber sagte Friedrich Sternberg etwas, das sie nachdenklich machte.

»Erinnerst du dich an den Tag, an dem ihr beide oben auf dem Baumhaus wart?«

»Natürlich«, antwortete sie und wurde rot. Wie sollte sie diesen Tag jemals vergessen? Weller hatte sich ihr Vertrauen erschlichen, indem er eine rührselige Geschichte über seinen Bruder erzählt hatte.

»Er hat dich angesehen. Genau so, wie ich deine Mutter immer angesehen habe. Wie etwas Kostbares, das man bewahren will.«

»Nie im Leben. Papa, du täuschst dich. Oben auf dem Baum …«

»Nicht da oben. Später. Viel später. Er hat gespürt, dass etwas im Keller nicht gestimmt hat. Er ist dir hinterhergegangen, und als er dich wohlbehalten zurückgeholt hatte, da hat er dich angesehen.«

»Das weißt du doch gar nicht, Papa. Du hast doch geschlafen!«

»Glaubst du, Anna. Glaubst *du*.«

Er legte das Papier auf den Tisch.

»Was war im Keller?«

Nun, dachte Anna, es war ein Ghul, der mich holen wollte und der es später oben in meinem Zimmer während eines Sandsturms einfach noch mal probiert hat.

»Nichts«, antwortete sie. Man musste Vätern nicht alles verraten.

Friedrich Sternberg ging wieder hinunter. Anna blieb auf dem Bett sitzen und beobachtete, wie die Dämmerung das Tageslicht draußen langsam verlöschen ließ. Erst als die einzige Straßenlampe weit und breit aufflammte, stand sie auf. Sie erinnerte sich jetzt wieder an ihren Traum, der gar keiner war. Ein Sandsturm war durch dieses Zimmer gefegt. Jean-Baptiste hatte Guyot mit zwei Eimern Wasser getötet. Sandrine hatte sich in einen riesigen Skorpion verwandelt. Sie hatte das Foto gelöscht, das Sandrine Macht über Weller gegeben hätte, und noch immer fühlte sie sich großartig, wenn sie an diesen Moment dachte. Und Weller hatte eine Dornenhecke wachsen lassen, um die Flut der schwarzen Leiber nicht bis hoch in ihr Zimmer kommen zu lassen.

Anna hatte erwartet, dass sie Schrecken und Entsetzen empfinden würde. Stattdessen spürte sie, wie das Leben langsam wieder in sie zurückkehrte. Ja, es schien sogar ihr Innerstes zu kitzeln, zumindest fühlte sich ihr Bauch so an, als ob nun auch dort eine Vielzahl Mini-Skorpione herumkrabbeln würde. Sie würde nach Sizilien fahren. Warum auch nicht? Sie hatte die stärkste Waffe im Gepäck, die es gab: die Liebe. Noch nicht einmal Weller schien gegen sie völlig immun. Sie konnte jederzeit aussteigen.

Plötzlich fiel es ihr wie Schuppen von den Augen: Der Vertrag war Wellers eigener Kontrakt. Keine Neuanwerbung, die sehnsüchtig darauf wartete, endlich in den Kreis der Reichen und Mächtigen aufzusteigen. Es war die Einlösung einer alten Schuld, an die die meisten entweder gar nicht oder nur mit Grausen dachten. Weller hatte genau wie die anderen unterschrieben, er musste ihn einlösen. Und er hatte keine Seele, die das für ihn tat.

Außer Anna. Mit einem grimmigen Ruck zog sie die Vorhänge zu. Amazonen hatten keine Angst vorm Feuer. Und auch nicht vor falschen Fragen. Und schon gar nicht vor dem Kampf um eine Seele. Wenn sie, Anna, diese Auserwählte sein sollte, dann gab es ein Band zwischen ihnen, das keiner zerstören konnte. Er liebte sie. Sie liebte ihn. Damit konnte man der ganzen Welt und einigen Dämonen dazu die Stirn bieten. Mit einem Lächeln schlüpfte sie unter die Bettdecke und tastete nach dem Kieselstein.

22.

Der Pilot flog einen gewaltigen Bogen weit vor der Bucht von Mondello. An den Ufersaum des Meeres geschmiegt bestaunte Anna die abendliche Pracht, mit der Palermo seine Besucher empfing. Alle Lichter schienen zu leuchten, und im Hafen lagen riesige Kreuzfahrtschiffe. Die Hügel stiegen sanft an bis hinauf in die Berge. Anna konnte sogar die Kathedrale und ihre gewaltige Kuppel erkennen. Schließlich schwenkte die Maschine ab und setzte zur Landung an. Die Küste Siziliens kam näher. Anna reckte den Hals und erkannte weit hinten im Land einen drohenden Schatten, den höchsten und zugleich geheimnisvollsten Berg – den Ätna.

Sie sank zurück in die Lederpolster ihres Sitzes. Die Stewardess ging gerade die Reihen entlang und prüfte, ob alle Passagiere sich auch angeschnallt hatten. Die Lichter wurden gedimmt, nur noch einige kleine Leselampen über den Sitzen leuchteten. Es war zu spät, um sich darüber Gedanken zu machen, was Anna erwarten würde. Den ganzen Flug über hatte sie an nichts anderes gedacht. Was bedeutete es, in einen Vulkan zu gehen? War das nur eine Redensart? Oder vielleicht auch nur der Name eines sizilianischen Restaurants … Sinnlos. Es gab kein Zurück mehr. Wie immer, wenn Anna der Mut verlassen wollte, strich sie mit der Hand über den Ledereinband der Dokumentenmappe. Sie hatte sie aus dem Tresor geholt und war gleich danach zum Flughafen weitergefahren. In der Mappe befand sich Wellers Leben. Ein komisches Gefühl, es einfach so neben sich liegen zu haben. Sie spürte, wie eine Welle Machtgefühl in ihr hochschwappte. Sie hatte ihn in der Hand. Sie konnte entscheiden, wie es mit ihm weitergehen sollte. Sie schätzte, dass er eine Menge dafür tun würde, wenn sie ihm diesen Gang abnähme. Sie könnte Geld verlangen. Oder noch eine weitere heiße Nacht mit ihm. Sie könnte sein Imperium verlangen ... Anna griff an den Kieselstein und spürte, wie das Verlangen schlagartig nachließ. Die Dokumente schienen ihr Gift sogar durch die geschlossene Mappe hindurch zu verströmen. Sie atmete tief durch.

Wenig später hatte Anna den Ankunftsbereich des Flughafens verlassen und wurde draußen vor der Tür von Jean-Baptiste erwartet.

»Hatten Sie einen guten Flug?«

Er war höflich wie immer. Und seinem Herrn gegenüber vermutlich ebenso loyal. Dennoch konnte sich Anna eine kleine Spitze nicht verkneifen. Sie hatte im Fond des Wagens Platz genommen und genoss die Fahrt entlang der Küste.

»Ich habe Sie in Wien vermisst«, sagte sie.

Anna sah, wie er ihr durch den Rückspiegel einen kurzen Blick zuwarf.

»Kennen Sie eigentlich auch den Fahrer von Sandrine Beaufort?«

»Nein.«

»Merkwürdig. Ich dachte, Kollegen begegnen sich zumindest ab und zu.«

»In meinem Beruf gibt es keine Kollegen.«

Jean-Baptiste beendete das Gespräch. Er verstellte den Rückspiegel so, dass Anna ihn nicht mehr ansehen konnte. Auch gut, dachte sie. Immerhin war sie Zeugin geworden, wie er Guyot vernichtet hatte. Vermutlich war man als Ghul besser beraten, sich nicht zu sehr auf andere Artgenossen einzulassen. Das ersparte Gewissensbisse, wenn man mit Löscheimern anrücken musste.

»Hat man in Ihrer Position eigentlich ein Gewissen?«

Jean-Baptiste antwortete nicht. Stattdessen ließ er die Zwischenscheibe hochfahren und schien sich nur noch auf die Serpentinen zu konzentrieren, die sich hoch über der Küste nach Palermo schlängelten.

War das jetzt ein Ja oder ein Nein? Anna gab es auf, von Jean-Baptiste Genaueres zu erfahren. Er würde nichts tun, was Weller ihm nicht aufgetragen hatte. Anna fragte sich, womit man eine solche Loyalität erkaufen konnte. Jean-Baptiste sah weder reich noch übertrieben ehrgeizig aus. Wenn sie sich an ihre gemeinsame Albtraum-Nacht erinnerte, dann kam ihr zuallererst seine Umsicht in den Sinn, mit der er sie gerettet hatte. Gleich darauf folgte seine aufrichtige Sorge um das Wohlergehen seines Herrn.

Grundsätzlich also kein ganz schlechter Mensch.

Aber war er überhaupt ein Mensch? Erst jetzt fiel ihr auf, dass das Auto ohne Licht fuhr. Jean-Baptiste schien den Weg im Schlaf zu kennen. Mühelos folgte er den Kurven der Straße, und das in einer Dunkelheit, in der Anna noch nicht einmal die Hand vor den Augen erkennen würde. Sie fragte sich, warum Weller sich nicht meldete wie beim letzten Mal. Dann fiel ihr auf, dass dieser Wagen ein anderes Modell war. Sie seufzte. Kein Bildschirm. Also kein Champagner im Türfach.

Wenig später erreichten sie die Ausläufer der Stadt. Jean-Baptiste verließ die Hauptstraße und folgte einem Küstenweg, an dessen Ende sie ein großer Garten erwartete. Inmitten dieses Gartens stand, hellerleuchtet, eine römische Villa. Der Wagen hielt auf dem Kies der Auffahrt, der unter den Reifen leise knirschte. Zwei Angestellte, ein Mann und eine Frau, standen auf der Treppe und waren wohl das Empfangskomitee. Zumindest eilten sie sehr beflissen heran und waren etwas enttäuscht, als Jean-Baptiste nichts weiter als Annas Reisetasche aus dem Kofferraum holte. Er übergab sie dem Mann und wechselte einige Worte auf Italienisch mit ihm. Dann machte er Anstalten, wieder hinter dem Lenker des Wagens Platz zu nehmen.

»Einen Augenblick.« Anna stellte sich in die geöffnete Autotür. »Wo bin ich? Was mache ich hier? Wie geht es weiter?«

»Herr Weller wird sich mit Ihnen in Verbindung setzen.«

»Was ist das hier?«

»Die Villa Igea, ein alter Palazzo am Meer. Maria wird Sie in Ihre Gemächer bringen.«

Maria stand hinter Anna und lächelte sie herzlich an.

»Wo ist Weller?«

»Bedaure. Ich hatte lediglich die Aufgabe, Sie sicher vom Flughafen hierher zu bringen.«

»Und?«

Jean-Baptiste geruhte jetzt endlich, sie anzusehen. »Ich hole Sie kurz vor Mitternacht wieder ab. Mehr weiß ich nicht.«

Anna beugte sich zu ihm herab. »Und wohin geht dann die Reise?«

Jean-Baptiste schwieg. Er war zu wohlerzogen, um die Wagentür gegen Annas Willen zu schließen. Doch sie sah ihm an, wie sehr er sich von ihr in die Enge getrieben fühlte.

»Wohin?«

»Zum Ätna«, antwortete er leise.

Anna stieß einen leisen Pfiff aus. »Und haben Sie auch Anweisung, mich von dort wieder abzuholen?«

»Noch nicht«, antwortete Jean-Baptiste.

Anna richtete sich auf und ging zwei Schritte zurück. Jean-Baptiste schlug die Tür zu und fuhr los, auch dieses Mal ohne Licht.

»Guten Abend, Signorina.«

Maria machte einen Knicks. Sie trug ein schwarzes Kostüm, darüber eine blütenweiße Schürze und ein Häubchen.

»Guten Abend«, murmelte Anna.

Ein One-way-Ticket zum Ätna. Anna drehte sich zu der Frau um, die nun die Stufen zum Palazzo hochging und ihr mit einer einladenden Geste den Weg wies. Noch zwei Stunden, dann würde Jean-Baptiste sie wieder abholen. Das war nicht viel Zeit.

Sie folgte Maria ins Innere des Hauses, aber sie hatte keinen

Blick für dessen Pracht. Bunte Deckengemälde und kostbare Wandvertäfelungen säumten den Weg hinauf in den ersten Stock, wo eine ganze Zimmerflucht für den Gast vorbereitet worden war. Mit zusammengekniffenem Mund betrachtete Anna das Bett im Schlafzimmer. Wahre Gebirge von Kissen türmten sich übereinander. Eine Kaschmirdecke, die selbst im Herbst für Sizilien immer noch zu warm war und wohl ausschließlich dekorativen Charakter hatte, lag auf der breiten Matratze.

Das ist doch alles Theater, dachte Anna. Egal, für wen das Bett gemacht worden ist, für mich offenbar nicht. Sie war angespannt und nervös. Die Zeit schien zu langsam zu verstreichen. Ihr war gar nicht wohl bei dem Gedanken, was ihr in der Nacht bevorstehen würde. Als Maria sie in gebrochenem Englisch nach ihren Wünschen fragte, bat Anna nur darum, alleine gelassen zu werden. Die Hausangestellte zeigte ihr noch die Klingel, dann zog sie sich zurück. Anna schloss die Tür hinter ihr und lauschte. Die Schritte auf dem Steinfußboden verklangen. Noch eine Stunde und vierundfünfzig Minuten.

Ein Auto fuhr die Auffahrt hoch. Anna sprang auf und lief ans Fenster. Ein Streifen Licht fiel aus der Tür und erhellte nur einen kleinen Teil des Gartens. Eine dunkle Gestalt, gekleidet in einen weiten Umhang, stieg aus und eilte ins Haus. Die Schritte hallten bis zu ihr nach oben, und sie bewegten sich auch in ihre Richtung. Sie hatte gerade noch Zeit, sich mit den Fingern durch die Haare zu fahren, da wurde die Tür aufgerissen und Weller stürmte in den Raum.

»Anna!« Er sah sich um und entdeckte sie am Fenster. »Ich komme spät. Wir müssen aufbrechen. Du verlässt das Land noch heute Nacht.«

Sie hatte erwartet, dass er sie zur Begrüßung wenigstens in den Arm nehmen würde. Stattdessen setzte er sie quasi auf die Straße.

»Woher der plötzliche Sinneswandel? Ich dachte, du freust dich, mich zu sehen.«

Weller, schon fast wieder auf dem Weg zur Tür, hielt inne.

»Ich akzeptiere deine Kündigung. Also komm schon.«

»Was soll das? Ich dachte, du wärst mir dankbar, dass ich überhaupt gekommen bin.«

Er ging langsam auf sie zu. Ohne dass sie es wollte, musste Anna die Geschmeidigkeit seiner Bewegungen bewundern. Etwas Gefährliches ging von ihm aus. So hatte sie ihn noch nicht erlebt.

»Ich soll dir dankbar sein?«

Anna wich zurück. Weller kam näher. Sein markantes Gesicht drückte pure Wut aus. Er packte sie an den Oberarmen und zog sie an sich.

»Ich hatte geglaubt, dich nie wiederzusehen!«

Anna spürte seinen Griff. Der Zauber begann wieder zu wirken. Alles in ihr sehnte sich danach, dass aus diesem Festhalten eine Umarmung werden würde.

»Dann hält sich die Freude ja sehr in Grenzen.«

Und plötzlich, ohne Vorwarnung, küsste er sie. Er nahm sie immer noch nicht in die Arme, sondern hielt sie mit seinen kräftigen Händen fest und ließ ihr keine Möglichkeit, diesen fordernden Kuss auf Distanz zu erwidern.

Genauso plötzlich, wie sich sein Mund auf ihre Lippen gesenkt hatte, ließ er sie los.

»Ich will dich nicht. Geh.«

Ihr Verstand weigerte sich, das aufzunehmen, was ihre Ohren gehört hatten. Er wollte sie wegschicken, nach allem, was sie bereit war zu tun?

»Aber ich will nicht zurück! Du hast mir doch selbst die Entscheidung überlassen! Und überhaupt – wie siehst du eigentlich aus?«

Erst jetzt fiel ihr auf, dass er anders gekleidet war als je zuvor. Er trug einen Hut, dazu ein schwarzseidenes Cape, weiße Kniestrümpfe und knielange Hosen.

»Ist das ein Maskenball da oben auf dem Vulkan?«

Weller sah an sich herab.

»Es ist das, was man vor dreihundert Jahren getragen hat.«

»Vor dreihundert Jahren? Als du den Vertrag unterschrieben hast und zu einem Dämon geworden bist? So wie all die anderen, die sich darauf eingelassen haben?« Anna spürte, wie die Wut auf ihn wieder Oberhand gewann. Weller schien das erwartet zu haben. Mit unglaublicher Arroganz ließ er sich in den nächsten Sessel fallen und streckte die Beine aus.

»Ich hätte mir denken können, dass du früher oder später darauf kommst. Du bist zu klug für oberflächliches Geplänkel. Oder möchtest du, dass ich dir das anbiete, was schon deine Vorgängerinnen um den Verstand gebracht hat?«

»Und das wäre?«

»Reichtum.«

»Der interessiert mich nicht.«

»Wie wäre es dann mit Macht?«

»Pfffff.«

»Ewige Jugend und Schönheit?«

»Es gibt Wichtigeres.«

Weller tat so, als ob er intensiv nachdenken würde. »Möchtest du vielleicht unsterblich sein?«

»Und so ein Kotzbrocken werden wie du? Ein Mann, der mit den Gefühlen anderer spielt, als wären sie ein Federball? Tut mir leid. Und glaub bloß nicht, dass ich den Vertrag unterschreibe.«

»Das hatte ich erwartet.«

Mit einer lässigen Handbewegung löste er das Cape und warf es über die Stuhllehne.

»Meine Güte, ist das unbequem.«

Er öffnete die oberen Knöpfe seines Hemdes und atmete tief durch.

»Komm her.«

»Nein! Fass mich nicht an!«

Sie sah sich um. Hinter ihr war nur noch das Schlafzimmer. Nicht gerade der Ort, der einen vor Carl Weller schützen würde.

»Wir müssen los. Ich bringe dich zum Hafen. Du kannst die Fähre nach Neapel nehmen.«

»Und der Vertrag?«

»Das erledige ich.«

Wieder fiel Anna auf, wie müde er aussah. Sie wäre am liebsten auf ihn zugeeilt, doch sie fürchtete sich auch ein wenig vor dem anderen Weller. Er war ein Dämon, dem sie viel zu nahe gekommen war. Sie wollte, dass er sie brauchte, und sie war wütend, dass er ihr Angebot so schroff abgelehnt hatte. Doch wie er dasaß, war er der Mann, den sie liebte. Ihr Herz zog sich so sehr zusammen, dass es schmerzte.

»Das heißt, ich bin frei?«, fragte sie leise.

»Das warst du immer, Anna. Du kannst gehen, wohin du willst.«

»Und du, Weller, wohin gehst du?«

Er sah sie an. In seinen Augen schimmerte wieder die grüne Glut. Ohne dass sie es wollte, trat sie näher. Fast schien es, als ob die Müdigkeit ihn unfähig machte, auch nur den Arm zu heben. Anna ging in die Knie und hockte sich vor ihn auf den Boden.

»Wohin gehst du?«

»Dorthin, wo ich hergekommen bin.«

Er sah sie immer noch an. Ihre Haut brannte, so intensiv spürte sie, wie er sie anblickte. Sie hob die Hand und berührte ihn. Er schien zu glühen.

»Dort, wo all der Sand ist?«

»Ja. Und die Glut. Und das, was nach der Glut kommt.«

»Was ist das?«

»Ich weiß es nicht«, flüsterte er. »Der Tod. Vermutlich.«

Anna beugte sich vor und berührte seine Wange mit ihren Lippen. Es war, als hätte sie die Flamme einer Kerze geküsst. Sie fuhr zurück.

»Hast du dich verbrannt?«

»Ein bisschen.«

Noch immer war sie ihm so nah, dass sie die Wärme, die er ausstrahlte, spürte, heiß wie aus einem Backofen. Aber nichts an ihm sah ungewöhnlich aus. Keine gerötete Haut, kein Schweiß.

Die Hitze schien aus ihm hervorzubrechen wie aus einer dunklen Sonne.

»Was ist los? Willst du mir nicht endlich sagen, was das alles zu bedeuten hat?«

»Ich liebe dich.« Eine tiefe Traurigkeit legte sich über seine Züge. »Anna, ich habe noch nie etwas Derartiges für einen Menschen empfunden. Ich liebe dich so sehr, dass mein Herz wieder angefangen hat zu schlagen.«

Was im Umkehrschluss bedeutete, dass es das wohl vorher nicht getan hatte. Ungläubig starrte Anna ihn an.

»Kannst du das wiederholen?«

»Mein Herz ...«

»Nein, das andere.«

Er nahm ihr Gesicht in beide Hände. Bei dieser Berührung glaubte Anna, in hellen Flammen zu stehen.

»Ich liebe dich. Ich kann dieses Gefühl nicht kontrollieren. Erst recht nicht, wenn du mir so nahe bist. Ich spüre meinen Herzschlag, Anna. Ich spüre das Leben.«

Er küsste sie. Die Glut traf sie so unvermittelt wie ein Schlag aus dem Hinterhalt. Wenn das der Kuss eines Dämons war und sie ihn überlebte, dann wäre der Vulkan nichts anderes als ein Spaziergang auf einem Gletscher. Sie wagte nicht zu atmen, aus Angst zu verbrennen. Doch je länger er sie küsste, desto tiefer drang die Hitze in ihre Adern und ließ ihr Blut kochen. Anna konnte nicht anders. Sie griff in seine Haare und zog ihn zu sich herab. Mit einem Stöhnen vergrub er seine Hände in ihren Schultern und ließ sie dann über ihren Körper wandern. Wo immer er sie berührte, hinterließ er eine Spur wie glühende Lava. Als sie glaubte, es nicht länger aushalten zu können, löste sie ihre Lippen von seinen und rang nach Luft. Weller ließ augenblicklich von ihr ab.

Anna keuchte. Ihr Atem floss stoßweise durch die Lunge.

»Und das ...«, keuchte sie, »passiert also, wenn dein Herz wieder schlägt?«

»Ja.«

Er nahm sie in die Arme. Sie spürte, wie sein Atem ihre Haut streifte und die Hitze sie erneut zu überwältigen drohte. Im selben Moment ließ er sie los.

»Geh.«

Verwirrt strich sie sich die Haare aus der Stirn, die schweißnass auf ihrer Haut klebten. Weller hatte sich wieder in der Gewalt. Er stand auf und griff nach seinem Cape. Anna brauchte etwas länger, um sich wieder zu besinnen.

»Jean-Baptiste weiß Bescheid. Ich habe ihm neue Anweisungen gegeben. Er bringt dich zum Hafen.«

»Und du?«

Weller lächelte müde. »Ich habe noch etwas Geschäftliches zu erledigen. Es wird recht schnell gehen. Ich komme nach.«

Er nahm die Dokumentenmappe und wandte sich zum Gehen. Er tat das so selbstverständlich, dass Anna einen Moment tatsächlich glaubte, er würde sich gleich mit irgendeinem Oligarchen zwecks Erdölpipelines treffen.

»Sehen wir uns wieder?«

Er drehte sich noch einmal um. »Aber natürlich. Ich liebe dich, Anna. Ich möchte ohne dich nicht leben.«

Anna stand noch immer im Raum, als die Tür schon längst hinter Weller ins Schloss gefallen war. Nur langsam wich die Hitze aus ihrem Körper. Sie öffnete die Hände, die sie zu Fäusten geballt hatte. Etwas fiel zu Boden. Es war der Kieselstein. Sie hatte ihn die ganze Zeit bei sich gehabt. Das musste bedeuteten, dass alles, was Weller gesagt hatte, wahr war und nichts Böses ihren Gefühlen etwas anhaben konnte.

Sie hob den Stein auf und sah sich um. Sie wusste nicht, wohin mit ihm. Schließlich, weil ihr kein besserer Platz einfiel, ließ sie ihn in ihren Ausschnitt fallen. Erleichtert atmete sie auf. Jetzt würde sie ihn bei sich tragen.

Sie nahm ihre Reisetasche, die sie gar nicht erst ausgepackt hatte, und lief hinunter in die hellerleuchtete Eingangshalle. Vor der Tür wartete ein Wagen. Anna wusste nicht, ob es der gleiche war, der sie hierhergebracht hatte. An ihn gelehnt stand Jean-Baptiste. Als er Anna kommen sah, hielt er ihr den Schlag auf. Sie zögerte einen Moment und sah sich noch einmal um. Die beiden Hausangestellten waren verschwunden. Das Licht ging aus. Erst oben auf der Treppe und dann auch weiter unten. Es war, als ob die Dunkelheit ihr folgen würde. Sie warf die Tasche auf den Rücksitz und setzte sich daneben. Die ganze Fahrt über sprachen sie kein Wort. Erst als sie ein großes Tor passierten und Anna den Hafen erkannte, beugte sie sich zu ihm vor.

»Er kommt doch nach?«

Jean-Baptiste fuhr einen kleinen Schlenker, um einem Kran auszuweichen. Sie erreichten einen Kai, an dem eine große Fähre festgemacht hatte. Sie war beleuchtet und schien bereit zum Auslaufen. Der Nachthimmel war klar, Anna konnte die funkelnden Sterne sehen.

»Wir sind bald im Zeichen des Skorpions. Verlängert er um ein Jahr oder ein Jahrhundert?«

Jean-Baptiste hielt an. Doch anders als es sonst seine Gewohnheit war, blieb er sitzen. Anna deutete das als ein gutes Zeichen. Zumindest hörte er ihr zu.

»Wo ist Weller? Was hat er vor?«

»Ich weiß es nicht.«

»Blödsinn.«

Anna stieg aus und ging an sein Fenster. Geräuschlos glitt es herunter.

»Sie wissen genau, wo er ist. Sie sind doch sein Ghul, nicht wahr?«

Jean-Baptiste schwieg. Da konnte natürlich alles bedeuten. Anna nahm es einfach für ein schlichtes »Ja«.

»Müssen Sie nicht über jeden seiner Schritte Bescheid wissen? Vielleicht braucht er Sie ja gerade?«

»Das wüsste ich.«

»Woher denn?«

Jean-Baptiste sah zu ihr hoch. »Wir haben dasselbe Blut.«

»Dämonenblut.«

Er zuckte mit den Schultern. »Nennen Sie es, wie Sie wollen. Ihnen wird für immer fremd bleiben, was uns verbindet.«

Anna schulterte ihre Tasche. Egal, ob Jean-Baptiste ihr das Leben gerettet hatte oder nicht, er war und blieb ein unausstehlicher Miesepeter. »Vielleicht weiß ich das schon längst. Haben Sie auch so einen netten Vertrag unterschrieben? Dann hat man Sie aber ganz schön übers Ohr gehauen. Statt unermesslichem Reichtum haben Sie einen Job als Mädchen für alles gekriegt. Und ausgerechnet für Carl Weller. Nicht gerade das, wofür ich meine Seele eintauschen würde.«

Jean-Baptiste presste die Lippen zusammen und starrte an ihr vorbei auf den Kai. Es wurde Zeit. Das Schiff war zum Auslaufen bereit.

»Reichtum ist nicht alles«, sagte er schließlich. »Es gibt andere Gründe, warum man zu jemandem hält.«

»Zum Beispiel?«

»Wenn man diesem Mann sein Leben verdankt.«

Anna ließ die Tasche von der Schulter rutschen. Sie fiel auf den Boden, aber Anna achtete nicht darauf. Es war, als ob genau in diesem Moment ein Schleier von ihren Augen glitt und die Sicht freigab auf all die Dinge, die sie bisher nicht gesehen hatte.

»Sie sind sein Bruder!«

»Ja.«

»Er hat Ihr Leben gerettet, indem er seines verpfändet hat!«

»Ja.«

»Und Sie? Warum haben Sie sein Geschenk denn nicht angenommen? Was hat Sie dazu getrieben, unsterblich zu werden?«

»Ich habe es so gewollt. Ich wollte ihn nicht allein lassen. Er ist mein Bruder und mein Herr. Glauben Sie mir, ich könnte mir für beides keinen Besseren wünschen. Leben Sie wohl.«

Die Scheibe fuhr hoch.

»Halt! Warten Sie!«

Aber Jean-Baptiste achtete nicht auf sie. Er setzte zurück und wollte den Wagen wenden. Anna stellte sich ihm direkt in den Weg. Mit quietschenden Bremsen kam der schwere Wagen vor ihr zum Stehen. Anna lief zur Beifahrertür, riss sie auf und warf sich hinein. Jean-Baptiste biss die Zähne zusammen, sagte aber nichts.

»Wir fahren zu ihm. Sofort!«

Der Chauffeur trommelte ungeduldig mit den Fingerspitzen auf das Lenkrad. Offenbar wartete er darauf, dass sie wieder ausstieg. Das Schiff hinter ihnen stieß ein Tuten aus, das die Scheiben zittern ließ. Als er verklungen war, schnallte Anna sich an.

»Na los. Worauf warten Sie noch?«

Jean-Baptiste rang mit sich. Aber Anna hatte ihn noch nicht überzeugt.

»Falls es Sie interessiert«, setzte sie ihren Überredungsversuch fort, »er hat gesagt, dass er mich liebt.«

»Das ist sehr erfreulich für Sie, Mademoiselle.«

»Und dann schickt er mich fort?«

»So macht er das manchmal mit den Damen.«

Anna schüttelte den Kopf. »Aber nicht mit mir. Er hat mich weggeschickt, damit ich nicht mitbekomme, was mit ihm geschieht.«

»Gefühlsdinge sind nicht meine Sache.«

Begriff dieser Vollidiot denn nicht? Sie standen mitten im Hafen von Palermo, und die Zeit lief ihnen davon. Wann genau wechselte denn ein Sternbild? Um Mitternacht? Anna wusste es nicht. Sie hatte sich nie sehr für Horoskope interessiert. Aber sie wusste, dass Weller unterwegs war zu einem Ort, von dem er nicht mehr zurückkehren würde.

»Dann sollten Sie langsam mal anfangen, sich damit vertraut zu machen. Was ist eigentlich mit Ihnen, wenn er geht?«

»Ich folge ihm.«

»Aha.« Anna lehnte sich zurück. »Dann lassen Sie sich mal nicht aufhalten.«

Jean-Baptiste zögerte. Schließlich rammte er einen Gang ins Getriebe und fuhr los. Eine unendliche Erleichterung durchflutete Anna. Endlich hatte er es begriffen und würde sie zu Weller bringen! Keine zehn Minuten später hatten sie Palermo über eine der Ausfallstraßen verlassen und fuhren Richtung Catania. Erst als Hinweisschilder auftauchten, die zum Ätna führten, schwand Annas Zuversicht. Es war leicht zu sagen, dass man bereit war, für jemanden zu sterben. Es auch zu tun, war eine andere Sache. Ich bin eine Amazone, betete sie sich vor. Amazonen gehen nicht unter.

Sie bogen auf einen Feldweg ein, über den Jean-Baptiste wie gewohnt ohne Licht rumpelte. Anna hielt sich fest, so gut es nur ging. Dann machte Jean-Baptiste eine Vollbremsung. Zwei grünschillernde Augen tauchten vor dem Wagen auf.

»Was ist das?«, fragte Anna. Ihre Stimme hörte sich gar nicht mehr zuversichtlich an.

»Füchse«, antwortete Jean-Baptiste.

Die Augen verschwanden, ein Schatten glitt ins Unterholz.

Erleichtert atmete Anna auf. Die Zuversicht kehrte zurück. Ich werde siegen, weil ich die Antwort weiß, dachte sie. Er will für mich sterben. Aber das werde ich nicht zulassen.

»Aua!«

Jean-Baptiste hatte ein Schlagloch erwischt. Sie klammerte sich immer noch am Haltegriff fest und dachte, dass das Einzige, das sie in dieser Nacht in Todesgefahr bringen würde, Jean-Baptistes Fahrkünste waren.

Irgendwann endete auch der Feldweg. Jean-Baptiste ließ den Wagen ausrollen, zog die Handbremse an und stellte den Motor ab.

»Und nun?«

»Der Herr hat gesagt, ich soll hier auf ihn warten.«

»Wo ist er?«

Doch Jean-Baptiste schaltete auf stur und sah in die andere Richtung aus dem Fenster.

»Okay.«

Anna stieg aus. Ihre Augen mussten sich erst an die tiefe Dunkelheit gewöhnten. Ein samtschwarzer Nachthimmel wölbte sich über einer baumbestandenen Landschaft. Es roch nach feuchter Erde und trockenen Kräutern. Der Weg ging bergauf, und bevor Anna ihn betrat, wandte sie sich noch einmal an den Chauffeur.

»Ich gehe da jetzt hoch. Sollte ich nicht mehr wiederkommen, wäre es schön, wenn Sie nach uns suchen lassen würden.«

Jean-Baptiste kniff die Lippen zusammen und ignorierte sie. Anna lagen einige Worte auf der Zunge, die sie ihm gerne an den Kopf geworfen hätte. Aber gegen die Loyalität eines Ghuls kam sie nicht an. Sie warf die Autotür zu und begann mit dem Aufstieg. Er schien sich Stunden hinzuziehen. Schon nach kurzer Zeit war sie außer Atem. Sie blieb stehen, und ihr eigenes Keuchen dröhnte in ihren Ohren.

Jetzt bloß nicht schlappmachen, dachte sie. Wenn ich hier mit heiler Haut herauskomme, wird das Fitnessstudio mein zweites Zuhause. Sie lief weiter. Der Mond schien hell, aber nicht hell genug, um mehr als die ineinanderfließenden Schatten der Bäume zu erkennen. Nun schoben sich auch noch Wolken vor ihn, und für einen Augenblick senkte sich tiefe Dunkelheit über die Landschaft.

»Psst!«

Das Zischen erschreckte Anna so sehr, dass sie herumfuhr und mit klopfendem Herzen in die Büsche starrte. Doch da war niemand. Wahrscheinlich hatte sie sich getäuscht. Das Mondlicht kam wieder kurz zum Vorschein. Sie erkannte den Weg und lief weiter.

Wie ein gewaltiges schwarzes Tier erhob sich der Bergrücken des Ätna in den Nachthimmel. Der Wind frischte auf. Anna verwünschte sich, dass sie ihre Tasche im Auto gelassen hatte. Ihre Jacke hätte sie jetzt sehr gut gebrauchen können, denn auch in Sizilien wurden die Nächte Ende Oktober empfindlich kalt. Sie trug ihre alte Reisekluft, Jeans und Sweatshirt, die tagsüber genau das Richtige gewesen war. Nun aber kroch auch noch eine unangenehme Feuchtigkeit durch das Unterholz und verbündete sich mit dem kalten Wind. Anna versuchte, an Weller zu denken, und an die Hitze, die sie durch seinen Kuss erlebt hatte. Wie durch ein Wunder schien sie dieser Gedanke tatsächlich zu wärmen. Sie ging schneller und schaffte die nächste Steigung besser als zuvor.

Äste knackten unter ihren Füßen. Sie warf einen Blick zum Himmel und erschrak. Über dem Krater des Vulkans ballten sich die Wolken. Der Mond war völlig verschwunden, aber etwas anderes erhellte die Dunkelheit. Es war ein schwaches, grünes Leuchten, das tief aus der Erde kommen musste.

Sie ärgerte sich über Jean-Baptiste. Rücksichtslosigkeit musste in der Familie liegen. Wie konnte er sie nur hier in der Wildnis alleine lassen? Mittlerweile war Anna überzeugt, dass sich hier mehr als nur Füchse herumtrieben. Sie legte ihre Hand auf die Brust, genau an die Stelle, an der der Stein ruhte. Sofort wurde sie ruhiger. Ihr konnte gar nichts passieren. Sie war geschützt! Durch diesen Stein, vor allem aber durch die Liebe.

Weller liebte sie. So sehr, dass er sie von ihren Pflichten entbunden hatte und selbst in den Vulkan gehen wollte. Was das bedeutete, konnte Anna nur ahnen. Der Tod, vielleicht, das waren seine Worte. Eine Schuld musste beglichen werden. Eine Seele musste sich opfern.

Aber meine wird es nicht sein, dachte Anna. Und deine, Weller, auch nicht. Einen Moment erwog sie, Jean-Baptiste den dunklen Mächten zum Tausch anzubieten. Sofern sie ihnen jemals begegnen sollte, was der Himmel verhüten möge. Der Gedanke, wie Weller darauf reagieren würde, hielt sie davon ab, sich diese Vorstellung weiter auszumalen. Außerdem war Jean-Baptistes Seele wohl schon vergeben. Wen dann? Sandrine? Lucy? Sam?

In diesem Moment fuhr ein Blitz aus den Wolken direkt hinein in den Krater. Für den Bruchteil einer Sekunde lag der Weg vor Anna in hellstem Grün. Und da sah sie die Gestalt, die auf sie wartete. Der Blitz verglühte. Ein Donner grollte über den Berg und wurde so laut, als würde ihm ein Erdbeben folgen. Der Boden zitterte unter Annas Füßen. Sie blieb stehen und sah sich um.

Aber es gab keinen Fluchtweg. Allenfalls ein Zurück, doch das kam für Anna an dieser Stelle des Weges nicht mehr in Frage.

»Wer sind Sie?«

Ihre Augen, eben noch vom Blitz geblendet, suchten den Weg ab nach der Gestalt, die sie gesehen hatte. Sie musste keine zwanzig Meter vor ihr sein. Es war weder Weller noch Jean-Baptiste. Vielleicht ein einsamer Wanderer? Irgendein New-Age-Jünger, der aufgeschnappt hatte, dass es an diesem Abend eine ganz besondere Vorstellung hier oben auf dem Vulkan zu sehen gäbe?

Langsam begriff Anna, wie kopflos sie sich in dieses Unterfangen gestürzt hatte. Sie hatte noch nicht einmal eine Waffe dabei. Obwohl sie bezweifelte, dass Jean-Baptiste ihr damit ausgeholfen hätte.

»Hallo? Ich habe Sie gesehen!«

Anna hörte ihre eigene Stimme und beschloss, ab sofort zu schweigen. Der Unbekannte musste ihr anhören, wie ängstlich sie war. Vorsichtig setzte sie einen Fuß vor den anderen. Das grüne Leuchten aus dem Krater wurde stärker. Sein Widerschein durch die Wolken reichte aus, um gerade noch die Richtung des Weges zu erkennen.

»Geh nicht weiter.«

Das Flüstern kam von der Seite. Anna fuhr herum.

»Kehr um! Du weißt nicht, worauf du dich einlässt!«

Anna kannte die Stimme. Doch sie kam erst darauf, wer es war, als die dunkle Gestalt den Schatten des Wegesrandes verließ und auf sie zutrat. Sie trug einen langen, schwarzen Umhang, wie Weller zuvor. Die Kapuze hatte sie sich tief ins Gesicht gezogen. Erst als sie unmittelbar vor Anna stand, schlug sie den Stoff zurück.

»Vicky!«

Anna wusste nicht, ob sie lachen oder laut aufschreien sollte. Etwas stimmte nicht an dieser ganzen Szene. Vicky war die Letzte, mit der sie hier gerechnet hatte.

Ein zweiter Blitz fuhr vom Himmel herunter und schien die Glut im Berg zum Kochen zu bringen. Er flackerte lange genug übers Firmament, um Anna erkennen zu lassen, dass etwas mit Vicky nicht stimmte. Ihre Augen lagen tief in den Höhlen, und dunkle Schatten breiteten sich dort aus, wo sich früher einmal die Grübchen in ihre vollen Wangen gegraben hatten.

»Geh nicht!« Vicky hob den Arm. »Anna, fahr zurück nach Hause und vergiss alles, was in den letzten Wochen passiert ist. Hier oben geschieht etwas Schreckliches!«

»Vicky!«

Anna trat auf ihre Freundin zu und nahm sie in den Arm. Vicky begann zu weinen.

»Ich hab das alles nicht gewollt! Aber sie hat mich eingewickelt mit allem, was ich mir schon immer gewünscht habe. Und als ich wieder wegwollte von ihr, hat sie ... hat sie mich ...«

»Schschsch.« Anna wiegte Vicky sachte in ihren Armen. »Da hat sie dich nicht mehr gehen lassen, stimmt's?«

Vicky nickte. Noch immer schluchzte sie, und Anna spürte, wie die Tränen auf ihre Bluse tropften und den Stoff durchnässten.

»Hast du irgendetwas unterschrieben?«

»Nein. Aber ich soll es heute Nacht tun. Anna, ich habe solche Angst! Ich komme aus der Nummer nicht mehr raus. Sie hat etwas an sich, das deinen Willen lahmlegt. Ich kann mich nicht dagegen wehren!«

Der Donner war so gewaltig, dass sich einige Steinbrocken lösten und den Berg hinunterkollerten. Vicky schrie auf und krallte sich noch enger an Anna fest. Tief unter ihnen begann die Erde zu beben.

»Was ist das?« Angsterfüllt starrte Vicky in den Himmel. Das Leuchten wurde heller und schwächte sich dann wieder ab. »Bricht der Ätna aus?«

»Nein. Keine Angst.«

Anna riss sich von dem unheimlichen Naturschauspiel los und konzentrierte sich auf Vicky.

»Du läufst den Weg hinunter. Hast du mich verstanden? Unten steht ein Auto. Es ist nicht abgeschlossen. Ein merkwürdiger

Typ sitzt am Steuer, aber er wird dir nichts tun. Da setzt du dich rein und wartest, bis ich zurückkomme.«

Vicky nickte, machte aber keinerlei Anstalten, das zu tun, was Anna sagte.

»Und du?«

»Ich gehe weiter.«

»Nein! Anna, tu das nicht! Sie hat etwas vor mit dir. Sie will Weller eine Falle stellen. Nur wenn sie ihn im Kampf besiegt, kriegt sie, was sie will.«

»Sein Imperium.«

»Ich dachte, das erledigt man heutzutage an der Börse.«

»Dieser Fall liegt leider anders.« Annas Blick wanderte erneut hoch zum Vulkan. Das also war Wellers Plan. Indem er sich selbst den Elementen zurückgab, entzog er sich auch Sandrines Kriegserklärung. Und rettete damit nicht nur seinen Bruder vor Sandrines Herrschaft, sondern auch alle, die für ihn arbeiteten. Offenbar fühlte er doch so etwas wie Verantwortung. Je mehr Anna über ihn erfuhr, desto mehr wuchs ihre Achtung – und ihr Wille, ihn nicht einfach so gehen zu lassen.

»Tu, was ich dir sage.«

Aber Vicky schüttelte energisch den Kopf. »Wir müssen beide hier weg. Ich lasse dich nicht allein. Komm mit! Was hast du mit diesen beiden Irren zu tun, die sich nachts gegenseitig die Köpfe einschlagen wollen?«

»Das werden sie nicht tun.«

»Anna! Du kannst nichts gegen Sandrine ausrichten! Wir verschwinden. Sollen die da oben doch sehen, wie sie klarkommen.«

Vicky packte sie und hielt sie fest.

»Lass mich los!«

Doch Vicky zerrte sie bereits den Weg hinunter. Anna versuchte sich zu befreien, aber es gelang ihr nicht. Vicky schien plötzlich über Bärenkräfte zu verfügen. Kräfte, die sie ihrer Freundin niemals zugetraut hätte. Je mehr sie sich wehrte, desto brutaler wurde Vickys Griff. Schon hatten sie die Biegung erreicht.

»Du wirst mir dankbar sein«, keuchte Vicky. Sie schien über sich selbst hinauszuwachsen und schleifte Anna, die sich immer noch verzweifelt wehrte, hinter sich her.

»Ich will aber nicht!« Annas Stimme war kaum noch ein Röcheln. Vickys Arm umklammerte auch ihre Kehle und drückte ihr fast die Luft ab. »Lass los, bitte! Du bringst mich ja um!«

»Du musst hier weg! Du darfst da nicht hoch!«

Vickys Augen flackerten vor Angst. Anna nahm all ihre Kräfte zusammen. Sie packte Vickys Arm und hängte ihr gesamtes Gewicht daran – mit dem Erfolg, dass Vicky tatsächlich einen Moment ins Straucheln geriet und ihr Griff sich etwas lockerte. Anna holte aus und trat Vicky gegen das Schienbein. Mit einem lauten Schrei krümmte sich ihre Freundin zusammen und taumelte zurück. Doch das schien sie nur noch anzuspornen. Mit einem lauten, fast unmenschlichen Fauchen warf sie sich erneut auf Anna. Beide gingen zu Boden und rollten ein paar Meter den Abhang hinab. Vicky blieb liegen. Anna setzte sich auf.

»Vicky?«

Sie kroch auf ihre Freundin zu. Etwas musste Vicky am Kopf getroffen haben. Eine Schramme zog sich quer über ihre Stirn. Voller Sorge tastete Anna nach Vickys Puls. Er schlug ruhig und regelmäßig. Wahrscheinlich würde sie gleich wieder aufwachen und sich erneut auf Anna stürzen. Diese Gelegenheit durfte sie ihr nicht geben.

Der nächste Blitz fuhr in den Krater, gefolgt von Donnergrollen. Dort oben braute sich weit mehr als ein Unwetter zusammen. Die Zeit lief ihr davon.

»Ich komme zurück.« Sie strich Vicky die Haare aus dem Gesicht und bettete sie etwas bequemer auf dem Boden. »Glaub mir, ich lasse dich nicht hier. Es wird alles gut.«

Anna stand auf und kroch den Abhang hinauf, bis sie den Weg erreicht hatte. Sie lief so schnell sie konnte. Vicky durfte sie nicht noch einmal erwischen. Ihre Lungen brannten, und ihre Beine fühlten sich an wie Gummi. Bergauf zu joggen war noch nie Annas Lieblingssport gewesen. Endlich erreichte sie die letzte Biegung.

Für einen kurzen Moment zeigte sich noch einmal der Mond hinter zerfetzten Wolken. Er beschien ein riesiges Plateau, das sich in der Mitte zu einem Krater senkte. Schwer atmend blieb Anna stehen. Wo war Weller? Wo war Sandrine? Ein kalter Wind strich über die Hochebene und trieb Anna weiter. Schritt für Schritt näherte sie sich dem tief abfallenden Kegel. Dürres Gestrüpp bedeckte den Boden, Dornen kratzten an ihren Knöcheln. Obwohl es hier oben eiskalt sein musste, glühte Anna innerlich. Ihr war nicht mehr kalt, im Gegenteil. Je näher sie dem Krater kam, desto heißer wurde es. Von den beiden Imperatoren war immer noch nichts zu sehen. Dafür rumorte die Erde umso schlimmer. So viel war sicher: Dieser Vulkan stand kurz vor einem Ausbruch. Sie musste Weller finden, und zwar so schnell wie möglich. Und dann dieses verfluchte Dokument in den Vulkan werfen und von hier verschwinden. Bevor die Naturgewalt ihren Lauf nahm.

Vom Wind getrieben, ballten sich die Wolken zusammen. Mit einem peitschenden Knall schoss ein Blitz aus ihnen heraus, verästelte sich in tausend Arme und baute eine gewaltige leuchtende Kuppel über dem Krater auf. Mit offenem Mund beobachtete Anna das Spektakel. So ein Schauspiel hatte sie noch nie gesehen. Es hörte einfach nicht auf. Die Blitze teilten sich, zuckten ineinander und schienen eine Wand aus Feuer zu weben. Die Luft roch brenzlig. Zischend und mit gewaltigem Getöse türmte sich eine gewaltige Kathedrale aus grünlichem Licht am Himmel auf. Anna starrte nach oben. In der Mitte erkannte sie das Sternbild des Skorpions. Voller Entsetzen begriff sie, dass ihr der Rückweg von einer glühenden Wand aus Blitzen abgeschnitten war.

»Weller!«

Die Stimme schien aus allen Richtungen zu kommen. Sie vervielfältigte sich, wurde zurückgeworfen und schwoll mit jedem Echo lauter an, bis es fast unerträglich wurde.

»Deine Amazone ist hier!«

Anna fuhr herum. Keine fünf Meter von ihr entfernt stand Sandrine.

Ihr blondes Haar hatte sich gelöst und spielte im Nachtwind um ihr bleiches Gesicht. Wie eine böse Göttin stand sie auf dem Plateau, hoch aufgerichtet und mit einem Blick, der alles zu vernichten drohte. Und am allermeisten hatte sie es wohl auf Anna abgesehen.

»Du bist also gekommen«, sagte sie.

Trotz des Windgetöses klang Sandrines Stimme klar und schneidend. Anna legte die Hand auf die Brust und spürte, wie sie ruhiger wurde.

»Wo ist er?«

Sandrine kam zwei Schritte näher. Sie schien noch größer und schöner, als Anna sie in Erinnerung hatte. Mit einem verächtlichen Lächeln sah sie auf Anna herab.

»Da drinnen.« Sie wies auf den Krater. »Ich fürchte, du bist zu spät gekommen. Aber vielleicht hilft es ihm, wenn du gleich hinterhersteigst? Dann ist er nicht so allein da unten, der Arme.«

»Was hast du mit Vicky gemacht?«

»Sie ist ein Werkzeug. Genau wie du. Er will, dass du für ihn stirbst. Also nur zu, lass dich nicht aufhalten!«

»Du lügst. Wo ist er?«

Ein leichtes Zucken um Sandrines Augen verriet, dass sie langsam nervös wurde. Sie stand unter Zeitdruck. Das musste eine ganz neue Erfahrung für jemanden sein, der Unsterblichkeit gewohnt war.

»Tja, Schätzchen. Das fragen wir uns alle.«

Ein neuer Donner polterte herunter. Die Blitze flimmerten und zuckten. Wo die Erde und das Licht sich berührten, kam ein beunruhigendes Knirschen aus der Erde. Lange würde der Berg diesem Spuk nicht standhalten. Anna spürte, wie der Boden unter ihren Füßen heiß wurde. Auch Sandrine warf einen kurzen, besorgten Blick zur Kuppel ihres Lichtdomes. Dann aber setzte sie wieder ihre arrogante Miene auf.

»Eigentlich dachte ich, er wäre Manns genug, um meine Herausforderung anzunehmen. Aber offenbar hat er einen unspektakulären Abgang vorgezogen. Schade. Jetzt verfällt sein Imperium in Schutt und Asche, und ich kann nichts mehr für ihn tun.«

»Mir bricht das Herz. Übrigens, warum sollte Vicky mich abfangen?«

»Das sollte sie nicht. Im Gegenteil. Sie sollte dich zu mir bringen, damit ich dich endlich dahin schicke, wo du hingehörst!«

Sie streckte den Arm in Annas Richtung aus. Er wurde länger und dünner, und aus der Spitze ihres schlangengleichen Fingers schoss ein grüner Blitz direkt vor Annas Füßen in den Boden. Rauch stieg auf, und ein Geruch nach verbranntem Heu. Mit einem Aufschrei sprang Anna zurück.

»Erschreckt dich das? Ich habe doch noch gar nicht angefangen!«

Anna sah im Bruchteil einer Sekunde einen neuen Blitz auf sich zukommen. Sie duckte sich, doch er streifte ihr Haar. Reflexartig berührte sie ihren Kopf. Das Feuer hatte ihr eine ganze Strähne versengt. Dies schien ein Kampf mit äußerst unfair verteilten Waffen zu werden. Der nächste Blitz fuhr rechts von ihr vorbei. Er verästelte sich zu einem sprühenden Geflecht, das wie ein Netz über ihr abgeworfen wurde. Anna warf sich zu Boden und rollte weg. Doch das half nicht viel, ihr kurzer Fluchtversuch wurde von einer wahren Lichtsalve gestoppt.

»Hast du Angst um deine Haare?«, höhnte Sandrine. »Du wirst noch ganz anders aussehen, wenn ich mit dir fertig bin. Ich schicke Weller ein Häufchen Asche hinterher! Ich verstreue dich in alle Winde! Ich tilge dich von dieser Erde, hast du verstanden?«

Ein Lichtgewitter entlud sich über Anna. Dieses Mal knatterten die Blitze wie Knallfrösche ineinander. Sie konnte sich in letzter Sekunde hinter einen Felsbrocken retten. Milliarden Volt regneten als Funken auf sie herab.

»Warum tust du das?«, schrie Anna. »Was hast du davon, wenn du mich tötest?«

Stille. Nur der gewaltige Lichtdom über ihr knisterte. Anna versuchte, so flach wie möglich zu atmen. Ihr Mut sank. Irgendwie hatte sie sich die Sache anders vorgestellt. Mit Weller an ihrer Seite hätte ihr nichts passieren können. Doch jetzt war sie ganz auf sich allein gestellt. Sie hatte die Sache nicht zu Ende gedacht. Und dabei war sie doch oft genug gewarnt worden.

Anna hob den Kopf, und ein neuer Blitz zischte über sie hinweg. Sie machte sich wieder so klein wie möglich. Doch dann hörte das Bombardement plötzlich auf. Ängstlich duckte sie sich und sah nach oben, direkt in Sandrines Gesicht.

Die Imperatorin lächelte Anna an.

»Warum ich dich töten will, kleine Anna? Weil du die Erste bist, die er liebt. Und womit schwächt man jemanden am meisten? Na?«

Anna hatte Mühe, nicht mit den Zähnen zu klappern. Sandrine war keine zehn Zentimeter von ihr entfernt. Sie hatte sich über den Stein gebeugt, hinter dem sich Anna verkrochen hatte, und beäugte ihr Opfer wie eine Katze, der eine fette Maus in die Falle gegangen war, die sie nun genüsslich verspeisen wollte.

»Keine Ahnung. Sag du es mir.« Vielleicht konnte man Sandrine ja in ein Gespräch verwickeln? Die Mischung aus übernatürlichen Kräften und einer schweren Persönlichkeitsstörung war lebensgefährlich. Zumindest für die, die Sandrine in ihrem Netze fing.

»Indem man das vernichtet, woran das Herz des Feindes hängt. Nimm es nicht persönlich.«

»Aber warum seid ihr denn Feinde? Ihr könnt euch doch auch vertragen!«

Sandrine warf den Kopf zurück. Sogar ihr schrilles Lachen war elektrisch. Blitze entluden sich, die ganze Kuppel über ihnen schien unter diesem Gelächter zu beben. Dann fasste sie sich wieder.

»Ach, Schätzchen. Wir sind hier nicht im Sandkasten. Es geht um die Welt, verstehst du mich?«

»Ach so. Ich dachte, es geht um Liebe.«

Sandrines Augen verengten sich zu kleinen Schlitzen. Das gab ihrem schönen Gesicht einen hässlichen Ausdruck.

»Hör auf mit dem Blödsinn. Liebe. Kinderkram. Ich will es jetzt zu Ende bringen. Also: Willst du hier zu Asche werden oder gehst du freiwillig runter und holst ihn mir? Er hat ja wohl einen stillen Abgang vorgezogen.«

»Und dann?«

»Was dann?«

»Glaubst du, Weller wird dich lieben, wenn du ihn dazu zwingst?«

»Was redest du da?«

»Hat er dir einen Korb gegeben? Hasst du ihn deshalb so sehr?«

»Sprich nicht von Hass, wenn du nicht weißt, was das ist!«

Sandrine hob den Arm, und Anna wusste, dass ein Blitz aus dieser Nähe sie zerschmettern würde. Sie machte sich noch kleiner. Doch der Schlag blieb aus. Blinzelnd öffnete Anna die Augen. Sandrine hatte den Kopf gehoben und starrte an Anna vorbei in Richtung Krater. Ihre Nasenlöcher blähten sich, als ob sie Witterung aufnehmen würde. Sie stand auf und ging an Anna vorbei. Am Rand des Abgrunds blieb sie stehen.

Anna rappelte sich hoch. Die Elektrizität der Luft verstärkte sich. Funken regneten aus dem Lichtdom herab. Als Anna den Fels berührte, bekam sie einen elektrischen Schlag. Es war, als ob die ganze Energie sich verhundertfacht hätte. Sie folgte Sandrine. Die grüne Glut im Inneren des Kraters leuchtete so intensiv, dass Anna die Augen schließen musste. Als sie sie wieder öffnete, erkannte sie auf der anderen Seite des Abgrunds eine Gestalt. Ihr Herz setzte aus.

»Weller!«

Annas Schrei hallte über den Krater hinweg. Mit einem Fauchen fuhr Sandrine herum und schoss einen Blitz auf Anna ab. Er traf sie völlig ungeschützt. Anna wurde mehrere Meter zurückgeworfen und blieb liegen. Sie war unfähig, sich zu rühren oder auch nur einen Atemzug zu tun. Sie sah nach oben in das knisternde, gleißende Licht und dachte, dass es eigentlich eine schöne Art zu sterben war. Nur Weller müsste noch hier sein und sie in den Armen halten.

Aber er war nicht da. Er war auf der anderen Seite des Kraters, bereit, gegen Sandrine in den Kampf zu ziehen. Anna nahm alle ihre Kräfte zusammen, und unter größten Schwierigkeiten gelang es ihr, einen winzigen Atemzug zu machen. Sehr gut, lobte sie sich. Mach weiter so. Du wirst leben, weil es nicht dein Ende sein kann, am Ätna zu Asche zu verbrennen. Du willst wieder Kirschen pflücken im Garten deiner Eltern und auf das Baumhaus klettern. Und vielleicht kommt Weller ja noch einmal mit. Dann werden wir gemeinsam da oben sitzen und uns Geschichten über uns erzählen, von denen wir dachten, wir hätten sie schon längst vergessen. Wir werden uns selbst in den Augen des anderen wiederfinden. Wir werden uns küssen. Wir werden uns lieben. Wir werden einfach nur glücklich sein. Und leben. Er hätte mich benutzen können. Er hat es nicht getan. Er liebt mich. Und ich liebe ihn. Ist das schon die ganze Antwort?

Der nächste Atemzug war nicht ganz so schwer wie der erste. Das Dröhnen in Annas Ohren ließ etwas nach. Sie konnte wieder einzelne Töne unterscheiden. Und Worte.

»Du nimmst meine Herausforderung an?«

Das war Sandrine.

»Ja.«

Seine Antwort hallte über den ganzen Berg. Anna versuchte, sich zu bewegen, aber es gelang ihr nicht. Wieder hörte sie das metallische Geräusch, als ob gewaltige Scharniere ineinandergreifen würden. Und dann begann der Boden unter ihr zu leben.

Oh nein, dachte sie. Bitte nicht! Hunderttausende, Millionen Füße trappelten über den Grund, über Felsen und Büsche, und auch über Annas Körper. Jedes einzelne Sandkorn schien sich zu verwandeln. Vor Widerwillen hätte sie am liebsten aufgeschrien, aber selbst dazu fehlte ihr die Kraft. Die schwarze, glänzende Flut umspülte sie und trug sie einfach mit sich mit, immer näher Richtung Krater, wo der Abgrund auf sie lauerte. Skorpione. Ein gewaltiger Leib schwoll unter ihr an. Die Angst, in dem Gewimmel zu versinken, lähmte sie fast.

Sie spürte, wie sie von der Masse hochgehoben wurde und wie eine Puppe in der Hand überirdischer Kräfte hing. Weit unter ihr gähnte die grüne Tiefe. Glühende Strudel wirbelten in gegensätzlichen Richtungen durcheinander. Der Sog musste unglaubliche Kräfte haben, denn das Brüllen und Stöhnen aus der Tiefe des Berges klang zu ihr nach oben, als hätte der Vulkan eine Stimme bekommen. Anna hatte noch nie etwas so Schreckliches gehört. Die Wirbel und Spiralen ordneten sich zu einem schwarzen Loch, einem Höllenschlund, der sich zu ihren Füßen auftat. Die Hitze versengte ihr beinahe die Haut. Sie sah Weller auf der anderen Seite, doch auch er hatte sich verwandelt: in eine riesige, dunkle Gestalt, halb Mensch, halb Skorpion. Sein Oberkörper glänzte wie aus schwarzer Bronze gegossen. Heißer Wind fuhr durch seine Haare, sein Brustkorb war mit schweren Platten gepanzert. Anna glaubte, das Einrasten der Scharniere zu hören. Es klirrte, als ob eine ganze Armee ihre Waffen in Aufstellung bringen würde. Er erinnerte Anna an eine Sagengestalt der griechischen Mythologie, und selbst jetzt, in dieser unglaublichen Verwandlung, konnte Anna dieses Bild nur bestaunen. Du siehst, was kein Mensch je gesehen hat, dachte sie plötzlich.

Wie Sandrine aussah, wollte sie lieber nicht wissen. Anna befand sich im wahrsten Sinne des Wortes in ihrer Hand. Der eisenharte Griff quetschte sie in der Taille. Der Blitzschlag hatte sie gelähmt. Die glühende Lava unter ihren Füßen begann zu brodeln.

Ein ohrenbetäubender Schrei zerriss ihr fast das Trommelfell. Weller hob den Arm und schickte einen Blitz, der Sandrine zu spalten schien. Für einen Moment schwebte Anna zwischen Himmel und Erde. Wie hypnotisiert starrte sie in den Strudel. Gleich würde sie fallen …

Doch Sandrine fing sich wieder. Die Skorpione hatten sich unter ihrem Ruf zu einer einzigen Masse zusammengeballt. Das riesige Monstrum wurde von nichts anderem beherrscht als

Sandrines Willen. Es *war* Sandrine, die Abermillionen dieser Geschöpfe zu einem einzigen, fürchterlichen Wesen zusammengepresst und zum Leben erweckt hatte. Einige der Tiere lösten sich aus dem Zusammenhalt. Sie begannen, über Annas Leib zu wandern, die giftigen Schwänze angriffslustig in die Höhe gereckt. Es wurden immer mehr. Anna sah an sich herunter und fühlte, wie der Ekel ihr beinahe die Sinne raubte. Sie krabbelten unter ihre Hose, verschwanden in den Ärmellöchern, und Anna spürte ihre kratzenden Beine auf der Haut. Immer tiefer versank sie in der schwarzen Masse. Sie wollte schreien, doch nun kletterten die Tiere ihren Hals hoch, krochen durch ihre Haare, wurden immer mehr und immer schwerer, und Anna wusste, dass sie in dieser schwarzen Masse untergehen würde …

Sandrine musste spüren, dass ihr Wille allein nicht ausreichen würde, um Weller zu besiegen. Sie mobilisierte ihre letzten Kraftreserven. Die abtrünnigen Skorpione, die über Annas Körper krabbelten, wurden wie von einem unsichtbaren Magneten zurückgezogen. Sandrine versuchte, ihren Schutzpanzer wieder aufzubauen. Aber es gelang ihr nicht rechtzeitig. Die zweite Salve traf das Ungeheuer mit voller Wucht. Anna spürte, wie der Klammergriff sich lockerte. Das ganze schwankende Gebilde löste sich auf. Jetzt, dachte Anna. Jetzt geschieht es. Sie holte tief Luft, und dann versank sie in einem Meer aus Skorpionen.

»Anna?«

Sie lag auf dem Boden. Es war dunkel. Nur ein schwacher grüner Widerschein erleuchtete die Wolken. Kühler Wind strich über ihre Stirn. Oder war es eine Hand, die sich darauf gelegt hatte?

»Anna! Wach auf!«

Jemand küsste ihre Lippen. Es tat weh, aber es war auch unendlich schön. Blinzelnd öffnete sie die Augen. Sie sah in Wellers besorgtes Gesicht. Mit einem Aufschrei umarmte sie ihn.

»Du lebst! Was ist passiert?«

»Es ist vorbei.«

Anna sah sich um. Das grüne Leuchten war nur noch ein schwacher Schimmer. Dafür zeigte sich am Horizont ein anderes Licht: die Morgenröte. Weller zog sie an sich und vergrub sein Gesicht in ihrem Haaren.

»Nicht«, flüsterte Anna. »Ich glaube, ich sehe furchtbar aus.«

Weller lachte leise. Er küsste ihre Wange und ließ seine Lippen langsam an ihrem Hals heruntergleiten. Eng aneinandergeschmiegt lagen sie auf der trockenen Erde der Hochebene. Sie lauschte dem Schlag seines Herzens und fühlte sich dem vollkommenen Glück sehr nahe.

Anna räusperte sich. Ihre Kehle war trocken, und sie hätte eine Badewanne leertrinken können. Doch das war auf dem Gipfel des Ätna wohl ein bisschen viel erwartet.

»Wie konntest du Sandrine besiegen?«

»Ich hatte etwas, das sie nicht hatte.«

»Und das wäre?«

Er küsste sie wieder. »Die Liebe. Ohne sie ist jeder Kampf sinnlos. Ohne sie lohnt es sich nicht zu leben. Und deshalb, Anna, muss ich gehen.«

Er löste sich aus ihrer Umarmung und stand auf.

»Was heißt das, du musst gehen? Ich komme mit. Das ist doch wohl klar!«

Doch er schüttelte nur den Kopf.

»Meine Zeit ist um. Mein Plan war ein anderer. Aber dann hat mir mein Herz leider einen Strich durch die Rechnung gemacht.«

Anna trat ein paar Schritte in Richtung des Kraters. Nicht weit entfernt gewahrte sie einen Haufen Asche. Sie wollte gar nicht genau hinsehen, was da von Sandrine übriggeblieben war. Stattdessen sah sie hinunter in den Vulkan. Seine Innenwände fielen steil nach unten ab. Am Ende des Trichters erkannte sie ein letztes, schwaches Glimmen. Sie drehte sich zu Weller um.

»Geh nicht. Bleib hier.«

»Das ist unmöglich. Ich werde sterben. Ich muss meinen Vertrag erfüllen.«

Sie lief zu ihm und warf sich an seine Brust. Weller umarmte sie, und für einen Moment fühlte Anna noch einmal seine Wärme und die Geborgenheit, die nur er ihr geben konnte. Sie wollte nicht glauben, dass alles zu Ende sein sollte.

»Vicky wartet unten am Auto. Und Jean-Baptiste auch. Wir gehen zu ihnen und verschwinden.«

Er verschloss ihren Mund mit einem Kuss. Seine Augen hatten fast all ihren Glanz verloren.

»Wenn wir das tun, dann zerfallen beide zu Staub. Und du auch. Alle, die mit mir in Verbindung standen, alle werden mit hinabgezogen. Das kann ich nicht zulassen.«

Tränen stiegen in Annas Augen. Sie klammerte sich an Weller fest, doch der schob sie sanft von sich weg. Aus einer tiefen Tasche seines Umhangs holte er den Vertrag. Anna sah hilflos mit an, wie er an den Rand des Kraters trat.

»Nein«, schrie sie.

Ein Windstoß fuhr heraus aus den Tiefen des Berges und erfasste ihn. Er hörte sie nicht mehr.

»Ich liebe dich! Geh nicht!«

Sie wollte ihm hinterherlaufen, aber der Wind war zu stark. Er stach in ihre Augen und brannte auf ihrer Haut. Gelbe Wolken türmten sich auf. Sie hielt schützend die Arme vors Gesicht und taumelte auf den Kraterrand zu. Wellers Gestalt war nur noch ein Schatten. Sand drang durch jede Ritze ihrer Kleidung. Sie wollte zu ihm laufen und ihn festhalten, aber der Sturm schien sie mit aller Macht davon abhalten zu wollen.

»Aus dem Weg!«

Anna wirbelte herum und erkannte die schemenhafte Gestalt Sandrines. Schon traf sie ein Schlag, der alle Luft aus ihren Lungen drückte. Hustend brach sie zusammen. Wie hatte diese Hexe es nur geschafft, wieder aufzustehen? Sie war doch nicht mehr als ein Haufen eingeäscherter Skorpione gewesen!

»Ich bin unsterblich!«, schrie Sandrine in den Sturm. »Ich fordere dich zum letzten Mal zum Kampf, Weller!«

Anna blinzelte, um ihre Augen vor dem Sand zu schützen. Am

Rande des Abgrunds erkannte sie seine Gestalt. Er drehte sich nicht um. Sie sah, wie sein Rücken sich beugte und er kleiner wurde, und sie ahnte, was das zu bedeuten hatte.

Einmal noch, dachte sie. Reiß dich zusammen! Danach kannst du dich für den Rest deiner Tage von diesem Schock erholen. Aber jetzt ist nicht die Zeit zum Nachdenken. Sie rannte los, als wären Furien hinter ihr her. Mit voller Wucht rammte sie Sandrine, packte sie an den Haaren und zerrte sie mit sich. Die Überrumpelung war perfekt. Sandrine schrie auf, aber Anna hatte ihre allerletzten Kräfte mobilisiert. Nur noch drei Schritte. Anna flog weiter. In allerletzter Sekunde erreichte sie Weller und riss ihm den Vertrag aus der Hand. Dann stürzten sie in die Tiefe. Anna, die Imperatorin von Amerika und ein Papier, das Leben oder Tod bringen würde.

Anna fiel. Sandrine schrie immer noch. Das Geräusch hätte Glas zerspringen lassen und bohrte sich in Annas Kopf. Doch Anna ließ sie nicht los. Sie hielt sie immer noch fest, den ganzen langen, nicht enden wollenden Fall in die verlöschende grüne Flut.

Die Hitzewelle traf Anna wie ein Schlag und wirbelte sie durch die Luft. Sie öffnete die Hand. Sandrine schwebte mit weit geöffnetem Mund an ihr vorbei. Sie schrie immer noch, aber Anna konnte nichts mehr hören. Entweder war sie taub geworden, oder das Innere des Vulkans begann wieder zu arbeiten und übertönte alles mit seinem Grollen. Anna breitete die Arme aus. Sie schien zu schweben. Ein tiefes Glücksgefühl breitete sich in ihr aus. Sie hatte getan, was sie tun musste. Sie hatte alles gegeben für den Mann, den sie liebte. Nun mussten die Dämonen der Elemente zeigen, wie sie mit ihren Amazonen umgingen. Die Hitze wurde stärker, aber sie machte Anna nichts aus. Glutschwaden zogen an ihr vorbei, und sie spürte, dass sie langsam nach unten gezogen wurde, ihrem Schicksal entgegen.

Und dem von Sandrine. Weit unter sich erkannte sie gerade noch die dunkle Silhouette ihrer Rivalin. Leblos wie der Scherenschnitt einer Puppe stürzte sie in die Lava. Gewaltige Stichflammen schossen hoch, doch sie verletzten Anna nicht. Alles, was sie erkennen konnte, war Sandrines Leib, der plötzlich wie von grünem Gold überzogen schien. Sandrine glitt immer tiefer in die spiegelnde Oberfläche hinein. Eine erstarrte Statue ihrer Schönheit, die sich in dem auflöste, das sie geboren hatte.

Die Glut um Anna herum musste die Temperatur eines Hochofens haben. Sie erkannte ihre nackten Arme in der flimmernden Hitze. Sie schienen wie mit Metall überzogen. Ihre Kleidung musste schon längst verbrannt sein. Auch der Vertrag war verschwunden. Sie glitt immer tiefer in das Herz des Vulkans, und sie hatte nichts mehr, das sie schützen konnte. Noch nicht einmal ihr Stein war ihr geblieben, irgendwo hatte sie ihn verloren. Anna sah nach oben, doch die Öffnung des Kraters schien kilometerweit entfernt.

Sie schloss die Hände zu Fäusten. Ihr Körper reagierte noch. Also schien auch ihr Gehirn zu funktionieren. Sie fasste sich an die Brust. Nichts. Kein Herzschlag. Kein Leben. Sie war in einer Sekunde der Ewigkeit hängengeblieben. Dann schien alles um sie herum zu erstarren. Sie musste den Grund des Vulkans erreicht haben. Die Luft wurde zu Sirup, die Glut zu einer zähen Masse, die sie in sich aufnehmen wollte und ihren Fall immer mehr verlangsamte. Sie merkte, dass sie schon lange aufgehört hatte zu atmen. Ihre Haut schimmerte wie grünes Quecksilber. Unter ihren Füßen leuchtete die Lava wie ein spiegelglatter See. Anna beugte sich hinab und wunderte sich nicht, dass sie direkt über der Oberfläche schwebte. Mit dem Zeigefinger berührte sie die geschmolzene Zeit. Ein kleiner Wellenring breitete sich kräuselnd aus. Der Kreis wurde größer und größer, ein Ring gebar den nächsten, und als sie den Wellen nachsah, stellte sie fest, dass der See unendlich groß war. Sie hatte noch nie eine so gewaltige, leere Fläche gesehen. Sie musste bis an den Horizont und noch darüber hinaus reichen. Die Leere war so groß, dass Anna das Gefühl hatte, die Unendlichkeit zu erblicken.

Mühelos drehte sie sich um. Weit oben, kilometerweit entfernt, war die Spitze des Vulkans. Der bleiche Schein des Himmels wurde sofort von den Kraterwänden verschluckt. Sie erinnerte sich an das Licht der Morgenröte, das sie am Horizont wahrgenommen hatte. Bald wurde es Tag, bald war alles zu Ende. Würde sie die Aufgabe meistern, oder war es schon zu spät? Noch funkelten die Sterne am Himmel. Große, kleine, bleiche, strahlende. Das winzig kleine Stückchen Firmament erschien ihr wie ein letzter Gruß des Himmels. Traumverloren schaute sie nach oben; so lange, bis die funkelnden Punkte plötzlich einen Sinn ergaben: das Sternbild des Skorpions.

Etwas blitzte auf an den schwarzen Kraterwänden. Dann funkelte es auf der anderen Seite. Als ob sie sich geheime Morsezeichen gäben, glitzerten Lichter auf und schienen sich gegenseitig zum Leben zu erwecken. Ihr Widerschein spiegelte sich auf der Oberfläche des Sees und gab ihm plötzlich Tiefe. Es war, als würde eine zweite Kuppel unter seiner Oberfläche entstehen, gebildet aus der Spiegelung der funkelnden Kraterwände. Und plötzlich wusste Anna, was diese Sterne zu bedeuten hatten und wo sie war.

Der Saal des Zodiak.

Es war so weit. Sie spürte eine unendliche Sehnsucht in sich. Einen so süßen Schmerz, dass sie glaubte, zerspringen zu müssen. Ich will, dachte sie. Ich will es jetzt. Jetzt!

Ich will!

Wieder begann sich die Oberfläche des Sees zu kräuseln. Ganz unten bewegte sich etwas. Anna konnte nicht unterscheiden, ob es tatsächlich aus der Tiefe des Sees kam oder aus der Höhe über ihr. Die Kraterwände und ihre Spiegelung dehnten sich aus zu einer gewaltigen Kugel. Die Sternbilder bewegten sich. Sie zogen immer schneller vorbei. Anna kam es vor, als würde sie in der Mitte eines riesigen Kreisels schweben. Die Sterne wirbelten so schnell vorbei, das sie sich wie glühende Schlangen auf ihre Netzhaut brannten. Ein taumelnder Wirbel aus Licht, und in der Mitte schwebte seltsam ruhig und unbeteiligt ihr Körper. Eine Gestalt löste sich aus der Tiefe. Langsam stieg sie empor, immer näher. Die Wellen auf der Oberfläche des Sees wurden größer;

sie konnte nicht erkennen, wer es war; aber sie fühlte, dass er kam, zu ihr kam, in sie kam; sie neigte sich der Oberfläche entgegen in dem Moment, in dem er sie auch erreichte, tauchte ein; spürte, wie sie sich auflöste und wiederfand. Ein Glücksgefühl durchströmte sie, wie sie es noch nie zuvor empfunden hatte. Sie waren ein Wesen, eine Gestalt; sie schwebten genau in der Mitte von Oben und Unten; von Einst und Jetzt, von Vergangenheit und Zukunft, sie waren in der Ewigkeit, und sie waren zusammen.

23.

Anna spürte etwas Unangenehmes an ihrem Rücken. Es piekste und drückte. Sie wollte das nicht. Sie wollte weiter von der Erinnerung an etwas Wunderschönes träumen, und sie wollte nicht aufwachen. Doch jetzt breitete sich dieses Gefühl über ihren Po aus, die Rückseite ihrer Beine, die Arme, und schließlich den Kopf. Es war, als hätte man sie nach Monaten der Schwerelosigkeit plötzlich unsanft auf den Boden fallen lassen.

Sie fröstelte. Mit geschlossenen Augen tastete sie über ihren Körper. Sie war nackt. Jemand musste sie in diesem Zustand auf die Erde gelegt haben, direkt auf Steine, Disteln und verdorrtes Gras. Neben ihrer Schläfe lag eine zertretene Coladose.

Mit einem Stöhnen versuchte sie, auf die Beine zu kommen. Es gelang ihr erst nach mehreren Versuchen. Taumelnd lief sie ein paar Schritte und versuchte, sich zu orientieren. Es musste früher Morgen sein. Der Horizont leuchtete zartrot; am Himmel verschwand gerade ein dunstiger Mond. Sie befand sich auf einem Hochplateau, in dessen Mitte sich sanft ein gewaltiger Krater senkte. Der Ätna.

Aber warum war sie nackt? Sie schlang die Arme um den Oberkörper, um sich wenigstens etwas zu wärmen. Das Zittern hörte nicht auf. Vermutlich war es auch noch eine Reaktion auf das, was in dieser Nacht geschehen war. Ihr Verstand weigerte sich, es zu begreifen; ihr Körper stand unter Schock. Zwei Wesen waren ineinander versunken, die Erinnerung an dieses Gefühl konnte man nicht mehr vergessen. Sie hatte eine Sekunde der Ewigkeit berührt und sich mit Weller vereint, wie noch nie zwei Menschen sich gefunden hatten. Aber wo war er?

Sie musste nicht lange suchen. Er stand am Rand des Kraters und drehte ihr den Rücken zu. Gerade tasteten sich die ersten Sonnenstrahlen in den neuen Tag, und es sah so aus, als wollte er diesen Moment ganz für sich genießen. Anna blieb stehen, um ihn nicht zu stören. Auch er war nackt, doch plötzlich kam ihr das völlig natürlich vor. Ein bisschen wie Adam und Eva am ersten Schöpfungstag, dachte sie. Kein Wunder, inmitten dieser steinigen Einöde waren sie die beiden einzigen Menschen. Sie war froh, diese Minuten zu haben, in denen sie ihn ungestört betrachten konnte. Seine Haare wehten wild und ungezähmt im Morgenwind. Nichts erinnerte mehr an die steife Korrektheit, mit der er sie einst so beeindruckt hatte. Er hatte den Kopf in den Nacken gelegt und schien die frische Luft in tiefen Zügen einzuatmen. Sie beobachtete, wie sein breiter Brustkorb sich hob und senkte. Ganz locker und gelöst stand er da, ein Krieger nach gewonnener Schlacht, und der Anblick löste in Anna den brennenden Wunsch aus, ihn zu berühren. Ein Bildhauer müsste genau diesen Moment einfangen, und er hätte den Gott von Liebe und Sieg geschaffen.

»Komm her.«

Er hatte sie nicht gesehen, aber gespürt. Anna lief auf ihn zu und schmiegte sich in seine Arme. Seine Haut war kühl und glatt; er duftete nach Pinien und der Glut von brennendem Holz. Es war gut, ihn zu spüren. Statt ihn zu küssen, genoss sie einfach nur seine Nähe. Es war das reine, schiere Glück. Anna hatte noch nicht einmal geahnt, dass so etwas existierte.

Sie sah hinunter. Der Krater lag still und unschuldig zu ihren Füßen. Dem Vulkan sah man nicht an, welches Innenleben er verbarg. Sie schauderte wieder, und Weller zog sie noch näher an seine Brust, hielt sie fest und wiegte sie sanft in seinen Armen.

»Ein neuer Tag«, flüsterte er. »Ein neues Leben.«
Sie hob den Kopf und grinste ihn an.
»Heißt das, du hast Verlängerung bekommen?«
»Ich fürchte ja.«
Er sah immer noch ernst aus, doch seine Augen betrachteten sie voller Wärme.
»Du fürchtest? Das ist doch eigentlich ein Grund zur Freude. Champagner!«
Sie lachte, weil in dieser Wildnis weit und breit noch nicht einmal ein Tropfen Wasser aufzutreiben war. Sie mussten sich langsam an den Abstieg machen. Wenn sie noch länger hier oben blieben, würden sie den ersten Touristen einen gehörigen Schreck einjagen.
»Ich liebe dich«, sagte er.
Sie nahm diese Worte in sich auf, ohne das Gefühl zu haben, sie erwidern zu müssen. Alles fühlte sich richtig an. Selbst, nach so einem Geständnis einfach nur gemeinsam zu schweigen. Lange hielt sie das aber nicht aus. Spitzbübisch grinste sie ihn an.
»Auch, wenn ich alt und runzelig bin und du immer noch der blendend aussehende, ewig junge, mega-erfolgreiche Milliardär?«
»Auch dann.« Er zog sie wieder an sich, drückte ihr einen Kuss auf das völlig verfilzte und verklettete Haar, und ließ sie los. »Wir müssen runter. Ich habe eine Menge zu erledigen.«
»Was denn?«, fragte sie. Sie hatte gehofft, wenigstens diesen Tag gemeinsam mit ihm zu verbringen.
»Ich muss mich quasi wieder anmelden. Dafür ist eine Menge Papierkram nötig. Außerdem bin ich kommissarischer Imperator von Nord- und Lateinamerika. Auch dafür muss ich autorisiert werden.«
»Oh.«
Anna warf einen letzten Blick hinunter in den Vulkan.
»Sie ist also wirklich … weg?«
Das Wort *tot* kam ihr im Zusammenhang mit Sandrine nicht

über die Lippen. Dafür hatte ihr die Imperatorin zu viel von ihrer Macht gezeigt.

»Ja. Sie ist tot. Ich weiß nur nicht …«

Auf Wellers glatter Stirn bildeten sich Falten, als er mit zusammengekniffenen Augen ebenfalls hinunter in den Vulkan blickte.

»Was weißt du nicht?«

Doch er antwortete nicht. Das war ein beunruhigendes Zeichen.

»Was? Kommt sie noch einmal wieder oder nicht?«

Plötzlich spürte sie, wie ein kalter Windhauch ihren Nacken streifte. Hatte Sandrine eine Art Wiedergänger-Gen, das ihr erlaubte, mehrere Tode zu sterben?

»Nein, sie kommt nicht wieder. Wir sterben alle nur einmal.«

Aber das war nicht die ganze Antwort. Anna spürte, dass noch etwas im Raum stand. Doch sie kam nicht dazu, Weller weiter zu befragen. Vom Trampelpfad her näherten sich fröhliche Stimmen.

»Da kommt jemand! Wenn man uns so sieht!«

Jetzt war Weller an der Reihe, anzüglich zu grinsen. »Dann hätte sich der Aufstieg für sie ja gleich doppelt gelohnt.«

Aber Anna wollte sich nicht anstarren lassen. Hektisch sah sie sich um, aber noch nicht einmal das berühmte Feigenblatt lag irgendwo herum. Einzig und allein einige Felsbrocken würden etwas Schutz bieten, aber nur so lange, wie die Touristen nicht die Hochebene betraten.

»Das ist nicht lustig«, zischte sie ihn an.

Im Vergleich zu Weller, der nackt sogar noch besser aussah als angezogen, fühlte sie sich unwohl. Aber es half nichts, sie musste dem Verhängnis ins Auge blicken. Weller nahm sie an der Hand und zog sie mit sich, genau auf die Stimmen zu, die wohl ebenfalls einem Mann und einer Frau gehörten. Als sie die letzten Büsche, die ihnen noch als Deckung dienen konnten, umrundeten, kniff Anna die Augen zu. Eine dämliche Taktik, aber immer noch besser, als die erstaunten, belustigten oder auch schockierten

Blicke von unschuldigen Frühaufstehern zu erdulden, die gleich zwei Nudisten gegenüberstehen würden.

»Champagner?«

Anna riss die Augen wieder auf. Vor ihr standen Jean-Baptiste und Vicky. Kichernd hielt sie vier Gläser in der Hand, während der Chauffeur eine eisgekühlte Flasche Roederer Cristall öffnete. Mit einem satten »Plopp« sprang der Korken aus dem Flaschenhals, eine Fontäne sprudelte auf den Weg, und Vicky sprang quietschend zur Seite, um nicht nasse Füße zu bekommen. Dann trat sie zurück und hielt Jean-Baptiste die Gläser hin. Während er einschenkte, sprudelte sie genauso los wie der Champagner.

»Wir haben gewettet, was der erste Wunsch sein wird, der euch in den Sinn kommt. Ich sagte, was zum Anziehen, wenn ihr schon so doof seid, hier oben die Nacht zu verbringen. Jean-Baptiste meinte, Champagner. Er sagt, er kennt seinen Chef besser, und ich meinte, ich weiß ganz genau, was in *deinem* Kopf vorgeht. Und so haben wir uns auf beides eingerichtet. Ich habe in deiner Reisetasche nachgeschaut, aber nur einen Pyjama gefunden. Ist das eigentlich deiner oder gehört der einem circa eins sechzig großen Mann mit Kugelbauch?«

Ihr Blick fiel auf Weller, und sie hatte große Mühe, die Augen auf sein Gesicht gerichtet zu halten.

»Ihrer ist es nicht, oder?« Sie kicherte. »Er liegt gleich da drüben. Hoffentlich nicht in einem Ameisenhaufen.«

Anna lehnte das Glas ab und eilte zu der Stelle, auf die Vicky gedeutet hatte. Tatsächlich, dort lag der Schlafanzug ihres Vaters. Das Einzige zum Wechseln, das sie vor ihrer Abreise noch eingepackt hatte. Sie schlüpfte hinein und fühlte sich wie ein Zirkusclown. Aber immer noch besser, als nackt den ganzen Weg zurückzugehen. Sie fuhr sich durch die Haare, gab es aber irgendwann auf. Aus diesem Gestrüpp würde sie hier oben keine Frisur mehr machen können. Als sie wieder zu der ausgelassenen Gruppe stieß, blieb ihr der Mund offen stehen. Weller trug einen dunklen Anzug, bequeme Wildlederslipper und ein weißes Hemd. Das einzig Legere an ihm war, dass er keine Krawatte trug.

»Wie soll ich das denn verstehen?«, fragte sie ihn ärgerlich. »Habt ihr hier irgendwo einen Kleiderschrank versteckt, von dem ich nichts weiß?«

»Nein«, antwortete Jean-Baptiste, und es war das erste Mal, dass er überhaupt einen Satz an sie richtete. »Aber ich bin auch über die zweiten Wünsche meines Herrn bestens informiert.«

»Aha.«

Etwas beleidigt nahm Anna das Champagnerglas. Dann war sie also wieder mal die Einzige, die herumlief wie ein schlechter Witz. Erst als sie anstießen und Anna ihr Glas in einem Zug leerte, kehrte auch die gute Laune wieder zurück.

Gemeinsam machten sie sich an den Abstieg. Wie Anna erwartet hatte, war der Ätna bei Touristen ein sehr beliebtes Reiseziel. Ganze Busladungen wurden an den Fuß des Berges gebracht, und bereits auf halbem Weg kam ihnen die erste Gruppe entgegen. Mit hocherhobenem Haupt ließ Anna die teils neugierigen, teils belustigten Blicke an sich abprallen. Die Pyjamahose hatte sie hochgekrempelt, und wenn sie genau darauf achtete, wohin sie trat, konnte sie auch barfuß unverletzt nach unten kommen. Es dauerte keine zehn Minuten, dann hatten sie es geschafft. Der Aufstieg in der Nacht war ihr viel länger vorgekommen.

Unten angekommen, stiegen alle ins Auto, und Jean-Baptiste fuhr sie nach Palermo. Weller verabschiedete sich in der Via Roma.

»Wir sehen uns heute Abend«, warf er den beiden Frauen auf dem Rücksitz beim Aussteigen zu. Anna wusste nicht, ob er sie allein oder auch Vicky gemeint hatte. Sie sah im Rückspiegel, wie er im Eingang einer pompös aussehenden Bank verschwand. So froh sie war, ihre Freundin wiederzusehen, so viel hätte sie jetzt darum gegeben, allein zu sein.

»Was ist denn da oben eigentlich passiert?«

Vicky sah sie neugierig an. Genau diese Frage hatte Anna gefürchtet. Was sollte sie darauf antworten? Ich habe Sandrine umgebracht. Dann bin ich in die Ewigkeit gesprungen und habe

Weller dort getroffen. Seitdem, vermute ich, sind wir ein Paar. Aber wirklich sicher bin ich nicht. Und ob Sandrine endgültig tot ist oder doch noch einmal wie ein Zombie aus der Lava steigt, weiß Weller allein. Aber er will es mir nicht sagen, und er hat jetzt auch eine Menge zu tun. Akkreditierungen, Autorisierungen, Anmeldungen, kurz die A-Klasse der Chefbeschäftigungen.

»Ziemlich wilde Sachen«, antwortete sie stattdessen. »Ich kann es dir jetzt nicht erklären. Ich muss erst einmal herausfinden, welche Konsequenzen das für mich hat.«

»Ich glaube nicht, dass euch jemand anzeigt.« Vicky wollte sie, in völliger Verkennung der Umstände, einfach nur beruhigen. »Es hat doch keiner mitgekriegt, dass ihr beide euch da oben getroffen habt.«

»Ähm ... Vicky?«

»Ja?«

»An was erinnerst *du* dich?«

Sie bemerkte, dass Jean-Baptiste ihr im Rückspiegel einen blitzschnellen Blick zuwarf. Dann konzentrierte er sich wieder auf den höllischen Verkehr in der Innenstadt Palermos.

Vicky lächelte und kuschelte sich noch tiefer in die weichen Polster der Limousine. Sie hob die Hand vor den Mund und senkte die Stimme, damit der Fahrer nicht mitbekam, was sie Anna zuflüsterte.

»Er hat mich doch eingeladen.«

»Wer? Er?«

Ungläubig starrte Anna auf Jean-Baptistes kreisrunde Mütze. Vicky kicherte leise.

»Das hab ich dir doch erzählt! Weißt du das denn nicht mehr?«

Wieder fing sie einen warnenden Blick ihres Vordermannes ein. Mühsam gelang Anna ein verstehendes Nicken.

»Ach so, ja. Jetzt, wo du es sagst ...«

»Er hat gefragt, ob ich Lust habe, mit an den Ätna zu kommen. Da, wo du mit Weller ... na, du weißt schon.«

Anna schluckte. Was waren das denn für Geschichten? Glaubte Vicky tatsächlich, sie, Anna, hätte sich mit Weller zu einem zärtlichen Rendezvous am Krater des Vulkans verabredet? Und sein Chauffeur nutzte die Gelegenheit, um ein Schäferstündchen mit ...

»Habt ihr?«, flüsterte sie.

Vickys Augen strahlten vor Glück. »Wir haben.«

Beide kicherten. Anna sah in den Rückspiegel, aber Jean-Baptiste mied ihren Blick. Sie hatten Palermo verlassen und fuhren nun die Serpentinenstraße entlang. Aber wenn sie nicht alles täuschte, erlebte sie gerade eine zweite Premiere: Jean-Baptiste lächelte.

»Und Sandrine?«, fragte sie so beiläufig wie möglich. Sie wusste nicht, wie weit die Gehirnwäsche Vickys Gedächtnis gelöscht hatte. Aber dass Jean-Baptiste in sie eingedrungen war – egal auf welche Weise, und sie entnahm Vickys seligem Lächeln, dass es eine höchst angenehme gewesen sein musste –, lag ja wohl auf der Hand. Vicky räkelte sich ein bisschen und blickte sehnsüchtig auf den Hinterkopf ihres Verführers.

»Oooch, der hab ich abgesagt. Was macht die jetzt eigentlich? Hast du irgendwas von ihr gehört?«

Anna war beruhigt.

»Nein«, antwortete sie. Und das war die reine Wahrheit.

Eine Viertelstunde später hielt Jean-Baptiste vor der Villa Igea. Im Sonnenlicht wirkte das Haus noch schöner, als es in der Nacht gewesen war. Jetzt konnte Anna die weitläufigen Gärten erkennen, die Zitronenbäume und die Palmenhaine, die sich bis ans Ufer des Meeres erstreckten. Es musste einmal vor langer Zeit von sehr reichen Leuten erbaut worden sein. Wieder wurden sie von dem Paar empfangen, das sie schon am Abend zuvor begrüßt hatte. Beide lächelten erfreut, als Anna aus dem Auto kletterte. Das Lächeln verschwand auch nicht, als sie den Pyjama sahen. Nur ein bisschen ratlos wurde es für einen Moment, doch dann hatten sich beide wieder gefasst.

»*Buon giorno, Signorina.*«

Maria deutete einen Knicks an, ihr Mann einen Diener. Jean-Baptiste wendete den Wagen bereits, hielt aber noch einmal kurz an, damit Vicky sich verabschieden konnte.

»Ciao. Wir sehen uns. – Er hat bis heute Abend frei«, fügte ihre Freundin flüsternd hinzu. Anna verkniff sich die Frage, wohin die beiden jetzt fuhren. Ebenso interessant hätte sie eine kurze Unterhaltung mit Jean-Baptiste gefunden. Hatte er das Gedächtnis von Vicky nur manipuliert, oder war es wirklich zu einer Annäherung zwischen den beiden gekommen? Aber als sie das Glück in deren Augen sah, schob sie ihre Neugier beiseite. Letzten Endes war das Leben die Summe der Erinnerungen. Wer wollte darüber richten, ob es echte oder falsche waren?

Sie winkte den beiden hinterher. Dann stieg sie die Treppen nach oben und folgte der freundlichen Signora. Vicky hatte einfach nur eine ganz andere Sicht auf letzte Nacht als sie. Anna würde auch niemand glauben, wenn sie die Wahrheit erzählen würde. In diesem Moment beschloss sie, mit niemandem darüber zu reden, was ihr widerfahren war. Der Einzige, der ihre bohrenden Fragen beantworten konnte, war Weller. Er hatte versprochen, sie an diesem Abend zu sehen. So lange musste sie sich eben gedulden.

Eine Stunde später hatte Anna ein luxuriöses Schaumbad genommen und fühlte sich endlich wieder präsentabel. Sie schlüpfte in ein champagnerfarbenes Negligé, das man ihr aufs Bett gelegt hatte, und kroch unter die Laken. Doch sosehr sie sich bemühte, sie fand keinen Schlaf. Immer wieder glitten ihre Gedanken zurück in die Nacht; die Erinnerungsfetzen tanzten in ihrem Kopf wie ein buntes Kaleidoskop, in dem nichts zusammenpassen wollte. Ich hatte einen Auftrag, ich habe ihn erledigt, Sandrine ist tot, sie kommt nicht mehr zurück, wird er jetzt ewig leben und ich werde alt und grau? Weller wird es mir sagen. Weller …

Mit seinem Namen auf den Lippen schlief sie endlich ein.

Sie erwachte, weil es kühl im Raum geworden war. Die Vorhänge waren zugezogen, so dass sie nur die Umrisse der Möbel erkennen konnte. Sie spürte einen kalten Luftzug im Rücken. Jemand hatte die Tür geöffnet, ein Schatten glitt ins Zimmer.

Sie wusste, wer es war. Er trug nichts außer einem Hausmantel aus schwerer dunkler Seide. Er glitt von seinen Schultern, als er die Decke hob und sich neben Anna legte. Sie sprachen kein Wort. Sie hatte sich so nach ihm gesehnt, dass alle Fragen unwichtig geworden waren. Überwältigt spürte sie, dass er ihr genauso nah sein wollte wie sie ihm. Die Erregung überkam sie. Mit einem Stöhnen bog sie den Rücken durch, um sich seiner Hand anzubieten, die viel zu langsam den knisternden Stoff ihres Negligés herabfuhr.

»Wie geht es dir?«, flüsterte er.

Er schob die Seide nach oben. Anna erschauerte unter seinen Berührungen. Sie fühlte sich wie in Trance. Alles, was er machte, war genau das, was sie sich ersehnte.

»Gut«, keuchte sie.

Sie zog ihn an sich und küsste ihn. Er spielte mit einer solchen Zärtlichkeit mit ihr, dass ihr beinahe die Tränen in die Augen traten. Sie strich mit den Fingerspitzen über seinen Rücken, fühlte die stählerne Stärke seiner Arme, jeden einzelnen Muskelstrang seines harten Körpers. Als sie seine Lenden erreichte, warf er den Kopf zurück, aber nur, um Atem zu holen und mit einem Griff die zarte Seide zu zerreißen. Sein Mund suchte und fand die empfindlichsten Stellen ihres Körpers, bis Anna glaubte, es nicht mehr aushalten zu können. Sie flehte um Erlösung, sie bat und bettelte, was er ihr mit einem dunklen, zärtlichen Lachen verweigerte, um sich dann auf den Rücken zu legen und sie über sich zu ziehen.

»Meine Amazone«, flüsterte er.

Anna senkte sich herab, und sie fühlte ein solches Glück, als würde sie erneut in einem smaragdgrünen Quecksilbersee mit ihm verschmelzen.

Danach lagen sie nebeneinander, immer noch schwer atmend und schweißgebadet, und schwiegen. Sie fühlte eine solche Nähe zu ihm, dass Worte nur ein mäßiger Ersatz gewesen wären. Erst als der Nachtwind durch das Fenster strich und die Vorhänge blähte, rückte sie enger an ihn heran. Es war dunkel, aber sie konnte trotzdem sein Profil erkennen. Die Nase, die seinem Gesicht einen aristokratischen, stolzen Zug verlieh, die geschwungenen Lippen, die ihr immer wieder solche Freude bereiteten, und das Kinn, das Energie und Willensstärke ausdrückte. Ihr Herz zog sich zusammen, als sie seinen Konturen mit den Fingerspitzen folgte und ihr bewusst wurde, wie sehr sie ihn liebte.

Sie legte die Hand auf seine Brust. Leise hob und senkte sie sich im Rhythmus seiner Atemzüge. Sie wusste, wie er aussah, aber sie war immer noch überrascht, wenn sie neben seiner Männlichkeit auch seine Schönheit bemerkte.

Er legte seine Hand auf ihre. Dann drehte er sich zu ihr um und nahm sie in die Arme.

»Ist dir kalt?«

Tatsächlich spürte sie eine Gänsehaut, aber die kam mehr vom Ansturm ihrer Gefühle als von der Temperatur. Er ließ sie los und griff nach der Decke, die neben das Bett geglitten war.

»Danke.«

Sie wickelte sich ein und beobachtete, wie er aufstand und eine Kerze anzündete. Die Flamme warf tanzende Schatten über seinen Körper. Sie glätteten die harten Linien der Silhouette und machten seine Bewegungen weich und sinnlich. Er stellte den Leuchter auf dem Nachttisch ab und kroch wieder zu ihr. Anna empfing ihn mit sehnsüchtigen Küssen, die er liebevoll erwiderte.

Plötzlich hörte sie auf. »Was war los heute Morgen?«

Er wich etwas zurück.

»Was meinst du?«

»Wir haben über Sandrine gesprochen, und dass sie nicht mehr zurückkehrt. Dann hast du in den Vulkan geschaut und gesagt, du weißt nicht.«

Er fiel auf den Rücken, starrte hoch in den Baldachin und schwieg.

»Das hat nichts zu bedeuten«, sagte er schließlich.

Anna hatte nicht damit gerechnet, dass die Enttäuschung so

schnell von ihr Besitz ergreifen würde. Die tiefe Ruhe und die absolute Zuversicht verschwanden. Er belog sie. Er wusste etwas und wollte es ihr nicht sagen. Es hatte mit Sandrine zu tun. Immerhin verband die beiden eine gemeinsame Vergangenheit, und das nicht erst seit gestern. Sie waren beide Kinder des Vulkans, beide im Sternzeichen des Skorpions geboren. Sie waren die geheimen Herrscher der beiden reichsten Kontinente gewesen. Oben, auf dem Ätna, hatte Sandrine für den Bruchteil einer Sekunde ihre Maske fallen lassen. *Hör auf mit dem Blödsinn! Liebe. Kinderkram.* Sie hatte diese Worte mit einer solchen Abscheu gesagt, dass sie nur einen Schluss zuließen.

Sie hatte Weller geliebt.

»Habt ihr euch in Wien geküsst?«

»In Wien? Wie kommst du denn darauf?«

»Weil ich euch gesehen habe. Als du das Sacher verlassen hast.«

»Nein, wir haben uns nicht geküsst. Ich würde so etwas nie tun.«

Täuschte sie sich, oder klang seine Stimme angespannt? Begannen jetzt schon die Lügen?

»Bitte sag mir die Wahrheit. Erzähl mir alles über Sandrine und dich.«

»Sie ist nicht wichtig. Sie ist tot, und sie ist selbst schuld daran.«

»Hör auf!« Anna schlug auf das Kissen. »Ich bin schuld daran! Ich habe sie umgebracht! Denkst du, es lebt sich leicht mit so einer Tat? Wenn ich schon diese Last tragen muss, dann habe ich ein Recht darauf zu wissen, ob ich sie auch wirklich ausgeführt habe!«

»Das hast du.«

»Ach ja? Und was weißt du dann nicht? Du verschweigst mir etwas. Was läuft da zwischen ihr und dir?«

»Vertrau mir einfach.«

Ein Schluchzen setzte sich in ihrer Kehle fest. Um nichts in der Welt wollte sie es ihn hören lassen. Aber es gelang ihr nicht, die Tränen zu unterdrücken.

»Ich kann nicht«, flüsterte sie. »Ich bin ein Mensch. Verstehst du? Ich habe Gefühle, Ängste, Zweifel. Ich kann nicht so stark sein wie du. Ich lebe nach anderen Regeln. Ich muss Dinge wissen, die dir vielleicht lächerlich erscheinen. Das ist meine Voraussetzung für Vertrauen.«

»Du stellst Bedingungen?«

Ihr Herz lag wie ein kalter Stein in ihrer Brust. Aber sie konnte jetzt keinen Rückzieher mehr machen.

»Ja.«

Gegen die Liebe konnte sie nichts tun. Dieses Gefühl war nicht an irgendwelche Voraussetzungen gebunden. Ihr Vertrauen aber schon. Begriff er das denn nicht? Sie hatte Todesängste ausgestanden. Sie hatte Dinge erlebt, die jede Phantasie in den Schatten stellten. Da konnte er ihr doch eine simple, einfache Frage nach Sandrine beantworten! Es war überhaupt nicht seine Art, sich vor so etwas zu drücken. Also war das Geheimnis, das er bewahren wollte, wohl doch schlimmer, als sie angenommen hatte. Sie überlegte, worum es dabei gehen konnte. Etwas Besseres als Leben und Tod fiel ihr nicht ein.

Weller hatte ihr »Ja« mit einem unwilligen Kopfschütteln aufgenommen.

»Überleg dir das gut. Vielleicht gibt es Dinge, die du gar nicht wissen willst.«

»Dann wird es immer zwischen uns stehen.«

Er seufzte. »Gut. Dann frag mich.«

Viel Zeit hatte sie nicht. Das war die einmalige Gelegenheit, alle ihre Zweifel zu zerstreuen. Sie hoffte nichts mehr, als dass es ihm gelingen würde.

»Sandrine«, begann sie. Wieder runzelte er die Stirn. Er wurde nicht gerne auf sie angesprochen, also war da tatsächlich etwas, das es ihr noch nicht gesagt hatte.

»Wird sie wiederkommen?«

»Ich weiß es nicht.«

Ihre Finger verkrampften sich in der Decke. »Du weißt es nicht?«

»Ich bin noch nie gestorben. Ich kann dir nicht sagen, wohin man fällt. Ob man auf dem Grund des Lavasees landet, ob er überhaupt einen hat, und erst recht nicht, was danach kommt. Was kommt nach dem Tod? Kennst du jemanden, der dir wirklich darüber Auskunft geben kann?«

»Nein«, flüsterte sie mit erstickter Stimme. »Aber du bist dir wenigstens sicher, dass sie wirklich gestorben ist?«

»Nicht hundertprozentig. Aber von dem Ort, an den sie gegangen ist, ist noch niemand zurückgekommen.«

»War es das, was dir da oben durch den Kopf ging? Hast du um sie getrauert?«

»Um Sandrine?« Weller hob die Hand und strich ihr eine Haarsträhne aus dem Gesicht. Er wirkte nachdenklich. »Ja. Um das Mädchen, das sie einmal war. Vor langer, langer Zeit. Aber im Gegensatz zu mir hatte sie viel Ehrgeiz.«

Ohne dass sie es wollte, musste Anna lächeln. Es war zu komisch, dass ein Carl Weller sich selbst mangelnden Ehrgeiz bescheinigte.

»Sie wollte die Kontinente. Nicht mich.«

Anna suchte in seinem Gesicht nach einem Anflug von Bedauern. Doch Weller schien tatsächlich über die Sache hinweg zu sein.

»Es gibt nicht viele Frauen, mit denen wir uns zusammentun können. Sandrine war eine von ihnen. Aber ich habe rechtzeitig erkannt, worauf sie hinauswollte.«

»Worauf denn?«

»Auf ihr Sternbild.«

Genau davon hatte auch die Baronesse von Hohengarden gesprochen. Ein eigenes Sternbild, das dreizehnte am Firmament. Wer konnte nur so idiotisch sein, sich ausgerechnet so etwas zu wünschen? Anna zuckte ratlos mit den Schultern.

»Ich denke, sie ist Skorpion.«

»Wir alle sind irgendetwas. Aber wir sehnen uns danach, etwas Einzigartiges zu sein.«

Er beugte sich zu ihr und küsste sie zart auf den Mund. »Was wir auch sind, Anna. Du und ich.«

»Ich bin doch nur die dämliche Amazone, die du ins Feuer wirfst.« Sie kokettierte, und Weller nahm die Herausforderung an. Sein Kuss wurde intensiver. Seine Zunge eroberte ihren Mund und begann ihr Spiel. Erst nach einer Ewigkeit zog er sich zurück, was Anna mit einem Seufzen des Bedauerns quittierte.

»Du bist mehr«, sagte er. »Viel mehr. Und eine Amazone werde ich die nächsten hundert Jahre nicht mehr brauchen.«

Eine tiefe Trauer senkte sich auf Anna herab. Weller bemerkte das. Er nahm ihr Gesicht in beide Hände, doch sie wich seinem forschenden Blick aus.

»Du wirst mich eines Tages begraben.«

»Nein, das werde ich nicht. Du hast die Ewigkeit berührt. Du hast ihr die richtige Antwort gegeben.«

Anna hob die Augen. Sie wusste nicht, was er ihr damit sagen wollte. Sie konnte doch nicht ... sie hatte doch gar nichts unterschrieben! Geschweige denn, irgendwelchen Kreaturen ihre Seele anvertraut! Sie war doch nur mit einem Vertrag in die Tiefe gesprungen und hatte eine Wahnsinnige mit in den Abgrund gezogen. Und dann begriff sie. Weller beobachtete das mit sichtlichem Vergnügen.

»Aber das war doch dein alter Kontrakt!«

»Stimmt. Sandrine hat uns beiden damit einen großen Gefallen getan. Das war der Grund, weshalb ich an ihrem Grab auch etwas stiller wurde. So fürchterlich es war, was sie dir angetan hat, sie hat dir ihre Seele geschenkt. Und du hast mit deiner Antwort meinen Vertrag erfüllt.«

»Und was heißt das jetzt?«

Weller stand auf und ging ins Nebenzimmer. Sie hörte das Klirren von Gläsern, dann kam er zurück, in jeder Hand ein Glas Champagner. Er setzte sich auf das Bett und reichte Anna eines davon. Dann stieß er mit ihr an.

»Auf die nächsten hundert Jahre. Als Ghul bist du nur bedingt zu gebrauchen. Aber ich werde zusehen, dass man dich so schnell wie möglich in den niederen Adelsstand versetzt.«

»Ich bin unsterblich?«

»Na ja. Übertreib es nicht. Die Zeit geht ziemlich schnell vorüber, wenn man sich gut amüsiert.«

Das Glitzern in seinen Augen verriet, was er darunter verstand. Anna trank ihr Glas in einem Zug leer. Sie konnte es gerade noch auf den Boden stellen, da hatte er sie schon gepackt und begann, sie über und über mit Küssen zu bedecken.

Erst Stunden später kamen sie dazu, den Rest der Flasche zu leeren. Das war der Moment, in dem Anna sich zum ersten Mal mit dem Gedanken beschäftigte, was alles vor ihr lag. Sie hatte alle Zeit der Welt. Sie liebte, und sie wurde geliebt. Vicky war glücklich. Eigentlich fehlte nur noch eines, um sie restlos glücklich zu machen …

Anna hob den Kopf, den sie auf Wellers Schulter gelegt hatte.

»Sag mal …«

Ein zärtliches Brummen war die Antwort.

»Was hältst du davon, wenn wir der Baronesse einmal meinen Vater vorstellen?«

Marion von Schröder ist ein Verlag
der Ullstein Buchverlage GmbH

ISBN 978-3-547-71165-3

Gesetzt aus der Sabon bei
LVD GmbH, Berlin
Druck und Bindearbeiten GGP Media GmbH, Pößneck
Printed in Germany

Alice Castle
Schokoherz

Roman | Aus dem Englischen von Julia Walther
464 Seiten | Softcover | ISBN 978-3-547-71153-0

Männer oder Schokolade –
was macht Frauen wirklich glücklich?

Endlich bekommt Bella das Angebot ihres Lebens. Sie beginnt in einem kleinen Laden in Brüssel als Chocolatière zu arbeiten. Die süße Leidenschaft bestimmt ihr Leben, doch Schokolade allein hat noch keine Frau glücklich gemacht. Denn auch ihre Liebe zu Tom stellt eine zarte Versuchung dar. Bringt er sie schließlich zum Dahinschmelzen?